누군가 이름을 부른다면

* 이 도서의 국립중앙도서관 출판예정도서목록(CIP)은 서지정보유통지원시스템 홈페이지(http://seoji.nl.go.kr)와 국가자료공동목록시스템(http://www.nl.go.kr/korisnet)에서 이용하실 수 있습니다.
(CIP제어번호: CIP2017031280)

누군가

이를 부른다면

김보현
장편소설

은행나무

나는 땅의 끝까지 가보았네.
나는 물의 끝까지 가보았네.
나는 하늘의 끝까지 가보았네.
나는 산의 끝까지 가보았네.
나의 친구가 아닌 것은 아무것도 없었네.

—나바호 족, 전사의 노래

1부 alone in the light

"엄마, 이 그림, 기억나?"

원나는 눈을 감고 누워 있는 미라의 얼굴 가까이 새까맣게 칠해진 스케치북을 들이밀었다. 7년 전, 원나가 병원에 입원했을 때 그렸던 그림이다. 그때는 원나가 침대에 누워 있었고, 미라가 여기, 보조의자에 앉아 있었다.

"이렇게 역할이 바뀔 날이 올 거라는 걸, 엄마는 알고 있었어?"

잠을 자지도, 밥을 먹지도 못하고 눈만 껌뻑거리며 누렇게 말라붙어 가고 있을 때였다. 의사는 원나에게 가고 싶은 곳을 그려보라고 했다. 첫날은 울기만 했고, 둘째 날에는 손에 크레파스를 쥐었지만 아무것도 그리지 못했다. 셋째 날에야 스케치북에 뭔가를 그릴 수 있었는데, 정신을 차리고 보니 도화지를 새까맣게 칠하고 있었다. 의사도, 미라도 인내심을 가지고 묵묵히 원나가 스케치북을 까맣게 물들이는 모습을 지켜봤다.

"여기는 어디니?"

11

그림이 완성되었다는 것을 확인한 의사가 원나에게 물었다. 확실히 설명이 필요한 그림이기는 했다. 하지만 어디서부터 어떻게 설명해야 할지 알 수가 없었다. 원나는 고개를 떨궜다. 의사는 다시 한번 물었다.

"천천히 설명해볼래?"

원나는 한참 만에 무섭게 추운 곳이라고 대답했다. 너무 추워서, 온몸을 꽁꽁 싸매야 하는 곳. 모두가 얼굴을, 팔다리를 감추고 돌아다녀야만 하는 아주, 아주, 추운 곳.

그때 의사가 뭐라고 말을 덧붙였는지 잊어버렸다.

"나도 같이 가."

의사의 설명이 채 끝나기도 전에 미라가 원나의 팔을 잡으며 말했다.

"기억나?"

그날 미라가 그랬던 것처럼 원나는 미라의 팔을 단단히 붙잡았다.

"엄마가 지구 끝까지라도 나를 따라올 거라고 그랬잖아."

나도 같이 가.

그날 밤, 원나는 병원 침대에 누워 머릿속에서 빽빽하게 깜지를 그렸다. 그렇게 깜지를 열 장쯤 만들었을 때, 다시 집으로 돌아갈 용기가 생겼다. 아빠가 불타 죽은 집. 자신의 얼굴이, 목이, 팔뚝이 화상 자국으로 얽어버린 집. 그곳으로, 어쩌면 돌아갈 수도 있겠다 싶었다.

한번, 해보자.

그랬으면서, 그렇게 어렵게 집으로 돌아갔으면서, 왜 엄마한테 그렇게 못되게만 굴었을까.

미라가 식물인간 판정을 받은 뒤로 윈나는 자주 생각했다. 달리 화를 낼 데를 찾을 수가 없었다. 그렇게 어리광이라도 부려야 했다. 이렇게 후회만 남을 거라고는, 할 수 있는 게 후회뿐인 날이 올 거라고는 상상도 하지 못했다. 하지만 후회가 아무리 간절하다고 한들 시간을 돌이킬 수는 없다. 그런 일은 일어날 수가 없다.

그러니까, 엄마가 돌아와야 했다.

엄마. 네가 미워서 혼자 가버리려는 건 아니지? 그런 생각은 꿈에도 하지 마. 죽고 싶어서 깨어나지 않는 거야? 그렇다면 걱정하지 마. 알지? 그날, 내가 아빠를 죽인 그날 이후, 난 죽는 게 무서웠던 적이 없어. 그러니까, 엄마, 나한테만 말해봐. 나한테 돌아올 거야? 아니면 아빠가 있는 곳으로 가버릴 생각이야? 어서 말해봐. 나한테만 말해봐.

거기가 어디든 나도, 같이 가.

미라는 누군가 자신의 이름을 부르는 듯한 소리에 눈을 떴다. 이른 새벽이었다. 여명 속에서 완식이 미라를 향해 손짓하고 있었다. 미라는 응, 하고 대답하고는 완식을 향해 다가갔다. 두 사람은 졸업한 지 20년도 더 지난 대학 캠퍼스를 걷고 있었다. 완식이 호주머니에서 담배를 꺼내 물었다. 미라는 싫은 표정을 하고 고개를 돌리다 완식의 발을 보았다. 맨발이었다. 드문드문 검게 그을린 완식의 커다란 발을 보는 순간 미라는 깨달았다.

이건, 꿈이다.

그렇게 생각하자 장면들이 빠르게 편집되었다. 봄이 한창인 캠퍼스에 목련이 떨어지더니 신혼여행을 갔던 제주도의 해변이 펼쳐졌다. 따가운 햇살이 두 사람의 몸으로 쏟아졌다. 첫 신혼집이 있던 마포의 아파트, 원나가 태어난 여의도 산부인과, 종로 연립주택, 혜화동 빌라를 걷는 동안 꽃이 피고 지고, 계절이 바뀌었다.

미라는 완식과 어깨를 나란히 하고 계속 걸었다. 땅을 디디고 있었지만 무게감이 느껴지지 않았다. 완식은 계속 담배를 태우고 있었다.

"여보."

마침내 이곳 두수리로 들어섰을 때, 미라는 뿌옇게 가려진 담배연기 사이로 간신히 소리를 내어 말했다.

"보고 싶었어."

떨어지는 눈물을 훔치며 고개를 숙이는 순간 눈앞이 캄캄해졌다. 미라는 두려운 마음으로 고개를 들었다. 창밖으로 날이 훤히 밝아 있었다. 그녀는 이불을 말아쥔 채 창밖을 내다보며 꿈의 잔상 속을 헤맸다. 산언저리에 담배연기처럼 뿌연 안개가 걸려 있었다. 완식이 남겨놓은 흔적 같았다. 콧날이 시큰해졌다. 창문에서 벽으로 넘어온 시선이 벽시계에 닿는 순간 미라는 튀어오르듯 이불을 걷어차고 일어났다.

늦잠이다.

원나는 벌써 씻고 있었다. 냉동실에 얼려놓은 찰밥을 꺼내 전자레인지에 데우면서 텃밭을 내다봤다. 마루 위에 채반 하나가 얹어져 있었다. 부지런한 마을 어른들 중 하나가 다녀간 것이다. 채반 안에는 달걀 한 알과 시금치나물, 아직 김이 모락모락 올라오는 두부조림이 들어 있었다. 영자 할머니다. 닭을 키우는 집은 거기뿐이니까. 데우거나 따로 담아낼 것도 없이 모두 그대로 상에 올렸다.

미라는 된장국이 끓기를 기다리며 창밖을 내다봤다. 바람이 불자 나뭇가지에 드리워져 있던 안개가 흩어졌다.

"우리 딸, 잘 잤어?"

원나는 이렇다 할 대꾸 없이 식탁에 앉았다.

"이번 주에 시간 내서 영자 할머니 댁에 좀 가봐."

미라는 냄비에서 숭늉을 떠서 원나의 밥그릇 옆에 내려놓았다.

"닭똥 치워드릴 때 됐잖아."

원나가 미간을 찌푸리고 미라를 쳐다보더니 들었던 숟가락을 탁, 내려놨다.

"왜? 아, 미안, 미안. 우리 딸, 밥 먹어야 되는데. 할머니들이 너 아침에 먹으라고 새벽부터 두부 지지고 나물 무치고 고생하셨을 거 아니야. 들기름 뿌려 계란이라도 부쳐줄까? 아니면 나물 넣고 비벼 먹을래?"

미라는 자리에서 일어서려는 원나를 간신히 다시 앉히고는 숟가락을 쥐어줬다.

"밥을 잘 먹어야 운동도 하지. 뭐 다른 거 줄까? 냉동실에 떡도 있고, 감자도 있고, 옥수수도 있고. 아, 과일 깎아줄까? 사과랑 감이랑 또 뭐가 있더라……."

"……."

"어제 보니까 콩단 잘 말랐더라. 이따 콩 털어서 콩떡 해줄게. 엊그제 마리아 아줌마랑 산에 가서 밤송이도 잔뜩 주워 왔어. 화로에 구워 먹자. 너 작년에 그거 잘 먹었잖아. 아, 우리 원나가 뭐 먹고 싶다고 했었던 것 같은데. 며칠 전에 왜, 저녁 먹을 때 뭐 먹고 싶다고…… 뭐였지?"

"……."

"아닌가?"

"……오이소박이."

원나가 조그맣게 속삭였다.

"응? 아아, 그래. 맞다."

미라는 허둥거리며 주전자에서 물을 따라 마시다 사레가 들렸다. 잊고 있었다. 오이를 숭덩숭덩 잘라 열십자로 쪼갠 뒤 부추와 양파를 양껏 쑤셔넣은 오이소박이. 시어머니의 식성을 남편이, 그리고 남편의 식성을 원나가 물려받았다. 불쑥불쑥, 원나가 남편처럼 구체적인 기호를 제시하며 뭔가를 먹고 싶다고 할 때마다 미라는 가슴이 덜컥 내려앉았다.

"엄마가 깜빡했네. 텃밭 오이가 너무 작아서 읍내 가서 큰 걸로 사다 만들어줘야지, 생각해놓고는. 미안해, 원나야. 지금 적어놓을게. 이번에는 진짜 안 잊는다!"

미라는 호주머니에서 네임펜을 꺼내 손바닥에 '오이'라고 적었다. 연극적이지만 어쩔 수 없다. 남편이 죽은 뒤로 미라는 홀로 원맨쇼라도 하지 않으면 원나와 대화를 할 수가 없었다.

"이것 봐. 엄마 지금 안 잊으려고 딱 적었다? 오늘 꼭 사다가 해놓을게. 넉넉하게 만들어서 영자 할머니도 가져다드리고, 다른 어른들도 좀 나눠드리자."

am 7:30

'두수리 행운 과자.'

몸통에 띠지를 단 상자들이 현관 앞에 가지런히 정렬되어 있었다. 미라는 지난해, 마을 이장인 철종의 권유로 마을 사람들과 함께 포춘쿠키 사업을 시작했다. 처음에는 철종의 지인이 소개해준 차이나타운의 중국 음식점에 물건을 댔다. 마을 사람들의 가족, 친척, 친구와 선후배 들의 도움도 받았지만 주문량은 크게 늘지 않았다. 철종은 도청에 나가 상담을 하고 돌아온 뒤 인터넷에 블로그를 개설했다. 좋은 원료로 만든 수제 쿠키 안에 노인들이 직접 손으로 적은 문구가 들어간다는 점을 중점적으로 홍보했다. 그는 디지털카메라와 노트북을 들고 다니며 마을의 일상과 쿠키 제작 과정을 꼼꼼하게 포스팅했다. 블로그 방문자가 늘고 먼저 주문을 했던 사람들이 재주문을 하기 시작하면서 모르는 사람들에게도 연락이 왔다. 백일, 돌, 생일이나 결혼식, 환갑, 회갑연 같은 가족 행사는 물론 집들이, 입주식, 개업 행사 같은 곳에서 '두수리 행운 과자'를 찾았다.

"미라, 준비 다 하셨습니까?"

미라는 상자 개수를 체크하다가 마을 부녀회장이자 철종의 아내인 마리아의 전화를 받았다. 두 사람은 주문을 소화하는 것이 점차 빠듯하다는 기분 좋은 푸념을 늘어놓았다. 기계를 더 들여야 하는 것은 아닐까? 모자란 인력은 이웃 마을 사람들이라도 불러다 채워야 하나? 더 욕심부리지 말고 여건이 허락되는 선에서 작업을 해야 하는 걸까? 마리아와 함께 이런저런 가능성들을 가늠해보면서 미라는 자기도 모르게 큰 소리로 웃었다.

"왜? 뭐 할 말 있어?"

미라는 현관 앞에 붙어 있는 거울 너머로 자신을 빤히 바라보고 있는 원나에게 물었다.

"아니, 엄마라도 신나니까."

"뭐?"

"좋다고."

원나는 거울에서 미라를 바라보던 시선을 거두고 삐뚜름하게 묶인 손수건을 풀어 다시 묶기 시작했다. 등교 전에 일상적으로 겪는 실랑이였다. 하지만 오늘은 다른 때보다 좀 더 예민했다. 발표 수업이 있는 날인가? 절대 빠질 수 없는 단체 활동 같은 것이 있는 날인지도 몰랐다. 손수건을 접기 위해 고개를 숙이는 원나의 뒷목에 빨갛게 땀띠가 슬어 있었다. 미라는 화장대에서 베이비파우더를 찾아 들고 원나의 목에서 손수건을 풀어냈다. 원나는 질색을 하더니 손으로 흉터 부위를 꼭 잡은 채 저만치 물러섰다. 흉기를 든 괴한이라도 보는 듯한 표정이었다. 미라는 당황했지만 애써 아무렇지 않은 척 파우더 통을 다시 화장대에 올려놨다. 손이 미끄러지면서 파우더 통이 쏟아졌다.

"땀띠라고 얕봤다간 큰일 나."

미라는 휴지를 뜯어 바닥에 쏟아진 파우더 가루를 쓸어 모았다. 생각 같아선 손수건을 싹둑싹둑 잘라버리고 싶었다. 매일 아침 제 목을 조르고 있는 것만 같아 억장이 무너진다는 말이 목구멍까지 치밀어 올랐지만 꾹 참았다. 어떻게 해서든 집 밖으로, 마을 밖으로 걸어 나가게만 해달라고, 더 큰 욕심 같은 건 없다고, 간절하게 기도했던 때도 있었으니까.

재빨리 목에 수건을 감은 원나는 고개를 푹 숙여 머리칼로 얼굴을 가린 뒤 밖으로 나갔다.

'제발 고개 좀 들고 다녀.'

미라는 또 한 번 튀어나오려는 말을 꾹 삼키고, 쓸어 모은 파우더를 휴지통에 털어넣었다. 그녀는 창문으로 원나가 멀어지는 모습을 지켜보다 손바닥을 펼쳐 '오이' 밑에 '파우더'라고 적어넣었다.

am 12:10

미라는 밥솥에 넣어두었던 삶은 고구마로 간단히 요기를 한 뒤 포춘쿠키 상자를 트럭에 실었다. 주문에 맞추려면 배송 차가 떠나는 2시 선에는 발송을 마쳐야 했다. 미라는 우체국 창구에 홍보용으로 비치할 것을 가방에 따로 챙기다 바닥에 떨어진 쿠키를 주워 깨봤다.

내 나이 칠십여덟.

되는 일도 없고 안 되는 일도 없다.

(박순애)

부스러진 쿠키 조각을 입안에 넣으며 미라는 완식을 생각했다. 그녀는 아직도 눈을 감으면 화염에 휩싸인 집과 까맣게 그을린 채로 원나를 안고 나오던 완식의 모습이 생생하게 떠올랐다. 완식은 조금도 주저 없이 불타는 집으로 뛰어들어갔고, 잠시 뒤 원나를 안고 비틀비틀 걸어 나와 그대로 주저

앉았다. 그리고 다시는 일어서지 못했다.

그는 지금 마을 뒷산에 묻혀 있다. 불타 죽은 사람을 화장할 수는 없다는 미라의 바람을 마을 사람들이 들어준 덕이다. 전신에 2도, 왼쪽 뺨과 목에 부분적으로 3도화상을 입은 원나는 반년 동안 시내의 종합병원에 입원해 세 차례의 수술을 받았다. 미라는 원나가 누워 있는 동안 홀로 완식의 장례를 치렀고…… 그 뒤의 일들은 희미한 기억으로만 남아 있다. 남편의 죽음은 미라에게도 받아들이기 힘든 일이었다. 미라가 멍하니 누워 천장만 보고 있는 동안, 마을 사람들이 번갈아 원나를 간호했다. 퇴원한 원나를 싣고 마을과 병원을 오가던 어느 날, 미라는 백미러로 뒷좌석을 확인하다 가슴이 철렁했다.

'저게 누구지.'

고개를 가슴까지 숙여 머리칼로 얼굴을 완전히 가린 낯선 여자애 하나가 뒷좌석에 앉아 있었다. 살아 숨 쉬고 있는 아이라고는 할 수 없는 모습이었다. 미라는 자신이 잃은 것이 남편과 집 말고도 더 있다는 것을 깨달았다. 원나는 완전히 다른 아이가 되어 있었다. 쾌활하고 애교 있는 딸은 불타 사라지고, 퉁명스럽고 잔뜩 주눅이 든 낯선 아이가 죽은 사람처럼 생기 없이 웅크리고 앉아 있었다.

그날 밤, 미라는 누군가 흐느끼는 소리를 듣고 잠에서 깨어났다. 더듬더듬 밖으로 나와 보니 어두운 방에서 원나가 이불을 뒤집어쓴 채 울고 있었다.

"왜 그래, 원나야. 나쁜 꿈 꿨어?"

미라는 원나를 일으켜 안았다. 원나는 경기라도 하듯 미라에게서 떨어지더니 뭐라고 웅얼거렸다.

"응? 무슨 소리야, 원나야."

미라는 한참 만에 원나가 눈도 못 마주치고 웅얼거리고 있는 말이 "미안해"라는 것을 알아차렸다.

"나 때문에 아빠가 죽었잖아. 미안해. 미안해, 엄마."

원나는 계속 미안하다고 웅얼거리며 울다 잠이 들었다. 기도라도 하듯 두 손을 포개고 잠든 원나를 내려다보며 미라는 숨죽여 울었다. 고작 열세 살. 한창 외모에 신경 쓸 나이에 왼쪽 뺨과 목, 손등이 얽었고, 자신을 품에 안고 나온 아빠와는 제대로 인사도 하지 못한 채 영원히 헤어졌다. 그녀는 어린 딸의 마음을 헤아리지 못했다는 뒤늦은 깨달음에 가슴을 치며 눈물을 삼켰다.

"제수씨!"

운전석에 우두커니 앉아 있는 미라를 향해 철종이 유리문을 톡톡 두드리며 손짓했다.

"우체국 가는 거요?"

"네, 오늘 발송을 해야 해서요."

완식이 사고로 죽고 6년. 철종과 마리아 부부는 미라 모녀를 가족같이 챙겼다. 그것은 마음뿐 아니라 물질적이고 가시적인 도움일 때가 더 많았고, 그들의 도움이 없었다면 다시 일상을 회복하는 일이 쉽지 않았을 것이다.

철종은 전직 국가대표 펜싱 선수로, 은퇴 뒤 낙향하여 도청 소속팀 코치로 일하고 있었다. 그는 집 밖으로 나오지 않는 원나에게 펜싱을 가르치면서 학교에 다닐 수 있게 해줬다. 장래 희망 칸에 교사나 고고학자 같은 것을 적어넣던 원나는 펜싱 특기생이 되었다.

"하반기 남은 시합도 있고, 내년에도 기회가 여러 번 있으니까……."

원나가 조금만 더 진지하게 해준다면, 실업팀에 들어가거나 대학에 진학할 수도 있을 거라는, 다소 꿈만 같은 이야기. 원나가 처음 펜싱을 시작할 때만 해도, 그저 집 밖으로 나가 고등학교까지만이라도 마쳤으면 좋겠다는 소박한 바람이었다. 한 달쯤 지났을 때, 철종은 "생각보다 잘하고 있다"고 말했고, 미라는 그저 듣기 좋은 인사 정도라고 생각했다. 1년 뒤, 원나는 전국체전에서 처음 메달을 따왔다. 미라는 가슴이 뛰어 잠을 이룰 수 없었다. 그것은 일반적인 부모들이 자식에 대해 품는 자부심, 그 이상이었다. 죽음의 불구덩이에서 살아나온 자식이었으니까. 남편이 자기 목숨을 바쳐 구해 낸 목숨이었으니까.

하지만 그것이 마지막이었다. 원나는 여전히 열심히 훈련에 임했고, 대회에도 빠짐없이 나갔지만 그 이상의 기록을 세우지는 못했다.

"못하는 게 아니라 안 하는 거요. 그래서 더 까다로운 문제고."

심란해하는 미라에게 철종은 너무 걱정하지 말라고, 원나를 믿고 기다려보자고 했다.

"틀림없이 잘해낼 거요. 완식이 딸이잖아요."

주문이 꾸준히 늘어 다행이라고 흐뭇한 눈으로 짐칸을 살피던 철종은 제주도에 있는 후배가 좋은 생선을 보내줬다며 함께 저녁을 먹자고 했다.

"국 끓이지 말고 구워 먹자고 말해놨어요."

마리아는 생선이 생기면 신 맛이 나는 필리핀 스프부터 끓였다.

"이젠 약간 적응이 된 것 같아요. 저는 국도 괜찮아요."

"내가 안 괜찮아요."

이십 년 넘게 먹었지만 영 적응이 되지 않는다고, 철종은 고개를 절레절레 흔들었다. 뭐 더 필요한 것은 없느냐는 질문에 그는 마리아 몫으로 사이다나 몇 병 사다달라고 했다.

"어린애처럼 탄산음료를 좋아하잖아요."

쑥스럽게 웃던 철종은 가요, 저녁에 봐요, 하고 미라에게 손을 흔들어주고는 마을을 둘러보러 올라갔다.

pm 3:20

송장을 쓰고 나서야 미라는 주문받은 것보다 포춘쿠키를 두 상자나 더 들고 나왔다는 것을 깨달았다. 덤으로 보내줄까. 아니다, 다음 주문에 쓸 수 있을지도 모른다. 미라는 남은 상자를 다시 트럭에 실었다. 미라는 우체국 앞에 트럭을 대고 시장으로 들어갔다. 숭덩숭덩 잘라도 좋을 만큼 알이 잘 여문 오이, 그리고 부추와 양파를 넉넉하게 구입한 뒤 시장 초입의 슈퍼에서 사이다 두 병, 막걸리 세 병, 과자와 사탕 몇 가지를 샀다.

"커피 한잔하고 가."

슈퍼 아주머니가 믹스 커피를 타 놓고 손짓했다. 혼자 딸을 키우고 있다는 것을 아는 시골 사람들은 미라에게 언제나 다정했다. 베이비파우더를 사러 들렀던 양품점에서 매니큐어 하나를 덤으로 받았고, 정미소에서는 현미 떡 한 덩이와 퇴비 통에 넣을 왕겨 두 포대를 얻었다. 뭘 주는 것도 받는 것도 어색해하기만 하던 '서울새댁'은 사라진 지 오래다. 미라는 커피 한 잔을 달게 얻어 마시고도 한참이나 수다를 떨다가 일어났다.

pm 4:10

"야!"

나무 덤불 사이에서 싯누런 네발짐승이 튀어나오자 미라는 반사적으로 핸들을 비틀며 소리쳤다. 오 년 전 구입한 중고 타우너가 곡예하듯 왼쪽 두 바퀴로 비스듬히 섰다.

'고, 고라니…!'

충격으로 멍해진 머리가 더듬더듬, 그 네발짐승의 이름을 찾아낸 순간, 고개가 꺾이면서 눈앞의 풍경이 통째 기울어졌다.

'말도 안 돼.'

순식간에 하늘과 땅이 뒤집히더니 눈앞이 새하얘졌다. 미라는 갑자기 터진 에어백에 가슴뼈를 얻어맞고 정신을 잃었으나 곧 깨어날 수밖에 없었다. 통증 때문이었다. 숨을 쉬기 어려울 만큼의 날카로운 통증이 심장 주위를 압박하고 있었다. 뒤집어진 트럭 안에 꼼짝할 수 없이 갇혔다는 것을 깨닫자 서늘한 공포가 미라의 경직된 목덜미와 등을 뒤덮었다.

pm 4:40

미라는 천천히 눈을 깜빡였다. 왼쪽, 오른쪽, 다시 왼쪽, 오른쪽. 눈에 붙어 있던 얇은 껍질 같은 것이 벗겨지면서 점차 시야가 밝아졌다. 그녀는 팔을 뻗어 손바닥으로 천장을 지지해보려 했다. 팔에 힘이 들어가지 않았다. 관절을 잘못 움직인 탓인지 오른쪽 어깨에 긴 칼이 꽂힌 것 같은 통증이 느껴졌다. 고통에 신음하며 몸을 비틀었지만 에어백과 좌석 사이에 몸이 꽉 끼어 움직일 수가 없었다.

깨진 사이드미러로 읍내까지 이어진 길이 보였다. 도로가 굽이굽이 접혀 있다고 해도 좋을 만큼 경사가 심해 처음에는 운전할 엄두도 내지 못했던 길이었다.

"엄두가 안 나면 안 하면 되지, 뭐가 걱정이야."

이삿짐을 싣고 들어서던 날, 완식은 그렇게 말했다.

"내가 하면 되지, 내가 어디든 데려다주고 모셔올 텐데, 뭐가 걱정이야. 나 몰래 가고 싶은 데라도 있는 거야?"

'응, 그런 거야.'

미라는 마치 그때로 돌아간 것처럼 생생하게 떠오르는 기억에 대고 중얼거렸다. 여보, 우리 어서 다른 곳으로 가자. 도망치자. 뭔가 잘못돼도 대단히 잘못된 길로 들어섰던 게 틀림없어. 당신 그렇게 죽고, 하나뿐인 우리 원나

얼굴에, 몸에, 지울 수 없는 상흔이 남은 것도 모자라 이제 나까지 이렇게 죽고 나면, 그러면, 여보……

'아냐.'

미라는 거침없이 이어 붙던 생각을 싹둑 잘라버렸다. 아냐, 그럴 리 없어, 그래서는 안 돼. 그러면 안 되는 거잖아, 그래서는, 안 되는 거잖아. 그렇지? 대답 좀 해봐, 당신……

pm 5:00

"원나야……"

미라는 딸의 이름을 부르며 깨어났다. 고개가 왼쪽으로 완전히 비틀어져 있었다. 창밖으로 튀어나가 저만치 굴러간 양파가 밑둥만 남은 벼 사이, 사이에 박혀 있었다. 추수가 끝난 시월의 들판은 황량했다. 미라는 원나를 혼자 두어서는 안 된다는 생각을 다시 한번 단단하게 붙들었다.

'그래, 그럴 순 없어. 그래서는, 안 돼.'

대답이라도 하듯 어디에선가 핸드폰이 울리는 소리가 들려왔다. 그녀는 몸을 흔들었다. 어디에 있든 통화 버튼이 눌리기를 간절히 바라면서. 온몸이 쪼개지는 것 같았다. 누가 거꾸로 쥐고 온몸을 도로에 갈아대는 것만 같았다. 길게 이어지던 진동 소리가 뚝, 멈췄다.

"여보세요!"

미라는 울음을 삼키며 있는 힘껏 소리를 지르고는 완전히 탈진해 정신을 잃었다.

pm 5:45

멀리서 오래된 엔진이 끓는 소리가 들려왔다. 마을버스였다. 하루에 다섯 번밖에 다니지 않는 시골의 마을버스.

"살려주세요."

미라는 필사적으로 소리쳤다. 막차다. 소리치는 도중에 깨달았다. 저걸 놓치면, 버스는 다시 오지 않는다.

"여기, 사람이, 사람 살려요."

제발, 제발, 제발……. 누구든, 귀 밝은 사람이 하나라도 있기를 간절히 바랐다. 가슴에서 통증이 벌떡거렸다. 버스가 지나가버렸다는 것을 알면서도 미라는 고요한 논두렁에 대고 계속 울며 소리쳤다.

"으어어, 으어어어……!"

pm 5:55

해가 땅에 닿아 있었다. 미라는 해를 노려봤다. 아직 떨어지면 안 돼. 해가 지고 나면, 무서운 속도로 어둠과 추위가 밀려올 것이다. *그러면, 더더욱 발견되기가 어렵겠지.* 어디서 흘러내린 건지 모를 피가 광대뼈를 타고 흘러 속눈썹에 맺혔다. 얼굴이 터질 것만 같았다. 미라는 오른팔을 움직여 안전벨트 잠금쇠를 찾아 힘껏 눌렀다.

"악."

안전벨트가 풀리자 몸이 좌석에서 떨어지면서 머리가 천장에 완전히 닿았다. 에어백이 좀 더 부풀어올랐다. 고개가 뒤로 꺾이며 더 꼼짝할 수 없는 모양새가 되어버렸다.

억울해.

그렇게 생각하는 순간, 뜨거운 것이 울컥, 미라의 목구멍을 치받고 올라왔다.

'난 잘못한 거 없어. 이러면 안 돼. 이래서는 안 되는 거야.'

에어백에 얼굴을 묻은 채 미라는 목 놓아 울다 정신을 잃었다.

pm 6:24

노을이 지고, 차갑게 어둠이 깔리고 있었다. 미라는 꿈속에서 언뜻 완식의 얼굴을 본 것 같았다.

…….

…….

여보, 왜 이렇게 잠이 오는 거지.

…….

응?

…….

응? 여보…….

pm 6:40

……미라의 입에서 단단하게 뭉친 이름이 굴러떨어졌다.

"원, 원나, 원나야……."

"원나야."

누군가 원나의 팔뚝을 톡톡 두드렸다. 원나는 아직 잠이 가시지 않은 몽롱한 상태로 고개를 들었다.

"나 기억하지?"

단정한 투피스 차림의 중년 여성이 생글생글 웃으며 원나 앞에 서 있었다.

"……."

"반갑다."

원나는 엉거주춤 일어서 여자가 내민 손을 잡아 쥐었다. 지문이 느껴지지 않을 만큼 매끄럽고 차가운 손이었다. 여자는 병원 사회사업팀에서 나온 의료 사회복지사라고 다시 한번 자신을 소개했다.

"아……."

원나는 무의식적으로 대답하며 고개를 흔들었다. 울다 잠이 든 탓인지 머리가 멍했다. 이틀 전, 의사 선생님의 소개로 처음 만난 사람이다. 막 통성명을 끝냈을 때, 여자는 지인의 아버지가 설암으로 혀를 잘라냈다는 연락을 받고 먼저 일어섰다. 의사에게 사정을 이야기하며 가방을 챙겨드는 여자의 얼굴은 이상하게도 생기로워 보였다. 여자는 웃음을 머금은 얼굴로 원나의 이름과 연락처, 원나의 엄마인 미라가 입원해 있는 병실의 호수를 메모한 뒤, 곧 연락을 주겠다고 했다.

"엄경희 선생님. 앞으로 엄 선생님이라고 부르면 돼."

여자가 나간 뒤 의사 선생님이 말했다.

"어, 엄…… 선생님……."

"그래, 기억하는구나."

"여기, 앉으세요."

원나는 침대 밑에서 바퀴가 달린 보조의자를 꺼내 여자 쪽으로 밀었다.

"이분이 어머님? 성함이 오미라, 맞지?"

"네……."

뺨을 대고 누워 있던 침대 시트에 동그랗게 눈물과 침이 흐른 자국이 나 있었다. 원나는 손등으로 제 입가와 눈을 훔쳤다. 누워 있는 엄마를 골똘히 내려다보던 엄 선생은 간이 테이블을 끌고 와 낡은 수첩과 만년필을 내려놓았다.

"1965년생. 2017년 10월 16일 교통사고, 10월 27일 식물인간 판정, 그 뒤부터 이렇게 쭉, 누워 계신 거고……. 대학병원에 두 달 계시다가 우리 병원으로 이원, 산업재해 보상 보험, 자동차 보험에 가입되어 있구나. 보험회사와는 보험금 문제로 소송 중이고, 아버지는 2011년, 화재 사고로 사망……하셨네. 우리 원나는 1999년생. 현재 스무 살, 그런데 1년 휴학해서 아직 고등학교 3학년, 펜싱 선수지만 특별한 실적이나 수상 경력, 수입은 없고……."

왜곡도 과장도 없는 사실이었다. 엄 선생의 어조는 단일했고, 말투는 단정했다. 하지만 원나는 이상하게도 주눅이 들었다.

"어머니께서 마을 사업장 외근 중 사고를 당하신 걸로 되어 있는데, 맞니?"

"네. 포, 포춘쿠키…… 배달을……."

출혈이 심하지 않아 괜찮을 거라는 병원 직원의 전화를 받고 달려갔다. 하지만 미라는 열 시간이 넘는 수술 끝에 열흘 가까이 의식을 찾지 못했고 끝내 식물인간 판정을 받았다. 쉽게 말해 의식이 어떤 지점 너머로 가버렸다, 돌아올지 그대로 사라져버릴지 알 수 없는 상태, 라는 것이 담당의사의 설명이었다.

"저게 다 뭐니? 1995년, 이탈리아……."

엄 선생은 벽에 덕지덕지 붙어 있는 종이 쪽에 시선을 두었다.

1995년, 이탈리아

교통사고로 4년간 의식불명 상태에 빠졌던 발레리오 바시라리라는 청년이 의식을 회복했다. 애인 세실리아 오란디가 의식이 없는 연인에게 셀 수 없는 키스를 퍼부으며 그를 "자극"한 덕분이었다. 그녀는 "그에게 말을 걸었을 때 그의 심장이 빨라지는 것을 발견하고 희망을 갖기 시작했다"고 말했다.

1997년, 아르헨티나

임신 19주째 뇌출혈로 쓰러져 식물인간이 되었던 여자가 2개월간의 혼수상태 끝에 건강한 여자아이를 출산했다. 여자는 제왕절개 수술로 체중 1.89kg의 아이를 무사히 출산했고, 너무 감격한 나머지 아이의 이름을 마리아 데로스 밀라그로스, '기적의 마리아'라고 지었다.

2000년, 미국

심장발작과 뇌졸중을 일으켜 식물인간이 되었던 중년 여성이 긴 잠에서 깨어났다. 크리스타 릴리라는 이 여성을 돌본 것은 그녀의 어머니, 미스 스미스였다. 미스 스미스는 평소와 다름없이 아침에 일어나 딸에게 잘 잤느냐고 물어봤다. 그러자 릴리가 잘 잤다고 대답을 한 것이다. 이제 릴리는 급식 튜브를 떼고 케이크를 먹을 정도로 회복되었다.

2011년, 중국

위장 질환으로 수술을 받은 뒤 뇌경색이 합병되어 식물인간이 되었던 여성이 한 달 만에 의식을 회복했다. 그녀의 아들이 장학금을 받으며 일본으로 유학을 갈 수 있는 기회도 버리고 어머니 곁에 남아 간호를 한 덕분이었다. 그는 어머니 곁에서 대학에 다닐 때의 이야기, 미래 등에 대해서 이야기를 해줬다. 회복 불능 진단을 받았던 그의 어머니는 입술을 움직이기 시작했고, 침대를 잡고 일어섰으며 마침내 기억도 완전히 회복했다.

"아, 그냥……."

원나는 얼굴을 붉혔다. 인터넷에서 식물인간 상태에서 깨어난 사람들의 이야기를 찾아 인쇄해 붙여놓은 것이었다. 원나는 그들을 '서포터즈'라고 생각하며 시간이 날 때마다 미라에게 읽어주고 있었다. 그러니까, 엄마도 힘내, 라는 차원에서다.

"무료 간병인 제도는 이용하고 있지?"

"네."

"너 말고 엄마를 따로 돌봐주시는 분이 계시니?"

"마을 어른들이……."

온 동네 노인들이 번갈아 드나들긴 했지만 엄마를 '돌볼' 수 있는 건 마리아가 유일했다.

"여기서 차로 30분 거리에 복지관이 있어. 필요하면 거기서 식사를 하거나 도시락을 받아올 수 있는데, 그것도 알고 있니?"

"네."

"가본 적 있어?"

"아뇨, 멀어서……."

차가운 식판에 담아주는 밥 한 끼 먹자고 왕복 한 시간을 오갈 수는 없었다.

"……."

쉴 새 없이 질문을 퍼붓던 엄 선생이 돌연 조용했다. 원나는 고개를 들었다. 엄 선생이 원나를 빤히 바라보고 있었다. 눈이 마주치는 순간, 원나는 재빨리 고개를 숙여 머리카락으로 얼굴을 가렸다. 엄 선생은 그 순간을 놓치지 않고 손을 뻗어왔다.

"날씨도 따뜻한데 머리 좀 묶지 그러니."

"괘, 괜찮아요."

원나는 엄 선생의 손을 피해 의자를 뒤로 밀었다. 의자 다리에 끼워진 고무 패킹이 바닥에 끌리며 삑, 하고 듣기 싫은 소리가 났다. 잠시 어색한 침묵이 고였다. 원나는 고개를 더 푹 숙였다.

"필요하면 긴급 수급이나 한시적 수급을 받을 수도 있어."

"네."

"그렇게 고개를 숙이면 들리니? 중요한……."

엄 선생은 자기도 모르게 언성을 높이다 입을 다물었다. 그녀는 감정을 삭이고 누그러진 목소리로 덧붙였다.

"중요한 이야기잖니."

"네."

"다른 보호자 분은 없어? 여기로 이원할 때 도와주신 분이 있다고 들었는데."

"······이장 아저씨요."

"그분 연락처 좀 알 수 있을까?"

"왜, 왜요?"

"어른들끼리 할 이야기가 있어서 그래."

엄 선생은 원나가 불러주는 전화번호 밑에 재빨리 메모했다.

차원나.

20세. 고교 3년(1년 휴학). 체육특기생(펜싱).

보호자 없음. 소득원 없음.

대인 기피. 공격성. 아르바이트 등 생계 활동은 요원해 보임.

"원나야, 혹시 상담을 받아보거나 항우울제 처방받은 적 있니?"

"······."

"그런 도움이 필요하다면 내가 좋은 선생님······."

"받았어요. 필요할 때는 약도 먹고요."

엄 선생은 곧바로 노트에 '항우울제 복용 중'이라고 적었다.

"약 꾸준히 먹고 있니? 한두 번 먹고 효과 없다고 끊거나 효과 있는 것 같다고 바로 중단하면 안 되는 거거든."

"네."

"이건, 군청 통합조사팀에 제출해야 하는 서식들이야. 지금 작성할래? 내가 도와줄까?"

"제, 제가 나중에 할게요."

"조금 복잡한 상황이긴 한데, 그래도 꼭 기초생활수급 대상자가 될 수 있도록 선생님이 노력해볼게."

"……."

"이게 내 일이니까 절대로 미안하거나 고마워할 필요 없어."

"……."

"어려운 일 있으면 언제든지 연락해도 된다는 말이야."

"……네."

엄 선생은 일어서서 원나와 미라를 내려다봤다. 그리고 잠깐 고민하더니 지갑에서 명함과 함께 오만 원권 한 장을 꺼내 원나의 손에 쥐어줬다.

"이건 선생님이 개인적으로 주는 거야."

원나는 엄 선생의 손을 탁, 친 뒤 두 손을 등 뒤로 돌리고 한 발짝 물러섰다.

"얘! 이럴 땐 그냥 고맙습니다, 하고 받으면 돼."

엄 선생은 당황했으나 이내 침착함을 되찾았다. 그녀는 원나의 교복 블라우스 앞주머니에 명함과 돈을 찔러넣었다.

"다시 연락하자. 응?"

"……."

원나는 고개를 수그린 채 그대로 서 있었다. 엄 선생이 주머니에 찔러넣은 것이 돈이 아니라 흉기라도 되는 것처럼 가슴께가 욱신거렸다. 엄 선생의 구두굽 소리가 완전히 멀어진 뒤에야 원나는 손목에 감아놓은 고무줄을 풀어 머리를 묶었다. 원나는 신속하게 문을 잠그고 미라 곁에 앉았다. 한동안 그렇게 멍하니 앉아 있던 원나는 사물함에서 매니큐어 상자를 꺼냈다. 심란할 때 손을 가만히 두면 안 된다. 기분이 좋지 않을 때마다 원나는 미라의 손톱과 발톱을 칠했다.

"아니, 뭐 그래. 저 아줌마 말이 틀린 건 하나도 없지. 따박, 따박, 맞는 이야기만 한 건 그렇다 쳐. 어설프게 위로하는 것보단 낫다 치자고. 그래도 너무했어. 고개 숙이고 있다고 앞이 안 보여? 어떻게 면전에 대고 그런 말을 적어? 앗, 미안! 엄마, 여기는 다시 칠해야겠다."

원나는 아세톤으로 미라의 살에 묻은 매니큐어를 지웠다.

"······엄마, 나 말야. 지금이라도 돈이 되는 기술 같은 거라도 배울까? 어떻게 생각해? 용접공이나 페인트공 같은 거 어떨까? 잘할 것 같지 않아? 얼굴 가리고 하는 일이잖아. 용접보다는 페인트가 나을 것 같아. 나 이렇게, 엄마 손톱, 발톱도 잘 칠하잖아. 기술 배우기엔 늦은 건가. 그런데 엄마, 늦었다고 생각했을 때는 정말 늦은 거야? 아니면 늦었다는 생각이 들었을 때라도 뭐든 해야 하는 거야? 해도 안 해도 후회가 남는다면 역시 하는 게 좋은 거야? 아니면 어차피 후회할 거, 그냥 가만히 있는 게 나은 거야? 엄마는 어땠어? ······이렇게 많이 물어보는데, 한 개쯤은 대답해주면 안 돼?"

복도에서 저녁 식사를 담은 카트가 움직이는 소리가 들려왔다. 원나는 시계를 봤다. 미라의 병간호를 핑계로 오후 훈련에 빠졌지만 저녁 훈련에는 가야 했다.

"알지? 어휴, 박코 아저씨 그 잔소리, 잔소리! 차라리 가고 말지!"

말은 그렇게 했지만 원나는 잽싸게 매니큐어를 정리하고 나갈 준비를 하고 있었다. 한바탕 땀이라도 쏟으면 기분이 좀 나아질 것 같았다.

"엄마, 나 훈련 갔다 올게. 움직이면 안 돼. 아직 덜 말랐어!"

원나는 미라의 얼굴 가까이로 다가가 속삭였다. 그리고 침대 옆 서랍장에서 mp3 플레이어를 꺼내 미라의 목에 채웠다. 식물인간으로 누워 있다 깨어난 사람들의 기사를 녹음해놓은 것이다. 원나는 미라가 깨어났을 때, 가장 먼저 듣는 목소리가 자신의 것이어야 한다고 생각했다. 그것이 설사 녹음된 것이라 할지라도.

*

펜싱은 예절!

원나는 체육관 철문에 세로로 붙어 있는 문패의 '은'과 '예' 사이에 주먹을 박아 문을 밀었다. 마음속으로 '펜싱은! 빡! 예절!'하고 기합을 넣으면서. 선수들이 그룹을 이뤄 준비운동을 하고 있었다. 박 코치는 마니퓔라테르(manipulateurs, 검을 쥐고 허공에 기하학적 패턴을 그리며 하는 손가락 훈련)를 하는 그룹과 앙 가르드(En Garde, 준비) 자세에서 제자리 뛰기를 하고 있는 그룹 사이에 서 있었다. 원나는 머릿속으로 박 코치의 눈을 피해 탈의실까지 이동할 수 있는 동선을 시뮬레이션해보았다. 훈련 중인 선수들을 엄폐물로 쓰면 가능할 것도 같았다. 중요한 것은 신속함과 민첩함, 그리고 주저하지 않는 과감함…….

"차원나!"

채 다섯 걸음도 떼기 전이었다.

"이리 와!"

박 코치의 고함 소리가 체육관을 쩌렁쩌렁 울렸다. 박철종 코치. 일명 박코. 그는 1986년 서울 아시안게임 은메달리스트로, 전성기에 교통사고를 당해 오른손을 잃은 비운의 펜서다. 손목을 절단한 뒤 의수를 끼고 왼손으로 처음부터 다시 훈련을 시작해 몇 차례 대회에 나갔지만 이렇다 할 활약을 하지는 못했다. 예정에 없던 이른 은퇴 뒤, 그는 고향으로 돌아왔다. 연금을 받으며 한동안 조용히 살던 철종은 십 년 전부터 도청 소속팀 코치로 일하고 있다. 소속 선수 훈련 및 선수 발굴, 인근 군부대 펜싱 동호회 자문, 그리고 사고로 죽은 친구의 딸 원나의 개인 지도가 그가 하는 일이다.

36

"왜 이렇게 늦었어!"

"갑자기 복지사 선생님이 찾아와서요."

"그거, 뭐 급하다고. 찬찬히 알아보라니까. 엄마는 뭐라대?"

"네?"

박 코치의 스스럼없는 대꾸에 원나는 가슴이 덜컥 내려앉았다. 박 코치는 원나가 살고 있는 마을, 두수리의 이장이다. 마을 어른들은 그를 "박코야" 하고 불렀고, 그래서 원나는 그가 코치가 아니라 그냥 동네 아저씨였을 때부터 "박코 아저씨"라고 불렀다.

"뭘 그렇게 놀래. 가족 간에는 대화를 많이 하는 게 좋은 거라니까."

눈이 마주치자 철종은 입꼬리를 올리며 씩 웃었다. 언젠가 철종이 병실에 들어선 줄도 모르고 미라에게 이런저런 이야기를 늘어놓다 들킨 적이 있다. 그때부터 철종은 가끔씩 원나에게 엄마한테 무슨 이야길 했는지, 무슨 이야기를 할 건지 물어왔다.

"어쨌든 늦은 건 늦은 거니까 벌점. 빨리 옷 갈아입고 나와서 몸 풀어."

"네."

"오늘 늦은 놈들이 뒷정리한다!"

철종이 소리치자 여기저기서 탄성이 터져나왔다.

퇴원 후, 어떻게든 학교에 가지 않을 궁리만 하고 있던 원나에게 펜싱을 권한 것은 철종이었다. 공식적으로 수업에 빠질 수 있다는 이유 때문에, 전신은 물론 얼굴까지 완벽하게 밀폐할 수 있는 펜싱 슈트와 마스크에 혹해 원나는 중학교 때부터 펜싱을 시작했다.

"펜싱은 전술과 기술이 모두 필요한 운동이다. 머리와 몸을 고루 써야 한다는 거야. 일단 몸에 힘이 생겨야 자신감이 붙고, 몸에 자신감이 붙어야 머리를 쓸 수 있다. 운동장 50바퀴!"

원나는 철종에게 속았다고 생각했다. 슈트와 마스크로 마음을 동하게 해놓곤 정작 장비 근처로는 가지도 못하게 했기 때문이다.

"펜싱은 동작이 한쪽에 치중되어 있어서 근골이 비대칭으로 발달할 수 있다. 쉽게 말해서 한쪽 허벅지만 굵어질 수 있단 말야. 보완 근 훈련과 체력 훈련은 필수다!"

전신 근육을 쓸 수 있는 제자리 뛰기, 어깨, 팔, 등 세 부분으로 나눈 상체 훈련, 그리고 허리, 종아리, 대퇴 및 골반 운동, 하체 무게중심을 잡기 위한 풀 스쾃과 런지……. 준비운동만으로도 몸이 녹초가 될 만큼 힘들었다. 죽을 것같이 힘들었지만 견딜 수 있었던 건, 모든 훈련을 마스크를 쓰고 했기 때문이다. 마스크에 적응하고 익숙해지기 위해서였다. 다른 선수들은 갑갑해했지만 원나는 좋았다. 원나는 고된 훈련을 소화하기 위해서 많이 먹었고 집으로 돌아오면 어떻게 누운 줄도 모르게 쓰러져 잠들었다.

"어떠냐. 제법 무겁지?"

기본 훈련만 석 달. 그만둬야 하나 고민하고 있을 때 철종이 에페(épée, 에페 경기에 쓰는 펜싱 검)를 사줬다. 원나는 그래 봤자, 하고 들어봤다가 깜짝 놀랐다. 철종의 말처럼 칼이 생각보다 묵직했다. 에페를 잘 다루려면 손목은 물론 손가락 힘을 키워야 했다. 철종은 툭하면 원나에게 마을 어른들 안마를 시켰고, 철종은 옆에 앉아서 원나가 엄지와 검지에 골고루 힘을 주고 움직임을 컨트롤하는지 체크하고 점검했다.

"이게, 마레이징이라는 강철로 만든 거다."

마징가와 어감이 비슷한 그것은 실제로 제트 전투기를 만들 때 사용하는 합금 강철이라고 했다. 그래서 그런가. 원나는 에페를 들고 있으면 정말로 마징가나 전투기라도 된 것 같은 기분이 들었다. 적어도 피스트(piste, 펜싱의 코트) 위에서만큼은 일 년을 꿇어 뭐라 불러야 할지 모르겠는 불편한 애도, 멍청하게 잠에 취해 온 집 안이 다 불타고 아빠가 죽는 줄도 몰랐던 멍청이도, 얼굴에 불이 눌러 붙은 괴물도 뭣도 아닌 그냥 차원나일 수 있었다. 그리고 가끔씩은, 어쩌면 그보다 더 나은 뭔가가 될 수도 있지 않을까, 하는 기대를 가져보기도 했다.

"인마, 어디에 정신이 팔렸기에 옆에서 불러도 몰라?!"
철종이 원나의 어깨를 툭 쳤다. 원나는 억울했다. 훈련에 집중했을 뿐이다. 벽을 찌르며, 팡트(fente, 찌르기 자세)! 팡트! 기계적인 동작에 집중하라는 가르침에 충실했을 뿐인데, 정신이 팔리다니!
"서울에서 온 에페 선수다."
펜싱 슈트를 입은 키 큰 여자와 중년 남자가 철종의 곁에 서 있었다. 철종의 후배와 그가 데리고 있는 선수로 근처에 전지 훈련을 왔다가 함께 인사차 방문한 것이었다.
"한번 붙어봐."
앞으로 바투 다가온 여자의 얼굴을 보는 순간, 원나는 자기도 모르게 아, 하고 고개를 떨어뜨렸다.
'예쁘다.'
TV나 잡지에서가 아니라 실제로 이렇게 예쁜 여자를 본 건 처음이었다. 하나하나 손으로 빚은 듯한 눈, 코, 입. 그게 다 붙어 있는 게 신기할 정도로 작은 얼굴. 단아한 이마. 잡티 없이 깨끗하고 뽀얀 피부. 시선만 마주쳤는데도 몸이 베이는 것 같았다. 상대는 당장 피스트에 올라갈 태세로 보호대에 속보의, 전도성 도복까지 모두 입고 있는데도 늘씬했다. 원나는 승모근이 뻐근할 정도로 고개를 숙이고 마스크를 뒤집어썼다. 그걸 도전의 사인으로 받아

들었는지 상대도 머리를 질끈 묶더니 마스크를 들고 피스트 위로 올라갔다.

'이게 아닌데.'

원나는 뒤를 돌아봤다. 하지만 전자 심판기에 전원이 들어왔다. 철종과 철종의 후배는 물론 훈련 중이던 다른 선수들까지 모두 피스트 근처로 다다닥 옮겨 붙고 있었다. 이렇게 되면 빠져나가는 것이 더 큰일이다.

"살뤼(Salut)."

인사. 피스트에서는 불어만 사용한다. 펜싱의 첫 번째 매력이다. 프로텍터와 슈트를 갖춰 입고, 마스크로 얼굴을 가리고, 낯선 언어에 맞춰 몸을 놀리다 보면 원나는 뭔가, 자신이 아닌 다른 사람이 된 것 같은 기분이 들었다. 상대와 원나는 마주 보고 서서 칼끝을 두 번 맞댔다. 정정당당한 승부를 하겠다는 선수들 간의 다짐을 주고받는 것이다. 아무리 진정하려고 해도 혈관에서 아드레날린이 분수처럼 솟구치는 순간이다.

"앙 가르드(En Garde)."

자세잡기. 원나는 에페를 꽉 잡고 무게중심을 낮추고 섰다. 펜싱은 심플하고, 그래서 우아한 스포츠다. 유럽의 성(城) 복도를 4분의 1로 복제한 폭 2m, 길이 14m의 펜싱 코트 피스트에서는 누구도 등을 보이지 않는다. 공격은 마주 보고 있을 때만, 오로지 칼로. 찌르거나 벤다!

"프렛(Prêt)."

준비. 펜싱 공식 종목들 중에서도 에페는 룰이 가장 심플했다. 누구든! 검 끝으로! 먼저! 찌르면! 포엥(point, 득점)! 마스크와 장갑을 포함한 신체 모두가 유효 공격 부위다. 공격권을 얻기 위한 룰이 따로 있고 공격 유효 부위도 얼굴과 팔다리를 제외한 몸통뿐인 플뢰레(fleuret), 허리뼈보다 위쪽만 공격해야 하는 사브르(sabre)와 비교하면 무식하다고 해도 좋을 만큼 단순

했다. 하지만 어디든 빠르게 찔러 득점, 즉 피를 보는 것에만 집중한다는 점에서 에페는 검을 이용한 결투라는 펜싱의 본래 모습과 가장 많이 닮아 있다……는 것이 전직 에페 선수인 철종의 설명이었다.

"알레(allez)."

시작. 에페는 3분 경기를 세 번, 총 9분 동안, 15점을 먼저 획득하는 선수가 승리한다. 상대는 아타크(attaque, 공격), 그중에서도 펭트(feint, 유인동작)가 없는 아타크 생플(attaque simple, 단순공격)에 강했다. 큰 키와 긴 팔, 다리를 적극적으로 이용한 자신감 넘치는 돌직구. 겨뤄야 할 상대만 아니라면 응원을 해주고 싶을 만큼 마음에 들었다.

원나는 공격보다는 파라드(parade), 즉 방어를 잘한다는 평을 들었다. 상대의 공격을 제어하고 칼의 흐름을 바꾸는 철통보안! 자타공인 공격 장기는 손목치기와 발등찍기다. 득점 시 모양새는 좀 빠지지만 그 때문에 의도치 않게 상대를 바짝 약올릴 수 있었다.

4 : 5

상대가 1점 앞선 상황에서 첫 번째 세트가 끝나고 1분 휴식에 들어갔다.

"잘했어. 쟤가 키는 커도 네가 발이 빠르니까 쉽게 공격을 못하잖아. 넌 인마, 칼 방향을 바꿨으면 물러서지 말고 찔러야지."

철종은 빠르게 말했다. 목소리가 흥분으로 들떠 있었다.

"네."

"쟤 저거 눈 찢어지겠다. 너 노려보는 거 봐라."

상대는 씩씩거리며 코치에게 중얼거리고 있었다. 철종은 손으로 입을 가리고 낄낄거렸다. 정말로 재밌어 죽겠다는 표정이었다.

"좀 더 과감해질 필요가 있어."

"네."

"그래도 돼. 아니, 그래야 해!"

"네."

"저녁 내기했다."

"네?"

"잘하라고, 인마."

아니, 누구 허락을 받고?! 원나가 뭐라 항의할 틈도 없이 다시 경기가 시작됐다. 상대는 칼끝으로 원나의 칼을 건드리며 신경전을 걸어왔다. 살살 신경을 긁으며 어떤 식으로 공격할지 가늠해보는 것이다. 좀 전과 달리 칼에 감정이 묻어 있었다. 그리고 제 나름의 판단이 섰는지 갑자기 거칠게 거리를 압박해왔다.

"알트(halte), 코르 아 코르(corps à corps)!"

중지, 신체 접촉. 원나와 상대는 동시에 멀리 물러섰다. 펜싱은 면 대 면의 스포츠지만 유도나 레슬링처럼 붙어서 겨루는 것이 아니라 언제나 상대와 일정한 거리를 유지해야 했다. 코르 아 코르(corps à corps), 신체 접촉이 발생하면 심판은 경기를 중단시킨다. 선수들은 오직 검으로만 만나며 서로의 몸이 닿지 않을 만큼의 거리를 처음부터 끝까지 유지해야 한다.

"에트 부 프레(etes-vous prêts)?"

다시 시작할 준비가 되었느냐는 질문에 원나와 상대는 동시에 "위(oui)" 하고 대답했다.

"프렛, 알레!"

준비, 시작! 마르셰(marche, 전진)와 롱뻬(rompez, 후진)가 기본인 풋워크 (footwork)는 신속하고 빠르게 상대와의 거리를 조절하는 방법을 몸에 익히는 기술이다. 자신이 원하는 때에, 원하는 만큼의 거리 유지! 원나가 펜싱에 완전히 매료될 수밖에 없었던 이유다.

경기가 다시 시작되자 원나의 머릿속에서 유연한 왈츠의 멜로디가 흘러나왔다. 부드럽게 휘어졌다 곧게 서는 에페는 마치 살아서 춤을 추는 것 같았다. 피스트에서의 9분 동안, 길이 110센티미터, 무게 770그램의 에페는 원나의 왕자님이며 호박 마차였고 유리 구두였다. 에페는 재투성이 괴물 소녀를 자유롭고 당당하고 우아하게 만들어줬다.

"으아샤!"

상대가 큰 소리로 환호하며 두 주먹을 불끈 쥐어 허공에 흔들었다. 여리여리한 몸에서 우렁찬 소리가 연달아 터져나왔다. 원나와 상대는 연속으로 다섯 번 동시타를 주고받았다.

9 : 10

칼의 방향을 바꿔도 금세 거리를 압박해왔기 때문에 공격의 찬스를 만들기가 쉽지 않았다. 상대는 아타크가 포엥으로 이어질 때마다 큰 소리로 환호했다. 경기 중 소리로 감정을 표현하는 건 일종의 기싸움이다. 상대는 원나의 침묵이 다른 종류의 심리전이라고 생각했는지 더 큰 소리로 환호했다. 원나는 언제나 그렇듯, 상대방이 날카롭게 소리를 질러대며 자신을 도발하는 구호와 함성을 무시하고 경기에 집중하려 애썼다.

신경이 쓰이는 쪽은 오히려 다른 데 있었다. 원나는 에페를 세워 날을 살펴본 뒤 심판에게 수신호를 보내 경기 중단을 요청했다. 에페가 5도가량 휘어져 있었다. 칼을 교체하는 동안 철종과 후배 코치가 살살 하자며 농담을 주고받았다. 원나가 칼을 교체한 뒤, 양쪽 다 득점 없이 두 번째 세트가 끝났다.

"침착하게 칼 잘 바꿨다."

"네."

"새 칼로 끝까지 보고 과감하게 찌르는 거다."

"네."

"하나, 둘, 셋, 아니고 넷까지, 넷까지 보고 찌르는 거다."

"네."

"네가 발이 빠르잖냐. 집중해서 찌르면 알고도 당할 수밖에 없어."

"네."

다시 경기가 시작되었다. 시작과 함께 연달아 세 번의 동시타를 주고받은 뒤, 원나는 거리를 좁히며 다가오는 상대가 공격해올 수 있도록 상체를 앞으로 뺐다. 자연스럽게 상대를 유인한 뒤 빠르게 팔등을 찍으며 포엥(득점)!

"으아아아아아!"

상대는 자신이 득점했을 때만큼이나 큰 소리로 아쉬움을 표현했다. 원나는 원나대로 긴장했다.

10 : 10

경기를 시작한 뒤 처음으로 동점 상황이 된 것이다. 남은 시간은 2분. 온몸이 땀으로 흠뻑 젖었다. 순식간에 점수가 나고, 승패가 결정되는 만큼 조금도 방심해서는 안 된다. 원나는 상대가 가쁜 숨을 내쉬는 사이, 검을 왼쪽으로 밀어 그대로 어깨를 찍었다.

"아악!"

득점에 성공한 순간 원나는 자기도 모르게 소리를 질렀다. 이제 점수는…….

14 : 13

원나가 한 점 앞섰다. 승리가 눈앞이었다. 원나와 상대는 30초가량 득점 없이 일정 거리를 유지하며 피스트를 오갔다. *이대로 종료하면 이긴다.* 같은 계산을 하고 있는 상대 쪽에서 먼저 공격을 해왔다. 거리가 좁혀진 순간, 동시타! 그런데 상대 쪽만 득점이 인정됐다.

14 : 14

다시, 동점. 이제 어느 쪽이든 먼저 득점하는 쪽이 이긴다. 원나는 마스크를 가득 채우고 있는 자신의 숨소리에 집중했다. 남은 시간은 40초. 상대가 팔을 뻗는 순간 원나는 자세를 낮췄다. 상대의 칼이 머리 위로 지나갔다. 재빨리 아타크! 상대가 칼을 들고 있는 팔을 찔렀다. 미음먹고 유인 동작을 이끌어냈지만 득점으로 연결되지 못했다. 거리를 압박해 조여가며 다시 한번 아타크! 하지만 상대가 반격하면서 동시타. 합이라도 맞춘 것처럼 절묘했다. 경기를 지켜보고 있던 사람들이 모두 아! 하고 비명을 질렀다. 그런데 이번에도 상대만 득점으로 기록됐다.

"와아아아아아아!"

커다란 박수 소리가 체육관을 쩌렁쩌렁 울리면서 경기가 끝났다.

최종 스코어 14 : 15

상대는 불끈 움켜쥔 주먹으로 허공을 휘저었다. 경기를 지켜보던 사람들이 어느새 피스트 주변을 겹겹이 에워싸고 있었다.

역시, 졌다.

잠시나마 흥분으로 달아올랐던 원나의 몸이 차갑게 식었다. 원나는 먼저 상대에게 손을 뻗어 악수했다. 빨리 도망치고 싶었다. 상대는 다른 손으로 마스크를 벗어젖히며 가쁜 숨을 몰아쉬면서도 원나의 손을 꽉 움켜잡고 놓아주지 않았다.

"너 이름이 뭐니?"

"네?"

"이름이 뭐냐고, 몇 살이야?"

상대는 원나의 손을 꽉 잡은 채 씩씩거리며 호흡을 골랐다. 상대와 눈이 마주친 순간, 원나는 또 한 번 헉, 하고 시선을 피했다. 얼굴에 혈색이 돌면서 아까보다 훨씬 활기 있고 생기 있어 보였다.

"고, 고3이요."

"고사미? 여기 도청 소속이니?"

"아니, 고3이라고요."

"뭐? 고3이라구?"

원나와 혈투를 벌인 상대, 재연은 이제 고3이라는 여자애의 얼굴을 노려봤다. 힐끗힐끗 자신을 쳐다보는 그 눈은 분명, 자신이 누군지 모르고 있었다. 원나는 재연에게 붙잡힌 손을 비틀었다.

"야, 너!"

재연은 손목을 돌려 다시 원나를 잡았다.

"스카우트 제의는 받았어? 어디? 대학이야, 실업팀이야?"

"……"

"아, 이 도청 소속이 되는 거니?"

"……"

원나는 재연의 손을 확 뿌리친 뒤 바디 와이어를 풀고 피스트 밖으로 걸어 나갔다.

"야!"

"……"

"너 이름이 뭐냐니까?"

재연의 목소리가 쨍, 하고 체육관 천장까지 울렸다.

'네가 이름을 말해야 내 소개를 하지!'

재연은 원나를 노려보며 입술을 깨물었다. 대한민국 펜싱 국가대표! 올림픽 은메달리스트! 나를 몰라? 왜? 피스트 밖에 물러 서 있던 남자 선수들이 "전 김주원이에요." "저는 고경태입니다." "전 당신의 팬입니다" 하고 재연의 곁으로 몰려들며 제 이름을 외치기 시작했다.

원나는 고개를 숙이고 도망치듯 여자 화장실로 들어가 변기 뚜껑을 내려 주저앉았다. 흥분이 가시자 자책의 시간이 찾아왔다.

'내가 졌으니까 오늘 밥값은 아저씨가 내겠지?'

발보다 손이 먼저 나가 수가 읽힌 것도, 플레쉬(fleche, 날아찌르기)할 때 무게중심이 흔들리는 고질적인 문제가 어김없이 튀어나온 것도, 전부 다 화가 났다.

"우리 간다!"

도청 소속팀 주미가 어둑어둑한 화장실을 향해 소리쳤다. 원나가 잠자코 있자 탁, 소리와 함께 복도 불이 꺼졌다. 이제 원나가 옷을 갈아입을 차례였다. 원나는 화장실 밖으로 나와 복도를 살핀 뒤 종종걸음으로 탈의실로 들어갔다. 원나는 신속하게 사물함을 열고 에페와 슈트를 정리했다. 이제부터는 원나 혼자만의 경기가 시작된다.

앙 가르드.

거울을 보면서 손수건으로 목을 꼼꼼하게 감싼 뒤,

프렛.

머리카락으로 최대한 얼굴을 가려 흉터가 전부 가려졌다는 것을 확인하고 나면,

알레.

고개를 숙이고 빠른 걸음으로 곧장 걷는다. 전진. 오로지 전진. 전략은 단순하다. 앞발이 먼저 앞으로 나가고 뒷발이 따라 나간다. 누구하고도 눈을 마주쳐서는 안 된다.

누군가 이름을 부른다면?

그런 일은 없다. 친구들은 원나를 '사다코'라고 불렀다. 언제나 고개를 숙이고 소리 없이 움직이기 때문이다. 같은 반 애들과 눈이 마주치면 인사 정도는 했지만 그것도 아주 드문 경우였다.

원나는 사다코, 누구도 그녀의 얼굴을, 눈을 볼 수가 없기 때문이다.

3 **2018년 4월 18일×원나 _충청북도 홍안군 지동면 두수리**

미라의 병원이 있는 시에서 읍내의 학교까지 20리, 학교에서 마을까지가
다시 20리, 그러니까 병원에서 마을까지는 자그마치 40리, 대략 16킬로미
터였다. 병원에서 마을까지 한 번에 가는 버스는 하루에 다섯 번. 식통 버스
를 놓치면 두 번을 갈아타야 하는데 두 번째 갈아탈 때는 정류장까지 한 번
도 쉬지 않고 경보하듯 발을 재게 놀려도 20분은 걸렸다.

그럼에도, 마을 어른들은 시도 때도 없이 원나를 호출했다. 갑자기 사라
진 닭이나 염소를 찾는 일부터 전구 교체, 축사 수리, 식재료가 떨어지거나
옷에 떨어진 단추를 다는 일까지……. 뭔가 일이 터지면 뭐에 홀린 사람들
처럼 일단 원나에게 전화부터 걸었다. 눈도 잘 안 보이고 만사를 자꾸만 깜
빡, 깜빡한다면서, 무슨 일이 생기면 원나에게 전화를 걸어야 한다는 것만
큼은 절대로 잊지 않았다.

마을 어른들의 핸드폰 단축번호 1번은 당연히 원나였다. 2번은 박코. 원
나가 전화를 받지 않으면 그제야 마을 이장인 철종을 재촉하는 것이다. 미
라를 요양병원으로 옮기면서 버스 배차 시간을 핑계로 호출에 불응하는 일

이 몇 차례 생기자 마을 어른들은 원나에게 50시시 스쿠터 한 대를 사줬다. 마을 운영비로 모아놓은 돈을 털고도 부족한 돈은 십시일반 했다.

"조심히 타야 헌다. 알았지?"

언제, 어느 때고 노예처럼 부리겠다는 노림수가 빤히 보였지만 원나는 마다할 수 없었다. 빤히 보이는 노림수에 적당히 장단을 맞춰주는 건 새삼 어려운 일도 아니었다. 배차 간격이 긴 버스 시간에 마음 졸이지 않아도 되는 것보다 좋은 건 '하이바'를 쓸 수 있다는 거였다. 대리점에서 서비스로 넣어준 것은 정수리만 간신히 가리는 일반 헬멧이었지만 원나는 다음 날 머리통이 쏙 들어가는 커다란 헬멧으로 바꿔왔다.

경사 40도가 넘는 구불구불한 능선을 타고 스쿠터로 30여 분을 줄곧 달리고도 두수리로 들어가기 위해서는 5킬로미터 정도의 긴 터널을 통과해야 했다. 터널 안쪽엔 항상 불이 켜져 있었지만 그래도 어두웠다. 길어도 너무 길고, 어두워도 너무 어둡다는 것이 두수리 주민들의 일관된 평이었다. 눈이 어두운 노인들은 터널 안에서 자주 넘어졌고, 제자리만 맴돌다 터널 밖으로 나오지 못하는 웃지 못할 해프닝도 왕왕 벌어졌다.

5킬로미터 터널을 통과할 때마다 원나는 일종의 스위치 전환을 했다. 소리 없이 움직이는 괴물 사다코에서 잘 먹고 잘 싸고 뭐든 잘해야만 하는 주입식 마당쇠로 변신하는 것이다.

두수리는 터널 끝에서부터 길이 조금씩 넓어지는 조롱박처럼 생긴 마을이다. 안쪽으로 들어갈수록 인가가 많고 논밭도 커져 동네가 좀 음흉하다는 인상을 줬다. 마을 안쪽에선 핸드폰이 잘 터지지 않았다. 텔레비전도 공중파 두세 개만 잡혔다. 바깥 소식은 주로 라디오나 신문, 마을 이장인 철종의 집에 있는 팩스를 통해 전해졌다.

한때는 20여 가구가 복작거리며 살기도 했는데, 이젠 주민이라야 병원에 입원한 미라까지 합쳐도 열 명밖에 되지 않았다. 집집마다 텃밭이 있지만 크게 농사를 짓는 집은 하나도 없었다. 자급자족하고도 남는 것을 지역 장터에 들고 나가 조금씩 파는 정도였다. 특산물도, 토산품도 없고, 새로 유입되는 인구도 없어 마을은 점차 섬처럼 변해가고 있다.

철종이 고향으로 돌아온 뒤 이런저런 사업을 시도하면서 마을을 꾸려가고 있지만 그것도 철종의 생각처럼 원활하게 돌아가는 경우는 거의 없었다. 판로를 뚫고 적극적으로 운영해나갈 인력이 없는데다 노인들 모두, 큰 욕심이 없는 탓이다.

그나마 3년 전 시작한 수제 포춘쿠키 사업이 유일하게 꾸준히 이어지고 있었다. 지난해 국가보조금을 받아 마을 회관을 수리해 중고 기계도 들여놨다. 철종이 블로그를 운영하면서 주문을 받으면 미리아와 미라가 주도해 노인들과 함께 쿠키를 구워 발송했다. 마케팅 포인트는 시골에서 직접 재배한 쌀과 약수로 수작업을 한다는 것. 그리고 삶의 지혜가 담긴 '덕담'을 노인들이 직접 손으로 적어넣어준다는 것이었다.

모양은 제멋대로에, 작업 속도도 더딘 편이었지만 그래도 주문이 끊이지 않는 것은 모양이나 맛보다는 내용물이 더 중요한 과자이기 때문일 것이다. 큰돈은 안 됐지만 워낙 씀씀이가 적은 노인들에게는 용돈벌이가 되고도 남았다. 미라의 사고 후, 포춘쿠키 생산은 일시 중단되었다. 미라와 마리아 위주로 일이 진행된 탓도 있지만 미라가 포춘쿠키를 배달하다 사고를 당한 만큼 기다려야 한다는 분위기가 형성된 것이다.

"벌님들 나를 물으셨습니다."

마리아는 오른쪽 눈두덩이 부풀어올라 거의 실눈을 뜬 채로 원나를 맞이했다. 눈 때문에 분한 표정이 더 극대화되어 보였다. 마리아는 25년 전, 자기보다 나이가 열 살이나 많은 철종의 손을 잡고 고국인 필리핀을 떠나 두수리로 들어왔다. 국제결혼에, 적잖은 나이 차이 때문에 왕왕 주변의 오해를 샀지만, 두 사람은 장거리 연애 끝에 맺어진 인연이었다.

"벌집 죽으셔야 합니다. 어른들 많이 물리셨습니다."

한국에 반 50년을 살았는데도 마리아는 아직 한국말이 서툴렀다. 과묵한 철종과 귀가 어둡고 발음이 어눌한 노인들 사이에서 한국말을 배운 탓이다. 25년 전이나 지금이나 자랑할 건 나이뿐인 노인들 틈에서 경어법만큼은 확실하게 배웠는데 문제는 뭐든 높인다는 거다.

"머리도 물리고 팔도 물리셨습니다."

마리아는 갑자기 흥분해서 타갈로그어로 말하기 시작했다. 말 속도가 현저하게 빨라지고 톤도 두 단계쯤 높아져 완전히 다른 사람이 말하는 것 같았다. 원나는 마리아의 하소연을 들으며 펜싱 슈트를 입었다.

"저깁니다!"

마리아는 원나에게 힘주어 삿대질을 했다. 처마에 커다란 호리병처럼 생긴 말벌 집이 매달려 있었다.

"막대기로 벌집 살살 떨어뜨리면 됩니다."

"네."

"부수지 말고 조심히 떼십시오."

"네."

원나는 볏짚을 가져다 벌집 밑에 놓은 뒤 마스크를 뒤집어썼다. 잠자리채를 든 손을 앞으로 쭉 뻗고. 프렛. 준비. 곧바로. 알레. 시작. 정신없이 팡트, 팡트, 찌르고, 찌른다! 하나밖에 없는 입구로 말벌들이 쏟아져나왔다. 원나는 자기도 모르게 움찔하며 뒤로 물러섰다. 벌들이 새까맣게 쏟아져나와 시야를 가렸다. 대담하게 얼굴과 팔을 공격하는 놈들도 있었다. 원나는 전진과 후퇴를 반복하며 벌집을 찔렀다. 헐거워진 벌집이 마침내 볏짚 위로 툭 떨어졌다. 벌집에 금이 가면서 애벌레 몇 마리가 밖으로 튀어나왔다. 원나는 벌집을 막대 끝으로 찍었다. 바닥에 내려쳐 박살을 낼 생각이었다.

"아니야!"

기둥 뒤에 숨어 있던 마리아가 튀어나왔다.

"비쌉니다. 술 만듭니다. 언니들이 가져오라고 했습니다."

신애와 순애 자매 이야기다. 그들은 칠십대 후반의 백발노인이면서도 '할머니'라고 불리는 것을 싫어해 원나에게도 '언니'라고 부르라고 강요했다. 원나는 적당히 호칭을 생략하는 정도에서 타협을 봤다. 마을 노인들은 모두 반백 년 넘게 한 마을에서 살아온 사람들로 모두 호형호제하고 있지만 진짜 피가 섞인 자매는 신애, 순애뿐이다. 커다란 기와집 마당에 셀 수 없이 많은 항아리를 들여놓고 각종 효소, 술, 장을 담그는 것이 자매의 낙이었다.

본래 기와집을 차지하고 있던 것은 자매의 큰오빠 내외였다. 두 사람이 일 년 터울로 죽고 집이 비자 신애가 먼저 안방을 차지했고 다음 날 곧바로 순애도 짐을 꾸려 들어갔다.

원나는 마리아가 비닐을 둘러 망태기에 넣어준 말벌집을 들고 마을 회관을 가로질러 할매들의 기와집 쪽으로 향했다.

"왜 이렇게 늦냐."

순애와 신애 두 사람은 한참 전부터 원나를 기다리고 있었다.

"기절부터 좀 시켜야겠는디?"

순애는 원나에게 벌집을 받아 비닐째 냉동실에 넣었다. 신애가 창고방과 장독을 오가며 매실주와 장아찌, 된장을 골고루 푸는 사이 순애는 마루에 놓인 항아리에서 감을 꺼내 깎기 시작했다. 땡감을 소주에 담궈 말랑말랑하게 만든 거였다. 가을 과일을 한 해 지나 초여름에 먹을 수 있는데다 씁쌀한 술 냄새가 은은하게 퍼지는 것이 별미라면 별미였다.

"올가을에는 우리 원나가 시집갈래나."

깎아놓은 감을 집어먹던 원나가 예? 하고 눈을 동그랗게 떴다.

"뭘 그렇게 놀래. 흰자 보이겄다."

순애는 희죽 웃으며 감 조각을 입안에 넣었다. 몇 년 전 마을을 찾아온 전직 치기공사에게 염가로 해 넣은 틀니에서 덜그덕거리는 소리가 났다. 두 사람은 동시에 시꺼먼 손가락을 입안에 넣어 틀니를 꺼냈다가 다시 집어넣었다. 원나는 자기 입에 틀니가 들어간 것처럼 미간을 찌푸렸다. 하관이 함몰되었다가 다시 툭 튀어나오는 모습은 봐도, 봐도 신기했다.

냉동고에서 꺼내온 벌집은 빈병에 담겼다. 자매는 담금용 소주를 쏟아부었다. 아직 살아 있는 애벌레들이 꿈틀꿈틀 벌집에서 기어나와 술을 먹고 기절했다.

"이거 다 익으믄 원나 신랑 줘야겄다."

"이게 거 뭐냐, 전립선, 아, 그러니까, 남자들한테 겁나 좋은 거여."

원나가 또 예? 하고 눈을 동그랗게 뜨자 자매는 킬킬거리며 웃었다.

"밥 먹고 갈래?"

"마리아 아줌마가 저녁 해놓는다고 하셨어요."

"그려, 그럼. 차려놓은 걸 먹어야지. 수고했다."

일어서는 원나의 허리춤으로 신애의 손이 쑥 들어왔다. 네 번 접은 만 원짜리 한 장이 원나의 호주머니에 들어와 있었다. 원나가 손사래를 치자 이번에는 순애가 잽싸게 그 손을 낚아채 만 원짜리 한 장을 더 쥐어줬다.

"일을 했으면 삯을 받는 거라고 언니들이 몇 번을 말허냐."

원나는 결국 고맙습니다, 하고 돈을 받아넣었다.

세상에 공짜는 없다는 것이 원나가 마을에서 배운 룰이다. 품앗이는 해도 절대 '공일'은 안 한다. 뭔가를 받으면 가져온 그릇에 생쌀이라도 담아주는 것이 이 마을의 상도다.

"왔는데 똥이라도 한 번 싸고 가."

"안 마려워요."

"그럼 이것 좀 더 먹고 싸고 가."

순애가 방 안에서 고구마 말랭이를 들고 나왔다.

"진짜 안 마려운데……."

원나는 슬슬 겁이 나기 시작했다. 마을에서, 특히 자매의 기와집에서 똥이야기만큼은 농담이 아니다. 두 사람은 그 어느 때보다 진지했다.

"밥이 똥이 되고 똥이 거름이 되어서 다시 밥이 되는 게 참 신기하지 않냐?"

신기하기는커녕 더럽다는 생각이 들었지만 원나는 내색하지 않았다.

"나는 이제 맛없는 걸 먹으면 막 화가 나."

"맞아, 언니. 나도 그래."

죽을 날도 멀지 않았으니 매끼 맛있는 걸 먹어야 한다는 것이 자매의 생각이었다. 그들은 직접 삭힌 퇴비를 써야 상추 한 장이라도 고소하게 먹을 수 있다며 뒷간에 거름통을 두고 똥오줌을 소중하게 모았다. 하지만 정작 온 마을을 돌아다니며 퇴비를 관리하고, 똥바가지로 삭은 오줌 물을 푸는 것은 원나였다. 괄약근이 약한 노인들 대신 정기적으로 뒷간에 들러 똥을 싸고, 닭똥과 소똥을 모아 부엽토, 왕겨, 재를 섞어가며 거름통을 관리하는 것 역시 원나였다.

"이건 마리아 가져다주고, 이건 가는 길에 치복 오빠한테 좀 가져다줘."

매실주였다. 보나마나 두 사람 모두 오늘 치복의 집에 갔다 왔을 것이다. 물론 내일도 갈 것이 틀림없다. 뭣보다 치복의 집은 '가는 길'에 있지 않았다. 하지만 피할 수 있는 방법은 없다. 피할 수 없다면 받아들이는 수밖에. 원나는 순순히 자매가 꺼내온 황금색 보자기를 집어들었다.

"후딱 갔다가 집에 가서 밥 먹어라, 응?"

"네."

"밥 먹고 똥 마려우면 여기로 오고, 응?"

"네."

*

"언나야!"

마당에 앉아 있던 치복이 원나를 알아보고 손을 흔들었다. 산비탈의 커다란 배나무 옆에 살고 있는 치복은 마을 유일의 솔로남으로 마을 할머니들의 관심을 한몸에 받고 있었다. 원나는 기와집 할머니들에게 받아온 보따리를 마루에 내려놨다.

"어떻게 우리 언나는 갈수록 더 예뻐지는 거여."

치복의 얼굴에서 하나밖에 남지 않은 앞니가 누렇게 빛났다. 원나는 멋쩍게 웃었다. 치복의 마당에는 해바라기와 샐비어가 피어 있었다. 마을에서 텃밭이 아니라 꽃밭을 가꾸는 것은 치복이 유일했다.

"가만 보면 저 할배가 제일 여우야."

철종과 마리아의 딸인 지형은 이따금 치복을 향해 눈을 가늘게 떴다.

"왜? 뭐가?"

"할매들이 꽃 보러 드나들면서 오이며 호박이며 필요한 거 다 갖다주잖아. 손바닥만 한 꽃밭으로 두수리 텃밭 다 가진 거나 다름없어."

이유야 어떻든 계절마다 싱싱한 꽃을 볼 수 있다는 건 기분 좋은 일이었다. 치복은 원나에게 해바라기를 꺾어 들풀로 묶은 꽃다발을 안겨줬다. 낮부터 귀한 손님이 올 것 같아서 준비해놨다는 느끼한 멘트와 함께. 지형이 있었으면 또 한 번 눈을 흘겼을 것이다.

'안 돼!'

아랫집 영자가 키우는 토종닭과 오골계가 치복의 샐비어 꽃밭을 향해 돌진하고 있었다.

"할아버지, 저 이제 가볼게요. 어서 들어가세요."

원나는 다급히 치복을 방으로 들여보냈다. 그가 눈치채기 전에 닭들을 쫓아내야 했다. 치복은 꽃밭이 망가지는 것을 자기 몸이 병드는 것만큼이나 질색했다. 평화로운 마을에 주민 간의 다툼이 벌어지는 유일한 때가 영자네 닭들이 치복의 꽃밭을 침범할 때였다.

"아가, 너 여기서 뭐하냐."

닭을 몰고 언덕을 내려가는데 영자가 느릿느릿 걸어 올라오고 있었다.

"심부름 왔어요."

영자는 철종의 '작은 어머니'로, 지금은 닭과 염소를 키우며 혼자 살고 있다.

"할아버지 세컨드!"

지형은 '작은 할머니'라는 호칭을 그렇게 정리했다. 한국전쟁 때 군인으로 끌려갔던 지형의 할아버지가 전쟁이 끝난 뒤 인천에서 영자와 함께 살고 있었다고 한다. 전쟁 중 고향 부근에 폭탄이 떨어진 것을 보고 차마 고향으로 돌아올 생각을 하지 못하고 타향에 뿌리를 내린 것이다.

"할아버지 소식 듣고 혹시나 하고 찾아갔던 우리 할머니랑 아빠가 폭탄을 맞긴 맞았지."

철종의 아버지가 죽고 난 뒤, 남겨진 두 여자는 서로 형님, 아우 하면서 한 집에 살았다. 십 년 전, 철종의 어머니마저 세상을 뜬 뒤, 영자는 조용히 빈 집을 찾아 따로 살림을 냈다. 철종이 말렸지만 소용이 없었다. 가끔씩 너무 눈치가 없는 게 아닌가, 싶을 정도로 쾌활한 영자가 처음이자 마지막으로 정색하고 내린 결정이었다. 그런 영자가 지난해부터 미약한 치매 증세를 보 여 철종과 마리아의 걱정을 사고 있었다.

"얘들아, 집에 가야지."

원나는 영자와 함께 닭들을 몰고 영자의 집으로 내려갔다. 그리고 그 '삯' 으로 계란 한 알을 받았다. 닭들이 늙어 거의 알을 낳지 못했지만 그래도 영 자는 닭들을 애지중지했다.

"이거 하우스 형님 좀 가져다줘."

영자가 분홍색 보자기에 싼 물건을 내밀었다.

"이게 뭔데요?"

"요강. 있던 게 깨져서 빌려다 썼어."

"근데 주시면 어떡해요?"

"어제 하나 찾았어."

원나는 계란과 꽃다발, 보자기에 곱게 싼 요강을 양손에 들고 하우스를 향 해 달렸다. 하우스 집에는 마을 유일의 노부부, 만주 할배와 점순 할매가 살 고 있다. 부부는 딸기 하우스를 열 동 넘게 가지고 있어 '하우스 집'으로 불 렸다. 몇 년 전까지만 해도 인부를 써서 농사를 짓고 딸기를 내다 팔았지만 지금은 한 동을, 그나마도 철종과 마리아의 적극적인 도움으로 간신히 짓고 있다. 재배한 딸기는 마을 사람들끼리 실컷 나눠 먹었다. 농약을 치고 품질 을 높일 기력과 인력, 돈이 없어 본의 아니게 유기농으로 자라는 딸기는 모양은 못났지만 맛은 좋았다.

"그려, 이게 이래 봬도 되게 오래된 거여. 중요한 거여."

점순은 원나에게 요강을 받아들더니 자신이 시집올 때 들고 온 요강의 반백년 역사에 대해서 한참을 이야기했다.

"오랜만에 왔는데 꿀이라도 좀 줘."

만주가 점순의 말을 끊으며 빽 하고 소리쳤다. 처음에 원나는 만주를 걸핏하면 화를 내는 무서운 노인이라고 생각했다. 그래서 만주의 얼굴만 봐도 슬그머니 자리를 피하거나 숨었다. 한참 뒤에야 만주가 한국전쟁 때 총기 오발 사고로 한쪽 청각을 잃었기 때문에 볼륨 조절을 못하는 것이라는 걸 알게 됐고, 그 뒤부터는 놀라도 놀란 기색을 보이지 않으려고 했다.

"괜찮아요."

하지만 점순은 어느새 유리 항아리에 벌집이 든 꿀을 퍼서 원나의 가방에 쑤셔넣고 있었다.

"나중에 과자 사 먹어."

만주가 호주머니에서 만 원짜리를 꺼내 원나의 가방 호주머니에 찔러넣었다.

"너무 많아요."

"많이 사 먹어. 먹고 싶은 거 다 사 먹어."

"다 사 먹으려면 모자라요."

"그럼 일단 먹고 싶은 것부터 사 먹어."

"농담이에요. 고맙습니다."

마을을 한 바퀴 빙 돌고 나면 이런 말장난까지 하게 되고, 그건 이제 그만 집으로 돌아가야 한다는 뜻이었다. 원나는 배가 고프고 어깨가 빠질 것 같았다. 터덜터덜 철종과 마리아의 집으로 돌아오니 두 사람은 벌써 저녁상을 차려놓고 원나를 기다리고 있었다.

"왜 이렇게 늦었냐?"

"이거 다 받아오느라구요."

원나는 계란과 꽃다발, 배낭을 내려놨다.

"여기를 다 다녀왔습니까?"

마리아는 원나가 들고 온 물건만 보고도 대충 동선을 짐작한 눈치였다.

"배고프겠습니다. 이제부터 먹으세요."

마리아는 원나에게 숟가락을 쥐어줬다. 수북하게 쌓인 밥에 숟가락을 꽂자 마리아가 조기 살을 발라 밥 위에 올려놨다. 눈알이 튀어나올 만큼 맛있었다. 병원 밥에선 락스 냄새가 났고 김치에선 녹슨 철봉 맛이 났다. 식단 조절을 해야 하는 환자들까지도 간식을 끊지 못하는 건 맛없는 밥 탓이 컸다.

"아이구, 내 정신이 미쳤습니다."

마리아는 벌떡 일어나 부엌에서 소불고기를 들고 왔다. 양념이 좀 달긴 했지만 덕분에 더 부드럽게 숙성된 고기가 입에서 살살 녹았다.

"많이 있습니다. 더 먹으세요."

"어제 붙어보니까 어떻드냐?"

철종이 부엌 가위로 고기를 자르면서 은근하게 물어왔다.

"그냥 뭐……."

"그냥 뭐는 뭐가 그냥 뭐야. 인제 어쩔거여. 너도 이제 고3 아니냐."

"……."

"보름 뒤에 전국 선수권 있는 거 알고는 있지?"

"네."

"나중에 말하십시오. 목구멍에 밥 걸립니다."

마리아가 팔꿈치로 남편을 쿡 찔렀다.

"나도 속상해서 하는 소리 아냐. 연습경기에서는 국가대표랑 붙어도 팽

60

팽하게 대거리를 하면서……."

원나는 놀라 젓가락질을 멈췄다.

"이게 뭔 소리십니까?"

"뭔 소리는 뭐가 뭔 소리여. 말 그대로지. 어제 원나가 국가대표랑 붙었는데 아주 비등비등하더라고. 이길 수도 있었어."

"원나가요? 그게 정말입니까?"

"얼래? 너 몰랐어?"

철종은 원나의 얼굴을 꼼꼼히 뜯어봤다. 그럴거라고 짐작은 했지만 정말 몰랐을 줄이야.

"걔, 김재연 선수 아니냐. 올림픽 은메달리스트! 아주 바짝 독이 올라서 돌아갔어. 설렁설렁 왔다가 깜짝 놀라서는 네 이름을 몇 번이나 물어봤는지 모른다. 뭐 부상 때문에 3개월을 쉬었다는 둥, 아직 부상에서 회복이 안 됐다는 둥, 시답잖은 소리를 해대면서 어디 소문내지 말라고 신신당부를 하고……."

원나의 심장이 튀어나올 듯이 쿵쾅거렸다. 시합이 끝나고 부랴부랴 도망치던 원나의 등 뒤로 오오, 하고 따라붙던 탄성은 그러니까 장난이나 비아냥이 아니었던 거다.

"나중에 보니까 네 칼에 문제 있더라. 후반 2분 가까이 득점 안 됐잖아. 몰랐냐?"

"예?"

"그것도 몰랐구만. 김재연이는 알았던 거 같던데."

원나는 기억을 더듬어보려 했지만 머릿속이 캄캄해졌다.

"야, 인마! 네가 이길 수도 있었다고! 막말로 올림픽 은메달리스트를 이겼으면 금메달도 딸 수 있는 거 아니냐."

비약이 있긴 하지만 틀린 말은 아니었다.

"원나야."

철종의 목소리가 조금 누그러졌다.

"4등도 못한 건 아니다. 그걸 뭐라고 하는 게 아냐. 하지만 열 명이 나와도, 네 명이 나와도 4등을 한다는 건 문제가 있다. 안 그러냐?"

원나는 잠자코 있었다. 세상에는 다양한 바보들이 있다. 그중에서도 시상 대에 올라간다는 생각만으로도 사지가 뻣뻣하게 굳어 4위를 목표로 삼는 펜싱 선수는 상급 바보 축에 속할 거다.

"……"

"모두가 필사적으로 노력한다. 끝까지 살아남아서 어떻게든 시상대에 올라 가려고. 그걸 우습다고 생각해서는 안 되는 거야. 내 말 무슨 뜻인지 알겠냐."

"네."

원나는 조그맣게 대답했다. 잘 알고 있었다. 철종이 어떤 마음으로 이런 말을 하는지 역시 짐작할 수 있었다. 하지만 맹세컨대 단 한 번도 그런 마음 을 우습다고 생각해본 적은 없다.

"이제 엄마 생각도 해야지."

"……"

"대학을 가든 실업팀을 가든 세상에 나가야 할 것 아니냐."

"……"

철종은 마음먹고 원나를 몰아붙였다. 이제 졸업이 코앞이었다. 더 이상 시간을 끌 수도 없었다.

"국가대표가 되어 경기를 한다는 게 얼마나 멋진 줄 아냐. 피스트도 이런 데랑은 차원이 달라. 그런 데서 한번 겨뤄보고 싶지 않나?"

"……"

"나도 너 데리고 아시안 게임도 나가보고, 세계 선수권 대회도 나가보고,

올림픽 무대도 한번 밟아보자."

"……."

"6월 초에 대회 있는 거 알지? 이제 보름 남았다. 거기선 무조건, 끝까지, 최선을 다하는 거다. 알았지?"

"……."

"왜 대답이 없냐. 알았어, 몰랐어."

"……네."

"알았다는 거냐, 몰랐다는 거냐."

"알았다는 겁니다. 그만 말하고 이제 밥 먹으세요."

마리아는 철종과 원나의 국그릇에 뜨거운 국을 한 국자씩 더 떠줬다. 강요한다고 될 문제도 아니고, 더 길어져봐야 잔소리로만 받아들여질 거였다. 다 먹고살자고 하는 짓이 아닌가. 미라가 입원한 뒤 원나는 병원과 마을을 오가며 고단하게 버티고 있었다. 집에 왔을 때만이라도 편하게 해주고 싶은 것이 마리아의 마음이었다.

*

"피곤할 텐데 어서 주무세요."

마리아는 지형의 방에 원나의 잠자리를 만들어줬다. 대학 진학을 위해 서울로 간 지형은 얼마 전 필리핀으로 어학연수를 떠났고, 그때부터 이 방은 원나가 독차지하는 공간이 되었다. 팔다리가 저릿저릿할 만큼 피곤했지만 이상하게도 잠은 오지 않았다. 원나는 창문을 열었다. 마을 회관 가로등이 환하게 밝혀져 있었다. 물레방아 수력발전기로 불이 들어오는 가로등은 원나의 아빠, 완식이 지역 농협 귀농 지원 프로그램에서 우수 교육생으로 선정되면서 지원금을 받아 만든 것으로, 그가 마을에 남긴 일종의 유품이었다. 한겨울에 물이 얼거나 장마철에 비가 많이 오면서 몇 번이나 망가졌지만 그때마다 철종은 사람을 불러 고쳤다.

'아빠……'

원나는 습관적으로 완식을 떠올렸다. 하지만 머릿속에는 김재연 선수와 에페를 겨누던 순간들이 빠르게 재생되고 있었다. 가로등 불빛 아래, 펜싱 슈트를 입고 서 있는 자신의 모습이 보이는 듯했다. 완식에게, 그리고 미라에게 보여주고 자랑하고 싶은 모습이기도 했다.

'아저씨 말이 맞아.'

졸업이 코앞이었다. 참여할 수 있는 대회 자체가 몇 개 되지 않았다. 이제 하고 싶어도 기회가 없을지도 모른다는 뜻이다. 한 번도 생각해본 적 없는 무서운 일이었다. 담임 선생님 앞에서도, 철종 앞에서도, 미라에게도 대수롭지 않은 척했지만 사실은 원나도 내심, 두려웠다. 가기 싫은 학교였지만 막상 졸업을 한다고 생각하니 무섭기도 했다. 철종의 말처럼 실업팀이든 체육 특기생이든 내년을 준비해야 했고, 그러자면 메달을 한 개라도 따야만 했다. 앞으로 보름.

'그러니까 아빠. 아빠가 도와줘.'

원나는 밤새 뒤척이며 깨어날 때마다 마음속으로 힘껏 외쳤다. 그때마다 창밖에서 물소리가 들려왔다. 한마디도 놓치고 있지 않다고, 완식이 대답하는 것 같았다.

환의를 입은 노인들이 병원 휴게실에 모여 고구마 경단을 나눠 먹고 있었다. 오후 여가 활동 시간에 다 같이 만든 것이었다. 다정하고 애틋하게 대화를 나누고 있는 이들도 있었다. 하지만 자세히 살펴보면 대부분 혼잣말이었다. 이 요양병원에 입원한 노인들 중 절반 이상은 옆 사람이 누군지는커녕 자기가 누군지도 모르는 치매 노인들이었다.

간호사나 간병인들 중 누군가 전원을 눌러놓고 잊어버린 것이 분명한 텔레비전에선 영어가 쏟아져나오고 있었다. 미국 JFK 공항에서 노숙자의 얼굴을 뜯어먹던 마약 중독자를 경찰관이 총으로 쏴버렸다는 내용의 '지구촌 사건 사고'였다. 모자이크로 얼룩진 화면 위로, 남자가 총을 세 발이나 맞고도 한참을 사납게 반항했다는 앵커의 멘트가 이어졌다.

"뉴스 좀 틀어봐."

"저게 뉴스라니까요."

리모컨을 엉덩이에 깔고 앉아 화면을 골똘히 바라보고 있던 춘자의 눈빛이 불안하게 흔들렸다.

"전쟁이다! 전쟁이야! 북 괴뢰군이 또 내려왔어!"

하지만 춘자의 곁에 앉아 있는 사람들은 아무도 춘자의 이야기에 귀를 기울이지 않았다.

"이럴 때가 아니야. 어서 도망가야 한다니까!"

춘자는 애가 탔다. 이렇게 한가하게 군것질이나 하고 있을 때가 아닌데. 춘자는 강냉이와 고구마 경단을 호주머니에 쑤셔넣고는 벌떡 일어섰다. 순간 눈앞이 하얘졌다. 자신이 뭘 하려고 했는지 까맣게 잊어버린 것이다. 춘자는 멍하니 주변에 있는 사람들을 훑어봤다. 그런 춘자의 눈에 원나가 들어왔다.

"언니!"

춘자는 귀신처럼 고개를 숙인 채 복도를 스쳐 지나가는 원나를 불러 세웠다. 원나는 움찔, 했다가 다시 꾸물꾸물 움직였다. 춘자는 맨발로 뛰어나가 원나를 와락 껴안았다.

"언니, 학교 갔다 왔어?"

"네."

"배고프지? 이거 먹어."

원나는 춘자가 주머니에서 꺼내주는 강냉이와 고구마 경단을 받아 들었다. 얼마나 주물럭거렸는지 경단이 커다란 덩어리가 되어 있었다.

"고맙습니다."

춘자는 원나를 언니라고 불렀고, 엄마라고도 불렀다. 가장 자주 하는 말은 '도망가자'였는데 대체 왜, 어디로 도망가자는 건지는 알 수가 없었다. 주머니가 가벼워진 춘자는 다시 노인들이 모여 있는 곳으로 돌아갔다. 원나는 텔레비전 소리가 왕왕거리는 휴게실에서 벗어나 미라의 병실 쪽으로 빠르게 움직였다.

미라의 이마에, 속눈썹에 저녁노을이 소복하게 내려앉아 있었다. 원나는 목에서 손수건을 풀어 머리카락을 질끈 동여맨 뒤 미라의 몸을 뒤집었다. 마리아와 원나가 각각 하루 두 번, 열심히 몸을 뒤집어가며 젖은 수건과 마른 수건으로 닦았지만 날개뼈 부분에 생긴 욕창이 영 잡히지 않았다. 한쪽이 아물면 다른 쪽이 바통터치라도 하듯 짓무르는 식이었다. 원나는 미라의 얼굴과 귀 뒤까지 구석구석, 어디 짓무르거나 상처가 생긴 곳은 없는지 확인을 끝낸 뒤에야 미라의 곁에 앉았다.

미라가 수술 받은 대학병원에서 석 달 넘게 깨어나지 못하자 의사는 원나에게 '어른'을 불러오라고 했다. 딱히 도움을 받을 만한 친척이 없었다. 교복을 입고는 있지만 주민등록상 성인이 되었다는 원나의 주장은 가볍게 묵살되었다. 의사는 마을 이장인 철종과 상의 끝에 미라를 이곳, 성모 요양병원으로 옮겼다. 애초에 선택권 같은 건 없었다. 대학병원엔 침대가 모자랐고, 시에는 엄마를 받아줄 만한 요양병원이 하나밖에 없었기 때문이다.

보험회사와 재판이 남아 있었기 때문에 원나는 일단 철종과 마을 어른들의 도움을 받아 대학병원 퇴원 수속과 요양병원 입원 수속을 밟았다.

"안구운동은 물론 동공반응도 없습니다. 6개월 안에 의식이 돌아올 확률이 40퍼센트, 그 이상 상태가 호전되지 않으면 사실상……."

거침없이 이야기하던 의사는 원나와 눈이 마주치자 "하지만" 하고 뒤늦게 신중한 태도를 보이며 기적을 운운했다.

"이야기를 해드리렴."

그래서 이제부터 뭘 어떻게 해야 하냐고 물었을 때 의사는 꾸물꾸물 대답했다.

"의식이 없어도 귀는 열려 있으니까."

원나는 침대로 다가가 까끌까끌 말라붙은 미라의 손을 잡았다. 그리고 "엄마" 하고 부르자 머릿속에 과학 시간에 보았던 엉킨 미로 같은 뇌 사진이 떠올랐다. 구불구불한 주름들 사이 어딘가에 꽁꽁 숨어 있을 미라의 의식을, 원나는 그렇게 불러봤다.

처음에는 그저 "엄마" 하고 부르기만 해도 눈물이 줄줄 쏟아졌다. 울다 잠이 들고, 깨어 울다 다시 잠들기를 반복하는 사이 조금씩 하고 싶은 이야기들이 생겼다. 그리고 시간이 지나면서 점점 하고 싶은 이야기가 많아졌다. 이제는 혼자 한참 떠들다 목이 아파 잠깐씩 쉬었다 다시 이야기를 이어갈 때도 있었다.

이런저런 이야기를 나누면서 미라의 손톱, 발톱에 매니큐어를 칠하다 보면 시간이 훌쩍 갔다. 원나는 마을 어른들이 해마다 꽃이 피고 열매가 맺히는 것을 바라보며 감탄할 때처럼 미라의 손발톱이 자라는 것을 지켜봤다. 신기하기도 했고, 대견하기도 했다. 휴게실에 굴러다니는 매니큐어를 하나 집어다 바르기 시작했는데, 하다 보니 시간도 잘 가고 실력도 느는 것 같아 퍽 재미를 붙이고 있었다.

"작정하고 제대로 배워서 나중에 네일숍 같은 거나 할까? 엄마가 카운터 보고, 내가 칠하고. 어차피 고개 숙이고 해야 하는 일이니까, 얼굴을 보이지 않아도 괜찮을 거야. 특이한 콘셉트로, 애초에 마스크 같은 걸 쓰고 하는 건 어떨까?"

"……."

"응? 엄마, 어떻게 생각해?"

"……."

이따금 미라의 입가가 미세하게 경련할 때도 있다. 처음 발견했을 때처럼 호들갑을 떨진 않지만 그래도 매번 가슴이 덜컥덜컥 내려앉았다. 누군가 곁에 있는지 확인을 하는 것 같기도 했고, 시도 때도 없이 던져대는 원나의 질문들 중 하나가 마침내 도달해 대답을 해오는 것 같기도 했다.

"그런데 일단은 이번 시합을 잘해보려고 해."

원나는 김재연 선수와 겨뤘던 일에 대해서 미라에게 이야기했다.

"대학과 실업팀, 둘 중 하나를 고를 수 있다면? 난 당연히 실업팀이지!"

'사다코'로 대학 캠퍼스까지 진출하고 싶은 생각은 없으니까.

"그래도 대학이 어떤 데인지 궁금하긴 해. 엄마, 대학교는 수업도 내가 듣고 싶은 때에 듣고 싶은 거만 듣는다는데 진짜야? 일주일에 세 번만 학교에 가도 된다던데?"

드라마에서 본 것처럼 MT라는 것도 가보고 싶고, 동아리 같은 것도 해보고 싶기야 하지.

"대학교 축제에는 연예인들도 온다며? 그리고, CC? 대학생들끼리 사귀는 거! 아, 맞아! 엄마랑 아빠도 대학에서 만났다고 그랬지!"

대학 테니스 선수였던 미라에게 완식이 첫눈에 반해 지겹게 따라다녔다는 이야기를 들은 기억이 났다.

"아냐! 아냐! 그래도 난 역시 실업팀이야. 운동하면서 돈도 벌고, 대회 나가서 메달 따면 연금도 받을 수 있잖아?"

철종이 던지는 떡밥들 중 가장 솔깃한 건 연금 이야기였다. 보험금을 얼마나 받을 수 있을지 모르겠지만 언제 일어날지 알 수 없는 미라를 뒷바라지하기 위해선 돈이 필요했다.

"그러니까 엄마, 걱정하지 마. 내가 연금 받아서 엄마 끝까지 기다릴 거야. 아저씨가 바람 넣어서 오늘 아침에 유튜브에서 올림픽 펜싱 경기 찾아봤는데, 피스트가 진짜 멋있더라! 득점하는 선수 쪽 피스트에 막 반짝반짝

불이 들어와."

국내 경기는 전국구 대회라고 해도 경기장엔 알루미늄 피스트 몇 장, 전기 심판기 몇 개가 전부였다. 대기실은커녕 탈의실도 없어, 선수들은 땀에 젖은 펜싱 슈트를 잔디밭이나 구단 버스에 걸어두었다가 채 마르지도 않은 것을 입고 부랴부랴 피스트로 올라갔다. 펜싱 슈트에 이름이 박혀 있지 않아 심판이 좌우의 선수를 착각해 승자가 다른 사람으로 기록되는 웃지 못할 해프닝이 벌어지기도 했다.

"마스크에 국기를 도색해서 나오는 선수들도 있었어. 만약에 내가 나가게 되면 태극기를 다 그리는 건 어려울 거 같고 태극 마크를 그릴 수는 있을 거 같아."

원나는 미라 곁으로 바짝 다가가 앉았다. 어두워진 창에 원나의 모습이 비쳤다. 원나는 손거울을 꺼내 왼쪽 얼굴을 비춰봤다.

"시상대에 올라갈 땐 머리를 풀면 되지 않을까? 그럼 결국 사다코가 올라가는 거겠지? 으아, 그건 생각만 해도 싫다."

원나는 잠시 몸서리치다 스스로를 설득하기 시작했다.

"시상식에 남아 있는 사람이 몇이나 되겠어? 있어도 뭐, 내 얼굴 같은 거 제대로 쳐다나 보겠어? 흉터니 뭐니 나한테나 중요하고 나 혼자나 민감한 거지, 사람들 눈에는 별것도 아닐 거야. 맞아! 그럴 거야! 그치? 그래! 아예 이상한 가면 같은 거 쓰고 올라갈까? 헐크나 배트맨 가면 같은 거 있잖아. …… 아, 엄마, 나 진짜 어떡하지?"

주먹을 쥐고 두 발을 구르며 혼자 야단법석을 떨고 있을 때였다. 침대 한쪽에 놓아둔 핸드폰이 요란하게 울렸다. 원나는 화들짝 놀라 전화기에서 저만치 멀어졌다. 담임이었다. 잔소리를 들을 것이 뻔했다. 훈련과 미라의 간병을 핑계로 계속 결석을 하고 있었다. 망설이는 사이 전화가 끊어졌다. 담임은 다시 전화를 걸어왔다. 이번에는 수신 거부를 눌렀지만 금세 후회했다. 콜백을 할까 말까 고민하고 있는데 철종에게서 전화가 걸려왔다.

"여보세요?"

"너 내일 학교 좀 가봐야겠다."

"예?"

"출석일수 때문에 담임이 전화했더라. 진학 상담도 이번에는 꼭 해야 된다니까 오전 수업이라도 듣고 와."

"……."

"이번에 메달 따 온다고 해."

"……네."

원나는 조그맣게 대답했다.

"내일부터는 훈련 강도 높인다."

"네."

"엄마한테도 안부 전해주고."

"……네."

원나는 으아아, 하고 한숨을 내쉬며 미라의 가슴에 얼굴을 묻었다. 조그맣게 심장이 뛰는 소리가 들려왔다. 언제 들어도 안심이 되는 소리. 이걸 지킬 수만 있다면. 원나는 생각했다. 한 번쯤, 다 걸어볼 만도 하지 않나. 적어도 한 번쯤은.

근면성실한 영농인이 되자

홍안 낙농고등학교의 교훈이다. 사십여 년 전, 지역 유지와 공무원, 교사들이 머리를 맞대고 심플하면서도 집약적인 문구를 만들어냈다. 홍안 낙농고등학교는 읍에 하나밖에 없는 특성화 고등학교로 전교생이 백오십 명 정도. 그나마도 매년 줄고 있다. 근처에 군부대가 있고 직업 군인들이 살고 있어 초등학교나 중학교는 고등학교보다 사정이 조금 나았지만, 이 지역에서 고등학교, 그것도 하루 종일 산양을 치고 치즈를 만들고 우유를 짜는 낙농 특성화고에 진학하려는 학생들은 계속 줄었다.

근면성실한 영노인이 되지

교무실 옆 전신 거울 위에 박혀 있는 문장을 누군가 손톱으로 긁어놓았다. 누구 짓인지 모르겠지만 전교생의 마음을 심플하면서도 집약적으로 대변해놓은 문장이다. 근면성실하게 살아봤자 졸업하면 영(young)한 노인이 될 뿐이다. 관리사나 기능사 자격증을 따서 축협 같은 데 취직해 지역에 정착한다고 해도 노인과 다를 바 없이 무료한 인생을 살 수밖에 없다. 할 수 있으면 떠나고 그럴 수 없다면 할 수 있을 때까지 노는 게 장땡이라는 것이 학생들 사이의 "진짜" 교훈이었다.

학생들은 삼 년 동안 가축 사육, 축산물 가공, 축산 경영, 농기계 운전 및 정비 같은 것을 배웠다. 원래는 낙농뿐 아니라 원예, 조경, 식품 산업까지 네 개의 과가 있었는데 조금씩 축소되다가 낙농 특성화고가 되어버렸다. 수업을 듣는 본관 건물 뒤에는 우유와 요구르트 만드는 법을 배우는 우유 처리 실습장, 치즈와 소시지를 만드는 식품 가공 실습장, 그리고 낙농 실습장이 있었다.

낙농 실습장에 있는 산양들은 원나가 학교에서 유일하게 눈을 맞출 수 있는 친구들이었다. 마음이 울적할 때면 원나는 실습장에 숨어 있었다. 제멋대로 짓까불며 뛰어노는 산양들을 보고만 있어도 까슬까슬해진 마음이 차분하게 내려앉았다.

"야, 존나 똑같아."

교실 뒤에서 고창민과 백병철 무리가 유튜브에 뜬 미국의 신종 바이러스 감염자들의 모습을 흉내내고 있었다. 다리를 질질 끌고, 초점이 없는 눈으로 허공을 바라보면서 으어어, 으어어, 알 수 없는 신음 소리를 내는 것이다.

"어때, 좀 뉴요커 같냐?"

턱에 힘이 풀린 고창민이 침을 질질 흘리면서 말했다.

"븅신 새끼."

"드러워. 아, 꺼져."

서로 밀치며 장난을 치던 백병철과 고창민이 원나가 지나는 길을 막으며 미끄러졌다.

'코르 아 코르.'

거리 유지. 원나는 매고 있던 칼 백으로 고창민의 가슴을 밀었다. 고창민이 뒤로 넘어지듯 다시 백병철 쪽으로 미끄러지면서 두 사람은 백허그를 하듯 포개졌다.

"이게 진짜!"

당황한 고창민이 들고 있던 핸드폰을 집어던질 듯 치켜 올렸다가 원나와 눈이 마주쳤다. 원나는 머리카락 사이로 시선을 피하지 않고 똑바로 쳐다봤다. 눈을 치켜 뜨던 고창민의 얼굴에 순간, 겁에 질린 표정이 지나갔다. 원나는 고창민과 시선을 맞춘 채 표정을 조였다. 결국 고창민이 먼저 고개를 획 돌렸다. 원나는 머리를 살살 흔들어 머리칼로 얼굴을 완전히 가린 뒤 천천히 자리로 가 앉았다.

퇴원 후 원나가 다시 학교로 돌아왔을 때, 동급생들은 모두 중학교에 올라가고 없었다. 또래 사이에서도 키가 큰 편에 속했던 원나는, 한 살 어린 새로운 동급생들 사이에서는 거인이나 마찬가지였다.

반 애들 눈으로 본 원나는 심플했다.

괴. 물.

그 심플한 진실로부터 원나가 스스로를 보호하는 방법은 셀프 고립. 불편하고 어려운 존재가 되는 것뿐이었다.

펜싱을 통해 원나는 사람들과 거리를 유지하는 법을 기술적으로 배웠다. 늘 도망치거나 숨기만 했던 원나에게 언제든 원하는 만큼 멀어질 수 있다는 것은 방어였고, 동시에 공격이기도 했다. 평소에도 원나는 에페가 들어 있는 칼 백을 메고 다녔다. 누구든 일정 거리 이상 다가오면 언제든 칼을 뽑아 찌를 준비가 되어 있다는 선전포고 같은 것이었다.

그래도 건들지 않으면 먼저 공격하진 않았다. 그건 원나만의 룰이었다.

일순 조용해졌던 교실이 다시 북적이기 시작했다. 오늘 아침, "뉴욕 JFK 공항에 좀비 출현. 이상 바이러스 감염자로 추정(연합)"이라는 제목을 단 뉴스가 포털 사이트에 걸렸다. 급히 번역한 것 같은 비문투성이의 문장은 진지하고 심각했지만 결국은 우스웠다.

긴 머리카락으로 얼굴을 가린 여자 아이가 공항 안내소 옆에 서 있는 남자의 팔을 물어뜯는 1분 정도의 동영상을 시작으로 잿빛 눈동자를 굴리며 유령처럼 돌아다니는 승무원들, 비명을 지르며 도망치는 사람들, 아비규환의 공항 내부 등이 촬영된 동영상이 실시간으로 업데이트되었다. 가슴에 총을 맞고도 우어어, 우어어, 하고 바보 같은 신음 소리를 내면서 움직이는 좀비들의 영상이 연달아 업데이트되면서 혹시, 하는 마음으로 진지하게 바이러스 안내문을 읽던 사람들마저 웃음을 터뜨렸다. 동영상은 핸드헬드로 촬영된데다 가청 데시벨을 벗어날 듯한 기분 나쁜 고음이 BGM으로 깔렸지만, 오히려 그렇게 빤한 클리셰를 차용했다는 점이 긴장감을 가파르게 완화시켰다.

뉴욕 좀비, 미국 좀비, 공항 좀비, 좀비 바이러스 같은 단어들이 실시간 검색어 상위에 링크되어 있었다. 10위권 안에 '뉴욕 사다코'가 오르락내리락했다. 원나는 자신에게 불똥이 튀지나 않을까 걱정했다. 하지만 잠시 뒤 '좀비 승무원 노출 동영상'이 뜨면서 검색어는 모두 그와 관련된 것들—승무원, 노출, 승무원 노출, 승무원 야동—로 도배되었다.

"아, 나도 물렸으면 좋겠다."

"왜?"

"수능 안 쳐도 되잖아."

"미친."

"근데 미국 좀비한테 물리면 영어 쓰는 거냐?"

"뭐래, 붕신."

미국에서 나타난 좀비에 대한 이야기가 영어로 연결되면서 대화의 주제는 곧장 수능으로 옮겨갔다. 어차피 대학에 갈 수 있는 애들은 극소수였다. 근처의 치즈 공장이나 대형 피자 프랜차이즈 부설 목장에 취직하는 경우가 대부분이었다. 그래도 시험은 시험이고, 압박은 압박인 것이다.

"야, 감염되면 나 꼭 물어야 된다?"

"나도, 나도."

"애리야, 니가 감염되면, 나는 여기 물어줘."

"나는 여기랑 여기."

남자애들이 원나의 짝궁인 애리의 책상 앞으로 몰려와 셔츠를 풀고 어깨를 드러내거나 목을 보이면서 말했다.

애리는 키가 크고 늘씬한데다 이 동네 토박이답지 않게 피부가 하얗고 이목구비가 뚜렷해 어디에 있어도 존재감이 확실했다. 원나는 키 때문에 애리와 짝이 됐다. 당연히, 둘이 나란히 앉는다는 것 자체가 원나에겐 대단한 스트레스였다.

"야아, 애리야아, 꼬옥! 알았지?"

애리는 남자애들을 힐끗 쳐다볼 뿐 대꾸도 하지 않았다.

"서울에도 감염자가 나타났다던데."

여자애들이 수군거렸다.

"맞아. 인터넷에서 봤는데 서울 사람들은 벌써 다 도망갔대."

"우리 이모 서울에 있는데, 그거 다 뺑이래."

"아냐. 우리 사촌 동생들은 재량 휴교해서 학교 안 갔댔어."

"헐. 좋겠다."

"무섭다고 하던데. 차라리 학교 가고 싶다고."

"정부 발표 뻥이라고, 진실을 알려야 된다고 SNS에 동영상 뜬 거 봤어?"

"야, 이사도라 떴어!"

24시간 돌아다닌다고 해서, '이사도라'라 불리는 담임이 문을 열고 들어서면서 시끄럽던 교실이 금세 조용해졌다.

"뉴스 봐서 알겠지만 미국에서 신종 바이러스 감염자들이 나타나고 있다."

이사도라는 들어오자마자 안내문을 나눠줬다.

신종 바이러스 국민행동요령(경계 단계)

1. 발열과 호흡기 증상(기침, 목 아픔, 콧물이니 코막힘 증상 중 하나 이상)이 있으면 마스크를 착용하고 가까운 의료 기관에 내원하여 진료받으시기 바랍니다.

2. 특히 만성 심장·폐질환이 있거나 천식, 당뇨, 비만이거나 임산부인 경우, 65세 이상 노인인 경우에는 신종 바이러스로 인해서 중증으로 진행될 수 있으므로 발열과 호흡기 증상이 나타나면 바로 진료받으시길 바랍니다.

3. 기침과 재채기를 할 때에는 반드시 휴지나 손수건으로 가리고 하시거나 옷으로 가리시는 등 기침 에티켓을 지켜주시기 바랍니다.

4. 외출 후나 대중이 많이 모이는 장소를 다녀오신 후에는 반드시 손을 씻으시고 평소 손씻기를 생활화합시다.

5. 발열 및 호흡기 증상이 있을 경우에는 학교나 학원, 기타 사람이 많이 모이는 장소를 피하시고 바로 진료받으시기 바랍니다.

6. 의료기관에서는,

─발열 및 호흡기 증상 환자에 대해서는 별도로 진료받도록 안내하고

─진료 대기 중 마스크를 제공하며

─평소 직원들에 대한 발열 감시를 실시하고

─만약 임산부인 직원이 있을 경우에는 호흡기 분비물에 노출되는 작업에

는 참여하지 않도록 해주시기 바랍니다.

"아직 국내 감염자는 발견되지 않았지만 혹시 모르니까 잘 읽어보고 진학 상담 안 한 놈들은 수업 끝나고 찾아와. 원나는 오전 수업만 하니까 점심시간 전에 오도록."

"……"

"원나야."

"……네."

원나는 조그맣게 대답했다.

"선생님, 사다코 재 중독된 거 아니에요?"

앞줄에 앉아 있던 고창민이 큰 소리로 외쳤다. 교실 전체가 떠나갈 듯 큰 웃음이 터졌다. 고창민이 고개를 비틀어 원나를 바라보며 혀를 쏙 내밀었다.

"감염이겠지, 인마."

담임이 지휘봉으로 고창민의 머리통을 때렸다.

"아, 씨! 아파요."

고창민이 두 팔로 머리통을 감싸며 소리쳤다.

"아, 씨? 아, 씨?"

담임은 지휘봉으로 고창민의 어깨를 쿡, 쿡 찔렀다.

신종 바이러스는 물려야 감염된다. 어쨌거나 접촉성 바이러스인 셈이다. 그렇다면, 전교생이 다 감염된다고 해도 원나는 안전할 거였다. 지난해 눈병이 돌았을 땐 원나 혼자만 학교에 나오기도 했다. 전교생이 서로 눈을 만지고 비벼 모두가 눈병에 걸리는 초유의 사태가 벌어졌을 때였다. 학교에만 안 갈 뿐 밖에서 만나 쉼 없이 바이러스를 공유해대는 통에 눈병은 쉽게 잡히지 않았다. 교사들이 번갈아 들어와 덩그러니 앉아 있는 원나에게 자습 과제를 내주고 다시 교무실로 돌아갔다.

원나는 교실에 멍하니 앉아 있다 혼자 도시락을 먹고 훈련을 하러 갔다. 안대를 낀 애들이 피시방이나 슈퍼, 놀이터 앞에 모여 있다 교복을 입은 원나가 지나갈 때마다 헐, 헐, 하면서 눈을 비비고 원나를 바라봤다. 학생들이 영 학교로 돌아올 기미가 보이지 않자 교장은 비상 연락망을 돌려 강제 등교를 지시했다. 그리고 일주일이 지나자 눈병은 완전히 진압됐다.

담임의 호통에도 웅성거림은 잡히지 않았다. 학생들은 계속 낄낄거리며 원나를 쳐다봤다. 원나는 눈을 내리깔고 책상에 붙어 있는 시간표를 찾아 읽었다. 오전 시간표는 국어, 음악, 체육. 전국 선수권 대회를 핑계로 체육 시간엔 따로 수업을 듣지 않고 훈련에 가도 된다는 허락을 받았으므로, 두 시간, 앞으로 두 시간만 참으면 됐다. 할 수 있어, 할 수 있어, 할 수 있을까, 할 수 있어, 아, 젠장! 원나가 생각하기에 괴물이 세상과 화해하는 방법은 크게 두 가지였다. 마법에서 풀려나 괴물이 아닌 사람이 되거나 모두를 똑같이 괴물로 만들어버리는 것. 동화는 전자를 선호하지만 어쩌면 괴물의 입장에서는 후자 쪽이 좋을지도 모른다. 훨씬 쉽고, 간단하고 게다가 통쾌하니까.

'힘내라, 좀비.'

원나는 반 아이들의 새까만 뒤통수를 노려보면서 마음속으로 힘껏 외쳤다.

"아, 아……."

스피커에서 교장 선생님의 목소리가 흘러나왔다.

"홍안 낙농고등학교 학생 여러분."

"조용히 해라."

담임이 소리쳤다. 하지만 교장의 목소리는 이어지지 않았다.

"뭐야?"

스피커가 뚝 끊어지더니 잠시 틈을 두고 다시 교장의 목소리가 들려왔다.

"학생 여러분은 이동하지 말고 교실에서 대기해주기 바랍니다. 다시 한번 전달합니다. 학생 여러분은 이동하지 말고 교실에서 대기해주기 바랍니다."

방송이 끝나기가 무섭게 학생 주임이 문을 열고 들어섰다. 뭔가를 직감한 학생들이 먼저 환호성을 지르며 가방을 싸기 시작했다.

"교장 선생님 재량으로 오늘 단축 수업을 하기로 결정됐다. 부모님들께 모두 문자 갔으니까 다른 데로 새지 말고 모두 곧장 집으로 돌아가도록. 주말 잘 보내고 월요일에 보자. 이상!"

담임은 오늘 하지 못한 진학 상담도 월요일에 하겠다고 말하고는 출석부를 챙겨 교실을 빠져나갔다.

"뭐 잘못됐으니까 집에 가라는 거 아냐?"

"에이, 설마."

"이렇게 오자마자 집에 가는 건 처음 아니냐?"

"하긴, 아폴로 눈병 때도 아예 안 온 적은 있어도 왔다 가진 않았지."

"몰라, 몰라. 야, 너네 집에 가서 라면 끓여 먹고 만화책 보자. 아냐, 피시 방 갈래?"

가방을 챙긴 학생들이 삼삼오오 무리를 지어 사라졌다. 이번에도 교장은 판단 미스를 한 게 틀림없다. 누구도 순순히 집으로 가지 않을 테니까.

"잘 가. 다음 주에 살아서 만나자!"

방향이 다른 아이들이 낄낄거리며 손을 흔들고 헤어졌다. 원나는 괜히 핸드폰을 열어봤다. 몸이 좋지 않아 오후에 병원에 들르지 못할 것 같다는 마리아의 문자메시지가 도착해 있었다.

'네, 제가 가볼게요. 걱정 마시고 쉬세요.'

원나는 답장을 보낸 뒤 가방을 고쳐 메고 스쿠터에 올라탔다.

2부 alone in the dark

2018. 4. 20. pm 3:00

철종은 점순의 전화를 받고 다급히 해열제와 흉터 연고를 챙겨 만주, 점순 부부의 하우스 집으로 갔다. 그 집 이동이들이자 철종의 후배인 창모가 딸 유미를 맡기고 다급히 돌아갔다고 했다.

"서울에 급한 일이 있는게벼."

점순이 변명이라도 하듯 짓눌린 목소리로 말했다. 유미는 보이지 않았다. 간식을 해 먹인다고 기와집에서 데려갔다고 했다. 만주는 방 한구석에 우두커니 앉아 생각에 잠겨 있었다. 갑자기 손녀를 떠안게 된 노부부는 설레는 한편 근심스러운 듯 보였다.

"팔이 왜 그러세요?"

만주와 점순 모두 팔뚝에 생채기가 가득했다. 유미 짓이었다. 젖니 빠진 자리에 다시 이빨이 나면서 간지러운지 보이는 것은 죄다 물고 다닌다고 말하는 부부의 안색이 좋지 않았다. 기분 탓일 거라고 생각했다. 철종은 더 캐묻지 않았다. 그는 창모가 얼마 전 보증을 잘못 서 10년 만에 장만한 아파트가 경매로 넘어갔다는 것을 알고 있었다. 창모는 전화로 귀농을 상의하면서 길게 한숨을 쉬었다.

"형, 내가 거기서 할 일이 있을까?"

창모의 목소리는 간절했으나 힘이 없었다. 그가 구하는 것은 대답이 아니라 위로였다. 제발, 그렇다고 말해줘. 할 일이야 많았다. 여기도 분명히 사람이 사는 곳이니까. 하지만 얼마나 만족하며 살 수 있는가는 누군가 보장하거나 장담할 수 있는 문제가 아니었다. 서울을 떠난다는 생각만으로도 패배감에 사로잡혀 모든 것이 불안할 것이다. 철종 역시 은퇴를 결심하고 귀향할 때, 세상이 다 무너진 것 같았으니까.

유미를 데려다놓은 것을 보면 뭔가를 결심한 것인지도 모른다고, 철종은 생각했다.

"어르신, 저는 이만 가볼게요. 안사람이 좀 아픕니다."

"그려, 박코야. 고마워."

귀가 좋지 않은 만주가 큰 소리로 말했다. 철종은 엄지와 약지를 펼쳐 손으로 전화기 모양을 만들어 보이며 한 음절씩 끊어가며 또박또박 말했다.

"예, 어르신. 더 필요하신 것 있으면 전화 주세요."

철종은 점순에게도 인사를 한 뒤 황급히 집으로 돌아왔다. 마리아가 헛간 청소를 하다가 허리를 다쳐 누워 있었다. 서툴러도 손수 밥을 차려야만 했다.

pm 5:00

철종이 저녁을 준비해 안방에 들어섰을 때, 마리아는 이불 위에 누워 느리게 눈을 껌뻑이고 있었다.

"리모컨 좀 찾아보세요. 다른 데 보고 싶은데 채널 못 바꾸고 있습니다."

철종은 리모컨을 찾기 위해 방 안을 훑어보다 텔레비전 가까이 붙어 앉았다. 화면 좌측 상단에 〈속보: 미국 전역에 Z(일명 좀비) 바이러스 확산: CNN 뉴스 생중계〉라는 자막이 붙어 있었다.

철종은 자기도 모르게 눈을 감으며 고개를 돌렸다. 영화에서나 봤던 서양 좀비들이 화면 가득 걸어 다니고 있었다.

"다른 데 좀 틀어보라니까요."

"잠깐만."

철종은 볼륨을 높였다.

"전쟁이 난 겁니까? 테러예요? 사람이 사람, 너무 죽입니다. 너무 끔찍합니다."

"응? 아니, 그런 것이 아니고 전염병이 돌고 있다네."

"전염병이요?"

"응, 미국에. 어서 먹어. 아까 온 팩스 어디 뒀어?"

철종은 아침에 면사무소에서 보내온 바이러스 안내문을 찾았다. 안 좋은 직감이 빠르게 스치고 지나가자 반대로 차분해졌다. 운동선수 득유의 기질 탓이다. 위급할 때일수록 매뉴얼대로 행동해야 했고, 그러자면 먼저 매뉴얼을 숙지해야 했다.

Z-Virus 인체 감염 예방 홍보[*]

■ Z (일명 Zombie) Virus는 전두엽 세포를 통해 번식, 뇌를 파괴하며 이 바이러스에 감염되었을 경우 심장박동을 포함한 인체 기능이 완전히 정지 됨. 감염된 뇌는 일종의 휴면 상태에 놓이며 감염자는 산소 및 영양분에 의

---

[*] 맥스 브룩스, 《좀비 서바이벌 가이드》, 황금가지, 2011, pp. 20-22. 참조 및 재작성.

존하지 않는 새로운 인체 기관을 갖게 됨.

※ 감염자는 살아 있는 시체와 같음.

※ 인수 공통 전염병은 아님. 현재까지 동물 감염 사례 없음.

■ 원인

원인 불명.

■ 3단계 임상 양상

1단계: 통증 및 감염 부위 변색(갈색을 띤 자주색), 상처의 피는 즉시 응고 됨(상처를 통해 감염된 경우), 경증 호흡기 증상, 발열(섭씨 37도에서 39도 사이), 두통, 구토, 심한 관절통, 팔다리 감각 상실, 근육 조정 능력 상실 등 을 보이며 일부 환자는 중증 치매 증상.

2단계: 의식불명, 호흡과 심장박동 정지, 한시적 사망 소견을 보임.

3단계: 검은자위가 잿빛에서 백색으로 변화. 뇌사 상태의 감염자로 소생.

〔2단계에서 3단계로의 잠복기는 한 시간 내지 세 시간 정도로 짧으며, 최 대 24시간.〕

■ 감염자

-2단계까지를 보균자, 3단계부터를 감염자로 분류.

-감염자는 시력이 떨어지며 주광성(빛 자극에 취약함)을 가짐.

-의식이 없어 의사소통이 불가능하지만 걸어 다님.

■ 감염 경로

-감염자의 체액이 직접 유입될 경우.

－감염자에게 물리는 것이 가장 일반적인 감염 경로.

－아물지 않은 상처를 감염자의 몸에 난 상처와 비비거나 성교할 경우에도 감염.

－물이나 공기 등 자연 상태에 존재하는 Z 바이러스에 감염된 사례는 없음.

※ 감염자로 의심되는 사람에게 물리거나 신체 접촉 후 원인 불명의 발열, 의식 불명 등의 위 증상이 발생할 경우 의료 기관이나 119에 즉시 신고.

■ Z 바이러스는 박테리아가 아니라 바이러스이므로 항생제 효과가 미미함. 면역 체계를 만드는 백신이 시험 단계에 있으며 곧 배포 예정임.

■ *감염자를 죽이지 말 것. 자살하지 말 것. 서로 떨어져 있을 것.*

보건복지부에서 미국질병통제예방센터(CDC)에서 받은 초안을 바탕으로 작성한 안내문이었다.

"일단 밥을 먹으세요."

"아직 배 안 고파. 천천히 먹을 테니까 당신이나 어서 먹어."

"어머나, 저게 뭡니까."

마리아의 비명에 철종은 고개를 들고 티비를 봤다. 어딘지 알 수 없는 바닷가 근처에 피로 물든 옷을 입은 사람들이 잿빛 얼굴로 사람을 먹고 있었다. 화면은 정신없이 흔들리더니 부서진 비행기가 검은 연기를 뿜으며 불타는 모습을 비스듬히 비췄다. 철종은 리모컨을 찾아 볼륨을 높였다.

"자, 잠시 진행이 매끄럽지 못했던 점 사과드립니다. 현재 조, 좀비, 아니, Z 바이러스 감염자가 나타난 곳은 미국, 영국, 프랑스, 독일이며 유럽 전역으로 빠르게 확산되고 있습니다."

아나운서는 가까스로 안정을 찾은 것 같았다. 미국과 유럽 등 감염자가 발생한 지역에서는 감염자들은 물론 보균자, 감염 의심자 모두를 격리 수용하고 있으며 우리 정부 역시 공항 및 항구의 출·입국을 모두 금지시켰다는 내용의 소식들이 빠르게 이어졌다.

"이미 서울에도 감염자가 나타났다는 거짓된 정보가 SNS를 타고 빠르게 퍼지고 있습니다. 경찰은 허위사실을 유포해 국민을 혼란에 빠뜨릴 경우 엄중 처벌하겠다는 입장을 발표했습니다."

"지형이랑 통화했어?"

철종이 물었다.

"엊그제 했습니다. 또 레벨 테스트 떨어졌습니다. 머리가 아픈 게 아닌지 의심입니다. 큰일입니다."

"간 지 얼마 안 됐잖아. 나아지겠지. 잘 있대?"

"다음에 또 떨어지면 짐 싸서 오라고 했습니다."

"그래, 잘했어."

철종은 날파리가 둥둥 떠 있는 오이냉국을 내려다보다 밖으로 나갔다.

pm 5:40

철종은 쌍안경을 찾아 들고 우물로 향했다. 우물 뚜껑을 덮고 올라가면 마을이 한눈에 들어왔다. 해질 무렵, 쌍안경으로 동네를 살피는 건 이전 이장이었던 아버지의 습관이었다. 두수리는 지루할 만큼 조용하고 고요한 마을이었지만 그래서 무서운 곳이기도 했다. 마을 주민 모두가 핸드폰을 갖기 전에는 노인들이 아파서 쓰러지거나 어디가 부러진 채로 한나절씩 방치되기도 했다.

노을이 지고 있었다. 온통 붉게 물들고 있는 하늘과 대조적으로 마을이

컴컴했다. 전기세를 아낀다고 촛불을 켜며 유난을 떠는 치복의 집이야 그렇다 쳐도 어두운 것을 싫어해 먹구름만 껴도 마당까지 환하게 불을 밝혀놓는 신애, 순애의 기와집조차 캄캄한 것은 조금 이상했다. 철종은 기와집으로 전화를 걸어보았지만 받지 않았다. 영자도, 만주와 점순 부부도, 치복도 마찬가지였다. 유미와 함께 어딘가에 모여 있는 걸까? 그는 마지막으로 마을 회관에 전화를 걸어보았다. 역시 아무도 받지 않았다. 그는 잠시 허공에 시선을 박고 턱 밑으로 흘러내리는 땀을 손등으로 훔쳤다. 겨드랑이와 등도 흠뻑 젖어 있었다. 그는 다시 방으로 돌아가 랜턴을 찾아 들고 나섰다. 입맛이 없다며 밥을 거의 먹지 못한 마리아는 초췌한 얼굴로 기절하듯 잠들어 있었다.

절정을 향해 달려가던 노을이 지고 이제 하늘은 보랏빛으로 물들고 있었다. 철종은 집에서 가장 가까운 만주, 점순 부부의 집 쪽으로 걷다가 다시 돌아가 대문에 불을 밝혔다. 한 군데라도 확실하게 밝혀놓아 마음이 놓일 것 같았다. 꽃가루 때문에 뻑뻑하게 돌고 있는 물레방아를 손보자 마을 회관 앞 가로등에도 불이 들어왔다. 하우스 집을 향해 걷고 있는 철종의 등 뒤로 희미하게 신음 소리가 들렸다. 철종은 뒤통수에 달라붙는 서늘한 느낌을 애써 부인하며 뒤를 돌아봤다. 어둠 속에서 누군가가 어기적어기적 걸어오고 있었다.

"어, 어르신."

치복이었다. 그때, 철종의 머릿속에 조금 아까 텔레비전에서 보았던 감염자들의 모습과 함께 면사무소에서 받아 읽은 전염병 예방 협조문의 굵은 글씨가 동시에 떠올랐다.

감염자는 살아 있는 시체와 같음.

문장이 뼈와 살을 입고 눈앞에 나타난 것만 같았다. 랜턴으로 치복의 얼굴을 비추는 순간, 치복이 전에 없이 빠른 스피드로 철종을 덮쳤다. 축축하고 물컹한 것이 철종의 뺨을 스치더니 날카로운 통증이 이마를 때리고 지나갔다. 철종은 소스라치게 놀라 가슴팍에 엉겨붙어 있는 치복의 머리를 뜯어냈다. 치복의 쪼글쪼글한 하관에 침이 흥건했다. 하나밖에 남지 않은 앞니가 누렇게 빛났다. 치복의 눈은 가로등을 바라보고 있었으나 잿빛으로 내려앉은 눈동자엔 아무것도 비치지 않았다.

검은자위가 잿빛에서 백색으로 변화.

철종의 머릿속에 또 하나의 문장이 스쳐 지나갔다.

감염자는 시력이 떨어지며 주광성을 가짐.

철종은 빠르게 몸을 던져 가로등과 대문의 전등을 끄고 셔츠의 단추를 풀었다. 그리고 갑자기 사라진 빛에 어리둥절해 하고 있는 치복의 얼굴을 향해 셔츠를 펼쳐 던졌다. 치복의 정수리가 셔츠의 팔이 들어가는 구멍에 걸렸고, 덕분에 철종은 한 손으로도 치복의 머리통을 낚을 수 있었다. 의수는 떨어져나간 지 오래였다. 이빨과 한 손으로 끙끙거리며 매듭을 만들어 묶는 동안에도 치복은 온몸을 뒤틀며 저항했다. 하지만 시야가 완전히 차단되자 움직임은 눈에 띄게 굼떠졌다. 철종은 치복의 허리를 안아 어깨에 둘러메고 마을 회관으로 들어갔다.

pm 6:10

마을 회관 문간방에 치복을 내려놓은 철종은 보건소에 전화를 걸었다. 버튼을 누르는 손이 달달 떨렸다. 뇌에 쥐가 난 것처럼 머리통이 저릿저릿했다. 면사무소, 119, 보건소, 파출소가 모두 통화 중이었다. 그는 전화번호부를 훑으며 시청과 군청, 보건복지부에까지 전화를 걸었다. 모두 불통이었다.

"여보세요?"

스무 통이 넘는 시도 끝에 마침내 지역 보건소에서 전화를 받았다.

"여기, 저, 바, 바이러스 감염자가 있는 것 같습니다."

"네? 아, 잠시만요. 주소 좀 불러주시겠어요?"

주변이 시끄러웠다. 전화를 받은 남자는 거의 악을 쓰고 있었고, 그나마도 전화가 곧 끊어졌다. 철종은 다시 전화를 걸어보았지만 통화 중이었다. 뭔가가 잘못된 것이 틀림없었다. 철종은 계속 전화를 걸었다. 될 때까지 해볼 생각이었다. 그것 말고 달리 방법이 있는 것도 아니었다.

"네, 지동 보건소입니다."

이번에는 여자가 받았다.

"아, 여기는 두수리고요, 지금 바이러스 감염 의심 환자와 함께 마을 회관에 있습니다."

철종은 씩씩거리며 재빨리 말을 이었다. 또 끊어질지도 모른다는 두려움과 초조함이 번갈아 가슴을 조여왔다.

"감염 의심지가 몇 명인가요? 전화 거신 분은 누구시죠?"

"저는 마을 이장입니다. 일단 확실한 감염자는 한 명, 또 다른 감염자가 있는지 확인이 되지 않은 상황입니다."

"단순 감기나 몸살일 수 있어요. 해열제 가진 거 있으시죠?"

"아뇨, 감염이 확실합니다. 바이러스 안내문을 봤습니다. 누, 눈동자가……."

"……일단 격리 조치하시고 기다리세요."

"감기 몸살이 아니라니까요. 감염된 것이 확실합니다."

"……수도권에 소수 감염자가 발생했다는 사실이 확인되었지만 격리 조치되었으므로……."

"그래요, 서울!"

"네?"

"서울에서 어젯밤에 꼬마 하나가 내려왔습니다. 그 아이를 통해서 감염된 것 같아요."

"예? 서울에서요? 서울 어디에서 왔습니까? 아이 혼자 왔나요? 부모나 다른 가족은요?"

여자는 당황한 기색이 역력했다. 뭔가를 뒤적이는 소리가 수화기를 타고 들려왔다. 철종은 재빨리 말을 이었다.

"네, 어젯밤, 어제 밤에 왔다고 했어요. 여섯 살인가, 아, 아니 일곱 살인가, 어린 여자앱니다. 애 아빠는 애만 내려놓고 올라갔구요. 다른 주민들도 감염됐을 확률이 높습니다."

가장 의심스러운 것은 자기 자신이었다. 철종은 치복의 이빨에 긁힌 이마에서 느껴지는 열감을 애써 무시했다.

"빨리 이쪽으로 사람을 보내주십시오. 다른 사람들의 감염 여부를 확인하고, 필요한 조치를 취해주세요."

"어제 몇 시에 온 거죠? 체온은 재보셨어요?"

"정확히 몇 시에 내려온 건지는, 거기까지는 잘 모르겠습니다."

"사람을 무나요?"

"예?"

"감염 의심 환자, 그 어린이 말이에요. 사람을 먹거나 무냐구요."

철종은 만주와 점순의 팔뚝에 난 상처들을 떠올렸다.

"예, 맞습니다. 애를 데리고 있던 노인들 몸에 상처가 있었습니다."

"네? 정말이에요?"

여자의 목소리가 높아졌다.

"아, 아니, 저도 실제로 감염자를 본 적이 없어서요. 신고는 접수되셨어요. 두수리 마을 이장이시고요, 마을 주민 전부가 감염되었을지도 모른다고 하셨어요. 맞죠?"

"예. 언제쯤 오십니까? 얼마나 걸리죠?"

"지금 군부대와 시 쪽으로 인력이 전부 빠져 있는 상태라서 장담드릴 수가 없는 입장입니다. 감염된 주민 격리 조치하시고 절대 가까이 가지 말고 기다리세요. 아셨죠?"

여자는 빠른 어조로 말하더니 일방적으로 전화를 끊었다.

"이봐요, 이런, 젠장!"

열이 오른 전화통을 집어던지듯 내려놓자 식은 땀이 가슴골을 따라 흘러내렸다. 철종은 마을 회관 안방에서 리모컨을 찾아 텔레비전을 켰다. 공중파에서는 저녁 드라마가 방영되고 있었다. 철종은 채널을 돌렸다. 좀 전에 안방에서 봤던 종편 채널 한 곳에서만 바이러스가 시작된 미국의 상황을 자세하게 보도하고 있었다.

"백신이 개발 중이라는 정부의 발표를 신뢰할 수 없는 감염자의 가족들이 시위를 하거나 폭동을 일으켜 국가 전체가 점점 더 혼란에 빠지고 있습니다."

자막으로 '중국과 일본에서도 감염자 발견. 격리 조치'라는 속보가 떴다. 이어 정확한 상황을 파악 중이라는 앵커의 멘트가 이어졌다. 철종은 텔레비전을 끄고 컴퓨터를 켰다. 인터넷에 접속하자 생각보다 상황이 훨씬 급박하다는 것을 알 수 있었다. 서울에서는 이미 라면과 통조림이 거덜났고, 정치

95

인이나 재벌들은 벌써 개인 벙커로 들어갔다고 했다. '전신갑주'라고 불리는 케블라 소재의 옷이 불티나게 팔려나가고 각종 총기와 무기 들이 무분별하게 거래되고 있다는 뉴스를 읽던 철종의 머리에 불이 반짝 빛났다.

"케블라!"

케블라는 펜싱복의 소재였다. '백신 완성 단계'라는 제목의 뉴스를 클릭하자 비디오 클립이 플레이됐다.

"UN 주재 인류재건위원회에서는 거의 완성 단계에 다다른 백신을 빠르게 보급할 수 있는 방안을 간구하고 있습니다. 현재 전 세계 공항은 물론 항구도 모두 폐쇄되었으며 우리 정부는 중국을 거쳐 북한을 통해 감염자가 내려올 가능성을 차단하기 위해 휴전선 부근의 보안을 강화하고 있습니다."

전 세계의 종교 지도자들이 각자 나름의 방식으로 이 "재앙"을 설명하려는 시도를 하고 있었다. 이 전염병이 지구 종말의 메시지라고 주장하는 사람들도 있고, 바이러스에 대한 정보 자체가 어떤 거대한 음모라고 말하는 사람들도 있었다. 특정 지역에서 벌어진 사고에 그칠 줄 알았던 일이 빠른 속도로, 대륙을 넘어 확산되기 시작하자 사람들은 좀 더 진지하게 좀비에 대해서 이야기하기 시작했다. 최초 발원지에 대한 의견도 분분했고, 백신의 효능과 보급 가능성은 물론 존재 자체를 의심하는 사람들도 있었다. 병원에서 할 수 있는 것은 감염 여부를 판단하는 것뿐인데 그것도 애매했다. 1단계 증상에 해당되는 발열, 두통 같은 건 이 바이러스만의 증상이 아니었다. 좀 더 명확한 가이드라인이 필요하다고, 철종은 생각했다. 치복의 경우를 봤을 때 잠복기가 너무 짧았다. 의심되는 순간, 더 이상의 대책은 무의미한 일인지도 몰랐다.

pm 6:30

철종은 원나에게 전화를 걸었다. 몇 차례 울리던 신호음이 달칵, 끊어지며 원나의 목소리로 연결되었을 때, 철종은 구원이라도 얻은 것만 같았다.

"괜찮냐?"

"예?"

"거긴 괜찮냐구."

"예, 뭐가요?"

원나는 잠이라도 자다 일어난 것처럼 느긋하고 태평한 목소리였다. 펜싱 슈트는 원나의 것으로 두 개, 자신의 것 역시 두 개, 마리아가 잠깐 취미 삼아 배워보겠다고 장만해 가지고 있는 것이 하나 있었다. 마스크 역시 총 다섯 개. 하지만 자신과 마리아 원나를 제외한 마을 주민은 치복, 영자, 신애, 순애, 만주, 점순, 유미까지 일곱이었다. 마스크와 슈트 모두 다섯 개가 모자랐다. 보건소 직원들이 알았으니 이제 곧 읍내도 뉴스에서 본 서울과 상황이 비슷해질 것이었다. 더 큰 혼란이 오기 전에 원나 역시 마을로 불러들여야만 했다.

"너 지금 당장 체육관에 들러서 마스크 좀 챙겨와야겠다."

"마스크는 왜요?"

"마을에 일이 좀 생겼어. 자세한 이야기는 와서 하자. 마스크랑 슈트 다섯 개, 아니 너무 많으니까 그냥 마스크만 다섯 개 챙겨와. 지금 바로 와야 한다."

"지금이요?"

"그래."

"……."

"왜 대답이 없냐. 알았지?"

"네, 알았어요."

"스쿠터에 기름 충분히 있지?"

"네, 그런데 갑자기 왜요. 무슨 일인데요."

"원나야."

"네?"

철종은 원나에게 간단히라도 상황을 설명해야 할지 잠시 고민했다. 머리가 뜨끈뜨끈했다. 뇌가 익고 있는 것이 아닐까, 싶을 정도로 정신이 하나도 없었다.

"아저씨?"

철종은 잠시 멍해졌던 정신을 다잡고 입을 열었다.

"…… 시간이 없어. 빨리 와야 한다. 자세한 이야기는 와서 하자."

pm 6:40

철종은 밖으로 뛰어나갔다. 무작정 기다리고만 있을 수 없었다. 그는 직접 감염자와 보균자, 비감염자를 분류할 생각이었다. 철종은 다시 마을 회관 앞의 가로등에 불을 밝힌 뒤 우물 위로 올라가 쌍안경으로 마을 전체를 훑었다. 마을 안쪽에서 웅성거리는 짐승 소리 같은 것이 들려왔다. 그는 핸드폰으로 필리핀 처가와 지형에게 번갈아 전화를 걸었다. 어느 쪽도 연결이 되지 않았다.

갑자기 마을 회관 앞 물레방아 가로등에 불이 들어왔다. OFF 스위치가 제대로 눌리지 않은 모양이었다. 가로등 전원을 차단하기 위해 우물 뚜껑에서 내려서려던 철종은 자기도 모르게 핸드폰을 돌멩이처럼 꽉 쥐었다. 봉두난발의 점순이 초점이 사라진 흰 눈을 구멍처럼 벌린 채 가로등 쪽으로 어기적어기적 걸어오고 있었다.

철종은 다급히 집으로 달려갔다. 문을 전부 걸어 잠근 뒤, 태평하게 잠들어 있는 마리아를 흔들어 깨우고 바이러스에 대해 설명했다.

"알아듣겠어?"

마리아는 눈을 껌뻑이며 철종을 봤다.

"그러니까 절대로 밖에 나와서는 안 돼. 알았지?"

"무슨 말인지 잘 모르겠습니다."

"좀 전에 뉴스에서 봤던 거 기억나지? 사람한테 감염되는 전염병이야. 아까 봤던 사람들이 전부 감염자들이고."

"당신 얼굴이 너무 하얗습니다."

철종은 아직 꿈을 꾸는 듯한 표정으로 자신을 바라보고 있는 마리아를 일으켜 세워 창가로 데려갔다. 신애와 순애, 만주는 물론 유미까지 가로등 밑에 몰려들어 서성이고 있었다.

"모두 감염된 것 같아. 안에서 문 단단히 걸어 잠그고 있어."

"작은어머님이 없습니다. 작은어머님, 안 보이십니다."

까치발을 들고 골똘히 가로등 밑을 바라보던 마리아가 말했다. 그러고 보니 영자가 보이지 않았다.

"마리아, 절대 나오면 안 된다고. 알았어? 빨리 대답해!"

철종은 불끈거리는 이마를 손으로 짚으며 말했다.

"알았습니다."

마리아는 철종의 손을 잡았다.

"알았으니까 일단 앉으십시오."

마리아는 철종을 바닥에 앉힌 뒤 이마에 난 상처에 약을 바르고 밴드를 붙였다. 그리고 여기저기 긁히고 까진 철종의 팔뚝과 다리, 목에도 차례로 약을 바르고 붕대를 감았다.

"당신도 같이 여기에 있으면 안 됩니까?"

철종은 붉어진 눈으로 마리아를 똑바로 쳐다보다가 고개를 세차게 흔들었다. 그는 장롱에서 선수 시절 입던 펜싱 슈트를 꺼냈다. 벌써 한참 전부터 마리아의 목소리가 일그러지고 뒤틀려 그저 악을 쓰고 울부짖는 것처럼 들렸다.

"당신이 뭐라고 하는지 잘 안 들려."

철종은 귀를 울리는 자신의 목소리에 놀라 입을 다물었다. 자신의 의지와 달리 문장이 마구 뒤엉켰다. 귀의 문제라고 생각했는데 갑자기 혀가 말을 듣지 않았다. 입안에 커다란 돌을 물고 있는 것만 같았다.

"지금 내가 제대로 말을 하고 있는지도 확신할 수가 없어. 당신이 얼마만큼 이해할 수 있는지도 모르겠어. 마리아, 내 이야기 잘 들어. 나도 감염된 것 같아."

철종은 마리아의 눈을 보고 최대한 천천히 이야기하고자 애썼다. 마치 오래전, 마리아와 처음 데이트를 하던 때처럼. 마리아는 철종이 필리핀으로 전지 훈련을 갈 때마다 머물던 호텔 근처 '할로할로' 가게의 막내딸이었다. 할로할로는 곱게 간 얼음 위에 견과류와 과일, 젤리를 토핑하는 필리핀식 빙수로 마리아는 아버지를 도와 하루 종일 얼음을 갈고, 과일을 깎고, 설거지를 했다. 팔을 잃고 재활 훈련을 하다 은퇴를 결심한 뒤 철종은 홀로 필리핀을 찾았다. 주인은 큰딸과 둘째 딸을 일본으로 시집보내고 받은 지참금으로 가게를 확장해 게스트하우스를 겸하고 있었다.

마냥 어린아이 같았던 마리아는 어느새 대학에 입학해 영문학을 공부하고 있었다. 두 사람은 종종 저녁 시간을 함께 보냈다. 모두가 잠든 밤이면, 철종은 한 팔로 난간을 타고 올라가 윗층에서 공부를 하거나 책을 읽고 있는 마리아를 불러냈고, 석 달 뒤, 두 사람은 함께 한국으로 들어왔다.

'나는 당신과 함께 있으면 안 돼.'

철종의 머릿속에는 한 가지 생각만이 또렷하게 떠올랐다.

"마리아, 내 말 잘 들어. 지금 이 마을에서 가장 위험한 건 나야. 내가 이

상하게 변하더라도 놀라지 말고, 다가오지 마. 원나가 올 거야. 그리고 조만
간 보건소 사람들이 백신을 가지고 올 거야."

"백신 맞으면 나읍니까?"

철종은 힘주어 고개를 끄덕였다.

"그러니까 당신이 잘해야 해. 알았지?"

pm 7:10

펜싱 슈트를 입는 내내 마리아가 뭐라고 이야기했지만 들리지 않았다. 귀
에 소금물이 가득 찬 것처럼 머리가 무거웠다. 철종은 마리아의 손을 꼭 잡
고 기도하듯 눈을 감았다.

'당신이 지금 뭐라고 하는지 안 들려. 그렇지만 나는 당신을 믿어. 당신은
지혜로운 여자니까 잘 견딜 수 있을 거야.'

철종은 의수를 다시 끼우려다 뽑아버렸다. 마리아가 그것을 집어들고는
불안한 얼굴로 철종을 바라봤다. 마스크를 뒤집어쓴 철종은 방문을 열고
나섰다. 그는 마리아가 문을 잠그는 것을 확인한 뒤, 재빨리 가로등을 향해
달려갔다. 갑자기 시야가 뿌옇게 뭉개지더니 모두가 하나의 커다란 덩어리
로 보였다. 노인들은 무리지어 있었지만 서로를 의식하는 것 같지는 않았다.

'안 돼.'

철종은 머리를 흔들고 눈꺼풀에 힘을 줘 눈을 치켜떴다. 하나로 뭉쳐져 있
던 덩어리가 몇 개로 흩어졌다. 철종은 먼저 가장 작은 덩어리인 유미를 공
략했다. 덩치는 작았지만 이빨이 있어 가장 위험한 축에 속했다. 유미를 뒤
에서 잡아 목을 조르듯 압박해 양파망을 뒤집어씌운 뒤 소부리방을 얹었
다. 철종은 안구에 통증을 느끼며 눈을 감았다. 갑자기 조명이 꺼지듯 눈앞
이 컴컴해졌다. 안 돼, 아직 안 돼. 그는 두 눈에 힘을 줬다. 조리개가 열리듯

시야가 좁게 밝아졌다. 두 개만 남은 앞니를 드러내며 으르렁거리는 유미는 아기 도깨비 같았다. 철종은 유미의 몸통에 바디 와이어를 감아 가로등에 묶은 뒤 유미의 머리카락 끝에 애처롭게 매달려 있는 리본 핀을 소부리망 위에 다시 꽂아주었다.

"으어어어어어어."

비로소 철종의 존재를 인지한 듯한 노인들이 신음 소리를 내며 느릿, 느릿, 철종을 향해 다가서기 시작했다.

pm 7:30

철종은 땀에 흠뻑 젖은 채 마을 회관에 들어가 누웠다. 머릿속이 불에 그을린 그림 같았다. 누군가 머릿속에 라이터를 대고 이리저리 그을린 것 같았다. 어떤 부분은 완전히 타 구멍이 뚫리거나 자글자글 울어버려 완전히 일그러졌다. 초점이 맞지 않는 카메라 앵글을 바라보고 있는 것처럼 눈앞이 침침했다. 정신을 다잡았다. 철종은 자신이 정신없이 뭔가를 먹고 있다는 사실을 깨달았다.

……!

머리는 이미 알아차렸지만 가슴으로 받아들이기까지 약간의 시간이 필요했다. 이것은 사람의 살이다. 그는 설명하기 어려운 허기와 분노에 압도되어 있었다. 철종은 멈출 수 없다는 사실을 깨닫고 절망에 사로잡혔다. 그의 손은 능숙하게 사람의 몸을 찢었다. 열 개의 손가락이 민첩하게 내장을 가르고 뼈를 발라냈다. 피는 따뜻하고 달콤했다.

"으어어어."

거칠게 잘려나간 반쯤 부패한 손이 기어와 그의 어깨를 두드렸다.

"아으으으으은 대에에에에에."

손은 어깨를 타고 스멀스멀 기어 올라와 이번에는 그의 뺨을 두드렸다.

"헉!"

그는 내동댕이쳐지듯 꿈에서 깨어났다. 문간방에서 달그락거리는 소리가 들려왔다. 홀로 갇힌 치복이 어둠 속에서 발버둥치는 소리였다.

유미를 시작으로 노인들을 하나, 하나 창고에 감금하거나 묶어놓았다. 누구를 어디에, 어떻게 두었는지 기억해 적어두려고 했지만 파편적인 기억들이 폭죽처럼 터졌다가 사라질 뿐이었다. 철종은 수첩을 꺼내 '먹고 싶다'고 적었다. 차마 주어를 쓸 수가 없었다. 꿈속에서 느꼈던 감각들이 선명하게 살아났다. 그것은 허기가 아니었다. 굳이 비유를 해야 한다면 갈증에 더 가까웠다. 그는 가늘어질 대로 가늘어진 의식의 끈을 간신히 붙잡고 있었다. 모든 것이 조금씩 멀어지는 기분이었다. 세상이 무한히 확장되는 것 같기도 했고 반대로 자신이 작아지는 것 같기도 했다.

아.

철종은 벽에 기대고 앉아 탄식했다. 언젠가 느껴본 적이 있는 감정이었다. 전지 훈련을 마치고 집으로 돌아가던 스물아홉의 여름, 그는 빗길에 교통사고를 당했다. 온몸이 끊어질 듯한 고통 속에서 오른쪽 팔에 감각이 없다는 것을 깨달았을 때, 그는 아지랑이가 피어오르는 뜨거운 아스팔트 바닥에 엎어진 채 두 개의 미래가 한꺼번에 상영되는 것을 보았다. 한쪽은 죽음이었다. 홀로 남겨진 어머니, 황당한 슬픔에 사로잡힌 동료와 선후배, 친구들이 하나, 둘, 자신의 장례식장에 나타났다. 어울리지 않게 멀끔하게 정장을 차려 입은 그들은 서로의 안부를 물었고, 잠시 울었고, 결국에는 피로한 얼굴로 돌아갔다. 다른 한쪽에선 팔이 잘린 채 살아가는 삶이 상영되고 있었다. 에페는커녕 숟가락도 쥘 수 없는, 손이 없는 삶. 망가진 일상. 동정 어린 눈빛. 지루한 재활 훈련…….

나란히 이어지던 영상이 동시에 꺼지면서 암흑이 덮쳤다.

어느 쪽이야.

신이 그렇게 묻는 것만 같았다. 선택권을 주지, 어느 쪽이야. 가늘어지는 의식을 부여잡고, 그는 차라리 죽고 싶다고 외쳤다. 전신마취에서 깨어났을 때, 둔해진 감각이 서서히 돌아와 그에게 가장 먼저 알려준 사실은 오른손을 쓸 수 없다는 것이었다. 더 정확하게는 쓸 수 있는 손이 없었다. 손목 아래가 휑했다. 철종은 신이 자신의 소원을 묵살했다는 것을 깨달았다.

그때처럼 무더운 여름이었다. 시각은 빛과 빛이 아닌 것만을 구분할 수 있을 정도로 단순화되고 있었고, 청각은 반대로 다층, 다면화되는 것 같았다. 모든 소리가 한데 뒤섞인 채 휘어지고 뒤틀린 형태로 고막을 때리고 지나가더니 이내 희미해졌다. 철종은 희미해진 눈으로 다시 한번 면사무소에서 팩스로 날아온 〈Z(일명 좀비) 바이러스 예방 협조문〉을 읽어보았다.

…… 신체 기능이 완전히 정지 …… 감염된 뇌는 일종의 휴면 상태 …… 감염자는 산소 및 영양분에 의존하지 않는 새로운 인체 기관을 갖게 …… 살아 있는 시체와 같음.

이마의 상처에서부터 시작된 둔중한 통증이 전신으로 퍼져나가면서 시야가 흐려지고 있었다.

죽이지 말 것, 자살하지 말 것, 서로 떨어져 있을 것.

우습다고 생각했던 문장이 간절한 기도문으로 변하기 시작했다. 마을 노인들은 번갈아 가며 거의 매일 아팠지만 전염병의 영향을 받은 적은 없었다.

동네가 워낙 외진 탓이다. 어렸을 때는 죽도록 도망치고 싶은 곳이었고, 사고와 은퇴 뒤에는 불필요한 관심과 시선으로부터 자신을 숨겨준 피난처였다.

덜그럭거리던 문간방이 조용했다. 철종은 창호지에 구멍을 뚫고 안을 들여다보았다. 얼굴에 흰 셔츠를 뒤집어쓴 치복이 느리게 움직이고 있었다. 치복의 얼굴은 방 뒤쪽으로 난 쪽창을 향해 있었다. 가로등 불빛이 비치는 쪽이었다.

철종은 주머니에서 수첩을 꺼냈다. 그리고 발열, 두통, 근육통, 무기력, 눈 침침함 밑에 '빛'이라고 적어넣었다. 그는 팔목에 감아놓은 붕대를 풀어보았다. 선명한 이빨 자국 두 개에 딱지가 앉아 있었다. 피가 멈췄다. 그리고 땀이 났다. 살아 있는 인간의 몸이다. 적어도 아직까지는. 철종은 상처 부위에 소독약과 소염제를 발랐다. 몸이 으슬으슬 추웠다. 죽고 싶지 않다고 생각했다. 그리고 아니다, 살고 싶다고 생각했다.

철종은 끝내 작은어머니인 영자를 찾지 못한 것이 마음에 걸렸다. 대놓고 뭐라고 한 적은 없었지만 은근히 성가시고 부담스럽게 느껴왔던 것 또한 죄스럽게 느껴졌다.

"죄송해요."

그는 아이처럼 울면서 바디 와이어로 발목과 허벅지를 단단하게 압박해 묶은 뒤 마지막으로 왼손을 뽁뽁이로 감았다.

'절대 안 돼.'

철종의 뺨으로 눈물이 흘러내렸다.

'어떤 경우에도 마리아와 원나를 공격해서는 안 돼.'

철종은 뽁뽁이 끝으로 튀어나온 손을 움직여 원나에게 전화를 걸었다.

"원나야."

"아저씨?"

스피커폰으로 원나의 목소리가 들려왔다.

"원나야……."

꼭 해야 할 말들이 머릿속을 맴돌다 사라졌다. 철종은 몸을 떨며 울음을 삼켰다.

"원나야, 나를……."

"여보세요? 아저씨? 제 말 들리세요?"

원나의 목소리가 바람 소리처럼 희미하게 들려왔다.

"나를 절대로……."

"아저씨, 제가 다시 걸게요. 잠깐만요."

"풀어주면 안 돼……. 마리아를…… 마을…… 원나야……."

철종은 방바닥에 뺨을 댄 채 그대로 정신을 잃었다.

"아저씨?"

전화기가 물에 빠지기라도 한 것처럼 철종의 목소리가 웅얼거렸다.

"여보세요? 아저씨? 제 말 들리세요?"

전화는 끊어지지 않았지만 수화기에선 아무런 소리도 들리지 않았다.

"아저씨, 제가 다시 걸게요. 잠깐만요."

하지만 통화량이 많다는 안내 음성만 기계적으로 흘러나올 뿐, 발신이 되지 않았다. 열 번 가까이 시도한 끝에 가까스로 통화 연결음이 울렸지만 이번에는 철종이 받지 않았다. 마을 회관도, 철종과 마리아의 집도 마찬가지였다.

'느닷없이 펜싱 마스크를 가져오라니. 무슨 일이지?'

원나는 스쿠터를 타고 체육관으로 향했다. 선수권 대회까지 시간이 별로 없다는 건 콕 찍어 알려주지 않아도 충분히 깨닫고 있었다. 펜싱을 시작한 이래 가장 빡센 훈련을 자처하며 운동에만 집중하고 있었지만 그럴수록 아쉬운 것이 한둘이 아니었다. 체급이 다르거나 왼손을 쓰는 선수들과 연습 경기를 더 해보고 싶었고, 시간을 두고 체력을 단단하게 보강하고 싶기도 했다. 남은 시간 동안 주어진 환경 안에서 최선을 다해보는 수밖에 없었다. 다음 주 즈음, 미라 병실을 담당해온 간호사한테 부탁해 영양 주사도 한 대 맞아둘 생각이었다.

장날도 아닌데 읍내에 사람이 많았다. 신호가 바뀌기를 기다리며 비로소 주위를 둘러보던 원나는 한 가지 이상한 점을 발견했다. 사람들이 모두 스마트폰에 고개를 박고 있다는 것이었다. 스마트폰이 나온 이후 흔해진 풍경이긴 했지만 이렇게 한 사람도 빠짐없이 고개를 박고 서 있진 않았다. 차에 탄 사람들도 모두 핸드폰을 들여다보고 있었다. 다시 신호가 바뀌고, 원나는 4차선 도로를 달리다 횡단보도 앞에서 사람들이 지나가길 기다렸다.

"그래서 백신이 있다는 거야?"

"거의 있다는 소리 아니에요?"

"있으면 있고, 없으면 없는 거지, 거의 있는 건 또 뭐래요?"

"인천공항 통해서 벌써 다 감염됐다던데."

"금방 뉴스 못 들었어? 그거 아니라잖아. 그런 소리 함부로 하면 안 돼."

원나는 스쿠터를 길 한쪽에 세우고 헬멧을 벗어 안은 채, 스마트폰으로 포털 사이트를 열었다. 영미와 유럽에 좀비 바이러스로 인한 피해가 상당하다는 소식이 층층이 쌓여 있는 가운데, 뜻밖에도 "자살 동영상"이 검색어 최상위에 링크되어 있었다. 유튜브에 "굿 럭"이라는 메시지를 써놓고 머리에 총을 쏘거나 목을 매다는 사람들의 영상이 업로드되고 있는 모양이었다. 인간의 존엄을 지키기 위해 바이러스에 감염되기 전에 자살을 선택한다는 것이었다. 기사 내용만 보면 퍽 비장했다. 원나는 호기심을 참지 못하고 동영상 하나를 클릭했다. 로밍이 길어져 영상이 툭툭 끊어졌다.

망해버려. 솔직히 가끔, 그런 생각을 할 때도 있었다. 모두 다 죽어버려. 집 밖으로 나오는 것이 두려울 때는 허공에 대고 그렇게 저주를 퍼부을 때도 많았다. 하지만 원나의 상상 속에서 '종말'은 기껏해야 대홍수나 지진, 벼락 같은 것이었다. 그런데 좀비라니.

"이봐, 학생."

영상이 재생되기를 기다리고 있는데 누군가 원나의 어깨를 톡톡 두드렸다. 원나는 사람이 가까이 다가왔다는 사실에 놀라 반사적으로 눈을 내리깔고 상체를 뒤로 젖혔다. 새까만 군화가 시선 끝에 물렸다.

"어이쿠, 깜!짝!이!야! 좀비인 줄 알았잖아!"

머리가 푸르스름한 군인이 모자를 손가락으로 돌리며 빙글빙글 웃고 있었다. 다분히 연극적인 제스처였다.

"어라? 얘 진짜 얼굴이 좀 이상한데? 진짜 감염된 거 아냐?"

군인이 큰 소리로 비아냥거리며 킥킥대자 뒤에 있던 다른 군인들이 일제히 원나를 향해 다가왔다. 하나같이 옷차림도 말투도 시시껄렁했다.

"이야, 이거 진짜 좀비 아냐? 어?"

"왜, 왜 이래요."

원나는 재빨리 헬멧을 뒤집어쓰고 스쿠터에 시동을 걸었다. 울지 않으려고 이를 악물었다. 군인들은 게처럼 옆으로 뛰면서 "왜, 왜, 왜 이래요. 왜 이래요." 하고 장난을 걸어왔다. 원나는 속도를 높였다. 그렇게 한참을 달리다 정신을 차리고 보니 체육관이 아니라 마을 쪽을 향해 달리고 있었다. 이미 날이 어두워져 있었고, 다시 체육관으로 갈 엄두가 나지 않았다. 얼마나 이를 악물고 있었던지 턱이 뻐근했다. 스쿠터를 갓길에 세우고 다시 핸드폰을 꺼냈다. 보건복지부와 국방부, 지역 교육청, 담임, 보건소 등지에서 비슷한 내용의 문자가 도착해 있었다. 모두 장문의 바이러스 예방 안내문이었다. 서울 지역에 바이러스가 출몰했다는 소문은 거짓이며 이와 같은 사실을 유포하는 사람은 엄벌하겠다는 문자는 십 분도 채 지나지 않아 서울 및 수도권에 바이러스 감염자가 나타나 격리 조치하고 있다는 내용으로 바뀌어 있었다.

우리 학교는 오늘부터 휴교합니다.
학생 여러분은 외출을 삼가고 바이러스 감염 의심자와 접촉하지 마십시오.
-홍안낙농고등학교장-

마지막으로 학교에서 온 문자메시지를 확인한 뒤 포털 사이트를 열었다. 세션이 '속보' 하나로 통합되어 있었다. 오타가 많았고, 그나마 기사도 몇 개 되지 않았다. 서울은 이미 감염자들을 격리 수용할 수 있는 시설이 포화 상태며 백신이 개발 중이라는 정부의 발표를 신뢰할 수 없는 감염자의 가족들이 병원과 관청에 몰려들어 도시가 점점 더 혼란에 빠지고 있다는 내용이었다.

대형 마트에서 포악한 표정으로 물건을 쓸어 담는 사람들, 음식점에서 식재료를 강탈해 도망치는 사람들의 모습은 감염자인지 아닌지 구분하기가 어려웠다. 자신의 가족을 물어 전염시켰다는 이유로 보복 살인을 저지르고, 보복에 대한 보복이, 그에 대한 또 다른 보복이 계속 꼬리에 꼬리를 물고 이어지고 있었다. 서울이 아닌 다른 지역의 소식은 거의 보도된 것이 없었다. 오로지 서울, 서울, 서울 이야기뿐이었고, 그나마도 빈 페이지만 나오는 경우가 많았다.

원나는 황급히 병원에 전화를 걸었다. 계속 통화 중이었다. 혹시나 하는 마음에 엄마의 병실로 전화를 걸었지만 아무도 받지 않았다.

simbahy: 언론에서 하는 말 믿으면 안 됨. 다 개소리.
kukupapa: 백신은 개뿔. 있다고 해도 그걸 우리 같은 사람들한테까지 주겠냐.

다 있는 놈들이 맞고 먹고 쳐바르겠지.

head44: ㅈㄴ 무조건 머리임. 좀비는 머리를 박살내야 죽음 ㅇㅇ.

기사 밑에 달린 댓글들을 확인하다가 원나는 다시 병원으로 전화를 걸었다.

"여기가 제일 안전해."

가까스로 통화가 된 미라의 담당의는 피로한 목소리로 대답했다.

"지금 다른 데선 어머님 안 받아줄 거야. 베드가 없어. 혹시 우리 지역에 감염자가 나타나면 병원이나 관공서에 격리할 거고, 우리 병원도 그중 하나가 될 거야."

"⋯⋯."

"그리고 백신이 오면 우리가 주사할 거야."

그래, 아마, 그럴 것이다. 반박의 여지가 없는 말이었다.

"그래도 퇴원을 원한다면, 일단 어른 모시고 와서 수속 밟아. 혹시 이미 니 상태에 변화가, 그러니까, 문제가 생겼을 때, 병원은 책임이 없다는 걸 확실히 알아두고."

원나는 주민등록상 성인이라는 점을 다시 한번 강조해볼까, 하다 그만두었다. 쉽게 결정할 수 있는 문제가 아니었다. 이번에야말로 누군가, 상의할 사람이 필요했다. 원나는 일단 알겠다고 대답하고 전화를 끊었다. 스쿠터에 다시 시동을 걸기 전, 원나는 숨을 죽인 채 주위를 둘러보았다. 풀벌레 우는 소리조차 들리지 않는 이상한 밤이었다. 모든 것이 어둠에 압도되어 있었다. 원나는 스쿠터 시동을 걸어 전조등을 밝혔다. 그리고 두려운 마음을 몰아내고자 소리내서 중얼거렸다.

"가자, 가자."

어쨌거나, 일단은 마을로 돌아가야 했다.

터널을 지나 마을로 들어서자 뭔가가 잘못됐다는 것이 점점 분명해졌다. 마을이 너무 어두웠다. 마을엔 빈집이 많았지만 마을 전체가 이렇게까지 어두웠던 적은 한 번도 없었다. 마을 초입에 있는 기와집 신애와 순애는 야맹증이 있어 어두운 것을 싫어했다. 초저녁부터 마당까지 불을 훤히 밝혀놓는 집이 오늘은 어쩐 일인지 어둠에 잠겨 있었다. 집들이 모두 기회를 노리는 짐승처럼 어둠 속에 조용히 엎드려 있었다. 금방이라도 뭔가가 튀어나올 것만 같았다. 서늘한 기운이 원나의 등에 달라붙어 있었다. 코너를 돌아 들어서자 홀로 외롭게 마을을 밝히고 있는 마을 회관 가로등이 보였다. 원나는 가로등을 향해 전력 질주했다.

"으어어……."

어둠 속에서 이상한 소리와 함께 시꺼먼 것이 튀어나왔다. 원나는 다급히 핸들을 꺾었지만 미처 피하지 못하고 그 시꺼먼 것과 충돌했다. 밤이슬을 맞은 축축한 땅에서 독한 풀냄새가 올라왔다.

"원나! 원나!"

"아, 아줌마?"

마리아였다.

"왜 이렇게 늦으셨습니까."

마리아의 얼굴이 어둠 속에서 번들거렸다.

"아줌마, 우세요?"

마리아는 얼굴뿐 아니라 온몸이 땀과 눈물로 축축하게 젖어 있었다.

"지형이 아버지, 아프십니다."

"예? 어, 어디가요?"

"바이러스 먹으셨습니다. 다 함께 먹으셨습니다."

"네? 아줌마, 그게 무슨 소리예요?"

마리아는 전화통을 붙잡고 창밖만 내다보고 있었다. 원나가 오는지 살피는 한편, 필리핀 친정과 딸 지형, 철종, 마을 어른들, 119와 112를 번갈아 눌렀지만 누구도 전화를 받지 않았다.

"내 나이 사십팔 쌀 중에 오늘, 제일 무서웠습니다."

마리아는 몸을 부들부들 떨며 원나에게 말했다. 오매불망 창밖만 바라보고 있다 원나의 스쿠터 엔진 소리와 전조등 불빛을 보고 정신없이 뛰어나온 것이었다.

"저기에 있을 거라고 했습니다. 원나 오시기 전까지는 가까이 오면 안 된다고 했습니다."

마리아는 마을 회관을 가리켰다. 그녀는 지금껏 어떻게 잠자코 있었던 건지 알 수 없을 정도로 빨리, 빨리, 를 외치며 원나의 손을 잡아끌었다.

창문으로 랜턴을 쏘자 방바닥에 누워 있는 철종의 모습이 보였다. 철종은 펜싱 슈트를 입고, 마스크를 쓴 채 발버둥치고 있었다. 팔다리가 모두 바디 와이어에 단단하게 묶여 있었다.

"문이 안 열리십니다."

마리아는 어쩔 줄 모르겠다는 표정으로 원나를 바라봤다. 당황스러운 것은 원나도 마찬가지였다. 마리아는 창고에서 망치와 삽을 들고 왔다. 벽에 붙은 거울에 '오지 마'라고 적혀 있었지만 마리아와 원나는 망치와 삽으로 문을 부쉈다. 떨어져나간 문을 치우고 방에 들어서자 어디선가 "으어어" 하는 신음 소리가 들려왔다. 발버둥치던 철종은 잠시 가만히 있더니 누운 채로 몸을 밀어 바닥에 내려놓은 랜턴 쪽으로 다가갔다. 펜싱 마스크 사이로 철종과 눈이 마주쳤을 때, 원나는 나도 모르게 헉, 하고 고개를 돌렸다. 검은자위가 잿빛으로 변해 있었다.

'감염됐어.'

불길한 예감이 현실이 됐을 때의 어리둥절함은 순식간에 공포로 변했다.

"아, 아줌마, 이것 좀 보세요."

방 한구석에 수첩이 하나 떨어져 있었다. 한국 펜싱 연맹 로고가 찍힌 손바닥만 한 몰스킨으로, 철종이 늘 들고 다니는 것이었다.

마리아와 함께 철종이 남겨놓은 메모를 읽는 동안 원나의 머릿속에는 빠르게 무너지는 도미노가 그려졌다. 공식적으로 기록된 첫 감염자는 뉴욕 JFK 공항에서 나타났다. 노숙자로 밝혀진 이 감염자는 경찰에 붙잡혀가기까지 승무원과 승객 이십여 명을 물어 감염시켰다. 바이러스는 전 세계 공항을 타고 빠르게 번졌다. 유럽을 지나 아시아에 감염자가 나타나기까지 열네 시간. 한 시간 뒤, 마침내 서울에도 감염자가 나타났고, 대도시를 중심으로, 빠른 속도로 퍼져나갔다. 군대나 기숙사처럼 단체 생활을 하는 사람들이 집단으로 감염되었다. 그다음부터는 걷잡을 수 없이 빠르게 무너졌다.

"아줌마, 유미가 왔어요?"

"어제 왔습니다. 유미 아범, 유미만 놓고 갔습니다."

서울에서 바이러스에 감염된 유미가 마을로 들어왔고, 유미로 인해 하우스 집의 만주와 점순이 가장 먼저 감염되었다. 그리고 유미에게 간식을 만들어주겠다고 집으로 데려간 기와집의 신애, 순애, 기와집으로 놀러온 영자가 모두 유미에게 물려 감염된 것 같다고 철종은 또박또박 적어놓았다. 치복의 감염 경로가 불투명했는데, 모두 틀니를 끼고 있었으므로 치복 역시 유미로 인해 감염되었을 가능성이 높았다.

"그럼 아저씨가 마지막으로 돌아가신 거네요."

"돌아가신 거 아닙니다. 잠깐 간 겁니다. 돌아오는 것은 여기, 여기로, 돌아오실 겁니다."

마리아가 또박또박 정정했다.

"백신 온다고 했습니다. 그러면 어른들 다 같이 옵니다. 원나 왔으니까, 백신도 옵니다."

마리아가 말했다. 그래야 했다. 그래야만 한다고, 원나는 생각했다. 철종은 백신을 가진 사람들이 올 때까지 절대 움직이지 말고 마을에 있어야 한다고 몇 번이나 적어놓았다. 가장 조심해야 하는 것은 유치가 남아 있는 유미, 그다음은 앞니가 하나 붙어 있는 치복이었다. 예상 감염 경로의 뒷장엔 마을 사람들을 모두 어디에 '감금'해두었는지가 적혀 있었다. 치복이 바로 옆방에 있었고, 신애, 순애, 점순은 마을 회칙 창고에, 만주와 유미는 포준 쿠키를 포장하던 빈방에 있었다.

작은어머님이 어디 계신지 찾지 못했음.

처음에는 정갈하게 이어지던 글씨가 점차 균형을 잃고 삐뚤빼뚤해졌다. 마리아와 원나에게 전하는 당부의 말과 부탁들은 점차 철종의 혼잣말로 변하고 있었다.

오지 마.

메모는 그것으로 끝나 있었다. 한 번에 쓰지 못한 듯, 선이 몇 번이나 덧

씌워져 있었다. Z, 일명 좀비 바이러스. 감염자는 사람을 물거나 먹는다. 계속 뉴스를 보고, 문자메시지를 보면서 왔지만 실감이 나지 않았다. 사람이 사람을, 그것도 산 채로 먹는다니. 그건 오로지 상상의 영역이었다. 하지만 여기, 원나의 눈앞에, 알고 지내온 사람들이 죄다 감염되어 있었다. 상상력의 영역으로 점프했던 감각이 갑자기 현실로 곤두박질쳤다. 맥박이 펄떡거렸다. 원나는 높은 산에 오른 것처럼 귀가 멍했다. 눈에 보이는 모든 것들이 악다구니를 쓰는 것만 같았다.

마리아와 원나는 부쉈던 문을 다시 신발장으로 막았다. 전화기는 먹통이었고, 텔레비전은 잿빛으로 자글거리기만 했다. 원나는 주머니에서 스마트폰을 꺼냈다. 마을에 들어오면 LTE신호가 약해지긴 했지만 그나마 가장 잘 터지는 곳이 마을 회관이었다.

긴급! 서울-〉부산 1141열차, 2호차 좀비 발생. 현재 천안역 지나는 중 #좀비

대전 은행사거리 좀비 등장. 무서워요.

RT 부탁. 좀비 바이러스, 접촉만으로는 전염되지 않음. #좀비

대통령 국가재난선포 #좀비

백신이 개발 중이라고 함. 죽이면 안 되여.

빛 보면 달려들어요. 나방 같음. 오징어인가? #좀비

아빠가 감염되었어요. 일단 동생이 아빠를 안방에 가뒀는데 어떻게 하죠? #좀비

지금 구글은 사이트가 안 열림. zombie, Z, virus 들어간 단어는 검색도 안 되요.

가족이나 친구, 연인을 찾아가지 말고 집 안에, 밀폐된 곳에 가만히 있으라는 말이, 원나가 마지막으로 본 문장이었다. 그게 뉴스였는지, 누군가의 멘션이었는지는 정확히 기억이 나지 않았다. 인터넷 창이 갑자기 하얗게 변

하면서 아무런 단어도 검색이 되지 않았다.

"안 돼!"

스마트폰 화면이 하얗게 변하는 순간, 원나는 자기도 모르게 비명을 질렀다.

여긴 지금 지옥이야.

조금 뒤 마닐라에 있는 지형에게서 문자 메시지가 도착했다. 그리고, 그것이 마지막이었다. 핸드폰엔 통화 불가, LTE와 와이파이 사용 불가 안테나가 떴다.

원나와 마리아는 서로 부둥켜안은 채 울다가 잠이 들었다.

일렁이는 불꽃.

이쪽이야, 여기야, 괜찮아, 정신 차려, 하는 어른들의 고함 소리.

살이 타는 냄새.

머리칼이 전부 눌어붙은, 반인반염의 아빠.

"아빠……!"

원나는 불타는 완식을 향해 손을 뻗다가 그와 눈이 마주치는 순간 헉, 하고 놀라 눈을 떴다. 마리아는 벽을 보고 웅크린 채 잠들어 있었다. 창호지 문 뒤로, 물 위에 뜬 나뭇잎처럼 어른거리는 그림자가 보였다.

"으으으으으으으."

가청 데시벨을 미묘하게 벗어난 듯한 소리는, 분명히 밖에서 들려오고 있 었지만 동시에 원나의 몸 안에서, 그것도 손으로 만질 수 없는 뼈나 내장에서 들려오는 것 같았다. 소리는 획, 하고 번개처럼 다가왔다가 서서히 멀어졌다. 원나는 이불을 말아쥐며 몸을 일으켰다. 근육통이 온몸을 파고들었다. 어제 마리아와 충돌하면서 허리와 등 쪽의 근육을 다친 것 같았다.

"누구……."

원나는 그림자를 향해 소리치다 목을 움켜잡았다. 목이 부어 속삭이는 듯한 쉰 소리만이 간신히 성대를 긁고 올라올 뿐이었다. 원나의 기척에 눈이 통통 부은 마리아가 미간을 찌푸린 채 일어나 앉았다.

"하, 하, 할머니!"

영자였다. 원나는 문 가까이로 다가서다 소리도 지르지 못하고 그 자리에 주저앉았다. 눈앞이 노랗게 녹아내렸다. 눈동자가 하얗게 내려앉은 영자가 봉두난발에 다 찢어진 옷을 입고 서 있었다. 신발을 신지 않은 발과 종아리에는 물론 온몸에 생채기가 가득했다.

"으어어어어."

영자가 앞으로 넘어지듯 원나와 마리아를 향해 빠르게 다가왔다. 누군가 목에 억지로 솜을 쑤셔넣은 것처럼 아무 소리도 나오지 않았지만, 가슴속에는 비명 소리가 가득했다. 원나는 정신이 이득해졌다.

"아, 아, 안 돼!"

원나는 물컹한 것이 팔뚝을 스치고 지나가는 것을 느끼고 소스라치게 놀라 영자를 밀었다. 틀니가 빠져 하관이 함몰된 영자의 얼굴은 꼭 곰팡이가 핀 오래된 감자처럼 보였다. 온몸이 뻣뻣하게 굳으면서 머리칼이 곤두섰다.

"으어어어어어어."

옆으로 쓰러진 영자가 천천히 몸을 일으키더니 다시 한번 원나가 있는 쪽으로 다가왔다.

"원나, 비키십시오."

마리아가 이불을 펼쳐 영자의 몸에 뒤집어씌웠다. 치매를 앓기 시작하면서 식탐이 심해진 영자는 몸집이 커져 다루기가 힘들었다. 마리아는 철종의 가죽 벨트를 들고 있었다. 언뜻 보기에도 영자를 한 품에 묶기엔 길이가 맞지 않았다. 마리아는 벨트를 집어던진 뒤 밖으로 뛰어나가 노끈을 가져왔다.

"작은어머님, 미안합니다."

마리아는 미안합니다, 미안합니다, 하고 계속 중얼거리면서 이불 씌운 영자를 돌돌 말아 묶기 시작했다. 원나는 어안이 벙벙한 채로, 마리아와 영자의 격한 몸싸움을 쳐다만 보고 있었다. 영자는 육중한 몸을 무기로 온 방을 헤집고 굴러다녔다.

"원나, 뭐 하십니까. 도와주셔야 합니다."

벽으로 밀린 마리아가 소리쳤다. 원나가 뒤에서 영자의 몸을 안고 있는 사이 마리아가 다시 노끈으로 영자를 묶었다. 두 사람은 끙끙거리며 영자를 빈방으로 옮긴 뒤 밖에서 숟가락으로 문을 걸어 잠궜다.

"어머님, 막 침 흘렸습니다. 우리 먹으시려고 했습니다."

원나는 마리아가 냉장고에서 꺼내온 차가운 보리차를 벌컥벌컥 들이켰다.

"그런데 원나, 엄마는 어쨌습니까? 사람들이 원나 엄마도 다 먹으시면 어쩝니까?"

목구멍으로 넘어가던 보리차가 역류했다.

'그렇지, 엄마!'

원나는 너무 놀라 왈칵 눈물을 쏟을 뻔했다. 미라를 까맣게 잊고 있던 것이다.

*

"괜찮습니까?"

마리아는 차마 가지 말라는 말을 할 수 없어 몇 번이나 물었다. 정말 괜찮겠느냐고, 무섭지 않겠느냐고. 원나가 펜싱 슈트와 마스크로 무장하는 동안 마리아는 먹을 것과 물을 챙겼다. 두 사람은 마을에서 농사일을 할 때 쓰는 산악 바이크, 사발이를 꺼냈다. 사발이에는 짐을 실을 수 있는 보조 좌석을 연결할 수 있었다. 마리아는 짐칸에 미라가 누울 수 있는 자리를 만들었다. 병원에서 이송해주지 않을 경우를 대비한 것이다. 원나는 의사가 반대를 해도 무조건 데리고 나올 생각이었다.

"무거울 겁니다."

마리아는 두 손으로 미라를 안아보는 시늉을 하다가 지게를 들고 나왔다.

"여기에 지고 나오십시오. 이걸로 무거운 나무도 많이 메고 내려와집니다."

별 도움이 되지 않을 것 같았지만 만약의 경우를 대비해 일단 실었다. 마리아는 역시 '혹시 모른다'면서 랜턴과 담요 따위를 짐칸에 차곡차곡 올려놓았다. 원나는 휘어지는 에페 대신 장우산과 감을 딸 때 쓰던 장대를 챙겼다.

"밖에는 위험할지도 모릅니다. 하지만 원나, 할 수 있습니다."

원나는 혹시 마을 밖의 상황도 좋지 않다면 일단 돌아오겠다고 마리아와 약속했다. 마리아는 마을에서 어른들을 돌보면서 전화와 팩스로 외부와 연락을 시도해보기로 했다. 어쩌면 그 사이 보건소 사람들이 올지도 몰랐다.

"병원에 가면 여기 상황에 대해서 이야기하고, 구급차를 보내달라고 할게요."

"꼭 의사 선생님 데려오십시오."

"어른들이나 아저씨한테 가까이 가지 마시고, 혹시 모르니까 집 밖으로 나올 때는 펜싱 슈트 꼭 입으시고요, 조심히 잘 계셔야 해요."

"알았습니다. 걱정 마세요."

원나는 사발이에 시동을 걸었다.

"도로에 차 없을 겁니다. 괜찮을 겁니다."

마리아는 스스로에게 말하듯 계속 중얼거리면서 손을 흔들었다. 마을 회관 앞에 스쿠터가 비스듬히 누워 있었다. 지난밤에 있었던 일들이 모두 꿈처럼 느껴졌다. 어쨌거나 마을 밖으로 나가야 도움을 받을 수 있을 거였다.

'저기서 뭐 하는 거지?'

터널을 지나 고개 하나를 넘었을 때 갓길에 세워진 새까만 차 한 대가 눈에 들어왔다. 영화나 드라마에서나 보던 고급 외제차였다. 차 안에서 시끄러운 음악 소리가 들려왔다. 창문이 코팅되어 있었지만 반쯤 열린 창문으로 사람의 그림자가 아른거렸다. 서울 번호판이 붙어 있었다. 보건소나 병원에서 나온 것 같진 않았지만 외부에서 온 것만은 분명했다. 원나는 사발이 속도를 낮추고 차 가까이로 다가갔다. 둥둥거리는 음악 소리가 점점 커졌다. 멜로디가 없는 일렉트로닉 음악이었다. 리듬에 굴곡이 없이 오로지 빠르고, 빠르고, 빠르기만 했다.

"저기……."

창문 가까이로 고개를 길게 빼던 원나는 고개를 획 돌렸다. 남자와 여자가 운전석에 포개져 있었다. 남자 위에 올라탄 원피스 차림의 여자와 눈이 마주친 순간, 원나는 날카로운 것에 심장이 찍힌 것만 같았다. 여자는 남자의 머리를 물어뜯고 있었다. 이미 정신을 잃은 남자의 머리통이 맥없이 흔들렸다.

"으어! 으어!"

여자의 잿빛 눈동자가 원나를 향해 활짝 열렸다. 여자는 원나를 향해 으르렁거리면서 주먹으로 창문을 가격하기 시작했다. 도저히 사람의 손에서 날 것 같지 않은 둔탁한 소리와 함께 유리창에 금이 가기 시작했다. 여자는 어깨로 문을 밀며 차체를 흔들었다. 원나는 달달거리는 손으로 사발이를 출발시키려 했지만 계속 손이 헛돌았다.

'제발, 제발……!'

여자가 주먹으로 유리창을 치는 소리가 그대로 뭉쳐져 원나의 머리통을 가격하는 것처럼 느껴졌다. 온몸에 소름이 돋으면서 피부가 팽팽하게 당겨졌다. 여자의 손이 마침내 유리창을 뚫고 나오는 순간, 비로소 손과 발이 움직이면서 사발이가 달리기 시작했다. 길이 뒤틀리고 휘어지는 것처럼 보였다. 어디서든 저 여자 같은 괴물이 쏟아져나올 것만 같았다. 사이드미러로도 차가 보이지 않을 만큼 멀어졌지만 원나의 머릿속엔 여자가 남자의 몸을 타고 앉아 머리통을 뜯어먹던 모습이 계속 떠올랐다. 끊임없이 반복적으로 재생되는 영상은 원나가 아무리 머리를 흔들고 다른 생각을 해보려고 해도 전환되지 않았다.

'꺼져, 꺼져버려, 제발.'

원나는 생각이 다 휘발되기를 바라면서 머리를 흔들었다. 눈물이 줄줄 쏟아졌다. 한번 쏟아지기 시작한 눈물은 멈추지 않았다. 원나는 손바닥으로 입을 가리고 소리를 삼키며 울기 시작했다. 얼굴에 젖은 수건이 붙어 있는 것만 같았다. 시야가 흐려지고 팔에 힘이 빠져 사발이 헤드가 이리저리 헛돌았다. 사발이가 삐걱삐걱 멈추거나 흔들릴 때마다 서늘한 공포가 칼처럼 등에 꽂혔다. 온몸이 뇌가 아닌 전혀 다른 기관의 명령에 따라 움직이는 것만 같았다. 머릿속이 온통 좀비 떼의 습격을 받고 있었다. 정신을 차리고 보니 낯선 방향으로 달리고 있었다. 원나는 급브레이크를 밟고 그 자리에 멈췄다.

멀리 이정표가 보였다. 많이 돌아오긴 했지만 병원 쪽으로 갈 수 있는 길이 있었다.

'엄마……'

원나의 턱이 딱딱거리며 떨렸다. 할 수만 있다면 도망치고 싶었다. 신호등은 모두 꺼져 있었고, 길에는 파손된 차량들이 장난감처럼 버려져 있었다. 검게 그을리거나 보기 흉하게 허물어진 건물들이 깨진 유리창 사이로 속을 다 내보이고 있었다. 거리에 남아 있는 것은 쓰레기와 감염자들뿐이었다.

하지만 좀 더 달리자 암순응이 되듯 파손된 풍경에 익숙해졌다. 뭉텅이로 보이던 풍경들이 개별적으로 보이기 시작했다. 누더기나 다름없는 옷을 입은 사람들이 초점 없는 눈빛으로 입을 벌린 채 하늘을 바라보고 있었다. 원나의 이마가 불끈거렸다. 흥분과 두려움이 번갈아 원나의 심장을 때렸다. 정신은 점차 또렷해지는데 현실감각은 돌아오지 않았다. 깨진 창문에, 벽에, 피인지 페인트인지 알 수 없는 액체로 도와줘, 살려줘, 끝났어, 같은 글씨들이 휘갈겨져 있었다.

무서ㅇ

'워'를 미처 다 쓰지 못한 것 같은 글자는 미완이기 때문에 오히려 그 의미를 온전히 완성하고 있었다.

'정말 아무도, 아무도, 살아 있는 사람이 없는 걸까.'

원나가 읍내로 나가는 동안, 말을 섞을 수 있을 만한 사람은 누구도 만날 수가 없었다. 차 한 대 지나가지 않는 고요한 풍경들만이 지루하게 이어붙다 드디어 멀리 학교와 병원의 입간판이 보이기 시작했다.

도와줘.

HELP.

학교 국기 계양대에서 태극기 대신 펄럭이고 있는 천에는 분명 그렇게 씌어 있었다. 쌉쌀한 탄 내음 같은 것이 원나의 코끝을 스치고 지나갔다. 그리고 뭐라 표현할 수 없는, 불쾌한 냄새가 얼굴을 가격했다. 원나는 숨을 멈췄다. 멀리서 의미를 알 수 없는 신음 소리 같은 것이 들려왔다. 땅이 조금씩 흔들리는 것처럼 느껴졌다. 원나는 땅이 흔들리는 것이 아니라 자신이 떨고 있다는 사실을 깨달았다. 태어나 한 번도 경험해본 적이 없는 종류의 공포였다.

사차선 도로에서 습관처럼 깜빡이를 넣자 감염자들이 불빛을 보고 돌진하듯 사발이로 달려들었다. 몇 사람이 원나의 사발이와 스치듯 부딪혔지만 그들은 곧바로 일어나 마치 아무 일도 없었던 것처럼 다른 방향으로 걸어갔다. 원나는 사람이 없을 만한 길을 골라 빠르게 달렸다. 온몸이 지독하게 떨리면서 동시에 빳빳하게 경직됐다.

*

원나는 사발이에 앉은 채 병원을 올려다봤다. 깨진 유리창은 없었지만 블라인드가 내려와 있어 내부를 볼 수가 없었다. 원나는 일단 병원 건물이 멀쩡하다는 것에 안도했다. 다 찢어진 환의를 입은 노인들이 병원 마당에 드문드문 서 있었다. 건물과 좀 더 가까운 쪽에 그나마 젊은 축에 속하는 육십대 장기 입원자들이 얼굴과 목, 팔과 다리에 긁히고 찍힌 흉터를 드러내놓고 서 있었다. 모두가 하늘을, 해를 바라보고 있었다. 어떤 계시를 기다리는 선지자들처럼 보였다.

원나는 펜싱 슈트를 점검한 뒤, 마스크를 뒤집어썼다. 병원 입구에 있던 감염자들이 원나를 발견하고 천천히 다가왔다. 원나는 장우산과 장대를 단단히 움켜쥐고 병원 입구 쪽으로 다가갔다. 출입구에 통합 거점 병원 안내문과 함께 휴원을 알리는 공고문이 붙어 있었다. 의사와 간호사, 병원 직원들 모두 상부의 지시를 받고 바이러스의 전염을 막아보려 했으나 결국 도망칠 수밖에 없었다는 내용이었다.

병원 내부는 어둡고 서늘했다. 대기실의 붙박이 의자들만 자리에 붙어 있을 뿐, 장식장, 테이블, 화분과 자판기가 다 넘어지고 기울어져 있었다. 요양병원이긴 하나 어쨌든 의료진이 있으므로 사람들이 찾아왔을 것이다. 안내문처럼 병원 관계자들은 모두 도망쳤다고 해도 환자들 중 사태 파악을 제대로 하지 못했거나 도망칠 힘이 없고, 갈 곳이 없는 사람들은 병원 내부에 남아 있을지도 몰랐다.

"으어어어어."

검붉은 얼룩이 엉겨붙은 가운을 입은 의사 하나가 원나를 향해 어기적어기적 걸어오고 있었다. 키가 크고 마른 남자였다. 낯이 익은 의사였다. 복도에서 마주치긴 했지만 한 번도 말을 해본 적은 없었다. 하관이 하얗게 떠 있어 자세히 보니 개구기를 물고 고무줄로 얼굴을 감아 고정시켜놓은 상태였다.

감염되었습니다. 백신이 없다면 죽여주세요.

의사는 목에 얇은 칼이 들어 있는 비닐 명찰을 달고 있었다. 원나는 몸 안의 피가 전부 굳는 것만 같았다. 뱃속이 저릿저릿했다. 원나는 크레시 카트를 밀어 바리케이트를 만들었다. 의사가 몸으로 카트를 밀며 원나를 향해 거리를 좁혀 왔다. 원나는 물품장을 넘어뜨렸다. 하지만 잽싸게 다가온 의사에게 팔꿈치를 잡히고 말았다.

"으어어어어어."

의사는 체온 없이 차가운 손으로 원나의 팔을 더듬더니 쑥 잡아당겨 입쪽으로 끌어당겼다. 원나는 물품장에서 삐죽 튀어나온 핀셋을 뽑아 의사의 손등을 찍었다.

"으어어, 으어어어."

의사만큼이나 원나도 놀랐다. 큰 타격은 주지 못했지만 적어도 의사에게 잡힌 팔을 떼어낼 수는 있었다. 원나는 크레시 카트 위로 엎어진 물품장 밑 틈으로 숨었다. 꼼짝없이 갇힌 꼴이 되어버렸다. 원나는 빠져나갈 구멍을 찾아 주변을 두리번거렸다. 의사는 원나 쪽을 보고 있었지만 눈동자에 초점이 없었다. 순간, 원나는 감염자가 시력이 저하되고 주광성이 생긴다는 바이러스 안내문을 떠올렸다. 블라인드 틈으로 빛이 들어오고 있었다. 원나는 창 양옆으로 밀려 있는 암막 커튼을 쳤다. 창문이 하나씩 가로막히면서 빛이 차단될 때마다 의사의 움직임이 눈에 띄게 둔해졌다. 원나는 눈이 어둠에 익을 때까지 숨죽여 기다렸다. 그리고 물품장을 뛰어넘어 장우산으로 의사를 밀어낸 뒤 잽싸게 빠져나갔다.

원나는 소화전 위에 붙어 있는 비상 랜턴을 뽑아 중앙 계단이 아닌 컴컴한 비상계단을 통해 이동했다. 엄마가 누워 있던 삼 층 병동의 문을 열자 익숙한 소독약 냄새가 훅 끼쳐왔다 병동에는 아무도 없었다. 더위와 긴장 때문에 등이 축축하게 젖었다. 어디서 나타난 건지 알 수 없는 잿빛 강아지 한 마리가 복도 끝에서 원나를 빤히 쳐다봤다.

'제발 짖지 마!'

원나는 강아지를 향해 손짓했다. 다행히 조용히 주변을 탐색하던 강아지는 소리 없이 계단을 타고 멀리 사라졌다. 원나는 마침내 미라의 병실 문을 열고 들어갔다. 깨진 유리 조각에 햇빛이 반사되어 벽과 천장에 빛의 비늘이 반짝이고 있었다. 텔레비전, 가습기, 링거 병 따위가 전부 산산조각 나 병실은 발 디딜 틈 없이 엉망진창이었다.

이상하게도 미라의 침대만 깨끗했다. 깨친 창문을 통해 들어온 빛 속에서 먼지가 버글거렸다. 원나는 바닥에 떨어진 이불을 뒤집어 보고, 침대 밑을 살피고, 그럴 리 없다는 것을 알면서도 화장품과 통조림 따위를 넣어두는 소형 냉장고와 서랍장 안쪽까지 샅샅이 살폈다.

창밖으로 멀리 아수라장이 된 시내와 느리게 움직이고 있는 노인 감염자들이 보였다. 어느새 하늘이 점점 핏빛으로 물들고 있었다. 침대 맞은편 벽에 붙은 시계의 바늘이 4시 15분 즈음에 멈춰 있었다. 원나는 그것이 어떤 메시지라도 되는 것처럼 골똘히 바라보았다. 바닥에 원나가 신고 다니던 슬리퍼가 가지런히 놓여 있었다.

'병원에서 엄마를 다른 곳으로 옮겼을지도 몰라.'

하지만 원나의 내면에서 이내 반박하는 목소리가 들려왔다. 그럴 가능성은 희박했다. 미라가 사라졌다. 이건 상상도 해보지 못한 일이었다.

"어떻게 그렇게 깊이 잠들 수 있니."

뭐? 원나는 마스크를 벗었다.

"그때 엄마가 나한테 그렇게 말했잖아."

원나의 목소리였다. 이제 환청까지 들리는 건가. 더 이상 놀라울 일도 아니었다. 하지만 땅에서 귀신이 솟아오르고 하늘에서 괴물이 쏟아지며 비로소 세상이 멸망한다고 해도, 원나는 미라를 찾아야만 했다. 원나는 문을 열고 나갔다. 소리는 복도 안쪽에서 간헐적으로 흘러나오고 있었다. 미끄러지듯 움직이던 다리가 소리가 흘러나오는 병실 앞에서 멈췄다. 목소리는 계속 말하고 있었다.

"엄마가 나를 낳았고, 그때, 아빠가 다시 한번 나를 세상으로 보내줬고, 그러니까 나는, 두 번 태어난 거야. 그렇지, 엄마?"

원나는 손잡이를 향해 손을 뻗다가 망설였다. 붕대로 얼굴과 목을 칭칭 감은 열세 살의 자신이 문 뒤에 서 있을 것만 같았다.

'무슨 소리야.'

말도 안 되는 생각이었다. 상황에 걸맞지 않게 웃음이 픽 터졌다. 원나는

128

깊이 심호흡을 한 뒤 문을 열었다.

"엄마?"

병실 구석, 물리치료 기계의 붉은 조명 아래, 미라가 비스듬히 서 있었다. 환의를 입은 채 우두커니 서 있는 미라의 목엔 녹음기가 걸려 있었다. 원나가 철종의 전화를 받고 나가면서 미라의 목에 걸어준 mp3였다. 누워 있을 땐 몰랐는데, 머리칼이 코끝에 닿을 만큼 자라 얼굴을 반 이상 덮고 있었다. 병실 내부가 어두워 벽면의 전등 스위치를 눌러봤지만 불은 들어오지 않았다. 콘센트가 벽 안에 매설된 물리치료 기계만 비상 전원으로 작동하고 있는 것 같았다.

"엄마, 나야⋯⋯."

느리게 눈을 깜빡이며 원나를 바라보던 미라는 원나가 마스크를 벗자 마침내 원나를 향해 발걸음을 뗐다. 볼품없이 마른 미리의 몸이 어기직어기적 움직였다. 발바닥 바깥에 무게중심이 실려 넘어질 듯하다가도 미라는 용케 다음 발을 디뎌 한 발, 한 발 걸음을 내딛었다. 원나가 미라의 침대 곁에 앉아 수도 없이 상상해본 장면이었다.

"어, 어⋯⋯."

미라가 원나를 향해 다가오며 뭔가를 말하고자 애쓰고 있었다.

'부분적인 기억상실, 언어 장애 및 신체 장애.'

의사는 미라가 깨어날 경우 겪을 수 있는 또 다른 문제들에 대해서 설명해줬었다. 정도의 차이는 있지만 대개는 말하는 것도, 움직이는 것도, 적응 기간이 필요할 거라고 했다. 바닥엔 깨진 유리병, 슬리퍼, 붕대, 반찬고 따위가 널브러져 있었다. 원나는 발로 바닥을 쓸어 미라가 걸어올 길을 정리했다.

마침내 미라가 팔 안에 들어온 순간, 원나는 미라를 꼭 안았다. 오랫동안 참고 있었던 외로움과 두려움, 혼자 남겨졌다는 공포가 한꺼번에 치받고 올라왔다. 미라가 의식 없이 누워만 지낸 것이 어느새 반년을 넘어서고 있었다.

"다시는 못 일어날 줄 알았단 말야!"

미라는 말없이 원나에게 기대어왔다. 원나는 두 팔로 미라의 상체를 단단하게 움켜잡았다.

"엄마, 괜찮아?"

미라의 머리칼을 뒤로 넘기고 눈이 마주친 순간, 원나는 그대로 얼어붙었다.

"으, 으, 어……."

미라의 눈동자가 하얬다. 미라는 원나를 바라보고 있었지만 좀 전에 만났던 의사처럼 눈에 초점이 없었다. 미라는 원나를 향해 이빨을 으르렁거렸다. 원나의 손에서 힘이 빠졌다. 원나가 끌어당기던 힘이 빠지자 미라는 중심을 잃고 엉덩방아를 찧으며 넘어졌다. 원나는 미라의 환의를 걷어봤다. 팔과 목, 얼굴 쪽은 깨끗했다. 바지를 걷자 종아리에 긁히고 물린 자국이 여러 개 있었다. 다행히 큰 상처는 아니었다. 이빨이 없거나 몇 개 남지 않은 노인 환자들에게 물렸을 것이다. 미라는 고개를 흔들며 원나를 향해 으르렁거렸다. 원나는 본능적으로 뒤로 물러서며 캐비닛 쪽에 세워져 있던 목발을 집어들었다.

'미쳤어? 이걸로 엄마를 치려고?'

원나는 소스라치게 놀라 목발을 집어던진 뒤 바닥에 주저앉았다. 다리에 힘이 풀렸다. 가만히 서 있는 것조차 힘들었다.

"으어어어어어."

미라가 엉금엉금 기어와 두 손으로 원나 다리를 만졌다. 열 손가락은 원나의 다리를 움켜잡기 위해 잔뜩 곤두서 있었지만 팔에 힘이 없었다. 원나는 미라의 겨드랑이 사이로 손을 넣어 미라를 일으켜 세웠다. 다시 원나와 마주 본 미라의 잿빛 눈동자가 크게 열렸다. 미라는 원나의 팔을 빤히 바라보다가 불시에 두 손으로 꽉 잡았다.

"으어어어어어."

미라의 눈가가 미세하게 경련했다. 벌어진 입에선 침이 뚝뚝 떨어졌다.

"엄마……."

원나는 자신의 팔을 잡은 미라의 손을 바라봤다. 핏기 없는 미라의 손이 펜싱 슈트를 입은 원나의 팔을 놓치지 않고 움켜잡으며 부들부들 떨고 있었다.

"좀비가……."

원나는 떨고 있는 미라의 손에 자신의 손을 포갰다. 그리고 잠시 미라를 바라보다 가슴이 조여올 만큼 미라를 꽉 안았다.

"좀비가 좋은 것도 있네."

원나의 입에서 자기도 모르게 그런 말이 흘러나왔다. 원나는 자신이 뱉은 말의 뜻을 음미하며 다시 한번 미라를 꽉 끌어안았다. 그리고 재차 고개를 끄덕였다. 그토록 부르고 불러도 도무지 찾을 수 없었던 미라의 의식을, 좀비들이 찾아준 셈이니까.

'그런데, 엄마, 이건 또 무슨 짓궂은 장난이야?'

원나는 눈물이 맺혀 자꾸만 흐려지는 눈으로 미라를 바라보았다. 믿을 수 없는 모습이었다. 하지만 믿지 않을 수도 없었다.

*

원나는 미라를 담요로 감싼 뒤 휠체어에 앉혔다. 살이 내리다 못해 뼈만 남은 미라는 한 품에 쏙 들어왔다. 원나는 압박붕대로 미라의 몸을 휠체어에 고정시키고, 마스크를 씌워 시야를 차단했다. 시야가 차단되자 미라는 전지가 빠진 인형처럼 온순해졌다. 요양병원에는 건물 양 끝에 1층부터 7층

옥상정원까지 한 번에 올라갈 수 있는 휠체어 통로가 있었다.

밖은 어느새 많이 어두워져 있었다. 노인 감염자들이 어둠 속에 비석처럼 드문드문 서 있었다. 원나는 짐칸에서 지게와 큰 짐들을 꺼낸 뒤 미라를 휠체어에서 안아 올렸다. 많이 야위었다고 해도 다 큰 어른을 한 번에 들어 올리기는 것은 쉬운 일이 아니었다. 선수권 대회를 앞두고 키워놓은 근육을 이런 데 쓰게 될 줄이야. 원나는 짐칸에 미라를 올려놓은 뒤 병실에서 챙겨 온 압박붕대로 미라를 차체에 고정시켰다.

"엄마, 간다?!"

원나는 사발이에 시동을 걸었다. 경광등을 보고 감염자들 몇이 사발이 쪽으로 다가오다가 서로 뒤엉키면서 넘어졌다. 덜컹거리며 차체가 흔들릴 때마다 원나는 뒤를 돌아봤다. 미라는 얌전히 앉아 있었다.

'이제부터 어디든 같이 가, 엄마.'

"원나, 일어나요. 해가 중천입니다."

"아줌마, 10분, 아니, 5분만요."

원나는 이불을 뒤집어썼다. 시골에서 봄, 여름은 해가 길고, 그럼에도 일손이 부족한 계절이다. 올해는 더더욱 그럴 수밖에 없었다. 치복의 꽃밭과 영자네 닭들은 물론 기와집에 수도 없이 빽빽한 술과 각종 장, 음식 들을 전부 원나와 미라, 두 사람이 관리해야 했다. 집집마다 일궈놓은 텃밭들 역시 모두 두 사람 차지가 되었다.

마을 전체에 감시카메라라도 돌아가고 있는 것이 아닐까, 싶을 정도로 마리아는 마을 구석구석, 뭐가 필요하고 무엇을 살펴야 할지 속속들이 잘 알고 있었다. 치복의 집 꽃이 시들 것 같다고 해서 올라가보면, 정말로 꽃잎이 쪼글쪼글 말라붙어 있었고, 장독대 뚜껑 좀 닫으라고 해서 건성건성 대답하고 시퍼런 하늘을 보고 누워 있다 보면 어느새 먹구름이 몰려왔다. 어느 집에 어떤 크기의 농기구들이 몇 개나 있는지 역시 모두 마리아의 머릿속에 들어 있었다.

"마리아, 그거 어딨지?"

평소에도 어른들은 물건이 어딨는지 찾을 수 없으면 마리아에게 전화를 걸어 물어보곤 했다.

"마리아, 너 없으면 우리는 아무것도 못한다."

원나는 어른들이 물건을 찾을 때마다 마리아를 치켜세우던 말이 단순한 공치사가 아니었다는 것을 확실히 알게 됐다.

원나가 해야 할 일이 좀 더 많아졌다는 것을 빼면 생활은 크게 달라진 것이 없었다. 마을 회관에는 여름철 장마나 한겨울 폭설을 대비해 마을 사람 전체가 한 달가량 마을 밖으로 나가지 않고도 생활할 수 있는 구호물품들이 구비되어 있었다. 전기와 가스, 수도가 모두 끊겨졌지만 그 역시 큰 문제가 되지 않았다. 철종과 마리아의 집은 태양광을 쓰고 있었고, 만주와 점순의 하우스 집에는 경유를 사용하는 비상용 자가 발전기가 있었다. 아직 사용할 일은 없었지만 마을 회관에는 땔감을 태워 쓰는 나무 보일러도 설치되어 있었다. 식수는 우물에서 길어 썼다. 마을을 가로질러 흐르는 개천 물도 깨끗했다. 일단은 부탄가스를 쓰고 있었지만 집집마다 아궁이가 있어 비상시에는 언제든 사용할 수 있었다.

마을 회관에는 마을 사람들이 다 모여 포춘쿠키 작업을 할 수 있는 안방과 중간중간 휴식을 취하거나 식사를 할 수 있는 건넌방, 그리고 이따금 대학생 2, 30여 명이 농활을 와서 며칠씩 먹고 자며 묵어도 끄떡 없을 만큼 큰 사랑방이 있었다. 마리아와 원나는 처음에는 철종과 어른들을 모두 사랑방에 모아뒀다. 하지만 식욕도 수면욕도 사라지고 오로지 '주광성'만 생긴 사람들을 실내에만 가둬둘 수가 없었다. 결국 두 사람은 아침 일찍 어른들을 마을 회관 마당에 모아놓고 비가 오거나 흐린 날, 밤이 되면 마을 회관 건너편의 비닐하우스로 이동시켰다. 비닐하우스 안에는 이동식 소켓을 켜두었다.

"마을 잔치하는 것 같습니다. 북적북적합니다. 이러면 외롭지 않습니다."

원나는 마리아와 함께 철종의 집에서 생활했다. 자는 동안 잠깐이라도 비닐하우스의 불이 꺼지면 어른들이 구슬피 울부짖었다.

"원나, 나가보세요. 모두가 울고 있습니다."

"곧 날 밝을 거예요."

"미라가 제일 크게 웁니다. 빨리 나가보세요."

"곧 밝는다니까요……"

이른 아침, 마을 회관 마당으로 옮겨진 뒤 해가 질 때까지는 어른들의 광합성 시간이었다. 원나는 마리아와 함께 이틀에 걸쳐 마을 회관 마당에 어른들 허리 높이까지 펜스를 쳤다.

원나는 매일 아침, 펜스 상태를 체크한 뒤 어른들을 하나씩 마당으로 데리고 나왔다. 마리아는 어른들이 밤새 어디 다치거나 염증이 생긴 곳은 없는지, 몸에 다른 변화는 없는지 꼼꼼하게 살폈다. 철종의 우려와 달리 마스크는 모자라지 않았다. 미라와 철종, 치복, 유미를 제외하곤 모두 이빨이 하나도 없어 틀니만 빼놓으면 '차단'할 필요가 없었기 때문이다.

"얼굴이 찌글찌글해졌습니다. 너무 까맣습니다. 마스크 써도 소용없습니다. 잘 탑니다."

마리아는 매일 철종의 마스크를 벗기고 선크림을 발라줬다. 물릴 위험이 있으니 조심하라고 해도 소용이 없었다.

"펜싱 옷 입었습니다. 안 물립니다."

마리아는 어른들의 팔, 다리도 부지런히 물티슈로 닦고 로션을 발랐다. 모두가 벌써 일주일 넘게 음식은커녕 물 한 모금 마시지 않고 있었다. 어두워져도 불빛만 바라보고 있을 뿐 잠을 한숨도 못 잤다. 닷새를 넘어서면서는 걱정을 넘어섰다. 원나는 뭔가, 자신이 이해할 수 없는 생존 체계가 있을 거라고 생각하기로 했다.

어른들은 가끔씩 쥐나 개구리, 뱀 같은 것을 보고 서로 먹으려고 달려들었다. 마리아와 원나는 경악했다. 감염되기 전의 생체 리듬을 그대로 가지고 있는지 대체로 철종이 가장 빨랐으나 마스크를 하고 있어 입안에 넣지는 못했다.

"아이고, 주책스럽습니다."

마리아는 그런 철종의 모습을 보며 박수를 치며 웃다가 돌연 멍한 표정이 되어 눈물을 뚝뚝 흘리기도 했다. 요양병원에 다녀가던 환자 보호자들도 그랬다. 특히 치매 환자를 보러 온 가족들은 이상한 소리를 하는 환자들의 모습에 띄엄띄엄 웃다가 결국은 눈물을 쏟거나 어딘가 잔뜩 얻어맞기라도 한 듯한 표정으로 돌아가곤 했다. 돌아갈 곳이 없는 마리아와 원나는 한바탕 눈물 바람을 하고 나면 정신없이 일을 했다.

"이거 데려가십시오."

본격적으로 작업을 시작하기 전, 마리아는 항상 원나의 목에 무전기를 걸어줬다. 철종이 몇 년 전 일본 쓰나미 때 구입해둔 구호물품들 중 하나였다. 터널 때문인지 마을 밖까지는 연결이 되지 않았지만 마을 안에서 사용하는 데는 무리가 없었다.

"원나, 휴지가 안 계십니다. 여기는 기와집 언니들 집입니다."

"네, 지금 가요."

"원나, 손전등 빠떼루 안 계십니다. 앞이 안 보입니다. 여기는 치복이 아저씨 집입니다."

"네, 지금 가요. AA예요, AAA예요?"

"……."

"둘 다 가져갈게요."

"원나, 하우스에 빵구 났습니다. 비니루 가져오세요. 우리집 창고 오른쪽 벽에 가슴께 오는 서랍 있습니다. 두 번째 서랍 안에 비니루 많이 있습니다. 그거 가져오세요."

"네, 지금 가요."

"원나, 저 지금 미라랑 개구리 잡고 있습니다. 워, 원나! 미라가 개구리 먹습니다. 아, 아, 아이구!"

"……."

*

"가지가 뗍습니다. 오이가 씀니다."

고추도 쪼그라들었고, 치복의 꽃밭에도 꽃이 많이 피지 않았다. 내내 가뭄이었다. 수도가 끊겨져 100퍼센트 수동으로 밭에 물을 대야 했다. 마리아와 원나는 개울에서 물을 길어다 텃밭에 뿌렸다. 기갈이 들린 땅은 쉼 없이 물을 빨아들였다.

마리아는 어른들에게도 물을 먹여보려 했지만 소용이 없었다. 평소 즐기던 사이다나 막걸리를 가져다줘도 마찬가지였다. 마리아는 어른들의 몸이 빨아들일지도 모른다면서 텃밭에 물을 주듯 마을 회관 마당에 물을 뿌리기도 했다.

어른들은 어두운 곳을 싫어했고, 빛에는 민감하게 반응했다. 특히 노을이질 때는 엄청난 집중력으로 하늘만 쳐다봤다. 그때를 잘 활용하면 마스크를 씌우지 않아도 물릴 걱정 없이 자유롭게 돌아다닐 수 있었다.

원나는 틈이 날 때마다 미라를 부축하며 걷는 연습을 했다. 경직된 팔, 다리도 꾸준히 주물러줬다. 미라는 어기적거리며 걷다가 발목이 돌아가거나 종아리 근육이 뒤틀리면서 넘어졌다.

"엄마, 발 날이 아니라 발바닥 전체에 힘을 줘야지."

"으어어어어."

원나는 읍내 자전거 가게에서 무릎과 팔꿈치 보호대를 가져와 미라의 팔다리에 채웠다. 욕창이 났던 자리엔 계속 약을 발랐고 통풍을 위해 티셔츠의 등 부분을 오려냈다.

"미라 너무 말랐습니다. 아기 같습니다. 그래도 너무 야합니다."

마리아는 미라가 넘어져도 옷이 흘러내리지 않도록 끈으로 티셔츠와 몸을 묶었다.

"원나, 미라 좀 꼭 잡아주세요. 자꾸 움직이면 안 됩니다. 머리 이상해집니다."

원나가 미라를 등 뒤에서 안고 있는 동안 마리아가 부엌 가위로 미라의 앞머리를 잘랐다. 원나는 버둥거리는 미라를 더 꼭 끌어안았다. 미라는 원나보다 머리 하나가 작았다. 원나는 미라의 정수리에 턱을 내려놓았다.

"다 됐습니다. 옆 머리통도 잘라버릴까요?"

원나는 미라를 안은 채 고개를 돌려 미라의 얼굴을 봤다. 시야를 가리고 있던 머리칼이 잘려나가자 미라의 얼굴이 제대로 보였다.

"아뇨."

원나는 고무줄로 미라의 머리칼을 잡아 묶었다.

"엄마는 짧은 머리 싫어해요."

미라는 머리숱이 적어 짧은 머리를 하면 환자같이 보인다며 언제나 긴 파마머리를 고수했다.

"그치, 엄마?"

"으우어어어."

　원나는 미라와 함께 돌아온 뒤로 두 번, 마을 밖으로 나갔다. 처음엔 마리아와 함께 면사무소와 읍사무소를 거쳐 군청까지 갔다 돌아왔다. 생존자들을 위한 공간이나 대책위 같은 것이 있을지도 모른다는 기대에서였다. 마을과 달리 공격적인 젊은 감염자들을 만나는 바람에 군청까지 가는 데 다섯 시간이 넘게 걸렸다. 그나마도 군청은 텅 비어 있었다. 구급상비약과 생수 따위를 챙기고 입구에 붙어 있는 지역 지도를 보며 시외로 나가는 길을 살피고 있는데 마리아가 그만 돌아가자고 했다.

　"피곤합니다. 집에 가야 합니다."

　"도청까지 나가보면 뭔가 다른 소식을 들을 수 있을지도 몰라요."

　"그래도 똑같을 겁니다. 이 사람들, 어차피 기다리라고 합니다. 날이 어두워지십니다. 마을에 있는 사람들 걱정됩니다."

　두 번째엔 원나 혼자 나가 마리아가 적어준 물건들을 가져왔다. 방향제와 방충제, 나프탈렌, 소독약, 식염수 같은 것들이었다. 마리아는 어른들이 머물고 있는 비닐하우스에 나프탈렌을 주렁주렁 매달고 방향제와 방충제를 곳곳에 배치해뒀다. 그때도 역시, 생존자들을 만날 수는 없었다. 마리아와 원나는 일단 읍내까지를 거점으로 삼고 주기적으로 외부와 연락을 시도해보기로 했다.

　다음에 나갈 땐 보건소와 면사무소에 감염되지 않은 생존자가 있다고 알리는 메시지를 남기고, 필요한 물품들을 챙겨오기로 했다. 마리아는 메모지에 손 세정제와 제습제, 의료용 장갑, 휴대용 랜턴, 단파 라디오, 라이터 따위를 적어넣었다. 원나는 짜장라면과 감자칩을 몇 봉지 가져올 생각이었다.

　"돈이 모자란 것 같습니다. 일단 돈부터 사야겠습니다."

마리아는 지갑과 함께 얇은 포스트잇을 건넸다. 상점엔 주인이 없었고 은행도 모두 문을 닫았다. 돈은 떨어졌지만 마리아는 그렇다고 무턱대고 물건을 가져다 써서는 안 된다고 주장했다. 마리아는 수표를 쓰자고 했다. 포스트잇에 가져간 물건과 개수, 이름과 연락처를 적어 카운터에 붙여두자는 것이었다.

"필리핀, 수표 씁니다. 이거랑 비슷합니다."

마리아는 매일매일 가계부도 썼다. 물건을 아끼라든지 꼭 필요한 것만 사야 한다는 잔소리도 대단했다. 마리아는 언젠가 다시 핸드폰이 터지고, 돈을 받아갈 사람들이 '돌아올' 것이라는 사실을 조금도 의심하지 않고 믿고 있었다. 마리아는 매일 밤, 묵주를 쥐고 기도했다. 기도 전후로 노트에 뭔가를 쓰기도 했다. 윈나가 딱 한 번 큰 맘을 먹고 훔쳐봤지만 읽을 수가 없었다. 영어와 타갈로그어가 뒤섞인 문장들이 마구 휘갈겨져 있었다. 일기나 기도문 같은 것이 아닐까 짐작할 뿐이었다. 기도를 마치면 마리아는 전화기를 들고 필리핀 친정과 지형에게 전화를 걸었다. 물론 전화는 먹통이었다. 그래도 인내심을 가지고 전화번호를 끝까지 눌렀다. 중간에 틀리면 전화기를 내려놓았다가 처음보다 훨씬 신중해진 표정으로 다시 걸었다. 가끔씩 전화기를 꼭 쥐고 "어서 정신 차리십시오" 하고 정신 나간 사람처럼 중얼거리기도 했다.

윈나는 마리아가 기도를 하거나 전화를 걸거나, 전화기를 들고 대화를 시도하는 모습을 보고 있으면 미라의 '서포터즈'가 궁금했다. 이탈리아의 연인들도, 기적의 마리아도, 스미스 아줌마도, 중국 효자 아저씨도, 그들의 가족과 이웃, 연인 들도, 모두 감염되었을까? 그 사람들은 이번에도 다시 깨어날 수 있을까?

하늘이 결딴나고 있었다. 그렇게밖에는 표현할 수 없는, 굉장한 굉음이었다. 방에서 홑겹 이불을 덮고 나란히 누워 잠들었던 원나와 마리아는 동시에 벌떡 일어났다. 천둥도, 벼락도 아니었다. 모터였다. 모터가 돌아가는 소리였다. 마리아와 원나는 눈이 마주치자마자 누가 먼저랄 것도 없이 벌떡 일어나 밖으로 뛰어나갔다.

커다란 헬리콥터가 어둠 속에 빛을 그으며 하늘을 날고 있었다.

"으어어어어, 아으어어어어."

헬리콥터를 반기는 것은 원나와 마리아뿐만이 아니었다. 갑자기 나타나 빛을 뿜어대는 거대한 기계의 등장에 온 마을 주민이 포효하고 있었다. 헬리콥터가 마을 주변을 빙빙 돌았다. 어른들을 위해 켜놓은 불빛을 발견한 것일지도 몰랐다.

"여기예요! 여기예요!"

원나는 소리를 지르며 헬리콥터를 향해 손을 흔들었다.

"우리 여기 계십니다. 여기 아픈 사람들, 있습니다."

마리아도 펄쩍펄쩍 뛰어오르며 헬리콥터를 향해 온몸을 흔들었다. 헬리콥터에서 상자가 하나 떨어져 산 속으로 사라졌다. 마리아와 원나는 동시에 어어어, 하고 소리를 지르며 달렸다.

"이쪽이에요! 여기라구요!"

하지만 헬리콥터는 마을을 두어 바퀴 돌더니 반대편 산 쪽으로 방향을 틀었다. 원나는 다급한 마음에 빗자루에 불을 붙인 뒤 머리 위로 들고 흔들었다. 제발, 제발 좀……!

"아줌마, 제가 빨리 갔다 올게요."

원나는 반쯤 탄 빗자루를 물 웅덩이에 집어던진 뒤 마당에 널어놓은 흰 수건을 들고 사발이에 올라탔다.

"산길까지 올라가면 위험합니다. 앞에 잘 봐야 합니다."

"네. 걱정하지 마세요."

'저 사람들이 백신을 가지고 있을지도 모르잖아요.'

원나는 마리아가 자신의 이름을 부르는 소리를 뒤로 한 채 중얼거렸다. 멀어지던 헬리콥터가 다시 마을 쪽으로 방향을 틀었다. 아래로 떨어지는 조명도 두 개로 늘어났다.

"여기예요! 여기요, 여기!"

드디어 뭔가를 알아챈 것인지도 몰랐다. 원나는 속도를 높였다. 원나의 등 뒤로 어른들의 웅성거림과 마리아의 목소리가 응원처럼 들려왔다.

"여기라구!"

원나는 정신없이 온몸을 흔들었다. 헬리콥터에서 갑자기 하얀 종이가 쏟아지기 시작했다. 종이에 시야가 가려 앞이 보이지 않았다. 원나는 떨어지는 종이 한 장을 공중에서 낚아챘다. 뭐지? 생존자 지침서? 백신 보급 소식? 원나는 두근거리는 마음으로 조명에 종이를 비춰보았다.

비상계엄령

* 계엄령은 국가 비상시 국가 안녕과 공공질서 유지를 목적으로 법률이 정하는 바에 따라 헌법 일부의 효력을 일시 중지하고 군사권을 발동하여 치안을 유지할 수 있는 국가긴급권의 하나로 대통령(최고 통치권자)의 고유 권한입니다.

* Z(일명 좀비) 바이러스로 인하여 금일 비상계엄령을 선포합니다.

1. 정부의 발표가 있기 전까지 민간요법 등으로 감염자에게 치료를 시도하는 것은 불법입니다.

2. 현재, 감염자를 치료하거나 감염을 예방할 수 있는 방법은 없습니다.

3. 하지만 존경하는 국민 여러분, 조금만 기다려주시기 바랍니다.

4. 백신은 개발 중에 있으며 90% 정도 완료된 상태입니다.

5. 이것이 팩트입니다.

6. 감염자는 살아 있는 것만을 먹으며 주광성, 즉 빛을 따라 움직이는 속성이 있습니다.

7. 감염자와는 의사소통을 할 수 없으며 감염자는 자거나 먹지 않아도 살 수 있습니다.

8. 다시 한번, 말씀드립니다.

9. 감염자들에게 접근해서는 안 됩니다.

10. 가족이나 연인, 친구를 찾아가지 마십시오.

11. 몸을 피하고, 백신이 보급되기를 기다려주십시오.

12. 자살하지 마십시오.

13. 감염자를 죽이지 마십시오.

14. 비감염자끼리도 떨어져 계십시오.

15. 혼자 계십시오.

백신이 개발 중이긴 하지만 현재로서는 방법이 없다는 것이었다. *자살하지 말고, 죽이지 말고, 떨어져 있으라고? 이게, 다야?* 두 개로 갈라진 조명은 빙글빙글 돌며 마을을 비추다가 다시 하나로 합쳐졌다.

"우리도 데려가요! 여기, 여기, 여기예요!"

원나는 종이를 든 손을 팔랑팔랑 흔들었다.

"아, 안 돼!"

사발이 바퀴에 뭔가가 걸렸다. 차체가 덜컹 하는 순간 원나는 핸들을 잡은 손을 놓쳐버렸다. 사발이가 중심을 잃으면서 옆으로 기울어졌다. 땅에 한쪽 뺨이 닿은 채로, 원나는 하늘에서 커다란 나무 궤짝들이 폭탄처럼 쏟아지는 것을 보았다. 상자들을 쏟아붓고 가벼워진 헬리콥터는 하늘 위로 둥실 떠올랐다.

그때, 멀리서 커다란 비명 소리가 들려왔다. 악, 하고 허공을 그은 비명은 이제 원나의 이름을 부르고 있었다.

"원나, 원나……."

"아줌마!"

원나는 튀어오르듯 벌떡 일어섰다.

"아줌마! 아줌마! 어딨어요!"

헬리콥터 엔진 소리가 멀어진 뒤에야 비로소 원나는 치복의 집 근처에 쓰러져 있는 마리아를 찾을 수 있었다. 마리아는 하늘에서 떨어진 나무 상자에 깔려 끅끅거리며 신음하고 있었다. 원나는 뛰어들 듯 달려들어 마리아의 등을 짓누르고 있는 상자를 밀어냈다. 상자가 떨어지는 순간 마리아의 몸이 경련하며 옆으로 쓰러졌다.

"아줌마, 괜찮아요?"

원나는 마리아의 머리 뒤로 손을 넣었다가 흠칫 놀랐다. 어두워서 보이지 않았지만 마리아의 머리에서 피가 뿜어져 나오고 있다는 것을 알 수 있었다. 마리아의 등은 이미 피로 축축하게 젖어 있었다. 원나는 마리아를 바닥에 똑바로 눕히고, 마리아와 충돌하면서 빠개진 나무 상자를 뒤졌다. 상자 안에는 마스크, 속옷, 세면도구, 담요, 수건, 성냥, 초, 랜턴, 건전지, 라디오 그리고 상비약 상자가 들어 있었다. 원나는 랜턴으로 불을 밝힌 뒤 소독약을 모두 꺼내 마리아의 상처에 들이부었다. 피가 많이 났다. 마리아의 작은 몸에서 무시무시하게 많은 피가 쏟아져나왔다. 하지만 괜찮다고, 괜찮을 것이라고, 괜찮아야만 한다고 생각했다.

"그럴 겁니다."

마리아가 원나의 팔꿈치를 잡았다. 그제야 원나는 자신이 계속 소리를 내 중얼거리고 있었다는 사실을 깨달았다. 원나는 마리아의 상처 난 머리와 등을 붕대로 압박해 감았다. 일단 지혈을 해야 했다. 붕대가 금세 피에 젖었다. 원나는 마리아를 업고 집으로 뛰었다. 해열제와 진통제, 소염제를 물과 함께 삼킨 마리아는 눈을 느리게 껌뻑이다 까무라치듯 잠이 들었다.

마리아는 이미 체력이 많이 약해져 있었다. 날이 더워 상처는 계속 덧나기만 했다. 원나는 흰쌀을 불려 묽게 죽을 쒔다. 하지만 마리아는 물 한 모금 삼키지 못했다. 원나는 해열제와 진통제를 빻아 물에 개서 억지로 마리아의 입안에 밀어넣었다. 하지만 마리아는 곧 전부 게워냈다. 원나는 덜컥 겁이 났다. 이러다 정말 무서운 일이 생길 것만 같았.

원나는 여섯 개의 상자에서 끄집어낸 소독약과 붕대를 다 사용한 뒤, 마을 회관과 어른들의 집을 뒤졌다. 진통제와 소독약은 넉넉하게 나왔지만 붕대가 모자랐다. 붕대나 진통제 말고 다른 것, 보다 강력한 것이 필요했다.

"아줌마, 저 읍내에 좀 나갔다 올게요."

"……."

"약이, 없어요. 붕대도 더 있어야 할 것 같고요. 또 뭐 필요한 것이 있으면 말씀하세요."

마리아는 고개를 가로저었다. 더 이상의 기운을 내는 것이 힘겨워 보였다. 원나는 고개를 끄덕여 보였다. *다 알아들었어요. 그러니까……*.

"조금만 기다리세요. 금방 다녀올게요."

*

무작정 사발이를 몰고 달리면서 원나는 머릿속으로 약을 구할 수 있는 곳들을 떠올려봤다. 미라가 입원해 있던 요양병원이 가장 먼저 떠올랐지만 생각만으로도 몸이 움츠러들었다. 목에 칼을 매달고 있는 의사 감염자들이 아직 거기에 있을 거였다. 읍내 약국과 학교에서도 약을 구할 수 있겠지만 일단은 보건소에 가보기로 했다. 어쩌면 그곳엔 의사나 간호사가 남아 있을지도 몰랐다. 어딘가에는 분명 원나와 마리아처럼 아직 감염되지 않은 사람들이 있을 거였다. 한번 그런 생각을 하기 시작하자 여러 가지 가능성들이 떠올랐다. 정부에서 면사무소나 군청, 공설 운동장 같은 곳에 대피소나 임시 거처를 마련하고 또 다른 생존자들을 찾고 있을지도 몰랐다.

'헬리콥터는, 그래서 왔던 건지도 몰라!'

원나는 세상이 이렇게 허술하게 망했을 리 없다고 생각했다.

'뭣보다 내가 살아남았잖아. 나도 살아남았는데, 또 누군가 살아남았을 게 당연하잖아.'

학교에서 미라가 입원했던 요양병원으로 가는 길 사이에 파출소와 보건소가 있었다. 파출소 내부는 아수라장이었다. 바이러스와 백신과 관련된 소식이 있지 않을까 기대하면서 게시판과 팩스 쪽을 살펴봤지만 새로운 정보는 없었다. 전화도 컴퓨터도 먹통이었다. 게시판에 "두수리에 생존자 있음"이라고 적다가 부스럭거리는 기척을 느끼고 뒤를 돌아봤다. 문짝이 떨어져

나간 반대편 입구로 두 명의 감염자가 들어오고 있었다. 서로의 몸을 등산용 로프로 연결하고 오토바이 헬멧을 쓴 두 명의 감염자들은 원나의 학교 아이들이었다. 한쪽은 교복을 입고 있었고 다른 쪽은 체육복을 입고 있었다. 원나는 가까운 출입구를 확인했다.

"어."

원나는 눈을 가늘게 뜨고 앞선 감염자를 바라봤다.

"고, 고창민?"

더 확인할 필요도 없었다. 교복 셔츠에 이름표가 붙어 있었다.

"아!"

체육복을 입고 있는 쪽은 고창민의 베프, 백병철이었다. 원나는 아는 사람을 만났다는 반가움에 하마터면 두 사람을 와락 끌어안을 뻔했다. 밤낮없이 붙어 다니더니 감염되어서도 이러고 있는 거냐!

"바보들. 눈물겨운 우정이네."

윈드 실드 안으로 두 명청이들과 눈이 마주치자 진짜로 원나의 눈에 눈물이 핑 돌았다. 그때, 백병철이 원나의 손목을 잡았다. 원나는 반사적으로 백병철의 손목을 비틀며 반대편 손으로 백병철의 가슴을 쳤다. 백병철이 중심을 잃고 넘어지자 고창민도 같이 쓰러졌다. 유행이 지난 코미디를 뚝심 있게 시도하는 개그 콤비 같았다. 이번에는 고창민이 원나의 종아리를 잡았다. 원나는 발로 차다시피 고창민의 배를 밀어냈다. 고창민과 백병철이 몸을 흔들며 다시 원나를 향해 손을 뻗어왔다. 이제 반가움은 두려움으로 변했다.

"아!"

몸이 앞으로 쏠린 고창민의 몸에서 시꺼먼 태커가 떨어졌다.

"대체 이런 건 왜 가지고 다니는 거야."

태커를 집어 드는데 고창민과 백병철이 동시에 원나의 손과 발목을 잡았다. 태커를 쥔 원나의 손에 힘이 들어갔다.

"악!"

두 줄기의 전기 빔이 쭉 뻗어 두 사람의 목을 찍는 순간 원나는 외마디 비명을 질렀다. 태커가 아니라 전기총이었다. 손잡이 밑바닥에 "지동파출소. 테이저 건-03. 순경 박용식"이라고 적혀 있었다. 잠시 잠잠하던 두 사람은 다시 "으어어어" 하고 신음 소리를 내며 버둥거리기 시작했다. 원나는 다급히 밖으로 튀어나와 사발이에 올라탔다.

'미안. 진짜 미안. 그동안 너희들이 나 괴롭혔던 거 이걸로 퉁 치자.'

원나는 사이드미러로 멀어지는 파출소를 쏘아보며 생각했다.

*

보건소에는 적막한 기운이 감돌았다. 안에서 뭔가가 몸을 뒤척이듯 부스럭거리는 소리가 들려왔다. 보건소 뒤뜰에 우거진 나무 안에서 들려오는 소리였다. 입구와 그 주변은 조용했고, 깨끗했다. 테이저 건을 손에 쥐고 보건소 안으로 들어서던 원나는 하마터면 오줌을 지릴 뻔했다. 계단으로 올라가는 길에 세워진 전면 거울에 새하얀 펜싱 슈트에 총까지 쥐고 있는 자신의 모습이 비친 것이다.

"아우, 뭐야."

저 무시무시한 것이 자신이라는 것을 깨닫자 실소가 터졌다.

"오, 멋있는데."

원나는 거울을 쏘아보며 자세를 다듬었다.

"으어어어, 으어어어어."

시꺼먼 복도에서 감염자들의 목소리가 들려왔다. 원나는 소리가 들려오는 방문의 손잡이를 잡고 돌려봤다. 문은 안에서 잠겨 있었다. 복도를 따라 방의 측면으로 이동했다. 창문이 있다면 내부를 볼 수 있을지도 몰랐다. 코너를 돌자 공책만 한 창문이 뚫린 다른 문이 붙어 있었다. 원나는 펜싱 마스크를 벗고 유리창 가까이로 다가갔다. 내부에 감염자들이 10여 명 모여 있었다.

"아, 아줌마."

유리창 밑으로 바짝 다가와 있는 것은 학교 앞 분식집 아줌마였다. 읍내 슈퍼 아줌마와 우체국 언니도 있었다.

"야!"

애리를 비롯한 반 여자애들도 보였다. 안에 있는 것은 모두 여자들이었다.

'어쩌다 여기 갇혀 있는 거야!'

반대쪽 창문엔 블라인드가 내려와 있어 빛이 들어갈 구멍이라곤 복도 쪽으로 난 이 유리창뿐이었다. 문에는 '감염자들. 의료진의 허가 없이 문을 열지 말 것'이라는 안내판이 붙어 있었다.

원나는 하나뿐인 진료실로 향했다. 내부는 침대와 책상, 약장이 모두 흐트러짐 없이 정돈되어 있었다. 창가에 있는 침대로 햇빛이 쏟아졌다. 밖의 상황과 상관없이 평화로운 풍경이었다. 한숨 자고 일어나면 아무 일도 없었던 것처럼 모든 것이 제자리로 돌아가 있을 것도 같았다.

"으어어어어."

복도에서 감염자들의 목소리가 울렸다. 원나는 약장 유리문에 반사되어 보이는 자신의 모습을 바라봤다. 이렇게 한가로운 백일몽에 빠져 있을 때가 아니었다. 빨리 마리아한테 돌아가야 했다. 도움을 청할 사람은 없었다. 마리아를 지킬 수 있는 건 원나 자신뿐이었다. 하지만 보건소 약장에서 챙길 수 있는 것은 헬리콥터에서 떨어진 비상약 수준의 것들뿐이었다. 그래도 일단 '소염', '진통', '항염증' 따위의 문구가 보이는 약은 모두 가방에 쑤셔넣었다.

원나는 잠시 고민하다 건물 외부에서 여자들이 갇혀 있는 방 쪽의 유리창을 열어봤다. 다행히 유리창이 잠겨 있지 않았다. 원나는 유리창을 밀고 손을 넣어 블라인드 걸개를 잡아당겼다. 블라인드가 올라가며 빛이 들어갔다. 모두가 어리둥절한 얼굴로 빛이 들어오는 쪽을 보더니 이쪽으로 달려들었다.

"문 부수고 나오지 마요. 위험해요. 알았죠?"

원나는 또박또박 소리쳤다. 정말 말귀를 알아들은 듯 그들은 얌전하게 빛이 들어오는 창문을 바라보기만 했다. 원나는 가방을 메고 다시 사발이에 올라탔다. 자신이 없는 동안 마리아가 회복되었을지도 모른다는 헛된 기대감과 자기가 또 계속 뭔가를 잘못하고 있는 것은 아닌가, 하는 두려움이 원나의 마음을 짓눌렀다.

*

원나는 주춤주춤 방 안으로 들어섰다. 어두컴컴한 방 안에 낯선 여자가 이불을 덮고 누워 있었다. 마리아는 완전히 다른 사람처럼 보였다. 머리의 상처 부위가 커다랗게 부풀어올라 눈을 비롯한 이목구비가 전부 뒤틀려 있었다. 원나는 그대로 도망치고 싶을 만큼 무력감을 느꼈다.

"아줌마……."

원나는 가방을 내려놓고 아줌마 곁에 앉았다.

"원나, 나 아저씨에게 돌려주십시오."

마리아가 하얗게 말라붙은 입술을 달싹이며 말했다.

"그게 무슨 소리예요."

"아저씨한테 돌려주면, 나도 좀비병 걸리면, 나 안 아픕니다. 피도 멈춥니다."

"안 돼요."

원나는 비명이라도 지르듯 악을 쓰며 대답했다.

"대체 무슨 말을 하시는 거예요!"

"기다리면 백신이 오십니다."

"싫어요."

"싫어도 백신이 오십니다."

'백신이 오는 게 싫다는 게 아니라 아줌마가 이런 말을 하는 게 싫다구요. 그리고 그걸 어떻게 알아요? 여태 안 왔잖아요.'

마음이 악다구니를 썼다. 하지만 목구멍에 뭐가 막힌 것처럼 아무 말도 나오지 않았다. 원나는 가슴을 들썩이고 씨근거리며 마리아를 내려다봤다.

"원나, 헬리콥터 오셨습니다. 이제 백신도 곧 오십니다. 백신 오시면 병원 가실 수 있습니다. 병원 가시면 의사 선생님 계십니다. 그러면 괜찮습니다."

마리아는 힘겹게 말을 이었다.

"원나 없는 동안에 계속 생각한 겁니다. 이렇게 있으면, 나는, 죽습니다."

"아니에요. 아줌마가 왜 죽어요. 나을 수 있어요. 조금만 더……."

"나는, 죽기, 싫습니다."

"……아줌마가 왜 죽어요."

"저는, 정말로, 죽기, 싫습니다."

마리아의 눈에서 눈물이 줄줄 흘러내렸다.

"지형이 만나야 합니다. 이렇게 죽으면 안 됩니다."

"안 죽는다니까요. 아줌마, 그런 이야기 그만하세요."

원나는 주춤주춤 마리아에게서 물러나 앉았다.

'무서워요. 그만하세요.'

원나의 온몸에 두드러기처럼 소름이 돋았다. 마리아가 손을 뻗어 원나의 손을 잡았다. 온몸이 불덩이였다. 뭔가가 잘못된 것이 틀림없었다. 그렇지 않고서야 사람의 몸이 이렇게 뜨거울 수가 없었다. 마리아는 죽기 싫다는 말만 중얼거리다가 또다시 정신을 잃었다. 원나는 흘러내릴 듯 경련하는 마리아의 얼굴을 바라봤다. 겁에 질린 원나를 설득하기 위해 마리아가 얼마나 많은 에너지를 소진해야 했는지 알 수 있었다. 원나는 냉장고에서 얼음을 꺼내 거즈에 말아 마리아의 몸을 문질렀다. 뭔가에 놀란 듯 번쩍 눈을 뜬 마리아는 이번에는 원나에게 살려달라고 말했다.

"살려줘요, 원나. 제발, 나 좀 살려주십시오."

마리아는 허공에 팔을 휘저었다. 원나는 마리아가 자신에게 두 손을 모아 비는 자세를 취하려고 한다는 것을 깨달았다.

"알았어요."

"……"

"알았어요, 아줌마. 그만하세요. 알아들었어요."

원나는 허공에서 휘적거리는 마리아의 손을 잡았다.

"그렇게 해요."

원나는 고심 끝에 마리아에게 바이러스를 '옮겨줄 사람'으로 유미를 선택했다. 마리아가 애초에 원한 것은 철종이었지만 철종은 덩치가 크고 힘이 세서 마리아를 다 먹어버릴지도 몰랐다. 마리아와 원나는 꽤 진지하게 그런 이야기를 나누었다. 지극히 현실적이면서도 비현실적인 이야기였다. 원나는 마리아의 상처 부위를 다시 한번 붕대로 압박해 묶었다. 유미가 그 부분을 건드릴 것을 대비한 것이었다.

"원나가 잘 지내야 우리 모두 잘 지낼 수 있습니다."

마리아가 말했다.

"네, 알았어요. 걱정하지 마세요."

원나는 차분하게 대답했다. 뭐든 시키는 대로 하겠다고 대답하면서 마리아를 완전히 안심시켰다. 일단은 마리아가 제대로 감염자로 깨어났는지를 확인할 생각이었다. 그리고 그 다음엔 원나도 마리아를, 그러니까 모두를 따라갈 생각이었다. 마리아 말대로 백신이 오고, 의사도 온다면, 모두가 감염된 채로 있어도 상관이 없을 거다. 함께 가겠다는 결심을 내리자 내내 가슴을 조여오던 두려움도 사라졌다. 바이러스 안내문과 철종의 노트에 따르면 '죽음'에서 '감염자'로 깨어나기까지 최대 24시간. 떠날 준비를 하기엔 충분한 시간이었다. 모두와 함께 여행을 간다고 생각하면 될 거였다.

"원나 때문 아닙니다. 원나는 모두 살아주게 하려고 헬리콥터 따라간 겁니다. 원나 때문 아닙니다. 그렇게 생각하지 마십시오."

마리아는 원나가 자책하고 있다는 것을 알고 있었다.

"괜찮습니다. 그러니까 원나도 괜찮아야 합니다."

원나는 기노문을 외우듯 같은 말만을 중얼거리는 마리아를 안아 올렸다. 안 그래도 작은 체구가 더 작아져 있었다.

"나도 얼굴에 마스크 써야 합니다. 내 이빨은 틀니 아니라 진짜 이빨입니다. 작년부터 부지런히 치과 다녀서 이빨 너무 많이 건강합니다."

"괜찮아요."

"아닙니다. 원나가 우리 모두 지켜야 합니다. 나 빨리 마스크 주십시오. 내 마스크 있습니다. 원나는 병 옮으면 안 됩니다."

마리아는 영어와 타갈로그어가 섞인 말을 몇 마디 더 하더니 사지를 뒤흔들며 발작을 일으켰다. 원나는 마을 회관의 큰 방에 마리아를 눕혔다. 어차피 상처 부위가 부풀어올라 펜싱 마스크를 쓸 수도 없었다. 마리아가 원하는 대로 면 보자기를 잘라 입에 재갈을 물렸다. 열이 어찌나 심한지 온몸이 시뻘개져 있었다.

"다 됐어요."

마리아가 느리게 눈을 껌뻑였다. 원나는 펜싱복을 입었다. 몸에 기운이 없어 수도 없이 입고 벗었던 슈트를 챙겨 입는 데만도 한참이 걸렸다. 마리아가 위험하다며 마스크까지 쓰라고 성화를 부렸지만 목에 스카프를 매는 선에서 타협을 보았다.

원나는 비닐하우스에 있는 유미를 안고 마리아가 누워 있는 방으로 들어갔다. 마스크를 벗기자 유미의 작은 얼굴이 드러났다.

"이리 보내주세요."

마리아가 원나와 유미를 향해 손짓했다. 원나는 유미를 번쩍 들어 마리아 옆으로 데려갔다.

"잘 부탁해."

하지만 유미는 멀뚱멀뚱 서 있을 뿐이었다. 마리아가 유미의 얼굴 쪽으로 손을 뻗었다. 유미가 주춤주춤 마리아를 향해 다가갔다.

"안 돼!"

원나는 울먹이며 유미를 뒤에서 끌어안았다. 유미가 초점이 사라진 잿빛 눈동자로 원나를 빤히 쳐다봤다.

"아줌마, 이거 아닌 것 같아요."

"안 되겠습니다. 나가계세요."

"네?"

"내가 할 수 있습니다. 나가계세요."

마리아가 단호하게 말했다.

"내가 부르면 들어오세요."

"하지만……."

"기운 없습니다. 빨리 해야 합니다."

원나는 부둥거리는 유미를 마리아의 손에 넘겨준 뒤 물러섰다. 문을 닫고 밖으로 나오자 가슴이 터질 것만 같았다. 원나는 마을 회관 건물 밖으로 걸어 나가 물레방아가 돌아가는 나무 그늘 밑에 웅크리고 앉았다.

나무에서 떨어진 매미 시체들이 새까맣게 말라가고 있었다. 어처구니 없게도 몸이 노곤해지며 졸음이 밀려왔다.

"워나어어어, 나어어어어!"

원나는 마리아의 비명 소리에 눈을 떴다.

"네, 아줌마. 저 여기에 있어요!"

혹시 생각이 바뀐 것일지도 몰랐다. 원나는 문을 열고 방으로 뛰어들어가 마리아의 팔뚝에 매달려 있는 유미를 뜯어낸 뒤 마리아의 입에 물린 재갈을 풀었다.

"유미가 많이 물었습니다. 아픕니다."

마리아의 팔에 유미의 이빨 자국이 여러 개 보였다.

"나를 자, 자꾸 먹습니다. 나 다 먹어버릴 생각인 거 같습니다. 그만 먹으시라고 계속 말해도 안 듣습니다."

"예?"

"다 먹으면 곤란합니다."

눈이 마주친 순간, 두 사람은 피식 웃음을 터뜨렸다.

"……데리고 나갈게요."

원나가 유미를 안고 일어서는데 마리아가 입을 열었다.

"원나, 우리가 원나를 돌아가며 괴롭혔습니다. 미워서 그런 것 아닙니다. 나중에 말하려고 했습니다. 모두가 우리들의 마음이었습니다. 이제 원나가 혼자 돌아가면서 우리 모두를 괴롭혀야 합니다. 꼭 그래줘야 합니다."

원나는 마리아가 무슨 이야기를 하는지 정확한 의미를 알 수 없었다. 하지만 원나는 알았다고, 무조건 그렇게 하겠다고, 괜찮다고, 고개를 주억거렸다.

"그냥 대답하면 안 됩니다. 내 말 잘 들으십시오. 똑바로 이해해야 됩니다."

원나는 발버둥치는 유미를 꼭 붙들어 안은 채 무릎을 꿇고 마리아 곁에 앉았다.

"우리가 돌아가면서 원나 부려먹었습니다. 저, 저번 그날은 내가 국을 잘 못 끓였습니다. 소금 대신 설탕 넣어서 맛이 이상했습니다. 그래서 언니들이 시간 끈다고 똥 누고 가라고 시킨 건데 원나가 안 누고 왔습니다."

"무슨 소리를 하시는 거예요."

"치복 어르신, 아끼는 꽃 다 땄습니다. 나중에 속상해서 울었습니다."

"네?"

"하우스 집에 들고 간 요강은 원래부터 작은어머님 요강입니다. 하우스 어른들이 거짓말하느라고 고생했다고 했습니다. 무리하게 힘든 일은 안 시키려고 계속 생각했습니다. 생각하고, 생각한 다음에 일 시켰습니다."

원나의 머릿속에서 기억의 파편들이 하나씩 맞춰졌다. 아무 때고 전화해서 귀찮게 한다고만 생각했는데. 그러고 보니 한꺼번에 여러 개의 일을 한 적은 없었다. 곤란할 정도로 힘든 일이나 무리가 되는 일 역시 없었다. 부탁받은 물건을 기껏 사 들고 갔더니 창고나 마루 밑에 똑같은 게 있던 적도 많았다. 모든 게 노인네들의 건망증이나 부주의함이 아니라 계획된 것이었다는 소리였다.

"원나한테 심부름 시켜야 원나가 자꾸 움직이고, 자꾸 움직여야 웃을 수 있고, 원나가 웃어야 우리가 모두 행복합니다. 그래서 그런 겁니다."

울먹이던 마리아는 갑자기 잔소리를 늘어놓기 시작했다. 모두 햇빛을 쬐는 시간이 중요한 듯 보이지만 원나가 혼자 하기에 힘들다면 무리할 필요는 없다고 했다. 혼자 있더라도 밥을 잘 챙겨 먹고 아프면 꼭 약을 먹으라고도 했다.

"이제 말 다 하셨습니다. 더 기억 안 나는 건…… 어쩔 수 없습니다."

"……."

"이제 저거 써야 합니다."

마리아가 마스크를 가리켰다. 원나는 유미를 잠시 내려놓았다. 그새 붓기가 조금 빠져 마스크가 아슬아슬하게 마리아의 얼굴에 들어갔다. 마스크를 쓰자 비로소 마리아의 눈이 스르르 감겼다. 원나는 물수건으로 마리아의 몸을 닦았다. 땀을 많이 흘려서 물에 빠졌다 나온 것처럼 머리카락까지 다 젖어 있었다. 정말 이대로 감염이 된 걸까? 믿어지지 않았다. 이렇게 한숨 자고 나면, 다 나아서 깨어날 것만 같았다. 어쩌면 바이러스가 미라에게 그랬듯, 이상한 마법을 부려주진 않을까.

"으어, 으어, 으어어어."

유미가 이빨로 원나의 어깨를 긁고 있었다. 펜싱 슈트에 침이 잔뜩 묻어 있었다. 원나는 유미의 조그만 몸을 팔로 감아 압박한 뒤 다시 펜싱 마스크를 씌웠다. 원나는 유미를 안고 비닐하우스로 달렸다. 어른들이 모두 눈을 느리게 껌뻑이며 원나를 바라봤다. 아직 해가 지지 않았지만 원나는 전등에 불을 밝혔다. 세워놓을 수 있는 휴대용 전등을 모조리 찾아 문가에 밝혀놓았다. 그렇게밖에는 모두에게 고마운 마음을 표현할 길이 없었다.

*

마스크 속 마리아의 얼굴에 표정이 없었다. 눈과 코가 케이크 위에 얹어진 설탕 장식처럼 흔들면 떨어질 것만 같았다.

원나는 마리아의 몸을 흔들었다. 마리아의 야윈 팔이 바닥으로 툭 떨어졌다. 원나는 마리아의 인중에 손을 대보았다. 호흡이 없었다. 맥박도 뛰지 않았고 상처 부위에서 흐르던 피도 멈춰 있었다. 원나는 마리아를 만졌던 손바닥을 내려다봤다. 꼭 자신이 마리아를 죽인 것만 같은 기분이 들었다. 목구멍이 따끔따끔했지만 눈물은 나지 않았다.

돌아가며 괴롭혔다는 마리아의 말이 원나의 귓가를 맴돌았다. 마을 사람 모두를 돕고 있다는 우쭐한 기분에 도취되어 있었는데 사실은 그조차도 빚진 것이었다. 이따금 귀찮게 생각한 적은 있지만 미워서 그런다고 생각한 적은 한 번도 없었다.

"아줌마."

원나는 마리아에게 다가갔다. 마리아의 몸은 차갑고 딱딱했다. 원나는 고맙다고 말하고 싶었다. 그런데 입에서는 다른 말이 나왔다.

"죄송해요."

대답이라도 하듯 마리아가 눈을 떴다. 커다란 눈에 잿빛 눈동자가 떠올랐다.

"아, 아줌······."

"으어어어어."

마리아가 초점 없는 눈동자로 원나를 향해 손짓했다. 원나는 마리아를 와락 끌어안았다. 그 순간, 원나의 가슴속에서 무엇인가가 열렸다. 죄책감이라고도, 책임감이라고도 할 수 있는 이물스럽고 묵직한 감정이었다. 마리아는 너무 아프다고 했고, 무섭다고도 했지만, 원나가 잘할 수 있을 거라고 했다.

"그러니까 믿고 나 이거 합니다."

마리아는 원나를 믿고 죽음을 통과했다. 원나는 그 믿음의 무게감을 느낄 수 있었다.

"으으으으으으어어어."

마리아는 붕대로 감아놓은 발을 딛고 일어섰다. 노랗게 곪아 소독약을 들이부어도 덧나기만 하던 상처에서 이제 더 이상 진물이 나지 않았다. 고통 때문에 상처처럼 구겨져 있던 미간도 부드럽게 펴졌다. 마리아의 얼굴은 편안해 보였다. 원나는 마리아를 등진 채 웅크리고 앉았다. 얼굴이 따끔거렸다. 목구멍에서 이상한 소리가 났다. 원나는 턱이 뻐근할 만큼 이를 꽉 악물었다. 조금만 틈이 벌어져도 다시 일어설 수 없을 만큼 무너질 것 같았다.

"우어어어어. 나으어어어어어."

마리아가 원나를 향해 소리쳤다. 원나는 마리아가 자신을 부르려 한다는 생각이 들었다. 마리아의 차가운 손이 머리를 툭 건드린 순간 이상하게도 원나의 눈에서 눈물이 뚝 그쳤다.

"네, 아줌마. 걱정하지 마세요."

"으어어어어, 으어으어어."

원나는 주춤주춤 움직이는 마리아의 어깨를 눌러 앉힌 뒤 텔레비전 위에 올려놓은 펜싱 마스크를 뒤집어썼다. 마리아가 그랬다. 이제 원나 혼자서 마을 사람들 전부를 '괴롭혀야' 한다고. 원나는 마리아를 번쩍 안아 올렸다.

'진짜 가만 안 둘 거예요. 각오하세요!'

*

비닐하우스 밖에 앉아 멍하니 하늘을 노려보던 원나는 부엌 가위를 들고 거울 앞으로 갔다. 원래대로라면, 아무 일도 없었다면, 체육관에서 시합 순서를 기다리고 있을 날이었다. 그새 까맣게 그을린 얼굴이 낯설었다. 둘둘 말아 상투처럼 말아놓은 머리를 풀자 머리카락이 가슴께까지 훌렁 떨어졌다. 목이 가벼웠다. 옆으로 흘러내린 머리칼을 한 줌 잡아 얼굴선에 맞춰 싹 뚝 잘랐다. 한 번쯤 잘라보고 싶다는 생각은 했지만 엄두를 내지 못했었다.

'이렇게 쉬운걸. 별것도 아닌걸.'

159

원나의 발등으로 머리카락이 숭덩숭덩 떨어졌다. 좌우 균형을 맞추려다 보니 길이가 점점 짧아졌다. 눈썹 선에 맞춰 앞머리도 만들었다. 원나는 거울 속에 서 있는 완전히 낯선 모습의 자신을 향해 웃었다. 팔뚝에, 손등에, 어른들이 묻혀놓은 침 자국이 말라붙어 있었다. 원나는 보건소에서 가져온 항균 물티슈를 뽑아 얼굴과 몸을 꼼꼼하게 닦아냈다.

기브 앤 테이크.

공짜는 없다는 게, 원나가 이 마을에서 배운 룰이다. 자신도 모르는 사이 뭘 잔뜩 받았다. 받는 줄도 모르고 받고 있었다. 엄청난 빚더미에 앉아버렸다.

모두 갚으려면, 정신을 똑바로 차려야 했다.

"언니가 쥐는 안 된다고 했지."

마을 회관 마당 펜스 안에서 유미가 어디서 새끼 쥐를 잡아들고 서 있었다.

"이거 읽어봐. 신증후싱 출혈열, 일명 유행성 출혈열! 이거 쥐한테 옮는 거라고 했지!"

원나는 유미를 번쩍 안아 마을 회관 벽 쪽으로 갔다. 철종이 각종 안내문을 붙여놓은 일종의 게시판 벽이었다.

"으어어어."

유미의 펜싱 마스크 밑으로 침이 줄줄 흘러내렸다.

"너 자꾸 이러면 안대 씌워서 여기 묶어둘 거야."

"으어어어어."

원나는 허리춤에서 바디 와이어를 꺼냈다. 유미의 손에 쥐어져 있던 쥐가 바닥으로 툭 떨어졌다.

"그래, 착하다. 아무거나 함부로 주워 먹고 그러면 안 돼. 알았지?"

"으어어어어."

"오늘도 언니는 엄청 바쁘다."

유미를 포함한 마을 어른들이 해바라기를 하는 사이 원나는 마을 텃밭과 닭들을 살펴야 했다.

요 며칠, 오전엔 고추와 토마토를 따고 오후에 무와 파를 파종했다. 부지런히 들여다보고 있었지만 아무래도 혼자서는 꼼꼼하게 보살피지 못해 작황은 예년만 못했다. 조만간 참깨를 베고 깻단을 말려야 했다. 깨가 잘 마르면 원나는 기와집 할머니들처럼 강정을 만들어볼 생각이었다. 고구마 수확이 끝난 자리엔 마늘을 심어야 했다. 원나는 작업 중간, 중간 막걸리에 꿀을 섞어 마시면서 옥수수가 잘 자라고 있는지 확인하고 해질 무렵부터는 강낭콩을 수확했다. 강낭콩은 다른 콩과 달리 한여름에 수확했다. 색이 예뻐서 미라가 좋아하던 콩이었다. 원나는 강낭콩을 한 줌을 들고 가 미라에게 보여줬다.

"엄마, 이것 좀 봐. 올해도 예쁘게 잘 여물었어."

"으어어어어어."

하루에 다섯 끼씩 먹성 좋게 먹어치워도 원나 혼자서는 텃밭의 채소와 과일을 다 처리할 수가 없었다. 원나는 겨울을 대비해 남은 과일과 채소는 말리거나 장아찌를 담궜다. 곰팡이 슬지 않게 작물을 건조시키는 것 역시 쉬운 일이 아니었다. 원나는 밤마다 열이 오른 얼굴을 얼음으로 마시지하고 온몸에 붕대처럼 파스를 붙이곤 정신없이 곯아 떨어졌다.

바빠도 3일에 한 번 정도는 마을 밖으로 나갔다. 원나는 얼마 전부터 읍내 공설 운동장에 감염자들을 몰아놓고 있었다. 별다른 보호 없이 돌아다니는 감염자들이 갑자기 사라지거나 다치는 일을 막기 위해서였다.

처음에는 파출소 부근을 헤매고 있는 고창민과 백병철, 보건소 약 창고에 갇혀 있던 사람들을 빛을 볼 수 있는 안전한 곳에 옮기자는 생각이었다. 펜싱 슈트를 입는다 해도 원나 혼자서 여러 명의 감염자와 대면할 엄두를 내는 데는 시간이 필요했다. 테이저 건은 가지고 있으면 안심이 되긴 했지만 성능이 너무 좋아 사용하기가 무서웠다. 노인들이나 여자아이들의 경우 혹시 깨어나지 못할까봐 매번 조마조마했다.

얼마 뒤 원나는 전파상에서 3단 전기봉을 발견했다. 충격이 테이저 건보다 약한 것이 마음에 들었지만 휴대성이 떨어졌고 접촉식이라는 점도 불편했다. 테이저 건도 전기봉도 감염자들 가까이로 다가가 한 사람씩 찍어야 했다. 감염자들이 한 사람씩 다가와줄 리 없는데다 매번 그만큼 가까이 다가가야 한다는 것도 쉬운 일은 아니었다.

원나는 고생 끝에 에페 가드 아래 소켓에 충전식 발전기를 연결해 검 끝인 포앵트 다레에 전기가 통할 수 있게 개조했다. 에페 경기 시 득점이 기록되는 것과 같은 원리로, 검으로 찌르는 순간 일시적으로 전기 충격을 줄 수 있게 만든 것이다. 원나는 철종을 상대로 전압 조절 실험을 했다. 철종이 몇 차례 기절해준 덕분에 강, 중, 약, 세 단계의 강도 조절 설정이 가능해졌다. 초반에는 자주 실수를 했지만 곧 감염자들의 몸집과 성별, 움직임에 따라 대체로 통제가 가능해졌다. 전지를 어깨에 메야 했지만 가까이 다가가지 않고도 한 번에 신속하게 여러 명을 찍을 수 있어 훨씬 편했다. 장비가 익숙해지자 감염자들을 기절시키지 않고 약간의 자극만으로 움직임을 통제할 수 있게 되었다.

원나는 파손된 건물 잔해에 몸이 긁히거나 찢어진 채 돌아다니는 학교 친구들, 큰 비에 생긴 물웅덩이에 빠진 학교 선생님들, 건물과 건물 사이의 좁은 틈에 갇혀 있던 펜싱팀 선수들을 하나하나 공설 운동장으로 이동시켰다. 볕이 잘 들고, 관객석 쪽으로 지붕이 있어 비를 피할 수 있는데다 배수 시설도 잘되어 있어 감염자 피신처로 그만이었다. 한곳에 모여 있으면 백신이 왔을 때 한꺼번에 투약을 받을 수 있고, 가족들도 찾기가 쉬울 거였다.

"뭣보다, 외롭지 않잖아. 그렇죠?"

"으어어, 아어어어."

감염자들이 포효할 때마다 원나는 그들이 그렇다고, 맞다고, 고맙다고, 너도 잘 지내고 있으라고 대답한다고 생각했다.

아니라면, 깨어나 반박을 해보라고, 이 사람들아!

*

며칠째 날이 흐리고 비가 쏟아지는 날씨가 계속되었다. 논밭의 작물들이 열병을 면할 수 있으니 다행이었지만 어른들이 문제였다. 원나는 얼마 전 면사무소 주차장에서 가져온 트럭을 몰고 읍내로 나갔다. 감염자들도 어디서 비를 피하고 있는지 거리는 이전보다도 더 한산했다. 감염자들조차 보이지 않는 읍내는 을씨년스러웠다. 큰 비에 완식의 물레방아 전등이 고장났다. 원나는 반나절쯤 우울해하다 읍내에서 제일 큰 농공업사에 들러 벽에 걸 수 있는 LED 전등을 사다 비닐하우스에 설치했다.

"우어어어어, 으어어어어어."

원나가 고생한 보람이 있는지 오랫동안 햇빛을 보지 못했던 어른들이 열광적으로 좋아했다. 비닐하우스 내부가 습했다. 원나는 제습제와 살충제를 잔뜩 매달아뒀다. 아침을 먹고 비닐하우스를 살핀 뒤엔 우비를 입고 나가 하루 종일 마을을 돌아다니며 논밭을 살펴야 했다.

이랑이 허물어지고 고랑엔 토사가 쌓여 이랑과 고랑이 구분이 되지 않았다. 원나는 흙 속에 파묻혀 썩고 있는 작물들을 모두 뽑아 두엄 통에 넣고 쓰러진 작물들은 산에서 나무를 잘라다 지주를 세우고 끈으로 묶었다. 상추는 전부 다시 심어야 할 것 같았고, 얼마 전 파종한 무와 파도 땅이 마른 뒤다시 심어야 할 것 같았다. 해가 지면 원나는 젖은 신발과 장화를 마을 회관 아궁이에 엎어놓고 물 밭에서 건져온 상한 감자와 고추, 오이, 가지를 깨끗하게 다듬었다. 밥을 먹을 시간도 없었다. 원나는 대충 허기만 때우곤 비닐하우스에서 전등바라기를 하고 있는 어른들까지 살핀 뒤에야 잠이 들었다.

눈코 뜰 새 없이 바쁜 생활이었지만 원나는 취미를 갖게 되었다. 베이킹. 보다 정확하게는 포춘쿠키 굽기였다. 원나는 어른들을 돕던 기억을 더듬어 기계를 돌리기 시작했다. 쿠키 안에는 마을 어른들이 적어놓은 쪽지를 그대로 옮겨넣을 때도 있었고, 쓰고 싶은 말을 적어넣을 때도 있었다. 읍내에서 주워온 종이들을 오려넣기도 했다. 분식점 주문지, 맥도날드 아이스크림콘 1+1 쿠폰, 살고 싶다거나 죽기 싫다거나 혹은 죽여달라고 적어놓은 사람들의 메시지, 명함, 이름표, 바이러스 안내문과 비상계엄령, 개업과 세일 광고지 같은 것들. 먹고 싶은 것, 사고 싶은 것, 갖고 싶은 것, 그리고 사람들이 뭔가를 만들고 계획하고 준비하며 꿈꾸던 기록들을 원나는 모두 포춘쿠키 안에 스크랩했다.

살다 보면 별일이 다 벌어진다. (황치복)

일을 했으면 반드시 삯을 받아야 한다. (박순애, 박신애)

벌집을 함부로 건드리면 벌에 물린다. (이만주)

이따금 떠오르는 어른들의 잔소리를 적어넣기도 했다. 그리고 읍내로 나갈 때마다 포춘쿠키를 들고 나가 여기저기 두고 왔다. 감염자들 곁에 두기도 했고, 빈 건물 앞이나 가게 매대에 두고 오기도 했다. 예전에 치복에게 '삐라'

에 대해서 들었던 기억을 되살려 풍등에 매달아 날려보기도 했는데, 감염자들이 불빛을 보고 동요하는 바람에 그만뒀다.

무슨 일이 있어도 원나는 매일 저녁 6시가 되면 라디오를 켰다. 헬리콥터에서 떨어진 상자 안에 들어 있던 것이었다. AAA 건전지로 작동하는 손바닥만 한 라디오는 1004킬로헤르츠에 맞춰져 있었고, 매일 저녁 6시가 되면 안내방송이 나왔다.

"속보를 기다려주십시오. 백신이 개발 중입니다. 감염자와 떨어져 계십시오. 감염자를 죽이는 것은 불법입니다."

감정이 배제된, 기계적인 어조의 멘트가 흘러나올 뿐이었지만 그래도 사람의 소리가 나온다는 사실이 위로가 됐다. 녹음된 것이라고 해도 누군가 아직 이 방송이 나가도록 일하고 있는 사람이 있고 그 사람은 누군가 듣고 있을 거라고 믿으며 매일매일 방송을 내보내는 것일 테니까.

"속보를 기다려주십시오."

"네, 기다리고 있습니다."

"백신이 개발 중입니다."

"수고하십니다. 힘내세요."

"감염자와 떨어져 계십시오."

"네, 떨어져 있습니다."

"감염자를 죽이는 것은 불법입니다."

"네. 절대로 죽이지 않겠습니다."

"속보를 기다려주십시오……."

'기다리라'고 했으니, 속보를 준비하고 있는 사람도 있을 거였다. 매일매일 방송을 듣는 동안, 원나는 어디선가 백신을 만들고 있을 사람들도 상상할 수 있었다.

3부 happy together

am 7:20

어둠 속에 조명이 떨어졌다. 온 방향에서 함성 소리가 들려왔다. 조금씩 빨라지는 음악 소리에 영군의 심장은 터질 것만 같았다. 지난 7년간의 노력이 헛되지 않았음을, 저 엄청난 함성 소리가 알려주고 있었다. 처음 기획사에 들어왔을 때가 열다섯. 중학교 2학년이었던 영군은 이제 스물둘의 청년이 되었다. 매년 아이돌 그룹의 멤버로 편성되었지만 번번이 데뷔 기회를 잡지 못했다. 실력이 부족해 짤린 적도 있고 그룹 이미지에 맞지 않는다는 이유로 녹음까지 해놓고 다른 사람으로 교체된 적도 있다. 이번에도 기회를 잡지 못하면, 군 입대를 해야 했고, 제대 후엔 계약이 끝나 돌아갈 곳이 없었다. 정말 마지막 기회였다. 이렇게 오래 걸릴 줄 알았다면 버티지 못했을지도 몰랐다.

영군은 리듬에 몸을 맡겼고, 한껏 흥분한 채로 관객석으로 몸을 던졌다. 관객들의 손이 영군의 몸을 떠받들었다. 영군은 팬들의 손 위에서 둥실 떠올랐다. 천장이 불빛으로 넘실거렸다. 날카로운 손들이 영군의 등과 목을, 허벅지를, 엉덩이를 만졌다. 어딜가나 짓궂은 사람들이 있게 마련이다. 영군

169

은 웃으며 몸을 흔들었다. 그때, 누군가 영군의 귀를 깨물었다. 그러자 익숙한 신음 소리가 고막을 쑤셨다.

"으어어어어어어, 으어어어어어어."

'좀비다!'

까맣게 잊고 있던 깨달음이 정수리를 내리쳤다. 영군은 날카로운 비명을 지르며 벌떡 일어섰다. 손바닥으로 귀가 양쪽에 제대로 붙어 있다는 것을 몇 번이나 확인했다. 온몸이 땀으로 흠뻑 젖어 있었다.

창문을 가려놓은 종이 박스 사이로 빛이 스며들고 있었다. 영군은 머리맡을 더듬어 수첩을 찾아 적었다.

D+102.

박스를 뜯어내자 맑게 갠 하늘과 울창하게 우거진 숲이 보였다. 그는 야구방망이를 찾아 들고 이틀간 숨어 있던 폐공장 밖으로 나갔다. 하늘은 구름 한 점 없이 깨끗했다. 낮엔 좀 덥겠지만 그래도 흐리거나 비가 쏟아지는 것보다는 나았다. 영군은 공장 뒷산을 가로질러 흐르는 개울까지 쉬지 않고 곧장 20분을 걸었다. 운동화를 벗고 개울 속으로 성큼성큼 걸어 들어갔다. 된장 바른 어항을 개울 속에 묻어두었지만 고기는 한 마리도 없었다.

영군은 개울에 얼굴을 박고 목을 축인 뒤 고운 모래로 덮인 바닥을 훑어 다슬기를 땄다. 정신 없이 불을 지피고 다슬기를 냄비째 푹푹 삶았다. 지난 밤 설익은 다슬기를 껍질째 씹어 먹고 배탈이 났지만 배앓이를 하고 나자 더 허기가 졌다. 그는 냄비가 충분히 끓기를 기다렸다가 공장에서 발견한 옷핀으로 다슬기 살을 파먹었다. 배에서 쉴 새 없이 꾸르륵거리는 소리가 났다. 길 잃은 좀비라도 들이닥치면 낭패였다. 영군은 먹으면서도 계속 주변을 살폈다.

다슬기 한 솥을 다 해치운 뒤 그는 따로 챙겨온 물병에 물을 채웠다. 다시 공장 쪽으로 걷던 영군은 들고 있던 짐을 다 내려놓고 수풀 속으로 헐레벌떡 들어갔다. 햇빛에 반짝이고 있는 것은 커다란 자전거였다. 녹슬고 무거웠지만 바퀴가 크고 튼튼했다. 핸들 앞에는 바구니가, 뒤에는 사람도 앉을 수 있을 만큼 커다란 안장이 붙어 있었다. 그는 자전거를 끌고 나와 바구니에 짐을 실은 뒤 페달을 밟았다. 체인이 뻑뻑하긴 했지만 타면서 길들이면 될 문제였다. 기름 걱정을 할 필요도 없고, 소리 없이 움직일 수 있어 좀비들을 따돌리기도 좋을 거다. 그동안 어째서 자전거를 구해볼 생각을 하지 못했는지 이상할 정도였다. 금세 공장 앞에 도착했다. 좋은 징조였다. 배탈은 나았고, 허기도 채웠다. 하늘은 맑고, 튼튼한 자전거까지 생겼다. 이제 떠나도 되겠다고, 영군은 생각했다.

영군은 물티슈로 얼굴을 다시 한번 닦아낸 뒤, 배낭에서 새 옷을 꺼내 입었다. 팔에 쿨토시를 차고, 얼굴과 목, 손등까지 꼼꼼하게 선크림을 발랐다. 지난 몇 년간 단백질 보조제를 먹어가며 공들여 키워놓은 몸은 볼품없이 말라붙었고, 뺨은 생기 없이 움푹 패였다. 머리칼은 푸석푸석하게 갈라졌다. 손발톱 역시 조금만 길어도 뚝뚝 끊어졌다. 영군은 창가에 걸려 있는 손바닥만 한 주머니를 열었다. 공장 주변을 돌아다니면서 모아놓은 담배꽁초가 한가득 들어 있었다. 영군은 담배를 태우면서 공장 내부를 쭉 훑어봤다. 색색의 단추 두 상자와 접이식 의자 하나. 눈을 씻고 찾아봐도 가져갈 만한 것은 없었다. 그는 구석에 놓여 있는 접이식 의자를 노려보다가 야구방망이와 의자를 들고 밖으로 나갔다.

영군은 공장 옆에 붙어 있는 창고 환풍기 밑에 의자를 내려놨다. 출입구를 제외하고 유일하게 뚫려 있는 곳이었다. 그는 의자를 밟고 올라가 야구방망이를 거꾸로 쥐고 환풍기를 때려 안쪽으로 밀어넣었다. 창고 안에서 웅성거리는 소리가 들려왔다. 영군은 바닥으로 내려와 의자를 벽에서 조금 더 뒤로 뺀 뒤 다시 올라갔다. 이번에는 야구방망이를 똑바로 쥐고 환풍기를 때렸다. 요란한 소리와 함께 프로펠러형 환풍기가 안쪽 바닥으로 떨어졌다. 창고 안으로 빛이 쏟아졌다. 갇혀 있던 좀비들이 손을 뻗으며 창 쪽으로 다가왔다. 한때는 가족 같던 동료들에게 그가 줄 수 있는 마지막 선물이었다.

am 8:40

영군은 짐을 들고 공장 밖으로 나왔다. 그는 침낭을 자전거 뒷좌석에 묶고 배낭에서 DSLR을 꺼내 지난 이틀간 머물렀던 공장 주변을 촬영했다. 낡은 '단추 공장' 안내판, 건물 입구에 붙어 있는 '임대 문의' 코팅지, 맹렬하게 공장 외벽을 타고 오르고 있는 이름 모를 잡초 덤불, 환풍구를 뚫어놓은 창고와 공장 뒤뜰에 숨겨놓은 밴까지. 영군은 밴 사진을 확대했다. 새것이나 다름없던 밴은 이제 폐차 직전의 고물처럼 보였다. 그래도 내부는 아직 깨끗했다. 기름만 남아 있었다면 좀 더 몰았을 텐데.

영군은 챙이 큰 모자를 눌러쓴 뒤 자전거를 끌고 천천히 걸어 나왔다. 그리고 공장이 시야에서 멀어질 즈음, 뒤를 돌아 다시 한번 셔터를 눌렀다. 잘 버텨주길 바랐다. 저 공장도, 그리고 자신도. 그게 언제까지가 될지는 모르겠지만.

영군은 서울에서 경기도를 거쳐 인적이 드문 길을 따라 아래로 이동하고 있었다. 이틀 내내 검토한 지도에 따르면, 다음 목적지인 충청북도 일탄시까지는 대략 40킬로미터. 부지런히 달린다면 세 시간 안에 도착할 수 있다는 계산이 나왔다. 일탄시에는 대형 마트가 다섯 개, 백화점이 하나 있었다. 그는 그곳에서 일단 식량을 구한 뒤 다음 목적지를 선택할 생각이었다. 영군은 물을 한 모금 마신 뒤 자전거에 올라 타 힘차게 페달을 밟았다. 오늘 밤 어디에서 잠들지 모를 생활이 다시 시작된 것이다.

am 10:55

영군은 커다란 은행나무 그늘 속으로 들어갔다. 높이 30미터, 둘레 8미터, 나이 800여 살로, 지역 문화재로 지정된 나무라는 팻말이 붙어 있었다. 대 여섯 개의 줄기가 합쳐진 것처럼 붙어 자라고 있었다. 영군은 꺼끌꺼끌한 나무줄기의 표면에 등을 기대고 앉았다. 800살이라니. 짐작하기도 어려운 시간이었다. 멀리, 달귀진 아스팔트에서 아지랑이가 피어오르고 있었다. 지난 이틀간 비축해놓은 체력과 간신히 다독여놓은 멘탈이 거리로 나온 지 두 시간 만에 모두 아작났다. 망연하게 앉아 있던 그는 비로소 마음을 추스르고 바닥에 눕혀놓은 자전거 가까이로 다가갔다. 뒷바퀴가 찢어진 채 30분가량을 달렸다.

남은 거리는 약 10킬로미터.

영군은 자전거를 은행나무 기둥에 기대놓은 채 가방을 들고 일어섰다. 이제부터는 걸어야 했다. GPS도 내비게이션도 사용할 수 없었지만 부동산에서 들고 온 얇은 지도책이 생각보다 유용했고, 작은 도로에도 길 이름이나 이정표가 붙어 있어 길을 찾는 것 자체는 크게 어려운 일이 아니었다. 그는 햇빛이 더 뜨거워지기 전에 일탄시에 도착할 수 있기를, 그리고 부디 그곳에서 먹을 것을 찾고, 잠잘 곳을 찾을 수 있기를 기대하며 걷기 시작했다.

일탄시에 오신 것을 환영합니다.

멀리 이정표가 보였다. 쉬지 않고 두 시간을 꼬박 걸어온 끝에 영군은 마침내 일탄시로 들어섰다. 지도책에 소개된 글에 따르면 일탄시는 인구 30만의 중소 도시였다. 백화점과 대형 마트, 병원 등 주요 시설이 시의 중심부에 밀집되어 있었다. 영군은 일단 탈 것을 물색했다. 이미 여러 차례 사람의 손을 탔는지 멀쩡한 건물이 하나도 없었다. 덧문까지 모두 닫힌 집들이 간간이 눈에 띄었다. 아직 누군가 살아 있는 것인지도 몰랐다. 하지만 난간에 목이 매달린 채 이빨을 딱딱거리고 있는 좀비 하나를 발견했을 뿐, 움직이는 것은 사람이든 좀비든 그림자도 보이지 않았다. 영군은 불길한 고요함이 감도는 도시 안쪽으로 조금씩 걸어 들어갔다.

"탕!"

총소리였다. 영군이 이동하고 있는 방향 안쪽에서 다시 연달아 탕, 탕, 탕, 총소리가 터져나왔다. 영군은 무너진 건물 틈 사이로 몸을 숨겼다. 사람들의 비명 소리와 고함 소리가 들려왔다. 소리가 들려온 쪽 하늘에서 시꺼먼 연기가 솟구쳤다. 총소리가 아니었다. 뭔가가 폭발한 것이다.

영군은 기다시피 앞으로 나아갔다. 무너진 건물과 멈춰 있는 자동차들을 엄폐물 삼아 사람들의 소리가 들려오는 쪽으로 다가갔다. 연기가 자욱한 불타는 단층 건물 앞에 연장을 든 사람들이 대치하고 있었다. 하나같이 잔뜩 화가 나 있었다. 사람들의 눈에, 얼굴에, 몸에, 분노와 증오가 가득했다. 영군은 자기도 모르게 몸을 움츠렸다.

불이 난 것은 택배 회사 물류 창고였다. 일탄시 지역민과 외부에서 온 사람들 간에 다툼이 벌어지고 있었다. 외부인들이 창고를 약탈하려고 하자 지역민들이 창고에 불을 질러버린 것이다.

"여긴 우리 동네야. 아무것도 못 가져가."

"우리가 발견했고, 문을 열었어."

"열어? 누가? 때려 부쉈지! 우리는 열쇠를 가지고 있어. 여긴 우리 직장이야!"

치솟는 불길을 보고 어디에선가 좀비들이 몰려들기 시작했다. 외부인 쪽 남자들이 총을 겨누자 무리의 우두머리로 보이는 남자가 "그만둬!" 하고 소리쳤다.

"총알 아껴."

그들은 눈빛을 주고받더니 어딘가로 뛰어 사라졌다. 이대로 후퇴인가. 잠시 뒤, 건물 뒤쪽에서 대형 버스와 트럭이 나타났다. 버스에는 총을 든 사람들이 바깥으로 총을 겨눈 채 서 있었고, 트럭 짐칸엔 덩치가 큰 좀비들이 서로 몸을 비비며 버글거리고 있었다. 좀비들의 목에는 두꺼운 쇠사슬이 매어져 있었다. 개처럼 목에 쇠사슬을 맨 좀비 떼를 본 지역민들이 동요했다. 일체형 갑옷 같은 것을 입은 우락부락한 트럭 운전수가 높게 세워진 짐칸 문을 열자 좀비들 몇이 괴성을 지르다 아래로 떨어졌다.

"이게 뭔지 알아? 사료 값도 안 드는 사냥개라고."

외부인 쪽 우두머리가 낄낄거렸다. 버스에서 일체형 갑옷을 입은 사람들이 내려 쇠사슬을 잡아당겼다. 좀비 떼의 절반 정도가 트럭 아래로 떨어졌나. 굴러떨어진 좀비 떼는 곧장 지역민들을 공격했다. 놀란 지역민들이 겁을 집어먹고 미친 듯이 총을 쏴댔지만 소용없었다. 일체형 갑옷을 입은 외부인들은 총을 들고 멀찌감치 떨어져 자신의 좀비 떼들이 사람들을 먹어치우는 모습을 감상하고 있었다. 영군은 두 손으로 귀를 막았다. 좀비들이 질러대는 괴성과 사람들의 비명 소리가 뒤섞였다. 지옥이 있다면 바로 저런 모습일 것이다. 영군은 몸이 산산이 찢겨져나가는 듯한 공포를 느꼈다. 귀가 멍했다. 입 밖으로 쏟아지려는 비명을 꾸역꾸역 삼켰다.

"작업 끝났다. 개새끼들 치워."

외부인 쪽 우두머리가 소리쳤다. 일체형 갑옷을 입은 사람들이 트럭 지붕으로 올라가 쇠사슬을 잡아당겨 좀비들을 다시 트럭 안으로 실었다. 모두가 여러 번 해본 일인 듯 일사분란하고 체계적으로 움직였다.

나이 대가 다양하고, 행색도 제각각이었지만 팔에 같은 마크의 완장을 차고 있었다. 공장 앞이 정리되자 남자들이 트럭에서 소화기를 들고 왔다. 그들은 총을 맞고도 움직이는 좀비들을 발로 걷어차고, 시체들을 발로 밀면서 불을 끄기 위해 물 창고 가까이로 다가갔다. 하지만 불길은 쉽게 잡히지 않았다. 불길을 뚫고 공장 안으로 들어갔던 남자들이 불에 그을린 상자 몇 개를 들고 나왔다.

"열어봐."

첫 번째 상자에서 철 수세미가 나왔다. 두 번째는 불에 녹아 엉겨붙은 빨대, 세 번째는 은박 접시였다. 다른 상자에서도 쓸 만한 것은 나오지 않았다. 남자들은 욕설을 내뱉으며 상자를 발로 차고 밟았다.

"벌써 다 털어갔어."

"다른 데 숨겨놓은 것은 없는지 살펴봐."

남자들이 트럭 앞에 모여 웅성거리는 소리가 들려왔다. 트럭과 버스엔 남자들이 차고 있는 완장과 같은 마크가 찍혀 있었다. 버스 안에는 사람들이 있었다. 모두 혈색과 행색이 좋지 않았다. 창밖으로 좀비들과 사람들이 한데 뒤엉켜 쓰러져 있는 모습을 내다보는 그들의 눈동자는 텅 비어 있었다. 버스 뒷 창문에는 '방위경비대 만세'라고 적혀 있었다. 저들이 스스로를 '방위경비대'라고 부르는 것일 수도 있고, '방위경비대'의 버스를 탈취했을지도 몰랐다.

"팔현시로 이동한다!"

트럭과 버스가 나란히 줄지어 떠나고 한참이 지나서야 연기가 멎었다. 더 이상 태울 것이 없자 불은 스스로 소멸했다. 쓰러졌던 좀비들이 하나, 둘 일어서 깜부기불을 찾아 뼈대만 남은 공장 안으로 들어갔다. 몇 걸음 걸어 들어가던 좀비들이 다시 밖으로 나왔다. 그을음 때문에 내부가 어두웠기 때문일 것이다.

pm 1:10

영군은 자신을 향해 어기적어기적 다가오는 좀비의 배를 발로 차고 일어섰다. 나이는커녕 생김새를 가늠하기도 어려울 정도로 먼지와 때 구정물을 뒤집어쓴 몸집이 작은 남자였다. 좀비는 픽, 소리와 함께 통나무가 쓰러지듯 넘어졌다.

좀비들이 더 몰려들기 전에 어딘가로 들어가야 했다. 영군은 배낭 안쪽에 들어 있는 수류탄을 확인했다. 도망치던 중 마주친 군인 좀비에게서 빼앗은 것이었다. 영군은 좀비에게 물려 감염되거나 위험에 처하면 미련 없이 안전핀을 뽑아버릴 생각이었다. 배낭에서 DSLR을 꺼내 주변을 훑었다. '방위경비대' 말고 다른 집단이 남아 있을지도 몰랐다.

총을 든 사람들이 사람도 좀비도 모두 쓸어버린 덕에 도시가 조용했다. 이제 도시는 거대한 무덤이나 마찬가지였다. 쓸 만한 것이 남아 있을 것 같지 않았다. 영군은 '방위경비대'가 이동했을 북쪽이 아닌 남쪽을 향해 움직이기로 했다. 북쪽에 팔현시를 비롯한 더 큰 도시들이 있었지만 바로 따라간다고 해도 이미 그들이 휩쓸고 지나간 뒤일 것이다. 뭣보다 영군은 다시는 그들과 마주치고 싶지 않았다.

일탄시청 광장과 주공 아파트 단지 주차장의 자동차에는 기름이 하나도 남아 있지 않았다. 어차피 쓸 만한 차를 발견한다고 해도 차 키까지 꽂혀 있는 경우는 드물었다. 영군은 시내에서 오토바이 대리점을 발견했지만 역시 쓸 만한 것은 없었다.

경찰차 문에 수갑을 채운 채 스스로 제 머리를 쏜 듯한 남자의 사체 주위로 새까맣게 파리가 꼬여 있었다.

더 이상 버틸 힘이 없습니다. 미안해.

김영호.

충부 ㅈ 군 ㅁ 23-

혼자 버텨오다 죽음을 선택한 듯했다. 나무판에 갈겨쓴 글의 마지막 줄은 주소인 듯했지만 굳은 피에 가려져 알아볼 수가 없었다. 남자의 얼굴에 드글거리는 것이 구더기라는 것을 알아챈 순간, 영군은 선 채로 무릎을 짚고 토했다. 먹은 것이 없어 신물만 올라왔다. 파출소 앞 주차장에 자전거 세 대가 묶여 있었다. 하나는 바퀴에 구멍이 뚫려 헐렁했고, 하나는 미니벨로였다. 영군은 미니벨로를 선택했다. 절단기를 찾을 수 없어 쇠망치로 바닥을 깨고 자전거를 뽑아야 했다. 영군은 직사광선을 받아 뜨겁게 달아오른 자전거 위에 올라탔다. 일탄시에서 북쪽에 있는 장산시까지는 약 30km. 중간에 자전거에 문제가 생기지 않는다면, 넉넉잡아 세 시간 안에는 도착할 수 있을 거였다. 개울에서 떠 온 물은 이제 반병도 채 남아 있지 않았다. 영군은 힘차게 페달을 밟았다. 한시라도 빨리 이곳에서 벗어나고 싶은 생각뿐이었다.

pm 2:50

가만히 서 있어도 욕지기가 치밀 정도로 무더운 날이었다. 피부처럼 딱 달라붙은 라이딩 슈트에 하얗게 소금 결정이 맺혔다. 배가 고프고 목이 말랐다. 시야가 노랗게 흐려지며 현기증이 일었다. 장산시 역시 벌써 다른 사람들이 전부 강탈하고 불태웠을지도 모른다. 더 최악의 경우 아직도 점령하고 있을지도 몰랐다. 재수 없게 딱 마주친다면, 그땐 정말 어떡하지? 체력이 고갈될수록 절망적인 생각이 덮었다.

영군은 자전거 바구니에 핸드폰 충전기를 꺼내놓았다. 태양광으로 핸드폰을 충전해주는 휴대용 기기다. 요즘 영군이 가장 애지중지하는 물건 중

하나였다. 통화도 인터넷도 할 수 없었지만 저장된 앱으로 게임을 하거나 음악을 들을 수 있었다. 손전등 앱을 켜고 멀리 던져 빛을 좋아하는 좀비들을 따돌리는 데 사용하기도 했다.

시와 시를 연결하는 다리 입구에 컨테이너 초소가 하나 놓여 있었다. 영군은 초소 안쪽을 살펴봤다. 소형 냉장고와 책상, 텔레비전이 놓여 있었다. 그는 커다란 돌을 집어 문을 부쉈다. 뜨거운 여름 햇빛에 달궈진 컨테이너 안은 끔찍하게 더웠다. 영군은 떨리는 마음으로 냉장고 문을 열었다. 하얀 곰팡으로 뒤덮힌 김치통과 시퍼렇게 변한 쌀밥, 물때 낀 500밀리 물병, 그리고 팔뚝만 한 햄이 한 덩이 들어 있었다. 유통기한이 두 달 정도 지난 '구운 마늘햄'은 군데, 군데 시뻘건 곰팡이가 슬어 있었다. 영군은 휴대용 칼을 꺼내 곰팡이 슨 표면을 긁어냈다. 약간 시큼한 냄새가 났지만 먹을 수 있을 것 같았다. 그는 칼로 햄을 찍어 들고 라이터로 표면을 지졌다. 일종의 소독 같은 거였다. 겉면이 시어링되면서 고소한 냄새가 났다. 지방이 녹으면서 햄 표면에서 기름이 뚝뚝 떨어졌다. 그는 쪼그리고 앉은 채로 그을린 햄을 후후 불어가며 정신없이 씹어 먹었다. 입안에 침이 흥건하게 고여 따끈하게 데워진 햄을 살살 녹였다.

짜고 기름진 것이 들어가자 아드레날린이 분출하면서 둔해졌던 감각이 돌아왔다. 눈에 힘이 생기자 그는 느긋한 마음으로 주변을 둘러봤다. 책상에는 영화 잡지와 신문, 주소록 따위가 놓여 있었다. 리모컨을 들어 텔레비전을 켜봤다. 역시 전원이 들어오지 않았다. 책상에 달린 다섯 개의 서랍을 샅샅이 뒤지다 딱딱하게 굳은 껌 한 개를 찾아냈다. 사과 맛 풍선껌이었다. 냄새를 맡아보자 희미하게 새콤한 냄새가 났다. 영군은 껍질을 까고 껌을 핥다가 입안에 넣고 씹었다. 시큼한 단물이 배어났다. 하루쯤 이곳에서 머물 수도 있지 않을까? 해가 떨어지면 컨테이너도 식을 테니까. 영군은 사발면

179

이라도 하나 들어 있지 않을까 하는 기대를 가지고 책상 맞은편 벽 쪽에 놓여 있는 철제 캐비닛을 열었다.

"어, 어, 어, 엄마야!"

캐비닛 안에 시꺼먼 이불 뭉치 같은 것이 꽉 끼워져 있었다. 시체인 줄 알았지만 좀비였다. 어둠 속에 죽은 듯 구겨져 있던 좀비는 갑자기 쏟아진 빛에 잠시 어리둥절한 표정을 짓너니 영군을 향해 손을 뻗으며 으르렁거렸다. 캐비닛 상단 봉에 좀비의 목이 밧줄로 감겨 있었다. 머리는 200도 정도 돌아가 팔이 캐비닛 안쪽을 향해 있었다. 그는 다급하게 캐비닛 문을 닫았다. 감염되었다는 사실을 안 뒤, 목을 매단 것 같았다. 영군은 넘어지듯 컨테이너 밖으로 나와 문을 닫았다. 급하게 먹은 햄이 식도로 역류했다. 입안에 있던 껌은 사라지고 없었다. 그는 다리 밑으로 내려가 미지근한 강물에 얼굴을 씻었다. 계속 욕이 치밀었다. 수도 없이 많은 좀비들을 봐왔지만 목이 돌아간 좀비는 처음이었다.

영군은 컨테이너 창문 쪽으로 다가갔다. 눈 위에 차양을 만들고 안쪽을 노려봤다. 잡지와 신문을 챙기고 싶었지만 다시 문을 열 엄두는 나지 않았다.

pm 4:35

장산시에 진입하고도 30분 넘게 길을 헤맨 끝에 오래된 3층짜리 건물 앞에 도착했다. 백화점이라고 붙어 있는 간판이 무색할 정도로 단출한 건물이었다. 정문은 물론 후문, 지하 주차장 출입구까지 모두 셔터가 내려가 있었다. 영군은 셔츠 앞주머니에 수류탄을 넣고, 야구방망이를 꽉 쥔 채 건물 주변을 빙 돌았다. 정문 좌측 쇼윈도가 전부 깨져 있었다. 영군은 낙담했다. 벌써 누군가 드나들었다는 것이고 그렇다면 남아 있는 물건이 별로 없거나 아직 내부에 누군가 있을지도 몰랐다. 하지만 백화점 근처엔 트럭도 버스도,

사람의 흔적이라 할 수 있는 것은 아무것도 없었다. 영군은 용기를 냈다. 너무 배가 고팠다. 언젠가부터 영군은 자신이 거대한 위가 된 것만 같았다. 가장 강렬하게 느껴지는 것은 허기였고, 머릿속엔 절망적일 정도로 먹을 것에 대한 생각뿐이었다. 안에 아무것도 없다는 걸 두 눈으로 확인이라도 해야 미련 없이 이 도시를 떠날 수 있을 것 같았다.

영군은 조심조심 백화점 내부로 들어갔다. 가장 먼저 향한 곳은 당연히 지하 식품관이었다. 지하로 내려가는 길이 어두웠다. 멈춰버린 에스컬레이터에 서서 랜턴으로 내부를 둥글게 비춰봤다. 내부가 엉망이었다. 매대와 냉장고가 뒤집어지거나 옆으로 누운 채 뒤섞여 있었지만 물건은 남아 있는 것이 없었다. 영군은 천천히 아래로 내려와 넘어진 매대 사이사이로 꼼꼼하게 불빛을 비춰봤다. 커다란 플라스틱 통 안에 색색의 시리얼이 들어 있었다. 영군은 야구방망이로 통을 밀어 반대편으로 끄집어냈다.

T-REX

TORTOISE

DRY FORMULA

뚜껑과 통 전면에 똑같은 스티커가 붙어 있었다. 영군은 입으로 랜턴을 물었다. 허벅지 사이에 통을 끼우고 뚜껑을 열었다. 알록달록한 외형 때문에 상큼한 향기를 기대했지만 뜻밖에도 흙냄새가 났다. 영군은 한 줌 가득 집어 입안에 넣었다. 아무런 맛이 나지 않았지만 일단 씹었다. 씹으면 씹을수록 담백한 맛이 나는 것도 같았다. 그는 한 줌을 더 집어 볼이 미어져라 쑤셔넣곤 통을 뒤집어봤다.

육지거북 전용 사료.

고품질의 탄수화물을 재료로 썼으며 먹이 반응이 매우 뛰어납니다.

베이비 개체 한 마리당 하루 두 번 급여하시고 한 번 급여할 때 5-7알 정도 주시면 됩니다.

분무기로 살짝 뿌려 촉촉이 해주시면 훨씬 잘 먹습니다.

영군은 전등을 제대로 비춰 내용을 다시 한번 확인한 뒤, 켁켁거리며 기침을 하다 입안에서 톱밥처럼 뭉쳐진 사료를 손바닥에 뱉었다. 턱이 뻐근했다. 사료를 씹으면서 침샘을 자극한 탓인지 더 허기가 졌다. 영군은 사료 통을 내려놨다가 다시 품에 안았다. 개 비스킷을 주워 먹은 적도 있고, 고양이 간식용 참치포 한 봉지로 3일을 버틴 적도 있다. 파충류 사료는 처음이었지만 굶는 것보다는 나을 거였다. 그는 손에 뱉어놓은 사료 뭉텅이를 다시 입안에 넣고 꿀꺽 삼켰다. 바닷물에 젖은 종이뭉치를 삼키는 기분이었다. 영군은 사료통과 야구방망이를 배낭과 함께 계산대에 내려놓았다. 그리고 한 손에는 바구니를 다른 손에는 대걸레 봉을 뽑아 들고 본격적인 '쇼핑'에 나섰다.

영군은 제발, 제발, 하고 중얼거리며 바닥에 납작 엎드려 대걸레 봉으로 매대 바닥을 훑었다. 삼십 분 가까이 땀을 뻘뻘 흘리며 식품 매장 바닥을 기어 다닌 결과 믹스커피 두 봉지, 현미 식초 세 병을 구할 수 있었다. 영군은 바닥에 무릎을 꿇고 앉은 채 믹스커피를 뜯어 가루를 핥아 먹었다. 습관적으로 주변을 두리번거리던 영군은 뭐에 홀린 듯 푸드코트 쪽으로 다가갔다. 음식물 모형이 진열되어 있는 유리관 뚜껑을 열고 탕수육, 초밥+우동 세트, 백반 정식, 돌솥비빔밥, 떡볶이, 철판 볶음밥을 전부 꺼냈다. 맞은편 베이커리 카페 앞에는 생크림과 시럽이 듬뿍 올라간 허니 브레드, 아이스크림 와플 모형이 진열되어 있었다. 하나같이 너무 진짜 같아서 먹을 수 없다는 게 이상하게 느껴질 정도였다.

영군은 손바닥에서 끈적끈적하게 녹고 있는 믹스커피를 마저 입안에 털어넣은 뒤 다른 쪽으로 이동했다. 비교적 물건이 많이 남아 있는 세제 코너 쪽에서는 손 세정제와 물티슈, 드라이 샴푸를 챙길 수 있었다. AAA건전지 30개와 원형 건전지 4개, 분사형 살충제도 하나 챙겼다. 라면이나 통조림, 하다못해 밀가루라도 구할 수 있었으면 좋겠다고 생각했지만 아무것도 없었다. 영군은 주워 온 물건들을 배낭 안에 넣었다. 원통형 플라스틱에 들어 있는 거북이 사료는 가방에 들어가지 않아 품에 안았다. 영군은 야구방망이를 어깨에 메고 다시 지상으로 올라왔다. 1층은 화장품, 잡화 매장이었다. 2층에 의류 매장이, 3층엔 가구, 가전제품 매장이 있었다.

영군은 계단을 올라가며 전면 창으로 아래를 내려다보았다. 좀비 둘이 뙤약볕 아래에서 한 방향으로 움직이고 있었다. 영군은 DSLR을 꺼내 화면을 확대해봤다. 행색이 더럽긴 했지만 상하거나 다친 데는 없었다. 아직 '방위경비대' 같은 인간들의 습격을 받지 않았다고 봐도 될 것 같았다. 영군은 2층 화장실 앞 음료수 자판기 앞에서 멈춰 섰다. 콜라와 사이다, 스포츠 음료가 골고루 들어 있는 신형 자판기였다. 예상치 못한 횡재였다. 영군은 무의식적으로 주머니를 뒤졌지만 동전 같은 게 있을 리 없었다. 어차피 전원이 들어오지 않았으므로 아무런 의미가 없을 거였다. 영군은 다짜고짜 팔꿈치로 자판기를 치고, 발로 찼다. 온몸으로 매달려 흔들어도 보았지만 소용없었다. 영군은 비상계단에서 소화전을 부수는 망치를 꺼내다 자판기 전면 커버를 박살냈다.

자판기 안에는 미니 콜라 한 병이 들어 있을 뿐 텅 비어 있었다. 영군은 다급히 콜라 뚜껑을 열고 한 모금 마셨다. 미지근했지만 입천장과 식도를 때리는 탄산은 짜릿했다. 단것이 들어가자 뇌에서 환호성이 터졌다. 생존자들의 총격전을 피해 도망치고, 캐비닛 좀비와 싸우면서 움츠러들었던 기분이 거짓말처럼 나아졌다. 얼음 한 컵만 있었으면. 영군은 목을 타고 흘러내리는 땀을 훑으며 생각했다. 그는 신중하게 콜라를 세 모금만 마시고 다시 뚜껑을 닫았다. 그리고 매장을 한 바퀴 돌면서 땀에 젖은 옷을 속옷까지 모두 새것으로 갈아입었다. 운동화도 새것으로 갈아 신고, 전신 거울 앞에 서서 물티슈로 얼굴과 몸을 모두 꼼꼼하게 닦았다. 3층 가구 매장에 침대가 있었으면 좋겠다고 생각하며 계단을 올라가던 영군은 어, 하고 창문에서 물러섰다.

'사람이다……!'

아무리 멀리 있어도 사람의 움직임은 좀비와는 확연히 달랐다. 마스크를 쓰고 갑옷을 입은 사람 하나가 좀비들 주변을 알짱거리고 있었다. 뭐하는 거지? 영군은 배낭에서 DSLR을 꺼내 사람이 서 있는 쪽을 확대해봤다. 갑옷처럼 보이는 것은 펜싱 슈트였다. 영군은 렌즈를 돌려 화면을 조금 더 확대했다. 펜싱맨은 좀비들을 향해 펜싱 검을 겨누고 있었다. 검에 찍힌 좀비들이 움찔, 움찔 뒤로 물러섰다. 한 놈이 허벅지를 맞고 중심을 잃고 쓰러지더니 어리둥절한 표정으로 펜싱맨을 노려봤다. 놀라 셔터를 누르는 바람에 사진이 연사로 찍혔다. 영군은 침을 꿀꺽 삼킨 뒤 다시 렌즈에 눈을 가져다 댔다. 펜싱 검이 햇빛에 반사되면서 날카로운 빛을 쏘았다. 영군은 미간을 찌푸리다 또다시 셔터를 누르고 말았다.

펜싱맨의 목적지도 백화점이라면 곤란했다. 영군은 침대를 포기하기로 했다. 펜싱맨이 오기 전 자리를 피해주기 위해 다급히 1층 출입구로 향하던 영군은 1층과 2층 사이의 난간을 잡고 섰다. 펜싱맨 쪽으로 또 다른 좀비들 10마리가 모여들었다. 펜싱맨은 펜싱 검을 든 손을 좌우로 빠르게 움직이며 좀비들 사이로 유유히 걸어 나왔다. 얇고 긴 검이 채찍처럼 휘어지면서 좀비들의 목과 팔, 심지어는 발목까지 찍었다. 좀비 하나가 펜싱맨 쪽으로 넘어졌지만 그는 당황하지 않고 손끝으로 좀비의 미간을 밀어 뒤로 넘어뜨렸다.

"와, 대박!"

영군은 자기도 모르게 셔터를 누르며 탄성을 질렀다. 펜싱맨이 백화점 쪽을 향해 고개를 드는 순간, 영군은 자기가 얼마나 미친 짓을 하고 있었는지 깨달았다. 창문은 코팅되어 있었다. 마스크 때문에 표정을 볼 수 없었지만 다행히 영군을 발견한 것 같지는 않았다. 펜싱맨은 건물의 높이를 가늠하는 듯 고개를 든 채 건물 주위를 비스듬히 돌았다. 영군은 배낭을 고쳐 멘 뒤 아래쪽으로 빠르게 이동했다.

펜싱맨이 어느새 백화점 안에 들어와 있었다. 영군은 에스컬레이터 곁에 있는 상설 매대 뒤에 숨었다. 심장이 두근두근 뛰었다. 미친 척하고 알은 척을 해볼까. 하지만 안 될 일이었다. 펜싱 검에 죽도록 맞고 가진 물건을 전부 빼앗길지도 몰랐다. 거북이 사료와 믹스커피, 뭣보다 그에게는 콜라가 있었다. 조용히 숨어 있다 펜싱맨이 지하나 2층으로 움직이는 틈을 타 도망치는 것이 최선이었다.

펜싱맨은 화장품 매대 앞을 기웃거리고 있었다. 뭔가를 찾는 듯 화장품 병을 만지작거리던 펜싱맨이 갑자기 마스크를 벗었다. 영군은 자기도 모르게 어, 하고 벌떡 일어섰다가 재빨리 앉았다.

'여자다……!'

시꺼먼 사내일 줄 알았는데 예상외로 짧은 단발의 여자였다. 직접 자른 듯 얼굴선에 닿은 머리칼이 들쭉날쭉했다. 여자는 호기심 어린 표정으로 기웃거리면서 얼굴에 뭔가를 찍어 발랐다. 여자가 들고 있는 것은 선크림이었다. 마주 보고 있는 거울로 가면이라도 쓴 것처럼 하얗게 백탁이 생긴 얼굴이 비쳤다. 전투에 나서는 밀림의 전사 같았다.

영군은 숨죽여 웃었다. 여자는 매대에 기대서서 메모지에 뭔가를 적기 시작했다. 선크림과 선스프레이, 선밤을 두 개씩 들고 상자를 살피는 모습이 퍽 진지했다. 여자는 연거푸 세 장의 메모를 적더니 차례차례 카운터에 붙이곤 가방에서 뭔가를 꺼내 내려놓았다.

영군은 여자가 에스컬레이터를 계단 삼아 올라가는 모습을 확인 한 뒤 그녀가 카운터에 붙여놓은 것들을 확인했다. 구입한 제품의 이름과 개수, 그리고 전화번호와 사인이 휘갈겨진 메모였다. 포스트잇 옆에는 일그러진 만두 모양의 쿠키가 두 개 놓여 있었다. 영군은 쿠키 두 개를 한꺼번에 입안에 집어넣었다. 바짝 마른 입안에 쿠키가 달라붙었다. 쿠키가 다 녹고 난 뒤에도 혀에 뭔가가 달라붙어 있었다. 영군은 입안에서 얇은 종이를 끄집어냈다.

자신을 믿지 못한다면 누가 믿어주겠는가?

(마이클 잭슨)

쿠키 안에 말려 있는 종이에는 손으로 적어넣은 듯한 문구가 적혀 있었다. 그는 입안에서 또 하나의 종이를 꺼냈다.

우리는 모두 스타이고 빛날 가치가 있다.

(마돈나)

어쭈, 마이클 잭슨에 마돈나까지? 영군은 바스러진 쿠키를 마저 입안에 넣고는 살금살금 여자를 따라 2층으로 올라갔다. 여자는 작은 랜턴을 들고 움직이고 있었다. 펜싱 슈트에 하얗게 뜬 얼굴까지, 온몸이 반사판이나 마찬가지였다. 여자는 시원한 스트라이프 무늬의 민소매 원피스를 입고 있는 마네킹 앞에 멈춰 섰다. 고개를 갸웃거리며 사이즈를 가늠해보는 듯하더니 거침없이 마네킹에서 원피스를 벗겨 매대에 올려놓았다.

헉.

영군은 손바닥으로 눈을 가렸다가 벌어진 손 틈 사이로 눈을 껌뻑이며 여자를 바라봤다. 펜싱 슈트 안에는 속옷만 입고 있었다. 까무잡잡한 피부에 단발의 앳돼 보이던 여자가 옷을 벗자 갑자기 성숙해 보였다. 바지까지 벗어 던지자 온통 긁히고 멍든 자국투성이인 종아리와 허벅지가 훤히 드러났다. 여자는 원피스에 발을 꿰어넣으며 자세를 낮췄다. 무게중심이 앞쪽으로 쏠리면서 가슴골이 훤히 드러났다. 영군은 눈을 질끈 감았다 떴다. 여자는 원피스 지퍼를 한 번에 올리지 못해 팔을 뒤로 돌리고는 낑낑거리고 있었다. 헤어스타일은 달랐지만 서늘하고도 귀여운 인상이 공포 영화 〈착신아리〉에 나오는 일본 여배우 시바사키 코우와 닮아 있었다.

'뭐라는 거야.'

여자는 혼자 뭐라고 중얼거리면서 원피스를 입은 제 모습을 꼼꼼하게 살폈다. 영군은 고개를 빼고 귀를 기울였지만 정확히 뭐라고 하는지는 알 수 없었다. 영군은 DSLR을 꺼내 여자의 얼굴을 줌인 했다. 렌즈가 당겨지면서 '지이잉' 하고 작동음이 발생했다. 영군은 깜짝 놀라 카메라를 내리고 몸을 바닥 가까이로 낮춘 뒤 뒤로 살금살금 물러섰다.

'어?!'

그는 움찔했다. 뭔가 단단한 것이 엉덩이를 가로막고 있었다.

"으어어어어어어어."

좀비 하나가 영군의 뒤에 서서 그를 내려다보고 있었다. 낡은 정장 차림의 키가 큰 중년 남자 좀비였다.

"으아아, 으아아!"

영군은 카메라를 떨어뜨리고는 배낭에 쑤셔넣었던 야구방망이를 뽑았다. 예상치 못한 좀비의 등장에 온몸에 소름이 돋았다. 어두운 곳을 싫어하는 좀비가 내부로 들어왔을 리는 없었다. 게다가 이곳은 2층이었다. 좀비들은 장애물을 넘지 못했다. 적어도 그가 알고 있는 한 어두운 계단을 올라올 수 있는 좀비는 없었다. 이곳에서 감염이 되었거나 감염된 뒤 여기로 숨었다가 좀비로 깨어났을 거였다.

"으어어어어어."

머리. 머리다. 좀비에게 영원한 안식을 주는 방법은 그것뿐이었다. 영군은 야구방망이를 꽉 움켜쥐고 벌떡 일어섰다.

"악!"

영군은 따가운 것에 목을 맞고 쓰러졌다. 눈 뒤가 벌떡거리면서 시야가 요동쳤다. 정신을 차리고 보니 뺨이 바닥에 딱 붙어 있었다.

'아, 안 돼……'

사탕처럼 알록달록한 것이 사람의 발톱이라는 것을 깨닫는 순간 의식이 가파르게 가늘어졌다. 괴상한 소리가 빙글빙글 돌면서 영군의 몸으로 떨어졌다.

"……이었어?"

"사람, 이었어……?"

원나는 모로 누워 있는 남자에게로 조심조심 다가갔다. 남자의 눈꺼풀이 파르르 떨렸다. 쓰러지면서도 야구방망이를 단단히 움켜쥐고 있던 남자의 손에서 힘이 풀렸다. 원나는 비스듬히 돌아간 남자의 고개를 돌려세웠다. 오. 원나는 눈을 크게 깜빡였다. 그리고 다시 남자를 본 뒤 손으로 눈을 비볐다.

'잘생겼다……!'

키가 크고 얼굴이 앳됐다. 마르고 하얗고 눈이 퀭했다. 푹 꺼진 뺨에는 솜털이 보송보송했다. 원나와 비슷한 또래거나 조금 더 어릴지도 몰랐다. 입가엔 과자 부스러기가 붙어 있었다. 원나는 자기도 모르게 손을 뻗어 남자의 입가를 털어줬다. '두수리 행운과자'가 틀림없었다. 원나의 손이 닿자 남자의 안면 근육이 경련했다. 방망이는 찌그러지고 손때가 묻어 있었지만 옷과 운동화는 모두 새것이었다.

"으어어어어."

189

양복을 입은 아저씨 감염자가 두 사람을 향해 다가왔다. 원나는 행거가 걸려 있는 의류 매장 안으로 남자를 끌고 들어갔다.

"잠깐만 여기 있어."

원나는 가방에서 랜턴을 뽑아 밖으로 나갔다. 그리고 랜턴 스위치를 켠 뒤 자신이 서 있는 반대쪽으로 굴렸다.

"으어어어어어어."

감염자가 방향을 바꿔 랜턴을 향해 어기적어기적 다가갔다.

"야! 정신 차려."

원나는 몸을 숙여 남자의 눈꺼풀을 뒤집으며 속삭였다. 새까만 눈동자가 빙그르 돌았다. 그래, 역시 감염되지 않은 사람이다. 비감염자. 원나와 같은 생존자가 분명했다. 그것도 무척 잘생긴 남자 생존자.

"으어어어……."

귀에 익은 신음 소리였다. 벌써 몇 주째, 질리도록 들어온 소리였다. 하지만 남자는 곧 "안 돼"라고 말했고, "아파"라고 중얼거리기도 했다. 원나는 랜턴을 향해 다가가던 감염자가 느릿느릿 고개를 움직였다. 원나는 남자의 입을 손으로 막았다. 대단한 사랑 고백이라도 들은 것처럼 원나의 가슴이 두근두근 뛰었다.

"이봐! 야!"

원나는 남자의 뺨을 때리고 몸을 흔들었다. 땀에 젖은 남자의 몸은 축축하고 뜨거웠다. 오랫동안 잊고 있었던 사람 살의 촉감에 원나는 눈물이 핑 돌 지경이었다.

원나는 가방을 내려놓고 남자를 등에 업었다. 골격이 크고 몸에 힘이 없는 남자는 계속 흘러내리는 거대한 모래주머니 같았다. 목덜미로 뜨거운 기운이 느껴졌다.

"야. 야. 아흐흐흐흐흐. 간지러."

원나는 멈춘 에스컬레이터를 계단처럼 타고 내려가다 1층 계단 앞에 세워져 있는 전신 거울을 보고 화들짝 놀라 뒷걸음질쳤다. 하마터면 업고 있던 남자를 쏟을 뻔했다. 남자를 업으면서 원피스 치마가 딸려 올라가 팬티가 다 보였다. 원나는 남자를 고쳐 업으며 치마를 끌어내렸다.

"윽, 으윽……"

축 늘어진 남자의 고개가 옆으로 꺾이면서 남자의 보드라운 뺨이 원나의 뒷목에 닿았다. 전기라도 통한 것처럼 순식간에 머리가 멍해졌다. 심장이 조금씩 부풀어오르다 터져버릴 것만 같았다. 원나는 남자를 다시 추어 업은 뒤 백화점 밖에 세워둔 사발이 짐칸에 태웠다. 온몸이 땀으로 흠뻑 젖어 끈적끈적했다. 원나는 사발이 사이드미러에 얼굴을 비춰봤다. 선크림이 제대로 흡수되지 않아 허옇게 백탁이 생겨 있었다. 원나는 재빨리 얼굴을 문질렀다. 집에서 챙겨온 얼음 병을 꺼내 남자의 뺨에 대보았지만 반응이 없었다. 원나는 남자의 뺨에 얼음 병을 대놓고 다시 백화점으로 올라가 자신의 가방과 남자의 가방, 펜싱 슈트와 에페를 챙겨 내려왔다.

몇 살일까? 이름은 뭘까? 어디서 온 걸까?

정신없이 달려 내려오는 동안 머릿속에서 질문들이 폭죽처럼 터졌다. 원나는 도로에 서서 원피스 뒷 지퍼를 내리다 아차, 하고 모자로 남자의 얼굴을 덮었다. 그래도 보일지도 몰랐다. 원나는 짐칸에서 수건을 꺼내 남자의 얼굴을 또 한 번 덮은 뒤 손바닥을 펼쳐 얼굴에 대고 흔들어봤다. 아직 깨어나지 않은 것이 분명했다. 원나는 원피스 지퍼를 마저 내리고 재빨리 펜싱 슈트로 갈아입었다.

*

멀리, 마을로 들어가는 터널이 눈에 들어왔다. 원나는 도로 한가운데 사발이를 멈추고 가방에서 물을 꺼내 마셨다. 남자는 여태 얼굴을 제 가슴에 묻은 채 깨어나지 않았다. 원나는 남자의 손목을 잡아봤다. 밀가루처럼 새하얀 손목 안쪽에서 뜨거운 것이 벌떡거렸다. 입을 살짝 벌린 채 눈을 감고 있는 모습이 꼭 잘 빚어놓은 인형 같았다. 잘생겼다기보다 예뻤다. 원나가 평생 봐왔던 사람들 중 가장 예쁜 사람이었다. 원나는 부스럭거리는 소리에 고개를 길게 빼고 남자의 등 뒤쪽을 바라봤다. 땡볕에 달궈진 도로로 청설모 한 마리가 튀어나와 반대편 숲 속으로 뛰어들어갔다.

"아, 뭐야. 깜짝 놀랐네."

그때였다. 남자가 갑자기 눈을 뜨더니 원나의 팔목을 낚아챘다. 원나는 본능적으로 손목을 돌려 남자의 팔을 밖으로 꺾었다. 햇빛에 반사된 남자의 얼굴은 창백해 보였다. 원나는 팔목에 힘을 줘 남자의 팔을 단단하게 압박했다.

"아, 아아아. 아퍼요."

남자는 당황한 표정으로 몸을 비틀었다.

"자, 잘못했어요. 사, 사, 살려주세요."

겁에 질린 표정이었다. 남자는 눈을 가늘게 뜨고 원나를 힐끔힐끔 올려다봤다. 원나는 남자의 눈을 똑바로 노려봤다. 싸워본 적도 맞아본 적도 없는 눈이었다. 악력으로 짐작컨대 원나의 손을 잡아챘던 것 자체가 신기할 정도로 몸 상태가 엉망이었다. 원나는 팔을 놓아줬다. 잔뜩 힘이 들어갔던 남자의 몸이 뒤로 밀려났다. 그는 자존심이 상한 듯 미간을 찌푸린 채 바닥에 떨어진 물병을 집어들었다.

"이, 이거 뭐예요? 얼음이에요? 이거, 얼음 맞죠?"

남자는 허공에 물병을 높이 치켜들어 내용물을 확인한 뒤 허겁지겁 물을 들이켰다.

"진짜 얼음이네! 진짜 얼음이야!"

그는 다시 한번 물을 마시고 물병을 쳐다보다가 물병을 뺨에 대고 고개를 끄덕이며 호들갑을 떨었다.

"이거 어디서 났어요?"

"집에서."

"집이요? 진짜요? 누나네 집은 어딘데요? 지금 집으로 가는 거예요? 아직 집에 살아요? 아, 누나라고 불러도 괜찮죠?"

남자는 시동을 걸려는 원나를 저지했다. 결국 아지랑이가 증기처럼 피어오르는 도로 한복판에 사발이를 세워둔 채, 통성명을 했다.

"저는 영군이에요."

영구? 영국? 원나는 몇 번이나 되물었다.

"누나는 이름이 뭐예요?"

"나? 나는 차원나."

"아, 저는 스물두 살이고요."

원나는 이 역시 몇 번이나 되물어야 했다. 스물두 살이면, 두 살이나 많다고? 아직 고등학생일 거라고 생각했다. 반면 그는 원나가 당연히 누나일 거라고 생각하고 있었다. 제 딴에는 나이를 묻지 않는 게 예의라고 생각한 건지 그저 하고 싶은 말이 많은 건지 그는 제 이야기를 늘어놓기에 바빴다.

"원래는 서울에 살았고요, 계속 먹을 거 찾아서 떠돌아 다녔어요. 오늘 오후에 일탄시에서 이쪽으로 넘어왔구요."

원나는 이제 자기 나이를 말해도 될지 고민하고 있었다.

"혹시 저 아세요?"

눈이 마주치자 영군이 기대하는 표정으로 물었다. 그러고 보니 약간 낯이 익은 듯도 했다.

"⋯⋯펜싱 선수야?"

"아뇨."

영군의 얼굴에 실망한 기색이 비쳤다. 하지만 아무리 생각해도 원나가 남자 사람을 알 수 있는 경우는 그것뿐이었다. 산 속에서 미지근한 바람이 불어왔다. 영군의 머리칼이 바람에 경쾌하게 나부끼면서 향기로운 냄새가 은은하게 퍼졌다.

"아! 누나는 펜싱 선수예요? 어쩐지⋯⋯."

"어쩐지, 뭐?"

"머, 멋있다구요."

영군은 수줍은 표정으로 원나를 힐끔거렸다. 그래, 너는 예쁘고 나는 멋있다. 원나는 뭐라 대꾸할 말을 찾지 못하고 입술을 깨물었다.

"여기에만 쭉 있었어요?"

영군은 원나에게 주변 상황에 대해서 캐묻기 시작했다. 마을에서 태양광 발전기와 경유 발전기를 쓰고 있다는 말을 한 번에 이해하지 못해 원나는 몇 번이나 다시 설명해야 했다. 가스는 사용할 수 없지만 휴대용 버너와 때에 따라 집집마다 있는 아궁이를 쓸 수 있다고 하자 이번에는 아궁이가 뭐냐고 물었다.

"아, 그런 게 아직도 있어요?"

생존자가 원나 하나뿐이라는 말은 사실인지 두 번이나 확인했지만 크게 놀라는 것 같진 않았다. 서울에서부터 여기까지 조금씩 내려왔다는 영군 역시 다른 생존자를 만나본 적은 없다고 했다.

"일단 가도 되지? 배 안 고파?"

"배……너무 고파요."

"가자. 밥해줄게."

"바, 밥이요? 밥이 있어요?"

원나는 사발이에 시동을 걸었다. 영군은 가방에서 콜라병을 꺼내 얼음물 안에 붓고는 세상에서 가장 행복한 사람의 표정을 짓고 있었다.

"누나, 누나!"

영군이 상체를 일으켜 원나의 등을 톡톡 두드렸다. 자기보다 키도 크고 나이도 많은 남자가 제멋대로 '누나'라고 부르고 있었다. 이런 걸 두고 웃프 다고 하는 걸 거다.

"왜."

원나는 속도를 낮추고 뒤를 돌아봤다.

"근데 이건 뭐예요?"

"안 돼."

"뭔데요? 먹을 거에요?"

"만지지 마!"

원나는 다급히 외쳤지만 늦었다. 영군은 3단 전기봉을 맨손으로 움켜잡 다 그대로 기절해버렸다. 원나는 다시 사발이를 세우고 영군의 맥을 짚어봤 다. 몸이 뜨거웠다. 맥은 아까보다 더 빠르게 뛰고 있었다.

"만지지 말랬잖아. 바보야."

원나는 영군의 몸을 밀어 배낭에 기댈 수 있게 해줬다. 너무 말라서 쇄골 이 튀어나올 것만 같았다. 원나는 손가락으로 영군의 단단한 쇄골을 만져봤 다. 영군이 꿈틀거리며 움직였다.

"아, 아니, 그냥 신기해서."

정신을 잃은 영군에게 변명을 하며 원나는 얼굴을 붉혔다. 하지만 영군은 깨어난 것이 아니었다.

"어휴."

원나는 안도했다. 눈으로 땀이 흘러내려 시야가 가려졌다. 원나는 손등으로 땀을 훔친 뒤, 전속력으로 마을을 향해 달렸다.

*

"으어어어어. 나으어어어어."

마을 회관 펜스 안 마당에서 노을을 바라보고 있던 어른들이 비명을 지르며 원나와 영군을 맞아줬다. 원나는 사발이를 세워놓고, 물수건을 적셔 영군의 얼굴에 댔다. 그는 앓는 소리를 내며 고개를 반대쪽으로 꺾었다. 왜 이렇게 오래 기절해 있는 거지? 잠든 건가? 원나는 손가락으로 영군의 얼굴을 쿡쿡 찔러봤다. 차양처럼 드리워진 영군의 속눈썹이 파르르 떨렸다.

"으어어어어어."

어른들이 웅성거리며 원나가 있는 쪽으로 다가왔다.

"알았어요, 알았어."

어느새 해거름이었다. 원나는 영군의 손에 물수건을 쥐어준 뒤, 비닐하우스 안에 불을 밝혔다. 펜스 문을 열자 어른들은 불빛을 따라 천천히 비닐하우스 쪽으로 이동했다.

"으어어어어."

"야, 유미야. 아니라고. 먹는 거 아니야."

원나가 한눈을 판 사이 유미가 영군 쪽으로 다가가 손을 뻗으며 발버둥을 치고 있었다. 원나는 유미를 뒤에서 안아 몸 방향을 비닐하우스 쪽으로 돌려세웠다.

"아줌마, 붕대에 뭐가 이렇게 묻은 거예요?"

"으어어……."

원나는 쭈그리고 앉아 마리아의 다리를 살펴봤다. 더 이상 진물은 나지 않았지만 다리에 감아놓은 붕대에 흙이 잔뜩 묻어 있었다.

"내일 아침에 갈아드릴게요."

"으어어어어……."

"엄마, 이쪽으로 가야지."

원나는 마지막으로 미라의 팔을 잡고 천천히 비닐하우스 쪽으로 걸었다. 꾸준히 햇빛을 보고 움직여서인지 미라의 걷는 자세는 점점 좋아지고 있었다.

"응, 전등 때문에 나갔어."

원나는 미라에게 대답했다. 기본적으로 감염자들은 빛을 좋아했다. 원나는 우연한 기회에 FL, FPL, IL, EL, LED 램프에 따라 어른들의 반응이 미묘하게 다르다는 것을 발견했다. 어른들이 가장 좋아하는 것은 LED와 삼파장으로 불리는 EL램프 중 6000K 주광색 전구였다. 형광등으로 알려진 FL, ㅠ모양의 가정용 램프 FPL, 백열전구 IL에는 '보통' 정도의 반응을, 푸르스름한 EL 7000K 램프에는 약간 거부 반응을 보였다. 평소에는 '보통' 램프를 사용하고, 날이 흐리거나 어른들 컨디션이 좋지 않아 보일 땐 '좋음' 램프를, 펜스 밖으로 나가거나 이상한 걸 잡아먹는 등 말썽을 부릴 땐 '싫음' 램프를 켰다. 주기적으로 램프의 재고를 확인하고 구하러 나가는 것이 원나의 주요 일과 중 하나였다.

"혹시 무슨 소식이라도 들을 수 있을까, 싶어서 장산시까지 나가본 거야. 아, 몰라. 왠지 거기까지 나가고 싶더라니까. 감염자들이 당연히 있었지. 안전한 곳으로 옮겼어. 흐흐, 흐흐흐흐흐, 아니, 그래도 진짜로 누굴 만날 줄은 몰랐어. 아니, 아니, 죽은 거 아니고 그냥 기절한 거라니까. 와, 억울하다. 내가 그런 거 아냐. 쟤가 전기봉 잘못 만져서 그런 거지. 맞다. 그리고 나보다 두 살이나 많은데 나한테 다짜고짜 누나래. 내가 멋있대. 엄마, 이걸 어째야 돼? 기절한 거라니까. 곧 깨어날 거야. 아, 거기 백화점에 감염자 아저씨 하나 있었는데 급하게 나오느라고 그냥 두고 왔네. 햇빛 하나도 안 들던데. 다음에 가서 운동장 쪽으로 옮겨야겠다."

"으어어어."

원나는 미라에게 상황을 설명하며 영군이 있는 쪽을 힐끔거렸다. 영군은 여전히 얼굴을 가슴에 묻은 채 눈을 꼭 감고 있었다.

"응, 내가 볼게. 내가 알아서 한다니까. 일단 엄마, 엄마는 좀 들어가자."

"으어어, 아으어어어."

"그래, 알았어. 어서 들어가. 이제 금방 깜깜해진다고. 깜깜한 곳에 계속 있을 거야? LED 전등인데? 그래, 그래. 어서 들어가."

미라까지 무사히 비닐하우스로 이동시킨 뒤, 원나는 밖에서 문을 잠갔다.

"안녕, 엄마. 내일 아침에 만나."

*

"저기…… 정신 좀 차려봐……요."

원나는 전기 소켓을 뺀 에페로 영군의 가슴을 콕, 찔렀다. 밖에서 재울 것이 아니라면 이젠 억지로라도 깨워야 했다. 그는 잠투정을 하듯 웅얼거리더니 자세를 바꾸어 누우며 코를 골기 시작했다. 정말로 잠들어 있었다. 그것도 아주 깊이.

원나는 철종의 집 마당에 있는 우물에서 얼굴과 팔다리를 씻은 뒤 옷을 갈아입었다. 아침에 벗어놓고 나간 옷이 너무 더러워 빨랫줄에 널어놓은 옷을 전부 걷어왔지만 마음에 드는 것이 하나도 없었다. 옷장을 열고 정신없이 옷을 뒤졌다. 배는 고프고 마음에 드는 옷은 없었다. 간신히 무난하지만 촌스럽지 않은 도트 무늬 티셔츠와 5부 반바지를 찾을 수 있었다.

옷을 갈아입고 거울을 보던 원나는 귀 뒤로 넘어간 머리칼을 앞으로 내려 가렸다. 새삼 뺨과 목의 화상 흉터에 신경이 쓰였다. 언젠가 빨아둔 거즈 손수건이 하나도 보이질 않았다. 수건이라도 잘라야 하나, 고민하던 찰나 속옷을 넣어둔 서랍장에서 손수건 한 장을 찾을 수 있었다. 원나는 손수건을 접어 흉터가 보이지 않도록 목에 두른 뒤 텃밭으로 달려갔다.

급하게 식사 준비를 하려니 정신이 하나도 없었다. 원나는 오이, 풋고추, 상추를 뜯어다 씻고 가지는 간장 양념을 발라 구웠다. 냉장고에서 된장국과 계란찜을 꺼내 데우고 아침에 강낭콩을 섞어 지어놓은 밥도 꺼냈다.

영군은 음식 냄새에 놀라 깨어났다. 사방에 불이 밝혀져 있었고, 그 빛 아래 분주하게 음식을 만들고 있는 아름다운 천사가 있었다. 영군은 아직 꿈을 꾸고 있거나 어쩌면 죽었는지도 모른다고 생각했다. 꿈이라면 깨고 싶지 않았고, 죽었다고 해도 살아나고 싶지 않았다. 적어도 배가 찢어지게 식사를 마치기 전까지는. 영군은 주춤주춤 사발이 짐칸에서 내려왔다. 다리가 후들후들 떨리고 입안 가득 침이 고였다.

"말도 안 돼……."

밥상을 들고 나오던 원나는 주저앉을 뻔했다. 말이 안 되는 건 영군이었다. 영군은 몇 시간 사이 더 퀭해진 얼굴로 침까지 질질 흘리고 있었다. 영군은 물이라도 마시는 것처럼 큰 소리로 침을 꼴깍 삼켰다.

"이, 이게……."

영군은 넋이 나간 목소리로 웅얼거렸다. 어찌나 몰입해서 쳐다보는지 눈, 코, 입이 다 밥상으로 쏟아질 것만 같았다.

"어서 먹어요."

원나의 말이 떨어지기 무섭게 그는 숟가락을 들고 정신없이 밥을 퍼먹기 시작했다. 입안으로 음식이 끝도 없이 들어갔다. 급하게 차리느라 된장국은 짰고, 밥은 아직 차게 굳어 있었지만 그는 바닥에 떨어지는 밥풀까지 주워 먹었다.

"천천히 먹어요. 누가 보면 며칠은 굶은 줄 알겠네요."

"맞아요."

"네?"

"며칠 굶은 거 맞다구요. 아무것도 안 먹은 건 아닌데, 밥을 먹은 지는 두 달? 더 됐는지도 모르겠고요."

"저, 정말요?"

"누나."

영군이 숟가락을 든 채 원나를 쳐다봤다.

"네?"

"말 편하게 하세요."

"어? 어, 그, 그게……."

"갈비가 참 부드럽네요."

"가지예요. 아니, 가지야. 가지 구운 거."

두 손으로 가지를 뜯는 영군에게 원나는 슬쩍 말을 놓았다. 영군은 순식간에 밥 한 공기를 깨끗하게 비우면서 펜싱 선수가 아니라 요리사 아니냐는 둥, 정말 요리를 배운 적이 없냐는 둥 너스레를 떨었다. 원나는 부엌에서 숭늉과 밥솥을 들고 왔다.

"부족하면 더 먹어."

"저 정말 이거 다 먹어도 돼요?"

원나는 고개를 끄덕였다. 영군은 밥솥을 한 팔에 안았다.

"꿈은 아니겠죠?"

"뭐가?"

"아, 이거……. 밥솥 끌어안고 배 터질 때까지 먹는 거요. 제가 이런 꿈을 꾸다가 깬 게 한, 두 번이 아니거든요."

영군은 제 볼을 꼬집어보다가 철썩철썩 때리기까지 했다.

"그럼 이 동네는 전부 태양광을 쓰는 거예요?"

"전부는 아니고 여기만."

"누나는 여기서 혼자 밥 해 먹고, 자고 그런 거예요?"

"어? 응, 뭐 그렇지."

원나는 그가 계속 누나라고 하는 것이 이제 슬슬 재밌어졌다. 밥솥까지 다 비운 영군은 역시 시골이라 그런지 별이 엄청 많다느니, 공기가 좋다느니, 바람이 시원하다느니 쉴 새 없이 재잘거렸다. 원나는 숟가락을 든 채 하늘을 올려다봤다. 정말 별이 많고 선선한 여름밤이었다.

"옛날에요, 외할아버지가 한국전쟁 때 강원도 어디 시골에서는 전쟁 난 줄도 모르고 사람들이 그냥 농사 지으면서 살고 있었다고 한 적이 있는데요. 그때는 그게 뻥인 줄 알았거든요. 근데 여기서 누나를 보니까 진짜 그럴 수도 있을 것 같아요."

원나는 영군이 하는 말이 칭찬인지 욕인지 알 수가 없었다.

"누나, 그런데요."

영군은 불편한 표정으로 눈을 맞췄다 뗐다를 반복했다. 원나는 미간을 치켜세우고 말해, 하고 대답했다. 눈이 마주칠 때마다 가슴이 정신없이 두

근거렸다.

"저……."

"말하라니까."

침이 꼴깍 넘어갔다. 대체 무슨 말을 하려고 이렇게 뜸을 들이는 거지?

"저…… 여기서 며칠만 있어도 돼요?"

"어?"

며칠만 있어도 되냐는 건 며칠 뒤에는 떠난다는 소리일까? 원나가 망설이고 있다고 생각했는지 영군은 밥도 하고 빨래도 하고 청소도 잘할 수 있다고 재빨리 덧붙였다.

"저 진짜 일 잘해요."

"그, 그래."

"진짜예요. 저 진짜 잘해요."

"알았어. 있으라고."

"진짜요?"

"어."

영군이 뛸 듯이 기뻐하는 모습에 원나는 자꾸만 웃음이 터졌다. 원나는 입술을 한 번 꽉 깨물고 선심 쓰듯 느긋하게 대답했다.

"그렇게 해."

"고맙습니다. 내일 아침은 제가 할게요."

"됐어."

"아니에요. 오늘 설거지도 제가 할게요."

"마저 먹고 내가 할게."

원나는 영군이 먹는 모습을 감상하느라 반도 먹지 못한 밥그릇을 내려다봤다.

"아, 정말 꿈만 같아요."

영군이 혼잣말처럼 중얼거렸다.

"다시 사람을……멀쩡한 사람을 못 만나는 줄 알았어요."

그건 원나도 마찬가지였다. 영군은 원나가 밥을 다 먹을 동안 동네 구경을 좀 하겠다며 손전등을 들고 쭈뼛쭈뼛 밖으로 걸어 나갔다.

"하……."

원나는 그제야 느긋하게 밥을 한 숟가락 떴다. 뭔가에 홀린 것 같은 기분이었다. 정신은 하나도 없고, 술이라도 마신 것처럼 몸이 후끈거렸다.

"누나!"

산책을 나간다던 영군이 십 분도 채 되지 않아 하얗게 질린 얼굴로 숨을 헐떡이며 뛰어들어왔다. 그새 넘어졌는지 바지가 찢어지고, 티셔츠엔 흙이 묻어 있었다.

"여기서 혼자 생활해왔다면서요."

"근데?"

"비닐하우스 안에 저것들은 다 뭐예요?"

영군은 소리를 질렀다. 겁에 질린 것 같기도 했고, 굉장히 화가 난 것처럼 보이기도 했다. 원나는 '저것들'이라는 단어에 어안이 벙벙해졌다.

"좀비들이 있잖아요!"

대문 밖을 삿대질하며 쏘아붙이는 영군은 금방이라도 울 것 같았다. 원나는 영군이 비닐하우스에 있는 어른들을 보고 놀랐을지도 모른다고 생각했다.

"저 좀비들, 다 뭐냐고요!"

"좀비들……."

'저것들'보다 임팩트가 있는 단어였다. 좀비. 말하자면, 그랬다. Z 바이러스는 처음부터 일명 좀비 바이러스라고 불렸다. 하지만 원나는 어른들을, 마을 밖에 있는 감염자들을 한 번도 그런 식으로 불러본 적이 없었다.

"이 마을 어른들이야."

원나는 숨을 한 번 고르고 차분하게 말했다.

"좀비잖아요!"

영군은 또 한 번 쇳소리를 내며 빽, 소리를 질렀다. 원나는 처음 감염자들을 봤을 때가 떠올랐다. 놀랐을 수도 있다. 아니, 틀림없이 놀랐을 것이다. 그동안 너무 익숙해진 나머지 설명해야 할 필요성도 느끼지 못하고 있었던 것이다.

"놀란 건 알겠는데 잠깐만 내 이야기 좀 들어봐. 우리 엄마랑 마을 사람들이고, 얼굴도 봤는지 모르겠지만 대부분 노인들이야. 그래서 대개는 이빨이 없어. 이빨이 있는 사람도 있긴 있는데, 내가 물 수 없게 해놨어."

"……"

"너도 알겠지만 물리지만 않으면 괜찮잖아. 감염자들이 빛을 좋아해. 밤이라 불을 켜놓은 거고."

"좀비들 보라고 불을 켜놨다구요?"

영군의 얼굴에 완연한 경계심과 거부감이 드러났다.

"어."

원나도 퉁명스럽게 대답을 했다. 그리고 말없이 영군을 노려봤다. 너무 화가 나서 심장이 쿵쾅거렸다.

"좀비이기 이전에 가족들이니까. 빛을 좋아하기 때문에 불을 켜놓으면 밖으로 나오지 않아. 노인들이라 이빨도 없고 근력도 약해. 아까 내가 입고 있던 펜싱복 있지? 그게 케블라라고, 방탄복 소재인데…… 아, 그게 중요한 게 아니고, 아무튼, 그걸 입으면 혹시 물린다고 해도 안전해. 뭣보다……"

미라를 떠올리자 원나는 갑자기 울컥했다. 왠지 계속 변명을 하고 있는 것 같아 화도 났다. 좀비라고? 그래서, 뭐.

"엄마랑 가족 같은 분들이니까 그런 식으로 말하지 마."

"가족이든 친구든 뭐든 좀비랑은 같이 있으면 안 돼요. 바이러스에 대해서 뭘 알긴 아는 거예요? 몰랐으면 잘 들어요. 좀비는, 바이러스 숙주일 뿐이에요. 숨겨도 안 되고 보살펴도 안 돼요. 결국은 감염되고 말 거라구요."

"그렇지 않아. 펜싱복을……."

"아, 됐구요."

영군은 원나의 말을 잘랐다.

"저는 좀비하고는 같이 못 살아요."

"뭐?"

영군은 갑자기 사발이 짐칸에서 배낭을 꺼내 들더니 씩씩거리며 밖으로 걸어 나갔다.

"지금 뭐하는 거야?"

"맛있는 밥 먹여주고, 여기 같이 있어도 된다고 해준 건 고마워요. 그치만 굶으면 굶었지, 저는 절대 좀비들하고는 같이 못 살아요."

"……."

"여긴 누나네 동네고 저는 불청객이니까 제가 나가야죠."

"이 밤에? 지금?"

"네."

영군은 재빨리 대답하더니 밖을 바라보고는 잠깐 주춤했다. 밖은 완전한 어둠이었다.

"어쨌든 정말 고마웠습니다. 안녕히 계세요."

영군은 삐딱하게 서서 고개를 까딱 하고는 대문 밖으로 성큼성큼 걸어 나갔다. 원나는 우물 뚜껑을 밟고 올라가 그가 빠른 걸음걸이로 마을을 빠져 나가는 모습을 바라봤다. 진짜야? 진짜…… 가는 거야? 그는 뒤 한 번 돌아보지 않고 씩씩하게 걸어갔다.

원나는 영군이 시야에서 완전히 사라진 것을 확인한 뒤 다 먹지 못한 밥상을 치웠다. 설거지는 지가 한다더니. 청소도 잘하고, 빨래도 잘한다더니. 원나는 답답하게 목을 압박하고 있는 손수건을 풀어 바닥에 패대기쳤다. 그러고는 빈 그릇을 수돗가 큰 대야에 아무렇게나 쑤셔넣은 뒤 방으로 들어와 누웠다. 좀비들이라고? 바이러스 숙주일 뿐이라고? 원나는 제대로 맞받아치지 못한 게 분했다. 그런 소리나 듣자고 데려다가 밥상까지 차려준 것이 아니었다. 갑자기 열불이 나서 참을 수가 없었다.

원나는 다시 밖으로 나가 대야에 담궈놓은 그릇을 들고 우물가로 갔다. 모기향을 피워놓고 저녁 먹은 그릇을 모두 찬물로 깨끗하게 씻었다. 빈 물병을 채워 냉동실에 넣어놓고, 새참으로 먹을 감자도 삶았다. 걸레를 빨아 방을 두 번이나 닦고 난 뒤, 원나는 천장을 보고 누웠다. 집 뒤에서 풀벌레들이 악을 쓰며 울고 있었다. 이불을 덮고 뒤척이는 동안 걸신들린 것처럼 밥을 퍼먹던 영군의 얼굴이 떠올랐다. 밥을 두 달이나 못 먹었으면 대체 뭘 먹고 돌아다닌 거야? 어른들이 안전하다는 걸 좀 더 차근차근 설명했어야 했나?

"됐어!"

원나는 부러 큰 소리로 말하곤 자세를 바꿔 누웠다. 한숨 푹 자고 일어나는 거다. 나쁜 꿈을 꿨다고 생각하고 다 털어버리면 그만이다. 하지만 잠이 오지 않았다. 얕은 잠에 스며들었다 빠져나오기를 반복하다 가까스로 잠이 들었을 때, 문 밖에서 달그락거리는 소리가 원나의 신경을 긁었다. 뭐지? 하늘이 창백했다. 날은 밝았지만 아직 해는 보이지 않았다. 벽에 붙어 있는 시계가 새벽 5시 5분을 가리키고 있었다. 원나는 머리끝까지 뒤집어썼던 이불을 걷어차고 일어났다. 계속 누워 있는다고 해도 잠이 오지 않을 것 같았다.

열린 부엌문으로 그림자가 길게 늘어져 있었다.

"누구야."

원나는 혹시나 하고 소리쳐봤지만 아무런 대답도 들리지 않았다. 원나는 일부러 흠흠, 하고 큰 소리로 헛기침을 해봤다. 고라니인가? 원나는 며칠 전 고라니가 고구마 밭을 엉망으로 만들어놓고 도망쳐서 생고생한 기억이 났다. 원나는 다시 한번 헛기침을 했다. 쥐든 산짐승이든 생각보다 겁이 많고 사람을 무서워해서 조금만 인기척을 하고 발소리를 내도 도망갔다. 하지만 그림자는 꿈틀거리기만 할 뿐 사라지진 않았다. 원나는 마루 끝에 놓여 있는 곡괭이를 집어들었다.

"자, 잠깐만요. 저예요!"

부엌 바닥에 앉아 있던 영군이 벌떡 일어섰다. 몇 시간 사이, 볼이 더 패이고 눈은 쑥 들어가 있었다.

"지금 여기서 뭐하는 거야?"

"너무 걸었더니 배가 고파서…… 제, 제가 이쪽 지리도 잘 모르고요……."

영군은 횡설수설하면서 입안에 들어 있는 것을 급히 씹어 삼켰다. 그의 발치엔 감자 바구니가 놓여 있었다. 영군은 마을 밖으로 나가 길을 헤매다 감염자들을 만나고, 어둠 속에서 번뜩거리는 산짐승들을 보고 놀라 도망치다 결국 다시 마을로 돌아왔다고 했다. 그는 자기가 뭘 봤는지, 얼마나 놀랐는지, 장황하게 설명을 늘어놓다가 대뜸 누나, 하고 비장하게 불렀다.

"진짜 안전한 거 맞아요?"

"뭐?"

"여, 여기 조, 좀비들이요. 이빨도 없고, 물지 못하게 마, 마스크도 잘 씌워놓았다면서요. 그러니까 진짜 안전하다고 봐도 무방한 건지……."

"……"

"게, 게다가 지금이 그, 노, 농번기잖아요."

"그래서?"

"만약에 저 조, 좀비들……아니 좀비 어른들이 물 수 없다는 게 확실하다고 할 수 있다면요."

"빙빙 돌리지 말고 핵심만 이야기해."

"제가 당분간 여기서 일하고, 대신 먹을 걸 좀 얻어가면 안 될까요?"

영군은 눈을 질끈 감은 채 숨도 안 쉬고 다다다다다 쏟아냈다.

"집안일도 하고, 농사일도 거들게요."

"……"

"일당 대신 감자든 쌀이든, 먹을 걸 좀 주세요."

영군은 연습한 말을 검사받는 학생처럼 초조한 얼굴로 원나를 바라봤다.

"……어디로 갈 건데?"

"좀비들……이 없는 곳이요."

"거기가 어딘데?"

"몰라요. 이제 차, 찾아봐야죠."

영군이 원나의 눈치를 살피며 대답했다. 잠시 어색한 침묵이 흘렀다. 원나는 머릿속으로 동네 텃밭들을 쭈욱, 스캔했다.

"옥수수."

원나는 누나답게 먼저 입을 열었다.

"네?"

"감자는 많이 안 심었어. 그게 수미감자라고, 이모작하는 거라 여름에 심어서 가을에 또 먹어."

영군은 뭐든 상관없다는 듯 정신없이 고개를 끄덕였다.

"대신 옥수수는 많이 심었어. 2주쯤 지나면 익을 거야. 어차피 나 혼자는

다 딸 수가 없어서 못 따는 건 그냥 버리려고 생각했어. 옥수수 수확하면 원하는 만큼 가져가도 좋아."

"정말요?"

"그래."

"진짜죠? 고마워요, 누나. 그럼 저…… 이거 마저 먹어도 되죠?"

영군은 소쿠리에서 감자를 또 하나 집어들더니 허겁지겁 입안에 쑤셔넣었다.

원나는 영군을 지형의 방으로 안내했다.

"주방이랑 마루는 같이 쓰고, 나는 이 방, 너는 저 방. 알았지?"

"네."

영군은 어차피 날이 밝았으니 바로 일을 돕겠다고 했다.

"그래, 뭐 편한 대로 해."

하지만 원나가 이불과 베개를 가지러 간 사이 영군은 마루에 몸을 동그랗게 말고 누워 잠들어 있었다. 색색거리는 숨소리가 꼭 아이 같았다. 원나는 웅크리고 앉아 영군이 잠든 모습을 내려다봤다. 벼농사를 짓지 않아 가을 추수철 핑계를 대지 못한 게 아쉬웠다. 아! 감자 이모작 마치면 그거 가져가라고 할걸 그랬나? 원나는 아차 싶었지만 하는 수 없었다. 영군이 자세를 바꿔 눕자 이른 아침의 햇빛이 영군의 얼굴로 쏟아졌다. 원나는 손바닥을 펼쳐 영군의 얼굴에 그림자를 만들다 손등과 팔에 얽은 흉터를 보고 화들짝 놀라 손을 뒤로 감췄다.

"아…… 응…… 어……."

꿈을 꾸는 듯 영군이 미간을 찌푸리며 웅얼거렸다. 햇빛 때문에 안 그래도 하얀 얼굴이 창백하게 보였다.

"그러길래 들어가서 자라니까."

원나는 주위를 둘러보다 커다란 우산을 가져다 영군의 얼굴 앞에 펼쳐놓고는 옥수수가 더디 영글었으면 좋겠다고 생각했다. 아니, 아예 옥수수 농사가 망해버리면 좋겠다고.

[day 1]

"이게 다 뭐예요?"

실컷 늦잠을 자고 일어난 영군이 벽을 뚫어져라 바라보며 물었다. 그가 보고 있는 것은 원나가 작성한 일일 계획표와 마을 지도였다.

	월	화	수	목	금	토	일
오전	1구	3구	1구	3구	1구	3구	
오후	2구	외출	2구	외출	2구	외출	

1구역: 신애-순애 기와집/ 만주-점순 하우스 집

2구역: 치복 너와집/ 영자 닭집.

3구역: 마을 회관/ 박코-마리아

박코-마리아: 태양광.

마을 회관 가로등: 물레방아 수력발전.

만주-점순: 하우스 경유 발전기.

원나는 일을 수월하게 하기 위해 마을을 세 공간으로 나누고 요일별 관리 계획을 세워두었다. 공설 운동장에 모아놓은 감염자가 몇이나 되는지 역시 따로 체크해뒀다. 조금씩 멀리, 좀 더 많은 감염자들을 안전하게 모아놓고 싶다는 생각을 하기도 했지만 일단은 농번기라 엄두가 나지 않았다.

"그러니까, 이게 작업 스케줄이란 거죠?"

영군은 허리를 숙이고 계획표 밑에 놓인 5단 책장을 눈으로 쭉 훑었다.

"로빈슨 크루소네요? 나도 어렸을 때 읽었는데."

영군은 농사 관련 책들 사이에 유일하게 꽂혀 있는 소설책을 꺼내들었다.

"어떻게 혼자 살아남아야 되나 궁금해서 읽어봤어."

"하긴 비슷하네요. 외딴 곳에 혼자 살아남아서 농사 짓고……."

하지만 거기까지였다. 생각보다 많은 부분이 달랐고 그래서 큰 도움이 되지 않았다. 원나 역시 난파된 것이나 다름없는 생활을 하고 있긴 했지만 여기는 낯선 곳이 아니라 마을이었다. 로빈슨 크루소처럼 구조해줄 누군가를 기다리고는 있었지만 원나 자신을 위해서가 아니라 병든 어른들과 미라를 위해서였다. 하지만 원나는 그 외로운 남자가 프라이데이를 만났을 때 얼마나 기뻤는지는 짐작할 수 있었다.

"식인종들도 있고요."

"뭐?"

원나는 영군을 노려봤다.

"오, 오늘은 무슨 요일이죠? 뭐, 뭐부터 할까요?"

영군은 허둥지둥 화제를 전환했다.

"마침 금요일. 너의 날이야."

"저의 날이요?"

"내가 로빈슨 크루소면 너는 프라이데이 해야지. 가자, 프라이데이. 일단 들깨 모종 심고, 토마토랑 오이밭에 지주 세우고, 아, 밭에 퇴비도 줘야 해."

"그걸 다요?"

"밥값은 한다며."

원나는 느긋하게 부채질을 하고 있는 영군에게 작업복과 고무장화, 밀짚모자를 내밀었다.

"청바지는 통풍이 안 돼. 앉았다 일어났다 하기도 불편하고."

"아, 스타일 구겨지게……."

영군은 궁시렁거렸지만 몸뻬의 부들부들한 촉감이 싫지만은 않은 듯했다.

"그런데 누나는……."

영군은 눈으로 원나를 쭉 훑었다.

"혼자만 팔에 쿨토시 하고, 목에 손수건도 감고."

"어?"

영군이 원나를 빤히 쳐다봤다. 원나는 황급히 머리칼을 내려 왼쪽 뺨을 가렸다. 팔이고 목이고 흉터를 가리려고 이것저것 두르고 싸매고 있었다.

"괜찮아요. 저도 있거든요."

영군은 힙색에서 쿨토시를 꺼내 제 팔에 채우고는 씩 웃었다.

"그럼 가자."

원나는 영군의 시선을 피해 앞장섰다.

"네!"

＊

원나는 영군에게 제일 먼저 뒷간 사용하는 법을 알려줬다. 마을에서는 모두 큼직한 나무토막에 걸터앉아 일을 보는 부춛돌식 뒷간을 사용했다. 앉았을 때 눈높이 즈음에 뚫린 창은 똥을 누면서 주변 경치를 구경하기 좋게 만들어놓은 것이었다. 철종의 작업복을 빌려 입은 영군이 엉거주춤하게 서서 뒷간을 바라봤다.

"포인트는 소변과 대변을 분리하는 거야."

소변은 오줌통에 대변은 왕겨, 재, 부엽토를 올려놓은 삽 위에 눠야 했다.

"첨에는 잘 안 되는데 하다 보면 늘어."

원나는 조금 민망했지만 그래도 꿋꿋하게 설명했다. 마을에 손님이 올 때마다 해왔던 일이었다. 새삼스럽게 생각할 일이 아닌 것이다.

"똥에 수분이 없어야 빨리 삭고 구더기도 안 생기거든."

볼일을 보고 난 뒤엔 삽을 들어 두엄간에 붓고 다시 삽 위에 왕겨, 재, 부엽토를 세팅해야 했다.

"혹시 급하게 달려올지 모를 다음 사람을 위한 배려와 예의의 차원이지."

"그런데요, 누나. 아까부터 저기가……."

영군이 두엄간 쪽을 가리켰다.

"저기 불난 거 아니에요? 연기 나잖아요."

"연기가 아니라 증기야."

"증기요? 날이 이렇게 더운데?"

"응, 발효되는 거야."

"발효?"

"발효가 잘 되어야 좋은 거름이 되고, 거름이 좋아야 작황이 좋고……. 암튼! 안 그래도 혼자서 좀 버거웠는데 잘됐다. 많이 먹고 많이 싸!"

식전부터 뒷간 교육을 시켰는데도 영군은 먹성 좋게 아침 밥상에 달려들었다. 원나는 잡곡에 표고버섯과 느타리버섯을 섞어 밥을 짓고, 부추 양파 무침과 쌈 채소, 국 대신 겨울에 담근 동치미에 얼음을 띄워 아침 상을 차렸다.

"이따 저녁은 진짜 내가 할게요. 누나, 뭐 먹고 싶은 거 없어요?"

너무 오랜만에 받아보는 질문이었다. 원나는 잠시 생각해봤다. 딱히 떠오르는 게 없었다.

"피자……?"

예상치 못한 대답이었는지 영군의 얼굴에 당황한 기색이 비쳤다. 훈련이 끝나면 이따금 다 같이 체육관에 둘러앉아 지역 치즈 공장에서 저렴하게 판매하는 대형 피자를 사다 먹었다. 땀을 쑥 뺀 후에 먹는 뜨겁고 기름진 피자는 언제 먹어도 꿀맛이었다. 하지만 원나는 대답을 해놓고도 어이가 없었다. 피자라니. 원나는 영군이 뭐라 대꾸를 하기 전에 먼저 손사래를 치며 그냥 해본 소리라고 주워넘겼다. 하지만 영군은 마을에서 젖소나 염소 같은 걸 키우지 않느냐고 물었다.

"왜?"

"우유가 있어야 치즈를 만들고 치즈가 있어야 피자를 만들죠."

"그냥 해본 소리라니까. 신경쓰지 마."

"아뇨, 먹고 싶은 건 먹어야죠. 조만간 먹어요. 방법은, 제가 생각해볼게요."

영군은 자신만만하게 대답했다. 생각해본다고 피자가 나오냐? 원나는 볼이 미어져라 쌈을 싸 넣는 영군을 보며 생각했다.

식사를 마친 뒤, 두 사람은 순애, 신애의 기와집으로 향했다. 매실 효소를 거르기 위해서였다. 두 명 이상이 필요해 하릴없이 미뤄두고 있던 일이었다.

원나는 할머니들 창고에서 손전등과 채반, 바가지를 들고 왔다. 땅 속에 묻어놓은 독을 열자 향긋한 냄새가 훅 끼쳤다. 원나는 영군에게 손전등과 채반을 들게 하고, 바가지로 효소를 떠서 걸렀다.

"이건 매실. 석 달쯤 전에 묻은 거야."

원나는 팔뚝에 튄 효소를 핥아 먹어봤다. 아직 설익은 맛이 났다. 이번에는 지난해 가을에 묻은 고구마 효소 독을 열어봤다. 작업할 때 쓰는 챙 넓은 모자로 연신 부채질을 하고 있던 영군이 깜짝 놀란 얼굴로 원나를 쳐다봤다.

"맛탕 냄새가 나요."

영군은 독 안에 들어갈 기세로 고개를 처박고는 한참이나 냄새를 맡았다.

"한번 먹어볼래?"

영군은 그 자리에서 한 국자를 다 마시고도 입맛을 다셨다. 원나는 다른 독을 열고 감식초와 호박 효소를 각각 10리터들이 압축 분무기에 넣은 뒤 물에 희석시켰다.

"이게 천연 진딧물 제거제야. 여름엔 덥고 습해서 진딧물이 많거든."

평소 신애와 순애는 메주를 띄우는 방에 아궁이를 지펴 굴뚝 끝에서 떨어지는 목초액을 모아 사용했다. 하지만 날은 덥고 일손은 부족했다. 아무리 영군이 있다고 해도 산에서 나무를 해다 불까지 땔 엄두는 나지 않았다.

"밭에 제초제를 안 써서 풀이 순해. 그래서 금방 뽑혀."

대신 해충도 많았다. 원나는 영군의 등에 달라붙어 있는 쇠등에를 모자로 때려 땅으로 떨어뜨린 뒤 고무장화로 밟아 죽였다.

"이게 장화도 뚫는다. 엄청 아퍼."

영군은 경직된 표정으로 원나를 쳐다봤다.

"일 잘한다며, 여기서 이러고만 있을 거야?"

원나는 본격적으로 잡초를 뽑기 위해 영군을 끌고 밭으로 들어갔다.

216

"이따 두엄간에 넣을 거니까 이쪽에 잘 모아놔."

원나가 낫으로 외발 수레를 가리키자 영군이 화들짝 놀라며 뒤로 물러났다.

"잘못해서 씨가 밭에 떨어지면 내년에 더 고생이야."

영군은 의욕적으로 달려들었지만 작업 속도는 형편없었다. 틈만 나면 선크림을 꺼내 온몸에 바르며 호들갑을 떨다 눈치를 보며 다시 밭으로 들어오기 일쑤였다.

"자외선이 얼마나 안 좋은데요. 피부 노화의 근원이라고요."

머리카락은 재생 능력이 없어 한번 상하면 복구하기가 사실상 불가능하다며 헤어 에센스를 바른 뒤 두건으로 감싸고 챙이 큰 밀짚모자를 써서 엄폐했다.

"지렁이 안 밟게 조심해."

원나는 영군이 코에 걸치고 있는 선글라스를 벗겼다. 지렁이 한 마리가 일 년 동안 800킬로그램의 거름을 만든다. 거름 주는 것만큼이나 지렁이를 죽이지 않는 것이 중요했다.

"호미나 삽에 잘려도 사는데, 밟히거나 햇빛에 노출되면 죽어."

원나는 로빈슨 크루소가 프라이데이에게 성경을 가르친 것처럼 영군에게 농사일을 가르쳤다.

"왜요?"

"뭐가?"

"어디 아파요? 안색이 안 좋아요."

"아니, 갑자기 뭐가 생각나서……."

원나는 영군의 시선을 피하며 대답했다. 본의 아니게 영군에게 잔소리를 늘어놓다보니 어른들 생각이 났던 것이다.

"뭐가요?"

"아무것도 아니야. 이거나 좀 마실까?"

원나는 집에서 챙겨온 가방 안에서 막걸리 병을 꺼내 흔들었다. 물에 적셔 얼린 수건에 싸놓은 덕분에 아직 차가웠다.

"일하면서 술 마셔도 돼요?"

"작업할 때 마시는 건 술로 안 쳐."

작업 중 낮술은 몸이 지치지 않고 계속 움직일 수 있게 해주는 윤활유 같은 거다. 삶은 감자와 김장 김치를 안주 삼아 연거푸 세 잔의 막걸리를 마신 영군은 하얗게 질린 얼굴로 나무 밑에 쓰러져 잠들었다.

원나는 영군의 얼굴에 밀짚모자를 덮어준 뒤 치복의 집으로 올라갔다. 먼저 꽃밭에 물을 주고, 마당에 가마솥을 걸고 감자를 삶았다. 영자네 닭들이 무리지어 원나를 따라 다녔다. 물통을 채워주고 쌀독에서 쌀을 퍼다 바닥에 뿌려줬다.

"쌀겨를 구할 수가 없어. 미안해. 그치만 이것도 맛있지? 사람 먹는 거 준 거 알면 할머니한테 혼나. 그니까 비밀이야."

"누나, 닭이랑도 이야기해요?"

영군이 얼굴과 팔에 선크림을 치덕치덕 바르면서 걸어왔다. 닭뿐인가. 100일 넘게 혼자 있다 보면 묵은 쌀하고도 심도 있는 토론이 가능해진다.

"모자가 바람에 날아갔어요."

영군은 터질 것처럼 붉게 달아오른 얼굴과 팔, 다리에 얇게 썬 오이를 붙였다.

"누나도 할래요?"

"괘, 괜찮아."

원나는 영군에게서 멀리 물러서서 머리카락으로 왼쪽 뺨을 가렸다. 영군은 무슨 말을 할 듯 말 듯 입술을 씰룩거리더니 다시 오이를 썰어 제 이마에 붙이기 시작했다.

"저 살아 있는 닭 처음 봐요."

영군은 신기하다며 닭 가까이로 다가갔다.

"닭은 다 맛있는 거 같아요. 후라이드도 맛있고, 양념치킨도 맛있고, 훈제도 좋고, 닭볶음탕이나 찜닭으로 먹어도 좋구요. 저는 삼계탕도 좋아해요. 먹으면 힘 나잖아요."

"쟤들이 다 듣는다."

"이럴 줄 알았으면 더 많이 먹어둘걸. 우리 한 마리만 먹으면 안 돼요?"

"절대 안 돼."

"딱 한 마리만요."

"우리 마을에서 살생은 금지야."

"여기가 무슨 절도 아니고."

영군은 쩝, 입맛을 다셨다.

"이거나 먹어."

원나는 엿 하나를 영군에게 내밀었다. 치매를 앓으면서 식탐이 심해진 영자네 집에는 과자나 사탕, 엿 같은 것들이 남아 있었다. 영군은 더위에 녹아 흐물거리는 엿 한 조각에 세상을 다 얻은 사람처럼 행복하게 웃었다.

"힘들지?"

"별로 한 것도 없는 것 같은데 하루가 엄청 빨리 가네요."

"아직 안 끝났어."

"네?"

하루의 마무리는 언제나 마을 회관이었다. 어른들을 마당 펜스에서 비닐하우스로 이동시켜야 했다. 영군은 내키지 않는 듯했지만 싫다고는 하지 못했다.

"이걸로 갈아입어."

원나는 영군에게 박코 아저씨의 펜싱 슈트를 내밀었다.

"저기, 저 마스크 쓰고 있는 분이 여기 이장님이고, 내 펜싱 코치님이야.

이 옷은 저 아저씨 꺼고."

"저 이거 가지면 안 돼요?"

"안 돼. 빌려주는 거야. 어른들 모실 때만 깨끗하게 입고 벗어놔."

슈퍼 히어로가 된 것 같다며 좋아하던 영군은 금세 풀이 죽었다. 원나는 그런 영군을 보며 피식 웃었다. 단순해서 오히려 속을 알 수 없는 놈이었다.

"박코 아저씨, 마리아 아줌마, 엄마, 유미는 이빨이 남아 있어. 그래서 마스크를 씌워놨고."

원나는 치복 역시, 마스크는 안 쓰고 있지만 작은 이빨이 한 개 남아 있어 방심하면 안 된다는 점을 상기시켰다.

"여기 무슨 씨족 마을 그런 데예요?"

"아니. 왜?"

"다 똑같이 생겼잖아요."

원나는 새삼 어른들을 쳐다봤다. 완벽하게 실용성에만 초점을 맞춘 비슷비슷한 옷차림에 비슷비슷한 체격. 주름과 검버섯으로 뒤덮인 얼굴, 틀니가 빠져 함몰된 하관…… 한 사람씩 구분해내지 못하는 것도 무리는 아니었다. 하지만 할아버지와 할머니도 구분을 하지 못하는 건 좀 문제가 있었다.

"예전에 텔레비전에서 본 적이 있는데, 사람 얼굴을 구분 못하는 사람들이 있대. 얼굴맹."

"그런데요?"

"너 그런 거 아니야?"

"정말 비슷비슷하게 생겼는데……."

고개를 길게 빼고 어른들의 얼굴을 꼼꼼하게 뜯어보는 영군의 모습은 진지했고 그래서 우스웠다.

"이분이, 누나네 엄마라는 거죠?"

"으어어어어어."

말귀를 알아들은 것처럼 미라가 고개를 돌려 영군을 바라보았다. 미라는 영군을 향해 포효하고 고개를 흔들었지만 달려들지는 않았다.

"이렇게 빛으로 유인하면, 어렵지 않게 따라들 오셔."

원나는 한 손에 손전등을 들고 작은 원을 그렸다. 어른들이 일제히 소리를 지르며 원나가 있는 쪽으로 걸어왔다. 엉거주춤 서 있던 영군이 대열에서 이탈하는 유미를 잡아당겼다. 그리고는 자기가 먼저 놀라 비명을 질렀다. 그는 펜싱 슈트를 입고 장갑까지 끼고도 검지와 엄지 끝만을 사용하며 어쩔 줄 몰라 하고 있었다.

"너 먼저 들어가."

"네?"

"들어가라고. 내가 할 테니까."

"……네."

영군은 옷을 입은 채 주춤주춤 물러섰다. 원나는 어른들에게 대신 사과했다.

"쟤가 저렇다니까요. 오늘 내가 얼마나 고생했는지 아시겠죠? 아는 건 없어, 시켜도 못해. 저래서 어디, 옥수수 수확이나 하겠어요? 잡초 뽑는 것도 겨우겨우 하던데요, 뭐. 아까는요, 새참이랑 막걸리를 마시더니 얼굴이 하얗게 질려서는 그대로 기절하는 거예요. 아니, 무슨 어른이 술이 그렇게 약해요? 자꾸 누나, 누나 하니까 진짜 동생 같고 내가 챙겨야 할 거 같고 그런 거 있죠? 키는 나보다 한 뼘이나 크면서. 아니, 할머니, 이쪽으로 좀 가시라구요. 예?"

영군은 멀리서 원나를 지켜봤다. 뭐라고 쉼없이 웅얼거리는 소리가 들려왔다. 원나는 좀비들의 몸을 치며 깔깔거리며 웃었고, 대열을 이탈하는 좀비들에게 소리를 지르기도 했다. 용감하다고 해야 할지, 무식하다고 해야 할지. 정말 여기에 있어도 되는 걸까. 영군은 고개를 갸웃했다. 하지만, 며칠이다. 며칠만 버티면 먹을 것을 챙겨서 떠날 수 있다. 버티고 기다리는 것은 그가 가장 잘하는 일이었다.

*

"누나."

김치볶음밥을 만들어 허겁지겁 저녁을 먹고 각자의 방에 누웠을 때였다. 원나가 머물고 있는 안방문 앞에 영군의 그림자가 어른거렸다.

"자요?"

"아니, 아직."

원나는 이불을 말아줬었다. 잠을 설친데다 하루 종일 떠들면서 일을 해서인지 평소보다 피곤했지만 이상하게도 잠은 오지 않았다.

"저기요, 누나."

"왜?"

"모기가 있는 것 같아요."

영군이 문을 빼꼼 열고 문 틈으로 고개를 들이밀었다. 원나는 모기향을 꺼내 마루로 나갔다.

"진짜 시골 할머니네 집에 와 있는 것 같아요."

접시 위로 사락사락 떨어지는 모기향 재를 바라보며 영군이 말했다.

"할머니네가 시골이야? 어딘데?"

"아, 서울이에요."

그냥 느낌이 그렇다는 소리였다.

"여기는 이렇게 외진데 어쩌다 다 감염이 된 거예요? 누가 제일 처음 물렸어요?"

"유미, 서울에 사는 하우스집 손녀인데, 재가 감염된 채로 온 것 같아. 애 봐주다 어른들이 한꺼번에 감염되고, 감염된 어른들 격리하다가 이장 아저씨가 물리고……."

"정말 하나도 안 무서워요?"

"……."

"진짜 궁금해서 물어보는 거예요. 무서운데 참는 건지, 아예 무섭지가 않은 건지."

"처음에는 물려고 달려들고 그래서 솔직히 좀 무서웠는데, 지금은 전혀. 해도 해도 안 되니까 요즘은 펜싱복만 멀뚱멀뚱 쳐다보고 물려고 하지도 않아. 학습능력 같은 게 있는 거 아닐까?"

"말도 안 돼."

"야, 아까 너 펜싱복 입고 있을 때도 안 달려들었잖아."

"아, 그런가? 에이, 그래도 말도 안 돼요."

"왜 말이 안 돼. 그렇게 조금씩 나아지다가 자가 치유가 될지도 모르잖아."

"바이러스 처음 퍼졌을 때, 감염자는 살아 있는 시체와 같은 상태다, 그런 안내방송 못 들었어요?"

"애초에 시체가 살아 있다는 건 말이 되냐?"

"그런가……."

"……넌? 가족들 하고는 헤어진 거야?"

"밖에 있다가 난리가 나서 집으로 돌아가지도 못했어요."

영군은 벌떡 일어섰다. 더 이야기를 하지 않겠다는 신호였다. 다시 떠올리고 싶지 않은 거라고, 원나는 생각했다. 갑자기 지형의 방으로 들어간 영군은 배낭에서 핸드폰과 블루투스 스피커를 꺼내들고 다시 나왔다.

"태양광으로 충전해서 쓰는 거예요."

영군이 버튼을 누르자 익숙한 멜로디가 흘러나왔다. 기타로 연주한 〈제주도 푸른밤〉이었다. 영군은 팔로 머리를 받치고 눕더니 흥얼흥얼 노래를 따라 불렀다.

"갑자기 이 노래가 되게 무섭게 들리네요."

눈을 감고 발을 까딱거리며 노래를 흥얼거리던 영군이 말했다.

"왜?"

"낑깡 밭에 감귤까지 둘이서 가꾸려면 얼마나 빡세겠어요."

영군은 차라리 신문에, TV에, 월급봉투에 얽매이는 게 백 배 나을 것 같다며 너스레를 떨었다. 중간중간 박자가 어긋나거나 멜로디가 끊어졌다가 이어지더니 2절부터는 갑자기 노래를 부르는 사람의 목소리가 흘러나왔다.

'떠나요, 두, 두, 둘이서 힘들 게…… 별로ㅇㅇㅇㅇㅇㅇㅇㅇ 없, 없어요……'

"이거 누가 부른 거야?"

원나는 웃음을 터뜨렸다. 힘들 게 별로 없다는 가사를 너무나 힘겹게 부르고 있지 않은가.

"……제가요."

영군이 대답했다.

"진짜?"

"네, 기타 레슨 받을 때 녹음한 거예요. 더 배우고 싶었는데 시간이 없어서……."

"쉿! 조용히 해봐."

원나는 숨죽여 노랫소리에 귀를 기울였다.

'그, 그 동아아아안 우리느느는 오랫동안 지쳐, 쳐, 쳤잖아요. 술집에 카,

224

카페에에에 많은 사람에에에에……'

　노래가 느리게 이어진 탓에 가사가 원나의 머릿속에서 더듬더듬 영상을 만들었다. 반짝이는 불빛과 테라스, 사람들이 술이나 차를 마시며 웃고 떠드는 모습 같은 것들. 원나는 곁눈질로 영군을 살폈다. 그는 입을 벌린 채 눈을 감고 있었다.

　"야."

　"……."

　"자?"

　"……."

　'정말로오 그, 그, 그대가 재미없다아아 느껴진다면……'

　노래는 다시 멜로디만 흘러나오는 1절로 돌아갔다.

　"자는구나."

　원나는 영군과 얼굴을 마주 보는 쪽으로 돌아누웠다. 손을 뻗어 영군의 얼굴 앞에 대고 흔들어봤다. 따뜻한 숨이 손바닥을 간지럽혔다. 영군은 피곤했는지 낮게 코를 골기 시작했다. 바보. 둘이 같이 하니까 힘들어도 힘들지 않다는 거지.

　'떠, 떠, 떠, 떠나요…… 제주도오오오오 푸르메, 메가 살고 있는 곳……'

　더듬더듬 이어지는 노래를 들으며 원나도 눈을 감았다. 멀리서 파도 소리가 들려오는 것만 같았다.

[day 4]

　"일어났어요?"

영군은 지금 막 밥을 안쳤다며 조금 더 자도 괜찮다고 했다.

"아, 어제 밥 다 먹었지……."

원나가 혼자 지낼 땐 큰 솥에 한 번 밥을 지으면 하루에서 이틀은 실컷 먹었다. 하지만 이젠 어림도 없었다. 식사 준비는 점점 영군의 몫이 되어갔다. 영군은 원래 요리에 관심이 있어 인터넷을 보면서 조금씩 배웠다고 했다. 덕분에 원나는 듣도 보도 못한 신기한 음식을 많이 먹어볼 수 있었다. 그는 길게 잘라 구운 가지에 채소를 돌돌 말아 롤을 만들어내기도 했고, 호박, 고추, 양파, 두부로 속을 채운 채소만두를 프라이팬에 구워주기도 했다.

오늘 아침은 채소 카레였다. 원나가 설거지를 하는 동안 영군은 남은 카레밥을 프라이팬에 구워 새참으로 먹을 주먹밥을 만들었다. 원나와 영군은 마을 회관으로 나가 펜싱복으로 갈아입었다. 두 사람은 비닐하우스에서 밤을 보낸 어른들이 다치거나 상한 곳이 없는지 살펴본 뒤 마을 회관 펜스로 이동시켰다.

"으어어어어."

"네, 아줌마. 잠깐만 가만히 계세요."

원나는 영군에게 마리아의 몸을 잡게 한 뒤 마리아의 발목에 감아놓은 붕대를 벗겼다. 상처난 부위가 꾸덕꾸덕하게 굳어 있었다. 원나는 새로 붕대를 감은 뒤 반창고를 잘라 붙였다.

"이 아줌마는 여길 물린 거예요?"

"아니."

헬기가 왔을 때 구호품 상자에 맞아 다쳤다는 말에 영군은 크게 놀랐다.

"그럼 일부러 좀비를 만들었다는 거예요?"

"안 그럼 죽게 생겼는데 어떡해."

원나에게도 쉬운 결정은 아니었다. 하지만 후회는 없었다. 혼자 남게 된 뒤로 원나는 자주 그때를 생각했다. 만약 그날로 다시 돌아간다면, 하고. 하지만 그보다 더 좋은 방법은 떠오르지 않았다.

"살고 싶다고, 죽고 싶지 않다고 하셨어."

"아무리 그래도……."

영군은 말을 잇지 못했다. 원나는 새로 붕대를 감은 마리아의 발에 다시 신발을 신겼다. 발이 부어 사이즈가 큰 철종의 신발을 신기고 끈으로 묶어 고정해야 했다.

"잠깐만요."

영군이 원나 곁에 무릎을 꿇고 앉았다. 그는 한 손으로 마리아의 신발을 밑에서 받치고 다른 손으로는 마리아의 하체를 붙들었다. 원나는 재빨리 마리아의 신발과 발등에 끈을 둘러 묶었다. 다른 어른들과 유미까지 모두 펜스 안으로 이동시킨 두 사람은 영자의 집으로 올라갔다. 본격적인 작업에 앞서 영군은 마루에 앉아 선크림을 발랐다. 그는 선스프레이를 몸 전체에 뿌리더니 선글라스와 쿨토시로 온몸을 엄폐했다. 그사이 원나는 닭장을 싹 훑었다. 새로 낳은 알은 없었다. 원나와 영군은 쌀독을 열어 닭 모이를 챙긴 뒤 밀대를 들고 30분 가까이 닭똥을 긁었다.

"잘 모셔."

닭똥은 유기물이 많아 좋은 거름이었다. 영자네 닭들은 이제 알을 많이 낳지 못했지만 그래도 여전히 좋은 거름 공급원이었고, 그것만으로도 특별대우를 받기에 충분했다. 원나는 닭똥이 든 양동이를 두엄간에 붓고 마을회관 창고에서 예초기를 꺼냈다.

"마을 빈집이랑 길 주변에 자란 잡초 좀 처리하자."

텃밭이 아닌 빈 땅에 자라는 풀은 철종과 원나가 틈틈이 예초기를 사용해 깎았다. 8월만 되도 잡초 자라는 속도가 둔해졌다. 씨앗이 영글 준비를 하기 때문이다. 빈집에 무성하게 자란 잡초는 보기에도 좋지 않지만 바람에 날려 텃밭에 씨를 뿌릴 염려도 있어 반드시 제거해줘야 했다. 원나는 영군에게 마스크와 보안경을 내밀었다.

"배기가스 때문에 코가 매워. 그리고 혹시 돌이 튀거나 잡초 줄기 같은 것에 맞으면 다칠지도 모르니까 답답해도 절대 벗으면 안 돼."

요란한 모터 소리에 마을 회관의 어른들이 일제히 두 사람이 있는 쪽을 향해 포효했다. 모두 나란히 서 있는 모습을 보니 키가 큰 철종이 도드라져 보였다. 철종은 한 손만으로도 능숙하게 예초기를 다뤘다.

"앞이 안 보여요."

생전 처음 보는 기계를 다룰 수 있다는 생각에 흥분했던 영군은 5분도 채 되지 않아 목장갑을 낀 손을 흔들어 보였다. 보안경에 땀이 흘러들어가 습기가 차 있었다.

"어쩔 수 없어. 요령껏 해."

원나와 영군은 두 시간 넘게 잘라낸 잡초를 갈퀴로 긁어 외발 수레에 싣고 다시 두엄간으로 향했다. 영군이 숨을 돌리는 사이, 원나는 두엄간에 쏟아넣은 잡초를 골고루 섞은 뒤, 발효가 된 퇴비를 따로 모았다.

"오늘은 여기만 정리하고 좀 쉬자."

영군과 원나는 차갑게 적신 수건을 목에 두르고 철종과 마리아의 텃밭에 들어가 고추 포기 사이에 구멍을 뚫고 퇴비를 줬다.

"이렇게 중간중간 퇴비를 줘서 고춧대가 지치지 않게 힘을 주는 거야. 그럼 10월까지도 계속 고추가 열려."

원나가 구멍을 파면 영군이 구멍 안에 퇴비를 쏟아넣었다. 해가 좀 기울긴 했지만 지면은 열을 받아 밭 전체가 후끈후끈했다. 원나 혼자였다면 벌써 호미를 집어던지고 그만뒀을 일이었다.

"근데 원래 오늘 오후에는 외출 아니었어요? 시간표에서 그렇게 본 것 같은데."

"맞아."

"그런데 왜 안 나가요?"

"지금 농번기잖아. 그리고 너 있을 때 일 바짝 해놔야지."

"그럼 내일은요? 읍내도 안 나가고, 쉬지도 않아요?"

"응, 내일은 나무 해다가 목초액 좀 만들자. 진딧물 좀 잡아야겠어."

"그런 게 어딨어요."

"2주간 열심히 일한다며."

"그건 그렇지만……. 무슨 노예도 아니고 하루도 못 쉬고……."

"쉰 만큼 일을 더 해주고 가든지."

원나는 영군의 시선을 피하며 에라, 하고 과감하게 베팅했다.

"좋아요. 그럼 하루 더 있는 대신 외출 한 번 해요."

"뭐 특별히 하고 싶은 거라도 있어?"

"기름이랑 필요한 물건들 가지러 외출하는 거라면서요. 저도 필요한 것들 좀 챙기고 싶어요."

"그래, 알았어."

"진짜죠?"

"그래, 알았다고."

영군이 활짝 웃는 모습을 보자 원나는 마음이 상했다. 내심 기대하고 있었던 것이다. 혹시 영군의 생각이 좀 바뀌진 않았을까. 떠나지 않고 여기 머물 생각인 것은 아닐까, 하고. 너무 잘 먹고, 너무 열심히 일하고 있었으니까. 대단한 착각이었다. 그렇다면, 하루를 열흘처럼 부리며 붙어 있는 수밖에.

"온 김에 저쪽까지 김매고 가자."

원나가 호미를 휘두르자 영군은 뜨악한 표정을 지었다.

"여기만 정리하고 쉬자면서요."

"그러니까 저기까지 하고 쉬자고."

두 사람의 땀 냄새를 맡고 모기와 날벌레 들이 달려들었다. 원나가 먼저 일어서 앞장섰다.

"빨리 와!"

"알았어요……."

영군이 목에 감아놓은 손수건을 다시 묶고는 체념한 표정으로 원나의 뒤를 따랐다.

[day 6]

영군은 집에 돌아오자마자 옷도 갈아입지 않고 부엌으로 뛰어들어갔다.

"아, 안 되네……."

그는 상기된 표정으로 싱크대 밑에 놓아둔 동그란 반찬통을 열어보고는 금세 풀이 죽었다.

"이게 뭐야?"

"현미 불린 물에 두유를 섞어놓으면 발효가 된다는 소리를 들은 것 같아서……. 아는 애 중에 비건이 있었거든요."

"비건?"

"채식주의자요."

영군은 콩물이 든 플라스틱 통에 얼굴을 대고 냄새를 맡았다.

"오늘 엄청 더웠는데 콩물이 상하진 않았네요. 뭐가 되긴 되는 건가?"

"그걸 발효시켜서 뭐 하게?"

"치즈 만들려구요."

"아, 피자! 그거 그냥 해본 말이라니까."

하지만 원나도 궁금하긴 했다. 콩으로 치즈를 만들 수 있다고? 영군은 효소를 이용해 발효를 해보겠다며 매실, 백년초 효소와 콩국을 섞어 플라스틱통에 담았다.

영군이 부엌에 있는 동안 원나는 먼저 씻기로 했다. 옷을 갈아입으려고 보니 가슴과 허벅지에 붉은 반점이 생겨 부풀어올라 있었다. 작업하다가 진드기가 옷 속에 들어간 모양이었다. 나풀거리는 옷 입지 말라고, 멋 부리다 큰코다친다고 잔소리해놓고 정작 자기 옷차림엔 신경을 쓰지 못한 것이다.

원나는 마리아의 화장대 앞에 앉아 손거울로 등을 비춰봤다. 왼쪽 팔에서 목, 가슴을 지나 등까지 이어진 흉터가 새삼 더 흉해 보였다. 연고를 바르면서 흉터를 손으로 만지던 원나는 옷을 갈아입고는 거울을 똑바로 쳐다봤다. 여름 내내 얼굴이 까맣게 타 뺨 쪽의 흉터는 잘 보이지 않았다. 원나는 고개를 앞으로 쭉 빼고 숙였다가 살며시 들어올렸다. 얼굴선까지 내려온 머리칼에 얼굴이 가려진 단발 사다코가 나타났다.

"누나, 해, 아, 깜짝이야!"

영군이 문을 열고 들어서다 황급히 문을 닫고 나갔다가 다시 들어왔다. 원나는 고개를 들고 머리카락을 뒤로 넘겼다. 무안함에 가슴이 쿵쾅쿵쾅 뛰었다.

"왜, 왜……."

"아, 해 진다구요."

마을 회관에 가야 한다는 소리였다. 원나는 혼자 다녀오겠다고 말했다.

"너는 밥하던 거 해."

영군은 원나의 얼굴과 거울을 번갈아 바라보며 잠시 뜸을 들이더니 알았다고 대답했다.

*

"으어어, 으어어어어어."

미라가 잿빛 눈을 희번덕거리며 원나를 반겨줬다.

"엄마, 그건 나도 좀 무섭다. 눈 좀 작게 떠."

원나는 미라의 어깨에 머리를 기댔다.

"아, 진짜 쪽팔려."

"으어어어어."

"응. 좀 쓰라린데 괜찮아. 약 발랐어. ……그런데 엄마, 옥수수 농사가 옥수수 다 익는다고 끝이 아니잖아? 옥수숫대도 베야 되고, 땅에 단물 쪽 빠졌을 테니까 퇴비 뿌린 다음에 무랑 배추 심어야 되잖아. 그거까지는 해놓고 가라고 해도 괜찮을까?"

사실 거기까지가 옥수수 농사의 마무리였다. 하지만 무, 배추는 또 어쩌지? 땅은 쉼없이 작물을 만드는데, 옥수수만 따가지고 가겠다고?

"엄마, 왜 대답을 안 해? 지금 반대하는 거야?"

"으어어."

"그치? 그거까지는 해야 되는 게 맞는 거지?"

"으어어어어. 으어어어어."

마스크를 쓴 철종이 가까이로 다가와 원나의 의견에 힘을 실어줬다. 어느새 6시였다. 원나는 신발장 위에 올려놓은 라디오의 전원 스위치를 눌렀다. 헬리콥터에서 떨어진 구호품 상자 안에 들어 있던 라디오에서 매일 저녁

6시, 시보와 함께 1분 안내방송이 나왔다.

"속보를 기다려주십시오. 백신이 개발 중입니다. 감염자와 떨어져 계십시오. 감염자를 죽이는 것은 불법입니다. 속보를……."

원나는 주파수를 돌려봤다. 중간중간 "삐-" 하고 듣기 싫은 소리가 그어질 뿐 거의 모든 채널이 먹통이었다. 원나는 다시 본래 맞춰져 있던 1004 헤르츠로 채널을 돌렸다. 정확히 1분간 이어지던 안내방송은 시보와 같은 멜로디와 함께 종료되었다.

어른들을 비닐하우스로 이동시킨 뒤 원나는 마을 회관 마루에 잠시 앉았다. 영군을 끌고 다닌답시고 며칠째 너무 과로하고 있었다. 언제까지 기다려야 하는 걸까? 언제쯤이면 백신이 오고 엄마와 마을 어른들을 치료할 수 있을까? 아니, 언제가 됐든 끝이 나긴 할까?

로빈슨 크루소는 무인도에서 무려 28년을 살았다. 마지막 3년을 프라이데이와 함께 살았는데 그 전까지는, 그러니까 25년 동안 완전히 혼자였다. 15년 만에 무인도에서 처음 사람의 발자국을 발견했을 때 로빈슨 크루소는 겁에 질려 도망친다. 혼이 쏙 빠질 만큼 겁을 집어먹은 그는 해변에 발자국을 찍어놓은 것이 귀신이나 악마일지도 모른다고 생각한다. 그리고 나중에는 모든 게 착각이고 그 발자국은 자기 것일 거라고 스스로 설득하는 지경에 이른다.

앵무새에게 말을 가르칠 정도로 외로움에 몸부림을 쳤으면서도 누군가 자신을 해칠까봐 두려워했던 로빈슨 크루소. 그 소심한 아저씨가 '악마라도 괜찮아'라고 생각하기까지는 무려 5년이나 걸린다. 그리고 다시 5년이 지난 뒤에야 로빈슨 크루소는 마침내 프라이데이를 만나게 된다. 프라이데이는 예삐 보일 정도로 잘생긴 사내였다고 묘사되어 있다. 로빈슨 크루소는 그가 사랑스럽고, 그와 함께 생활하는 게 행복하다고 말하기도 했다.

섬을 떠날 결심을 하면서 로빈슨 크루소는 프라이데이를 놓아주려고 하지만 프라이데이는 끝까지 로빈슨 크루소의 곁을 지킨다. 멀리 보낼 거라면 차라리 자기를 죽여달라고 하면서. 다시 생각해도 울컥한 장면이었다.

'그런데 내 금요일은 보름만 있다 떠나겠다고 한다고요.'

원나는 울적해졌다. 적어도 자기 곁에는 엄마와 마을 사람들이 있고, 여기는 낯선 곳이 아니라 오랫동안 살아온 동네고, 농작물이 나는 텃밭도 있고, 전기도 쓸 수 있고, 그러니까 로빈슨 크루소보다 낫지 않은가, 하던 자기 위로가 더 이상 도움이 되지 않았다. 원나는 해가 완전히 넘어갈 때까지 앉아 있다 자리를 털고 일어섰다.

"야!"

멀리서 영군이 한 손에 뭔가 나풀거리는 것을 들고 휘적휘적 걸어오고 있었다.

"야!"

영군은 또 한 번 소리를 질렀다. 야……?!

"왜!"

원나도 맞받아 소리쳤다. 눈을 맞출 수 있을 만큼 가까이 다가온 영군은 원나를 노려보더니 오른손에 들고 있던 옷걸이를 앞으로 내밀었다.

"어, 저, 그……."

원나의 교복이었다.

"사기칠 생각 마라."

영군은 왼손에 꽉 움켜쥐고 있던 선수 등록증을 내밀었다. 원나의 생년월일과 이름, 소속, 시합일이 보란듯이 적혀 있었다. 옷을 갈아입으려고 옷장을 뒤지다 발견했다고 했다.

"네가 처음부터 몇 살이냐고 묻지도 않고 누나라고 했잖아."

"뭐?"

"상황이 그렇게 흘러간 거지, 거짓말하거나 속일 생각은 없었어."

"묻지 않은 내가 잘못이라는 거야?"

"그, 그렇지."

"그런 줄도 모르고. 아, 진짜……."

영군은 며칠 동안 원나를 누나라고 부르며 '깍듯이' 대했던 것이 약올라 죽을 것만 같았다.

"겨우 두 살 가지고……."

"겨우라니!"

"여, 여, 여기는 열 살 터울까지는 편안하게 친구 먹는 데야."

"그런 게 어딨냐. 그리고 왜 두 살이야. 세 살이…… 어, 그러게? 너 왜 스무 살이야?"

"……."

"사고 쳤냐?"

원나의 얼굴이 굳어졌다. 그렇게 표현할 수도 있겠다. 대형 사고를 쳤지. 아빠를 죽이고, 스스로를 불태우고.

"어쨌든 너!"

영군이 원나에게 성큼 다가왔다. 그러고는 원나의 머리통을 쓰다듬으며 말했다.

"이제부터 오빠라고 불러. 알았지?"

"……."

"오빠가 밥해놨어. 오빠랑 집에 가서 밥 먹자."

"오빠 믿지?"

그날 이후, 영군의 입에서 나오는 모든 말의 주어는 '오빠'였다. 오빠가 할게. 오빠는 이게 좋아. 오빠가 부르잖니. 오빠가 생각하기엔. 오빠는 저쪽을 맡을게…….

원나는 면허증까지 확인한 뒤 영군에게 철종의 차 키를 내줬다. 마을에 들어온 지 일주일. 마침내 외출권을 획득한 영군은 뛸 듯이 기뻐했다. 원나와 영군은 펜싱 슈트로 무장한 뒤 차에 올라탔다. 뿌리는 모기약과 제습제가 필요했고, 스탠드형 랜턴에 들어가는 네모난 건전지도 여유분이 없었다. 영군은 바디스크럽과 미스트가 필요하다고 했다. 원나는 그런 걸 구할 수 있을지 장담할 수 없다고 말해뒀다.

"레몬즙이나 프로바이오틱스 같은 걸 구할 수 있음 좋은데. 아예 젖소를 한 마리 잡아올 수 있음 더 좋고."

"얼씨구."

영군은 기와집에서 신애와 순애가 만들어놓은 효소를 종류별로 다 섞어봤지만 콩물을 발효하는 데 실패했다.

"진짜 꼭 만들어 먹고 말 거야."

영군은 시동을 걸자마자 에어컨을 켰다. 내색은 안 했지만 설레기는 원나도 마찬가지였다. 사발이가 아닌 차를 타고, 그것도 누군가와 함께 외출하는 것은 처음이었다. 차가 있으니 기름도 더 많이 가져올 수 있을 거였다.

"엄마, 갔다 올게! 다녀올게요! 유미야, 밖에 나가면 안 돼."

원나는 창문을 내리고 어른들을 향해 손을 흔들었다.

"진짜 알아들을 거라고 생각하는 거냐."

영군이 선글라스를 끼고 룸미러로 제 얼굴을 들여다봤다.

"응."

원나는 머리칼로 왼쪽 뺨을 가리고 창밖을 내다봤다.

"더운데 머리 좀 넘겨."

운전석에 앉아 있는 영군의 손이 원나의 왼쪽뺨 쪽으로 다가왔다.

"아!"

원나는 반사적으로 영군의 팔을 탁 쳐냈다.

"덥잖아! 그리고 계속 말하고 싶었는데 머리 넘긴 게 더 예뻐."

"뭐?"

"너 처음 봤을 때, 그땐 머리 넘기고 있었잖아."

"……."

원나는 시선을 창가로 돌렸다. 어이없게도 심장이 뛰는 소리가 자동차 스피커로 쾅쾅 울리는 것 같았다. 미쳤어, 진짜. 원나는 입술을 잘근잘근 씹었다. 얼굴이 터질 것처럼 달아올랐다.

"그리고 너, 자꾸 야, 야, 할래? 오빠라고 부르라니까."

영군은 맞은 데가 아프다고 엄살을 떨며 계속 말을 걸었지만 원나가 별다른 반응을 보이지 않자 제 풀에 지쳐 입을 다물었다. 두 사람은 한동안 말없이 텅 빈 도로를 달렸다. 영군은 호주머니에서 핸드폰을 꺼내 음악을 틀었다.

Oh Oh Oh 오빠를 사랑해. Ah Ah Ah Ah 많이, 많이 해. Oh Oh Oh Oh Oh Oh Oh 오빠를 사랑해. Ah Ah Ah Ah Ah Ah Ah Ah 많이, 많이 해.

"다른 노래 틀어라."

"왜? 좋은데."

영군은 어깨를 들썩이며 오, 오, 오, 하고 노래를 따라 부르다가 원나의 시선을 의식하곤 다른 트랙으로 돌렸다.

한 번도 못했던 말. 울면서 할 줄은 나 몰랐던 말. 나는요, 오빠가 좋은걸 어떡해.

"아, 진짜……."
"왜."
"남자 가수 노래는 없어?"
"있지, 왜 없어."

오오오오 오빠 강남 스타일. 강남 스타일. 오빠 강남 스타일.

원나는 영군을 노려봤다.
"왜, 남자 가수잖아."
"그냥 조용히 가면 안 돼?"
영군은 안 돼, 하고는 볼륨을 더 높였다.

아름다워. 사랑스러워. 그래, 너. hey. 그래, 바로 너. hey. 지금부터 갈 데까지 가볼까.

*

"이런 데 뭐가 남아 있긴 해?"
읍내에 들어서자 영군은 운전대 가까이 몸을 기울이고 창밖을 내다봤다. 사람도, 감염자도 보이지 않았다. 커다란 먼지 뭉치 같은 개들이 이따금 건물과 건물 사이를 뛰어다녔지만 창문을 열고 불러도 다가오기는커녕 오히려 겁을 먹고 달아났다.

"있을 건 다 있어. 없는 건 할 수 없고."

영군과 원나는 마스크를 뒤집어썼다. 원나는 충전지를 어깨에 메고 에페 소켓에 전선을 끼운 뒤 3단 전기봉과 그물총을 꺼내 양손에 들었다.

"또 잘못 만져서 기절하면 여기 버리고 갈 거야."

"거, 걱정하지 마."

대형 마트나 쇼핑몰을 기대한 영군은 약간 실망한 눈치였다. 하지만 농번기였고, 가까스로 시간을 낸 거라 더 멀리 나갈 수는 없었다. 두 사람은 먼저 약국으로 향했다. 안 그래도 오래된 약국 간판은 아예 바닥으로 주저앉아 있었다. 깨진 문틈으로 개나 고양이가 드나든 모양인지 바닥 여기저기에 딱딱하게 군은 똥이 조약돌처럼 떨어져 있었다. 원나는 감염자들이 없는지 주위를 잘 둘러본 뒤, 약장을 살폈다. 원나가 분사형 살충제와 바르는 모기약, 모기향, 마을 회관에 놓아둘 제습제를 챙기는 사이 영군은 분말형 프로바이오틱스 한 상자를 집어들었다. 기어이 약으로라도 두유를 발효시켜보겠다는 거였다.

"그게 가능하긴 한 거야?"

"몰라. 안 해봤어. 근데 될 것 같지 않나?"

원나는 가방 안에 챙긴 물품들을 확인한 뒤 계산대에 포스트잇을 붙였다.

"그 약도 내가 쏜다."

원나는 영군이 들고 있는 약병에 적인 제품명을 포스트잇에 적었다. 영군은 그런 원나가 못마땅했다. 이걸 갚겠다고? 그럴 날이 올 리도 없지만 설사 온다고 해도 그렇지. 주인이 없는 물건을 가져가는 게 뭐가 어떻단 말인가. 하지만 원나는 진지했고, 영군은 굳이 싫은 내색을 하지 않았다. 괜히 싸울

일을 만들어봤자 손해를 보는 건 영군일 테니까.

구멍가게와 슈퍼에는 이제 가져올 만한 것이 별로 없었다. 그나마 물건이 남아 있음직한 가게 안엔 새끼를 낳은 고양이가 안광을 번뜩이며 등을 세우고 경계를 하는 바람에 들어갈 엄두도 내지 못했다. 주인은 사라졌지만 외관에 별 손상이 없어 아직 손님을 받을 것만 같은 이발소, 외벽이 사라져 기계만 듬성듬성 놓여 있는 방앗간, 장터가 열리던 곳에 쓰러져 있는 파라솔…… 사이로 영군과 원나는 별다른 말 없이 걸었다.

영군은 식당 앞에 서 있는 커피 자판기를 발견하더니 주변을 두리번거렸다. 그는 멀리까지 달려가 끝이 두 쪽으로 갈라진 잡초 호미와 손도끼를 들고 오더니 다짜고짜 자판기를 뜯기 시작했다.

"그건 왜."

영군이 땀을 뻘뻘 흘리며 가까스로 뜯어낸 자판기 안에서 끄집어낸 것은 벤딩 전지분이었다. 그는 가쁜 숨을 몰아쉬며 치즈, 우유, 피자 따위의 말을 중얼거렸다.

"아, 우유가 있으면 치즈를 만들 수 있고, 치즈가 있으면 피자를 만들 수 있다고?"

영군이 고개를 끄덕였다. 원나가 먹고 싶다고 해서 시작된 일이었으나 이미 원나와 상관없어진 지 오래였다. 이쯤 되면 영군과 피자, 아니, 피자를 먹을 수 없게 된 세상과의 싸움이었다.

"그래, 꼭 만들어. 성공하면 그땐 진짜 오빠로 인정해줄게."

사소한 욕망과 계획을 가져야 한다고, 그래야 생활에 활력이 생긴다고 철종도 늘 말했다.

전지분유를 챙긴 영군은 이제 여유롭게 주변을 둘러봤다. 딱히 사람의 손을 탄 것 같진 않았지만 좀비들도 보이지 않았다. 꼭 유령의 도시 같았다. 영군은 고물상 앞에 놓여진 뻥튀기 기계를 눈여겨봤다. 잠시 싣고 갈 방법을 고민하던 그는 싣고 가는 것보다 곡물을 가져와 튀겨 먹는 게 낫겠다는 결론을 내렸다.

두 사람은 순식간에 읍내를 두 번이나 빙 돌았다. 원나는 아쉬운 마음에 순댓국집 앞에 쓰러진 파라솔을 세우고 의자를 주워다 앉았다.

"영화를 보거나 시디 같은 걸 사려면 더 멀리 나가야 하는 거야?"

영군이 물었다.

"응. 여기서 차로 2~30분 정도 더 나가야 해."

"그럼 여기 애들은 뭐하고 놀았어?"

"피시방? 오락실?"

떠오르는 대로 대충 대답했지만 원나는 또래 애들이 뭘 하고 노는지 잘 몰랐다. 원나가 누군가와 이렇게 큰길에 앉아 노닥거리는 게 처음이라는 걸 영군은 상상도 못 할 거였다. 건전지를 챙기지 못한 영군과 원나는 차를 몰고 조금만 더 나가보기로 했다. 두 사람이 앉아 있는 곳에서 차로 5분 거리에 소형 슈퍼가 있었다. 영군은 외관이 깨끗한 차가 보일 때마다 키가 꽂혀 있는지 확인했지만 멀쩡한 차에 키까지 꽂혀 있는 행운은 찾아오지 않았다.

*

"넌 진짜 미쳤어."

원나가 공설 운동장에 모아둔 감염자들을 보고 영군은 놀라다 못해 질렸다는 표정을 지었다. 어린아이와 또래의 친구 들, 실제로 원나와 같은 학교에 다니던 아이들도 있었지만 대부분은 노인들이었다.

"그래서 돌아다니면 위험해. 웅덩이에 빠지기도 하고, 건물 잔해에 다치기도 하고."

"지금 이게 제일 위험해. 저 안에 사람이, 너나 내가 갇힌다고 생각해봐. 산산이 찢겨서 잡아먹힐걸?"

영군은 몸서리쳤다.

"그래서 우리가 이 더위에도 펜싱복을 입고 있는 거 아냐. 이렇게 모여 있으면 나중에 백신이 왔을 때도 한꺼번에 처방받을 수 있잖아."

"너, 좀비한테 물리고 깨어나는 사람들만 보고 좀비들이 사람 다 먹어치우는 건 못 봤지?"

원나는 처음 마을 밖으로 나가다 본 여자를 떠올렸다. 자동차에서 남자를 물어뜯고 있던 원피스 아가씨. 요양병원에서 만난 의사가 손을 먹으려 하기도 했고, 미라도 원나를 보자마자 침을 줄줄 흘리며 달려들었다. 마리아를 감염시키기 위해 철종이 아니라 유미를 선택한 것도 철종이 마리아를 다 먹어버릴까봐서였다. 하지만 진짜로 다 먹어치우는 것을 본 적이 있냐고 묻는다면······.

"어? 못 봤지?"

영군은 다그쳐 물었다.

"······응, 못 봤어."

"나도 너네 마을 노인들처럼 순하고 무기력한 좀비들은 본 적 없어. 여기도 비슷해 보이고. 이제 이해가 되네."

"뭐가?"

"서울 대형 연예 기획사에 가면, 어렸을 때부터 아이돌 되려고 준비하는 애들이 있거든."

밑도 끝도 없는 이야기였다. 원나는 가만히 듣고 있었다.

"걔들은 학교도 잘 안 가고, 회사, 집, 회사, 집, 그나마도 회사 근처에서 합숙하면 진짜 회사, 회사, 회사, 이렇게 살아. 그러다 운이 좋아서 일찍 데뷔를 하면 개들은 이십대가 되어도 바깥 세상에 대해서 아무것도 몰라. 버스 요금은 얼만지, 지하철은 어떻게 타야 되는지……."

원나는 영군이 무슨 소리를 하고 싶은 건지 알 수가 없었다.

"맥락은 좀 다른데 너도 지금 그래 보여. 여기 시골에만 있으니까 바깥 세상이 어떤지는 하나도 모르잖아."

"우물 안 개구리, 뭐 그런 소리 하는 거야?"

"이빨 없고 근력 딸리는 할아버지, 할머니 좀비들만 있는 게 아냐. 사방에서 너보다 덩치가 두 배는 큰 좀비들이 수도 없이 몰려 나오기도 해. 눈앞에서 사람을 다 먹어치우기도 한다고. 사람들? 만나면 좋을 거 같지? 백신? 웃기지 말라고 해. 바깥 세상은 네 생각과 많이 다르단다, 꼬마야."

"……."

"하긴. 우물 밖이 전쟁터면 뭐하러 굳이 우물 밖으로 나오냐. 좁더라도 그냥 우물 안에서 물 먹고, 이끼 먹고 사는 거지."

"……."

"가자. 너네 할매, 할배들 기다리시겠다."

영군은 엉거주춤 서 있는 원나의 손을 잡아끌었다.

"어서 마을로 돌아가자고."

[day 10]

옥수수 밭이 온통 노랗게 말라 죽어 있었다. 영군은 원망스러운 눈동자로 옥수수 밭을 노려봤다. 원나는 자꾸만 웃음이 터졌다. 숨겨보려고 해도 비실비실 터져나오는 웃음을 참기 위해 원나는 어금니로 입 안쪽 살을 꽉 깨물었다.

"어쩌냐. 오빠, 너 못 가겠다."

원나는 결국 참지 못하고 푸흐흐흐, 하고 웃음을 터뜨리다 눈을 번쩍 떴다. 꿈이었다. 아직 이른 아침인데도 햇빛이 쨍했다. 길몽인지 흉몽인지 알수가 없었다. 원나는 벌떡 일어났다. 운동화를 꿰어 신고 옥수수 밭까지 곧장 달렸다. 영군이 온 뒤로 한 번도 거름을 주거나 김을 매지도 않았는데 옥수수대가 제멋대로 쑥쑥 자라고 있었다. 곱게 싸여 있는 옥수수잎을 까보고 원나는 더 크게 낙담했다.

"젠장!"

올해는 그 어느 해보다 속이 알찬 옥수수를 수확하게 될 것이다. 집으로 터덜터덜 걸어오면서 원나는 야속할 정도로 깨끗한 하늘을 올려다봤다. 왜비도 안 오는 거야?! 멧돼지라도 풀어 옥수수 밭을 다 털어버리고 싶었다. 집에 도착해 신발을 벗으려고 보니 운동화를 짝짝으로 신고 있었다. 원나는 한숨을 푹 내쉬었다. 이게 뭔 미친 짓인가.

영군은 세상 모르고 마루에 대자로 뻗어 잠들어 있었다. 벌겋게 달아올랐던 눈 밑과 어깨가 다시 뽀얗게 가라앉아 있었다. 맨날 탄다고 호들갑을 떠는 건 영군인데 정작 하루, 하루 착실하게 새까매지는 건 원나였다. 영군의 머리칼이 땀으로 다 젖어 있었다. 원나는 꺼진 모기향에 불을 붙인 뒤, 영군 곁에 앉아 부채를 부치다 앉은 채로 잠이 들었다.

"됐다! 원나야, 됐어!"

영군이 소리를 지르며 원나의 몸을 흔들었다. 원나는 마루 벽 쪽에 등을 딱 붙이고 누워 손에 부채를 쥔 채 깨어났다.

"됐어! 두유가 발효됐어!"

영군은 의기양양하게 원나를 끌고 부엌으로 갔다. 프로바이오틱스에 전지분유를 섞은 혼합물은 발효에 실패, 다시 한번 프로바이오틱스와 두유를 섞어봤더니 발효에 성공했다는 것이었다. 영군은 신중한 표정으로 응고된 두유를 면포에 걸러 순두부 같은 치즈를 만들어냈다.

"이제 냉장고에 넣고 며칠 숙성을 시키면 돼."

"며칠이나?"

"글쎄, 한 이틀?"

"아……."

어째서 숙성은 왜 그리 짧은 것인가. 원나는 탄식했다.

"걱정 마. 오빠가 꼭 피자 만들어줄 테니까."

그런 걱정은 한 번도 해본 적이 없었다. 피자 같은 건 안 먹어도 그만이었다.

"일단 치즈 맛 좀 보자."

영군은 밭에서 따온 채소를 아무렇게나 찢어넣고 샐러드를 만들었다.

"외출했으니까, 약속대로 하루는 더 있을 거야."

샐러드에 간장과 식초, 소금, 후추, 콩기름 따위를 섞은 드레싱을 뿌리며 영군이 대뜸 말했다.

"어차피 옥수수가 아직 안 익었어."

원나는 마루 끝에 서서 하늘을 올려다봤다. 하늘이 한 뼘쯤 더 높아진 것 같았다. 가을이, 오긴 오나보다.

"그래?"

"응, 어제 내가 봤는데 며칠 더 있어야 될 것 같아."

"언제 갔었어?"

"어, 어제 내가 잠깐 가서 보고 왔어."

"보면 알아?"

"당연하지."

"며칠이나 더 있어야 될 것 같은데?"

"원래 따려던 날보다 하루? 이틀쯤 뒤?"

"넉넉 잡아 이틀 뒤라는 거지?"

왜. 못 떠날까봐 겁나냐.

"걱정 마. 너무 익어도 못 먹어."

원나는 입을 삐죽거리며 대답했다. 영군은 마침내 안도한 표정으로 그럼 오늘은 뭘 해야 하냐고 물었다.

"고추 말리는 것도 들여다봐야 되고 깨도 털어야 되는데, 일단 감자밭에 감자 순 따러 가자."

영군은 밭으로 걸어가면서 선크림을 발랐다. 며칠 사이 살이 올라 얼굴이 훨씬 건강해 보였다.

"원나 너 이제 혼자 농사일 어떻게 다 하나?"

"하는 데까지만 하면 되지."

"무책임한 소리!"

"도와줄 것도 아니면서 신경 꺼."

"그래, 있을 때 열심히 부려먹어라."

영군은 성큼성큼 밭으로 내려가 몸을 숙였다.

"잠깐! 다 따면 안 돼."

"왜?"

"광합성 해야지. 다 따면 감자 죽어."

감자는 뿌리 식물이라 잎에서 영양분을 다 빼앗기면 알이 여물지 못했다. 감자잎은 따로 먹을 수도 없어 그야말로 잡초 제거나 마찬가지처럼 보이지만 감자 중에서 제일 실한 놈 한, 두 개는 반드시 남겨놔야 했다. 이 주 전쯤,

이른 봄에 심은 감자를 한 번 수확하고 땅을 좀 놀린 뒤 파종한 수미감자에서 어느새 싹이 올라와 있었다. 소출이 적은 대신 식감이 좋고 이기작이 가능해 몇 년 전부터 마을에서는 수미감자만 심었다. 가을에 캘 수 있어 씨감자 보관 걱정을 덜 수 있다는 점이 가장 큰 장점이었다. 하지만 이제 원나는 혼자서 감자를 두 번이나 심고 캐야 한다는 것에 짜증이 났다.

"쉬운 일이 하나도 없네."

"먹고사는 데 쉬운 일이 어딨냐."

원나는 턱밑으로 흘러내리는 땀을 훔치며 대꾸했다. 어른들이 늘상 하던 말이었다.

"지금껏 셀 수 없이 많은 감자를 먹어왔지만 내가 감자 밭에 올 거라고 상상도 못했어. 이런 거, 한 번도 궁금해본 적도 없고……."

영군은 대단한 깨달음에 도달한 사람처럼 중얼거렸다. 그래서 어른들이 늘 말했다. 살다 보면 별일이 다 벌어진다고, 한 치 앞도 모르는 게 인생이라고. 그래도 며칠 사이 영군이 작업에 익숙해져 원나가 잔소리하는 시간이 줄었다. 새참을 먹기도 전에 일이 끝나자 영군은 아무래도 농사 체질인 것 같다며 너스레를 떨었다.

"그 정도까진 아니고."

원나는 흘러내린 손수건을 다시 한번 꽉 묶었다.

"어, 너 잠깐만…… 너 목에 그거 뭐야? 땀띠 아냐?"

"아, 아냐."

원나는 손수건을 돌려 영군이 가리킨 부분을 매듭으로 가렸다. 정말로 오톨도톨 땀띠가 슬어 있었다. 바보 같은 짓이라는 걸 알았지만 그래도 가릴 수 있을 때까진 가리고 싶은 것이 원나의 마음이었다.

"야! 해 다 졌잖아."

두 사람은 헐레벌떡 마을 회관으로 들어갔다. 원나가 뭐라고 하기도 전에 영군이 먼저 손전등을 들고 어른들을 이동시키기 시작했다.

"이제 잘하네. 완전 능숙해."

빈말이 아니었다. 원나는 진심으로 감탄했다.

"밥값 하는 거야. 밥값! 아, 아줌마. 이, 이쪽으로……."

비틀비틀 걷다가 우뚝 멈춰 서 있는 마리아를 영군이 조심, 조심 비닐하우스 안쪽으로 이끌었다.

"야, 이 할머니들 좀 어떻게 해봐."

신애와 순애가 영군 앞을 가로막고 서 있었다.

"오빠가 좋으신가봐."

원나가 웃고만 서 있자 영군이 할머니들 사이로 아줌마를 데리고 지나갔다.

"으어어어어."

"응, 대견하네. 그치, 엄마?"

원나는 미라에게 귓속말로 속삭였다. 불빛을 받은 어른들의 얼굴이 반질반질 빛났다.

[day 13]

"원나야, 이제 진짜 옥수수 따자."

"어?"

수돗가에 나란히 쭈그리고 앉아 아침 먹은 그릇을 설거지 하고 있을 때였다.

"어제 가서 봤는데 더 두면 안 되겠어. 벌써 잎이 노랗게 변한 것도 있던데?"

영군이 다시 한번 쐐기를 박았다. 원나는 불시에 양쪽 뺨을 차례로 얻어

248

터진 기분이었다.

"어, 아, 맞다. 그, 그러자고 하려 했어."

"그래? 언제?"

"응?"

"언제 따냐고, 옥수수."

"아. 내일. 아, 아니, 모레쯤?"

"그래, 그럼 내일모레는 꼭 옥수수 따자."

"알았다니까."

영군이 다 씻은 그릇을 장독대로 올렸다. 어떡하지. 원나는 물 묻은 손을 허리춤에 문대며 생각했다. 영군이 원나에게 수건을 내밀며 쿡 찔렀다.

"뭐해."

"응?"

"오늘은 어디부터 가냐니까!"

"펜싱복 갖고 싶다고 했지?"

"주게?"

"아저씨, 그러니까 우리 코치님 펜싱복, 오빠한테 맞을 거야."

"야, 그럼! 작업복도 이렇게 잘 맞잖아."

영군은 가슴을 앞으로 쭉 내밀었다. 영군은 벌써 며칠 전부터 철종의 옷을 입고 생활하고 있었다.

"그거 줄게."

"정말?"

"대신 마지막으로 부탁이 있어."

"뭔데?"

"떠나기 전에 아저씨랑 할아버지들…… 씻기고 옷 좀 갈아입혀줘."

"······물면 어떡해."

"헬멧만 안 벗기면 괜찮아."

"······알았어."

"진짜?"

"진짜!"

어른들 이야기만 나와도 질색하는 영군이었다. 분명 거절할 거라 생각하고 큰 기대 없이 던진 말이었는데, 뜻밖이었다. 오빠라고 불리는 마당에 계속 무섭다고 내빼기만 할 수가 없었던 걸까? 그렇게도 펜싱복이 탐났던 건가? 어쩌면 떠날 날이 가까워져 돌연 용기가 솟은 건지도 몰랐다.

"잠깐만 기다려봐."

영군이 집으로 달려가 스프레이 통 하나를 들고 왔다. 읍내 나갔을 때 챙겨온 '드라이 샴푸'라고 했다.

"이렇게 머리카락에 스프레이를 분사하고······."

영군은 마스크를 쓰지 않은 어른들 중 가장 덩치가 작아 만만한 점순을 붙잡고 손수 시범을 보였다.

"분사물이 보이지 않을 때까지 손으로 문질러주면, 끝."

점순의 파마머리가 순식간에 보송보송해졌다. 머리를 안 감는다고 기름지거나 비듬이 날리는 것은 아니었지만 좋은 냄새가 나고 보송보송하게 말라 보기 좋았다.

"이런 건 언제 챙겼어?"

"너 제습제 찾을 때."

"이건 좀 놓고 가. 아니다. 내가 다음에 나가서 가져오지, 뭐. 약국에 있었다고?"

"응, 슈퍼에도 있을걸."

원나는 철종과 만주, 치복이 갈아입을 옷과 물수건을 챙겼다.

"응, 엄마. 영군이 오늘 아저씨랑 할아버지들 씻겨준대. 우리는 저쪽으로 가자."

본격적인 '작업' 전에 영군과 원나는 먼저 미라와 마리아, 유미와 할머니들을 비닐하우스로 이동시켰다.

"깨끗한데?"

영군이 철종을 눈대중으로 훑어보고는 말했다.

"보이는 데는 내가 닦아드렸어."

철종의 오른손엔 그가 스스로 감아놓은 뽁뽁이가 감겨 있었다. 꼼꼼한 성격답게 어쩌나 단단하고 두껍게 감아났는지, 벽을 치거나 어른들과 부딪히면서 표면이 좀 까졌을 뿐 대체로 견고했다. 영군은 생각보다 괜찮은 것 같다며 큰소리치면서도 철종이 움직일 때마다 움찔움찔 놀라며 상체를 뒤로 뺐다.

"마스크 때문에 티셔츠를 벗길 수가 없어. 일단 가위로 자른다? 넌 가서 남방 좀 찾아와."

면바지 역시 잘라내고 통풍이 잘 되는 몸빼바지로 갈아입히기로 했다. 영군은 물수건으로 철종의 배와 허벅지, 종아리를 꼼꼼하게 닦았다. 우여곡절 끝에 철종의 목욕이 끝났다. 다음은 치복이었다. 영군은 한결 익숙해진 순서로 치복의 옷을 잘라내고 몸을 닦기 시작했다.

"이 할아버지 다리가 너무 길어."

영군은 치복의 야윈 다리를 물수건으로 여러 번 닦아낸 뒤 몸빼로 갈아입혔다. 원나가 치복을 비닐하우스로 들여보내고 있을 때였다.

"야, 야, 야! 으아아아! 으아아, 으아아아아!"

영군이 호들갑스럽게 비명을 질렀다. 만주의 머리가 영군의 팔뚝에 달라붙어 있었다.

"으아아아, 으아아아. 야! 어떻게 좀 해봐."

"할아버지, 먹는 거 아니에요."

원나는 만주를 달래 영군의 몸에서 떨어뜨렸다.

"나 뭔가 날카로운 것에 긁혔어. 저 할아버지, 이빨 없는 거 확실해?"

영군은 호들갑을 떨었지만 팔뚝엔 침이 좀 묻어 있을 뿐이었다.

"갑자기 머리도 좀 아픈 거 같고, 열도 나는 것 같아."

원나는 영군의 이마에 손을 짚어봤다.

"……열은 없는데."

"소독이라도 해줘."

금방이라도 울 것 같은 표정이었다. 밴드는 있었지만 소독약이 없었다. 원나는 영군을 끌고 기와집으로 갔다. 신애와 순애가 풀에 쓸리거나 상처가 나면 독주로 소독을 해줬던 게 기억난 것이다. 정말 소독이 필요하다는 생각은 들지 않았지만 해서 나쁠 건 없었다. 뭣보다 겁에 질린 영군을 좀 진정시킬 필요가 있었다.

기와집 술 창고는 원나한테조차 함부로 열어주지 않는, 신애와 순애의 비밀의 방이었다. 가장 최근에 담근 것은 원나가 철종의 집에서 떼어다 준 말벌 집을 통째 집어넣은 노봉주였다. 술병에 삼지구엽초와 애벌레들이 둥둥 떠 있었다. 영군은 노봉주의 압도적인 비주얼에 흥분했다.

"조심해. 겁나 비싸댔어."

"진짜? 그렇게 맛있어?"

"전리, 립, 아, 아니 아무튼 남자들한테 엄청 좋대."

원나는 얼굴을 붉히며 말끝을 흐렸다. 신애와 순애가 나중에 원나 신랑이 오면 줘야겠다고 약올리던 기억이 떠올랐다. 영군은 한글을 처음 배운 어린아이처럼 술병의 라벨을 하나씩 소리내어 읽었다. 노봉주는 물론 매실, 복분자, 앵두 등의 과실주와 뱀, 두꺼비주도 있었다.

"야, 한번 먹어보자."

"안 돼."

"남자한테 좋은지 안 좋은지 내가 확인해볼게."

"하, 할머니들 허락 없이 마시면 안 된다니까. 나중에 할머니들 허락받고 마셔."

"오, 이것도 맛있겠다."

영군은 이번에는 복분자주를 집어들었다.

"이리 와. 소독하게."

원나는 영군의 손에서 복분자주를 빼앗아 내려놓고 소주를 수건에 적셔 영군의 팔을 닦아냈다.

"이제 그 아저씨 펜싱복 내 꺼다?"

"그래, 가져."

"근데 말야, 정말 도움이 되긴 되는 걸까?"

"뭐가?"

"좀비들 말이야. 햇빛을 쬔다고 무슨 도움이 되겠냐고."

"……좋아하시잖아."

"그걸 어떻게 알아. 그냥 네 마음 편하자고 하는 거 아니야?"

원나는 영군을 매섭게 노려봤다. 기세에 눌린 영군이 시선을 피했다. 마음 편하자고 하는 짓이 전혀 아니라고는 할 수 없었다. 하지만 그렇다고 인정하기는 싫었다. 원나는 빈 소주병을 바닥에 내려놓고 문을 벌컥 열었다.

"이제 가자."

"뭐?"

"소독했으니까 가자고."

"어? 어. 야, 그래도……."

"안 돼."

원나는 영군의 말을 잘랐다. 그는 아쉬운 듯 입맛을 다시며 뒤를 돌아보다 문을 닫고 원나를 따라 나왔다.

[day 14]

영군이 며칠 전 절구로 미리 빻아놓은 쌀가루를 반죽하는 동안 원나는 영군의 지시하에 마늘을 빻고 견과류를 부쉈다. 원나는 밝은 척이라도 하려 했지만 그럴수록 표정은 더 경직됐다. 평소와 다름없이 하루 종일 일을 하고 돌아오는데 영군이 대뜸 송별회를 해달라고 했다. 원나는 대답을 하지 않았다. 빙글거리는 영군의 얼굴이 꼴도 보기 싫었다.

"그럼 내가 하지 뭐!"

영군은 원나에게 피자를 만들어주겠다고 했다. 벼르고 벼르던 피자가 송별회 메뉴가 되었다. 정신없이 반죽을 치대는 영군과 눈이 마주치는 순간 원나는 알았다. 영군은 원나가 두려움과 서운함을 감추기 위해 안간힘을 쓰고 있다는 걸 알고 있었다. 그리고 그걸 모르는 척해주고 있었다.

"나쁜 놈."

"뭐?"

"아냐."

영군은 뭔데, 하고 다시 물었다.

"아니라고."

원나가 입술을 잘근잘근 깨물며 안절부절 못하는 사이 영군은 마침내 프라이팬에 구운 쌀 도우로 수제 피자를 완성해 내놓았다. 며칠간 냉장고에서 잘 숙성시킨 콩 치즈 위에 마늘과 꿀, 견과류가 토핑으로 올라갔다.

최후의 만찬을 앞에 두고 마주 보고 앉았지만 아직 닥치지 않은 일이어서인지 원나는 영군이 곧 떠날 거라는 게 실감이 나지 않았다. 어쩌면 실감을 하고 싶지 않은 건지도 몰랐다. 영군은 이런 날은 기념을 해야 한다면서 디지털카메라로 열심히 사진을 찍었다.

"피자엔 와인인데."

영군이 피자를 커다란 쟁반에 담으며 말했다. 원나는 처음 들어보는 소리였다.

"진짜야. 치킨엔 맥주, 피자엔 와인이라고."

계속 벙싯거리는 영군 앞에서 언제까지 툴툴거리고만 있을 수는 없었다. 원나는 분위기를 전환해보기로 했다.

"그래, 기분이다! 마지막 날이니까, 우리 할매들 술독 좀 풀자."

"정말?"

"응, 이거 다 들고, 아예 기와집에 가서 먹자."

원나는 선선하게 대답했다. 약속은 약속이고, 그러니까 유난스러울 것 없이 '잘 가'라고 말하면 되는 거다. 원나는 마음을 다잡았다. '잘 가. 언젠가 기회가 된다면 또 보자.' 잘할 수 있을 것도 같았다. 그래. 뭐, 어려운 말도 아니고.

"야! 야! 야!"

성큼성큼 몸을 흔들며 걷는 원나를 영군이 붙잡아 세웠다. 피자 토핑이 다 흐트러져 접시 밖으로 흘러내려 있었다.

"줘, 내가 들게."

원나는 영군에게 쟁반을 넘겨주고는 터덜터덜 영군의 뒤를 따라 걸었다.

'젠장!'

술기운이라도 빌려야지 안 되겠다는 게 원나의 솔직한 심정이었다.

두 사람은 기와집 술 창고에 자리를 깔고 앉았다. 영군이 기세 좋게 복분자주를 꺼내들었다.

"이게 와인이랑 제일 비슷하니까."

원나는 유리잔을 치켜들고 건배를 청했다.

"잘 가라. 안녕."

"그래, 고맙다."

영군이 생글생글 웃으며 유리잔을 부딪혔다. 어쭈. 해보자, 이거지. 술을 한 잔씩 나눠 마신 두 사람은 누가 먼저랄 것도 없이 다시 잔을 채웠다. 달콤한 향이 혀를 적시며 뜨겁게 식도를 타고 내려갔다. 모차렐라 치즈 대신 수제 콩 치즈로 만든 피자는 담백하고 고소했다.

"너 말이야, 무섭지 않았냐?"

영군이 피자를 한 입 베어 물고 천천히 씹어 삼키고는 물었다.

"그 말 좀 그만하라고. 안 무서워. 가족인데 뭐가 무서워."

"혼자 남겨진 거 말이야. 모두가 다 감염되고 혼자 남겨졌을 때 안 무서웠냐구."

영군이 다시 물었다. 그러고는 덧붙였다.

"나는 무서웠거든."

예상치 못한 대답에 원나는 고개를 들어 영군의 얼굴을 쳐다봤다.

"너무 무섭더라고."

영군은 원나가 듣지 못했다고 생각했는지 다시 한번 중얼거렸다.

"그런데도 떠날 생각이야?"

"나는 좀비가……."

원나는 정신이 번쩍 들었다.

"그 놈의 좀비! 좀비! 그래, 너는 좀비가 무섭고 싫고 끔찍하지!"

영군은 술잔을 쥔 채 가만히 있었다. 무언의 긍정이었다.

"원나 너, 만약에 내가 지금 당장 감염되면 어떡할 거야?"

"그야……."

영군은 원나의 말을 잘랐다.

"난 싫어. 저렇게 있는 거, 생각만 해도 너무 싫어. 만약 그런 일이 생긴다면 난 좀비로 깨어나기 전에 죽고 싶어."

"오빠, 너 허세 있는 거 알지?"

"진짜야. 나는 죽는 것보다 좀비가 되는 게 더 무서워."

"……."

"나는, 나로 죽고 싶어."

영군은 원나를 똑바로 쳐다보면서 말했다. 말장난 같은 말이었다. 하지만 무슨 이야기인지 이해할 것도 같았다. 원나는 영군의 시선을 피하지 않으며 대답했다.

"나는, 나로 죽기 싫었어."

"왜?"

"내가 싫었으니까."

원나는 헛헛한 마음에 술을 한 잔 더 따라 단숨에 들이켰다.

"솔직히, 처음 읍내 나갔을 때, 며칠 만에 세상이 어떻게 이렇게 다 망할 수 있지? 싶어서 무서우면서도 한편으로는 흥분되고 좋기도 했어."

"좋았다구?"

영군의 목소리가 높아졌다. 한 번도 그런 생각을 해본 적이 없는 사람의 얼굴이었다.

"세상이 망해버렸으면 좋겠다고 생각한 적이 많았으니까."

"예전에 몸살을 참다 쓰러져서 병원에 간 적이 있거든. 그때 의사 선생님이 그랬어. 아프면 참지 말고 울어라, 울어야 한다."

"왜?"

"참아서 고통에 익숙해지면 진짜 위험한 데를 다쳤을 때도 알 수가 없다고."

계속 절망적인 상황에 있었기 때문에 더 이상 희망이 없는 세상에서도 그럭저럭 버틸 수 있었던 걸까? 한동안 잊고 있었던 자괴감과 자기연민이 술기운과 함께 원나의 가슴을 타고 스멀스멀 올라왔다.

"울어도 해결되지 않는 일도 있잖아."

만약 우는 것으로 뭔가가 해결된다면 원나는 눈물로 만든 강에서 수영을 하고도 남았을 거였다. 그래도 참는 것보다는 우는 게 낫다는 것이 영군의 생각이었다. 큰 소리로 울고, 하소연도 해보고 몸부림도 쳐보는 거다.

"물론 그런 것보다 프로작이 더 도움이 될 때도 있지만."

"오빠도 항우울제를 먹어봤어?"

"몇 년 전에. 잠을 너무 못 자서. 지금은 끊었어."

원나는 영군과 자신 사이에 세워진 보이지 않는 벽에서 벽돌이 열 개쯤 빠져나간 것 같았다. 원나가 처음 항우울제를 처방받은 것은 열네 살 때였다. 의사는 원나에게 불면증 때문에라도 약물의 도움이 필요하다고 말했다. 원나가 느끼기에 그건 불면이라기보다 혐면에 가까웠지만 어쨌거나 뭔가 대책이 필요하다는 생각에는 동의했다. 원나는 잠드는 것이 싫었다. '그날' 자신이 잠들지만 않았어도, 아빠가 죽지 않았을 것이라는 생각을 떨쳐버릴 수 없었다.

집으로 돌아와 저녁을 먹고 약을 먹었다. 별 기대는 없었다. 하지만 원나는 그날 밤 오랜만에 푹 잤다. 꿈도 없는 깊은 잠에 빠졌다 깨어난 다음 날 아침, 세수를 하면서 원나는 아주 익숙한 기분을 느꼈다. 지극히 일상적인 컨디션이었다. 기분이 나쁘지 않을 정도의 적당한 피로감과 적당한 기대감. 원나는 안도했고, 한편으로는 슬펐다. 대단히 기쁜 것도 아니었고, 엄청나게 행복하지도 않았다. 하지만 나쁘지 않은 정도만으로도 한결 살 것 같았다.

"약에 의지하게 되면 어쩌죠?"

원나는 조증이 오지 않을까 걱정됐다. 가라앉아 있었던 만큼, 그것과 반대 방향으로 튀어오르거나 튕겨져 나갈까봐 두려웠다. 남편은 죽고 딸은 미쳤대. 미라가 그런 소리까지 듣게 하고 싶진 않았다.

"일단은 의지해서 걸어 나오는 거야. 좀 더 얕은 곳까지. 그러고 나면 너 스스로 걸어 나올 수 있게 되는 거지."

"……"

"넌 키가 크니까 몇 발짝만, 조금만 걸어 나와도 될 거야."

의사는 약간 머뭇거리면서 덧붙였다. 안 해본 농담이라도 해보려고 노력하는 것이었다. 그 의사도 감염되었겠지? 원나는 문득, 의사의 안부가 궁금했다. 그리고……. 이상하게도 많은 얼굴들이 떠올랐다. 주변에 아무도 없다고 생각해왔다. 어떤 악랄한 힘이 자신에게서 모든 것을 하나씩, 하나씩 빼앗아 간다고만 생각했었다. 그런데……. 궁금하고 고마운 사람들의 얼굴이 계속 떠올랐다.

"얼굴…… 그 흉터 때문이야? 한 번은 물어보고 싶었는데, 대답하기 싫으면 하지 마."

"맞아."

술기운 때문인지 원나는 순순히 인정했다.

"사고가 났었어. 이 마을로 이사 오고 한 달도 채 되지 않았을 때, 집에 불이 났거든."

사고 이후, 원나는 시체나 다름없이 살아왔다. 시간이 빨리 흘러서 다 잊혀지기만을 바랐다. 그런데, 완식이 죽고 원나가 '사다코'가 된 것도 모자라 미라는 식물인간이 되어버렸다. 보이지 않는 무언가가 계속 원나의 숨통을 조여오고 있었다.

"마을 어른들이 전부 감염되었다는 충격을 받아들일 틈도 없이 병원으로 엄마를 구하러 갔어. 갈 때는 솔직히, 엄마가 죽었을 줄 알았어. 만약 그렇다면 나도 엄마를 따라 가야지. 가는 내내, 그렇게 생각했어. 그런데 병원에 갔더니 엄마가 일어나서 걷고 있는 거야. 눈을 뜨고 나를 바라보면서 소리도 지르고……."

"야, 그까짓 거, 수술하면 깨끗해져. 별것도 아니야."

영군은 엉엉 울고 난 사람처럼 붉어진 얼굴로 말했다.

"아 참, 이제 수술 같은 건 못하는구나. 아니다. 그래도 별거 아냐. 세상이 망했는데, 좀비들밖에 없는데 그런 게 뭐가 대수냐."

"그래, 까짓것, 뭐가 대수냐!"

원나는 커다란 잔에 복분자주를 콸콸 쏟아부었다. 벌써 바닥이 보이고 있었다. 처음에는 머리가 약간 무거워지는 것 같았지만 이내 손끝과 발끝이 저릿저릿하면서 몸이 가볍게 들떴다. 원나와 영군은 세상에 두려울 게 없는 정신 나간 아이들처럼 그게 대수냐! 뭐가 대수냐! 별것도 아니다! 까불지 마! 하고 번갈아 소리를 지르며 깔깔거렸다.

"할머니들이 술 단지들을 자랑스러워했던 건 다 이유가 있어서였어."

"정말 그럴 자격이 있는 분들이다."

영군과 원나는 눈만 마주쳐도 입을 크게 벌리며 웃었다. 웃음이 계속 터져 나왔다. 두 사람은 정신없이 웃으면서 또 다른 술병에 손을 댔다.

"우리 이제 집에 가자. 내일 옥수수 따야지."

웃다 지쳐 각자의 술잔을 손에 쥔 채 멍하니 앉아 있을 때였다. 영군이 갑자기 졸음이 밀려오는 듯 입이 찢어져라 하품을 하고는 말했다.

"너무 익어도 못 먹게 된다며."

"어, 그래. 가야지……."

원나는 술병을 끌어안고 있는 영군의 어깨를 짚고 벌떡 일어섰다. 땅바닥이 넘실넘실 요동쳤다. 원나는 중심을 잃고 바닥에 주저앉았다.

"에이, 씨. 나 안 해."

"뭐?"

"옥수수 혼자 따. 오빠 너 먹을 건데 내가 왜 같이 하냐?"

"너도 먹어야지. 넌 옥수수 안 먹어?"

"됐어. 나는 먹을 게 너무 많아. 혼자 다 먹기도 벅차. 그러니까 네가 먹을 옥수수는 너 혼자 다 따."

"너 그렇게 안 봤는데 되게 의리 없고 치사하다?"

"오빠 너야말로 의리 없고 치사하다."

원나는 돌연 몹시 분하고 서러웠다. 나쁜 놈! 뭐가 그렇게 기분이 좋아 실실거리고 웃는 거야!

"이제 나 혼자 밭일 다 해야 되잖아! 그러니까 나 내일 옥수수는 한 개도 안 딸 거야."

원나는 바닥에 대자로 드러누웠다. 누가 머리통을 잡고 빙빙 돌리는 것만 같았다.

"안 되겠어."

영군이 원나를 등에 업었다.

"이제 나는 이 큰 마을에 혼자 남아서 씨감자를 캐고 깨강정을 만들겠지."

영군의 뜨거운 목에 뺨이 닿자 원나는 갑자기 코가 시큰해졌다.

"에이, 씨. 왜 이래!"

원나는 왜 우는지도 모르는 채 찔끔찔끔 쏟아져나오는 눈물을 손등으로 훔쳤다. 가슴이 답답하고 속이 메슥거렸다.

"야, 너 우냐?"

"아니."

가까스로 대답을 한 순간, 누가 목 뒤를 내려친 것처럼 원나의 고개가 뒤로 꺾였다 앞으로 쏟아지면서 토사물이 쏟아져나왔다.

"티셔츠 안으로 들어갔어. 아⋯⋯."

"미, 미안⋯⋯우-우-우-우-우-우-욱!"

고개를 돌린다는 게 오히려 정확하게 영군의 티셔츠 속을 겨냥해버렸다.

"아, 너 진짜⋯⋯."

영군이 계속 아, 아, 하고 탄식하는 소리가 들려왔다. 원나는 영군의 등에 기댄 채 그대로 잠이 들었다.

원나는 서늘한 기운에 뒤척이다 눈을 떴다. 반인반염의 완식이 원나를 내려다보고 있었다. 시꺼멓게 그을린 완식의 얼굴과 대조적으로 눈동자와 치아는 눈처럼 하얗게 빛났다.

'무서워.'

원나는 생각했다.

'저리, 가.'

완식이 기울어지듯 원나 쪽으로 쓰러졌다. 역겨운 냄새가 훅, 원나의 얼굴을 덮쳤다.

'제발, 저리 가.'

"가!"

가슴 안에서 꽉꽉 다져졌던 비명이 토해져나왔다. 꿈이었다. 머리에 쇳덩어리가 굴러다니는 것만 같은 숙취 속에 눈을 떴을 때 원나는 텅 빈 방에 혼자 누워 있었다. 익숙한 벽지, 익숙한 장판에 둘러싸여 있는데도 낯선 기분이었다. 뭐지? 왜지? 원나는 누운 채로 생각했다. 그리고 질문을 바꿨다.

'어디 갔지?'

영군이 보이지 않았다. 이불은 가지런히 개켜져 있었고, 영군의 가방도 보이지 않았다. 머리카락에 토사물이 엉겨붙어 있었다. 그제야 지난밤의 일들이 하나씩 떠올랐다. 술에 취해 화재 사고 이야기를 털어놓다 엉엉 울고, 영군의 옷에 토한 것까지, 어느 하나 낯 뜨겁지 않은 것이 없었다.

"오빠!"

"……."

"밥해?"

"……."

집 안 어디에도 영군은 없었다. 원나는 마루에 서서 밖을 내다봤다. 날이 흐렸다. 평소보다 더 늦게까지 잠들었던 것은 그 때문이었다. 머리는 무거웠고, 속은 메슥거렸다. 원나는 신발을 꿰어 신고 마을 회관으로 가봤다. 마리아 아줌마의 스쿠터가 보이지 않았다. 설마. 원나는 옥수수 밭까지 뛰었다. 옥수수 대마다 알차게 영근 옥수수들이 휘어지듯 매달려 있었다.

"옥수수도 안 가지고 그냥 가버린 거야?"

떠난 지 얼마나 됐을까. 원나는 우물 뚜껑을 밟고 올라가 망원경으로 마을 너머까지 멀리 바라봤다. 풍경. 풍경. 풍경. 눈에 들어오는 것이라고는 오로지 풍경뿐이었다.

"으어어어어어."

미라의 목소리였다. 비닐하우스 쪽에서 미라가 또 한 번 크게 포효했다.

'엄마…….'

그제야 원나는 울컥했다. 원나는 슬리퍼를 끌고 비닐하우스로 달려갔다. 간다고 한 사람이 가버린 거긴 하지만 이건 정말 너무했다.

"인사 한마디 없이, 옥수수도 하나도 안 가져가고! 어떻게 이래? 아, 머리

아파…… 응, 실컷 토해서 그런지 속은 괜찮아, 엄마."

처음으로, 누군가에게 사고가 났던 날에 대한 이야기를 털어놓았다. 늘 상상만 해왔던 일이다. 원나에게는 엄청난 용기가 필요한 일이었다. 하지만 개운하기는커녕 더 답답하기만 했다.

"으으으어어어."

미라가 원나에게 다가오며 손을 내젓다가 주먹으로 원나의 턱을 쳤다. 미라의 손은 차갑고 단단했다.

"왜 때려! 그래! 내가 술 먹고 진상 떨어서 야반도주했다고!"

원나는 고래고래 소리를 질렀다. 미라가 주춤주춤 어른들 사이로 물러섰다. 날이 흐려서인지 어른들은 모두 기운이 없어 보였다. 대답도 없고 반응도 없고 원나가 손바닥을 펼쳐 눈앞에서 흔들어보아도 그저 멀뚱멀뚱 쳐다보기만 할 뿐이었다.

하늘은 점점 어두워졌다. 해가 구름에 완전히 가려지자 어른들이 웅성거렸다. 금세 시간을 짐작하기 어려울 만큼 사방이 캄캄해졌다. 시커먼 돌처럼 굳어가는 하늘에 이따금 번개가 떨어지면서 균열이 생겼다. 어른들은 엄청난 집중력으로 하늘을 바라봤다. 하늘이 쪼개져 어둠 속에서 뭔가가 쏟아져나오기를 기다리는 것처럼 보였다.

원나는 가랑비를 맞으며 기와집으로 달렸다.

"에이 씨! 그렇게 비 좀 와라, 할 때는 맑기만 하더니!"

원나는 하늘을 향해 종주먹을 날리고는 다급히 장독대 뚜껑을 닫았다. 술병들은 깨끗하게 치워져 있었다. 나쁜 놈. 원나는 짙은 보랏빛으로 잘 숙성된 오디주 한 병을 집어들고 나왔다. 달리 갈 데가 없었다. 원나는 다시 어른들이 있는 비닐하우스로 달렸다. 그리고 어른들 앞에 앉아 어른들이 웅성거리는 소리를 들으며 빈속에 술을 마시기 시작했다.

"으어어어."

"억울하면 같이 드시던가요."

"으아어어어. 으어어어어어."

"싫어요. 어차피 비도 오는데 오늘은 그냥 안에들 좀 계세요. 아유, 알았어요. 알았어."

원나는 실내등을 켰다. 어른들이 불빛 가까이로 모여들었다.

"뭐, 좋네! 혼자 있으니까 완전 좋네!"

술 때문인지 몸에 열이 올랐다. 원나는 옷을 훌렁훌렁 벗어젖혔다.

"그 진상을 떨고 아침에 얼굴 봤으면 얼마나 쪽팔렸겠어. 서울 놈이라 그런지 아주 매너가 좋아! 진짜 좋네! 아 시원하다! 아하하하하하!"

원나의 목소리가 비닐하우스 안에 쩌렁쩌렁 울렸다.

"으어어어, 으어어어."

신애와 순애가 나란히 서서 원나를 노려보고 있었다.

"왜요. 애써 담근 술을 가져다 마시는 게 못마땅하세요? 저도 같이 담궜잖아요. 오늘은 제가 좀 마셔야겠어요. 좋아하는 남자랑 뽀뽀도 한 번 못해보고. 에잇, 망했어!"

"……"

어른들이 일제히 조용해졌다. 고개를 돌리자 모두가 잿빛 눈을 껌뻑이며 원나를 바라보고 있었다.

"그래, 좋아했다고. 좋아했어. 처음 봤을 때부터 내내 좋아했다고. 이럴 줄 알았으면 고백이라도 해볼걸. 가지 말라고, 여기에 나랑 같이 있자고 말이라도 한번 해볼걸. ……뭐야. 그럴까봐 조용히 사라진 거야?"

원나는 무안함에 두 손으로 술병을 들고 벌컥벌컥 들이켰다. 목구멍이 뜨거웠다.

"엄마."

"으어어어어어……."

원나는 미라에게 다가갔다. 마스크 너머로 입을 크게 벌리고 있는 미라의 얼굴이 보였다.

"나 먹고 싶어?"

"으어어어어어, 으어어어어어."

"먹고 싶구나? 알았어."

원나는 미라를 비닐하우스 한쪽 구석에 짚을 쌓아둔 곳으로 데리고 갔다.

"기분이다! 자!"

원나는 다른 어른들이 보지 못하게 미라의 몸을 막고 서서 팔뚝을 쓱쓱 닦은 뒤 미라의 얼굴 가까이로 디밀었다.

"으어어어어어어."

"조용히 해. 엄마만 몰래 주는 거야. 에? 안 돼. 스스로 먹어야지."

미라가 고개를 숙이더니 마스크를 원나의 어깨에 대고 비비기 시작했다. 이러다 진짜로 마스크가 벗겨지면 어떡하지? 원나는 갑자기 술이 확 깨는 기분이었다.

"잘 생각하라고. 나까지 감염되면 농사고 뭐고 다 끝나는 거야. 모두 햇빛도 못 봐. 이제 계속 여기에만 있어야 돼."

말귀를 알아들은 것처럼 미라가 돌연 조용해졌다.

"아, 우리 엄마 진짜……."

원나는 갑자기 병원에서 마음을 졸이던 날들이 떠올랐다. 영영 못 일어날 줄 알았는데…….

"그래, 나는 엄마만 있으면 돼."

원나는 미라를 꼭 끌어안았다. 알코올의 힘을 빌린 약간의 과장과 비약이 섞여 있었지만 거짓말은 아니었다. 빗방울이 후둑후둑 떨어져 비닐하우스 천장을 때렸다. 비가 더 쏟아지기 전에 밭에 나가봐야 했다. 원나는 미라를 안은 채 잠시 망설였다.

"몰라. 비를 맞든 다 잠겨버리든 이제 몰라. 다 내버려둘 거야……."

그렇게 생각하자 갑자기 울음이 터졌다. 애써 참고 있었던 두려움과 외로움, 가슴을 짓누르고 있던 서러움이 한꺼번에 쏟아져나왔다. 철종의 전화를 받았을 때부터 병원에서 미라와 함께 사발이를 타고 돌아오던 때, 마리아가 상자에 맞아 쓰러졌을 때, 마리아까지 보내고 혼자 남겨졌을 때까지의 모든 순간들이 하나하나 떠올랐다. 어른들의 당부처럼 잘 버텨왔다는 사실에 눈물이 났고, 또다시 혼자 남겨져 이 상황을 견뎌야 한다는 사실이 두려워 눈물이 났다.

원나는 소리 내어 엉엉 울었고, 울다 지쳐 푹신한 짚 위에 미라의 무릎을 베고 누웠다. 갑자기 어디에선가 "원나야" 하는 다정한 목소리가 들려왔다. 미라의 목소리였다. 꿈이라는 것을 알면서도 원나는 미라의 무릎을 감싸안았다. 미라의 손이 원나의 등을 토닥였다. 원나는 눈을 더 꼭 감았다. 어렸을 때처럼 머리칼을 쓸어주는 미라의 손길이 느껴졌다.

"엄마……."

비는 그쳤나, 싶으면 다시 쏟아졌다. 이대로 세상이 또 망해버리려는 걸까. 계속 비가 내린다면, 산이 무너지고 강이 넘치고 온세상이 물바다가 된다면, 감염자들은 그리고 살아남은 사람들은 어떻게 되는 거지? 원나가 자다 깨기를 반복하는 동안 밖은 완전히 어두워져 있었다. 별도 없는 캄캄한 하늘을 구름에 가려진 흐릿한 달이 간신히 밝히고 있었다. 천장으로 빗방울이 떨어지는 소리가 음악처럼 들려왔다.

"아빠!"

뭐? 어린아이의 목소리를 듣고 원나는 고개를 두리번거렸다.

"아빠, 지금 우리 어디 가는 거야?"

정말, 완식이었다. 원나의 기억 속에 남아 있는 완식의 모습보다 더 어려 보였다. 훨씬 더 약하고 어리석어 보였다. 그리고 원나가 있었다. 열세 살의 원나. 그 옆에는 미라가 앉아 한 손으로 트럭 손잡이를 잡고 졸고 있었다. 미라의 물 빠진 청바지 위로 침이 흘러내리며 얼룩이 점점 커졌다.

"아빠, 어디 가는 거냐니까. 응?"

열세 살의 원나가 다시 물었다.

"우리 집."

"우리 집? 우리 집에서 나왔는데 다시 우리 집으로 가는 거야?"

"아니, 진짜 우리 집."

"그럼 지금까지는 가짜 우리 집에서 살았던 거야?"

완식은 대답을 얼버무리며 웃었다. 그러고는 혼잣말을 하듯 중얼거렸다.

"마당을 나눠 쓰지 않아도 되는 집, 실컷 소리 지르며 놀아도 되는, 진짜 우리 집……."

비포장도로로 접어들면서 트럭이 정신없이 흔들렸다. 열세 살 원나의 뺨은 매끄럽게 빛났다. 목에도 팔뚝에도 상처가 없었다. 달아나! 돌아가자고 해! 원나는 열세 살의 자신에게 소리쳤다. 아빠, 돌아가자! 엄마, 일어나! 원나는 온몸을 흔들며 소리쳤다.

하지만 목구멍이 꽉 막혀 어떤 말도 입 밖으로 나오지 않았다.

"왜, 멀미 나니?"

억, 억 거리고 있는 원나를 향해 완식이 손을 뻗어 등을 쓸어줬다.

"응, 머리 아파."

정말로, 머리가 깨질 것같이 아팠다.

"넌 뭐가 그렇게 좋니?"

미라의 목소리가 들려왔다. 원나가 어렸을 때 미라가 원나에게 가장 많이 했던 말이었다. 젊은 미라는 웃고 있었다. 그래서 더 쓸쓸해 보였다. 기억들이, 빠르게 지나갔다. 시공간이 마구 뒤섞였다.

"아빠가 아무 데도 안 가고 하루 종일 나랑 놀아주니까 좋아!"

원나는 다섯 살 때로 돌아갔다. 완식이 얼마 되지 않는 퇴직금을 받고 명예퇴직을 했을 때였다.

"냉장고에 케이크 엄청 많아, 엄마. 아이스크림도 잔뜩 있어!"

이번에는 완식의 퇴직금과 아파트를 담보로 한 대출금을 모아 종로에 카페를 열었을 때였다. 여섯 살의 원나가 행복한 모습으로 텅 빈 가게를 뛰어다니다가 의자에 앉아 있는 누군가를 치고 지나갔다. 메뉴가 돈가스와 육개장뿐인 기사 식당에서 커다란 접시만 한 돈가스를 썰고 있던 일곱 살의 원나가 돌아봤다. 인스턴트 커피를 마시며 담배를 피우는 기사 아저씨들 사이로 미라가 열심히 음식을 나르고 있었다.

멀리 미라와 완식이 혜화동 여중 앞에서 분식집을 할 때의 원나도 보였다. 원나는 가게에 붙어 있는 작은 방에서 숙제를 하고 있었다. 미라의 표정은 어두운데 원나는 여전히 즐거워 보였다. 미라가 원나를 바라보며 희미하게 웃었다.

"넌 뭐가 그렇게 좋니?"

미라가 또 물었다.

'도대체 좋지 않을 이유가 뭐야. 매일매일 떡볶이와 순대와 튀김을 먹을 수 있는데! 가게 문 옆에는 슬러시 기계도 있는데! 뭣보다 엄마, 두 손을 뻗으면 엄마와 아빠의 손을 다 잡을 수 있잖아. 이보다 더 좋은 일이 뭐가 있어? 안 그래?'

그 순간, 원나의 머릿속 어딘가에 숨어 있던 생각이 갑자기 한 방향으로 달리기 시작했다. 사고 이후, 완식이 죽고 원나가 '사다코'로 사는 동안에도 미라는 이따금 미울 정도로 괜찮아 보였다.

'엄마가 괜찮아 보인 건 나 때문이 아니었을까. 아빠가 죽었다는 슬픔보다 더 많이 나를 사랑하고 있었기 때문이 아니었을까.'

원나는 제 울음소리에 놀라 잠에서 깨어났다. 다시 눈을 떴을 때, 원나는 펜싱 마스크를 쓰고 있는 미라와 얼굴을 마주하고 누워 있었다. 창밖은 희미하게 밝아져 있었다. 한기가 느껴졌다. 원나는 주섬주섬 옷을 찾아 입고, 미라를 다시 어른들이 있는 실내등 아래로 데려다줬다. 가늘어진 빗줄기 사이로 안개가 찢어진 종이조각처럼 듬성듬성 산허리에 걸려 있었다. 시간이 얼마나 지났는지 알 수 없었다. 오디주 한 병 이외에는 물 한 모금 마시지 못해 속이 쓰렸다. 입안이 바짝 말라 목구멍까지 따끔거렸다. 이제 식욕은 생겼지만 밥을 지을 의욕은 돌아오지 않았다. 원나는 만주와 점순의 집 마루에 누웠다. 흩날리듯 뿌려지는 빗줄기를 바라보고 있던 원나는 벌떡 일어나 앉았다.

"어?!"

원나는 손등으로 눈가를 훔친 뒤 눈을 깜빡였다.

"아직도 이러고 있는 거야?"

영군이었다. 뭐야. 원나는 다시 팔짱을 끼고 누웠다.

"미쳤나봐⋯⋯."

웅얼거리며 눈을 감았다. 다시 눈을 떴다. 하얀 펜싱 슈트를 입은 영군이 아직도 눈앞에 버티고 서 있었다.

"야, 괜찮아?"

태연하게 서서 괜찮냐고 묻는 저 뻔뻔한 얼굴은 영군이 분명했다.

271

"진짜 미쳤나봐. 왜 이래. 이 정도까진 아니잖아. 그새 뭘 얼마나 보고 싶다고 헛걸 다 보고 난리야."

원나를 내려다보고 있던 영군이 가까이 다가왔다. 그는 원나의 곁에 쭈그리고 앉아 이마에 손을 얹었다. 헛것이라도 언제 다시 볼 수 있을지 알 수 없는 놈이었다. 원나는 미라의 무릎을 베고 누웠던 것처럼, 아무런 상처도 없는 자신의 뺨을 만져보고, 완식이 등을 쓰다듬어주는 손길을 느꼈던 것처럼 자신의 이마를 짚고 있는 영군의 손을 잡았다. 굴곡 없이 길고 매끄러운 손가락이었다. 원나는 영군의 손을 쑥 잡아당겼다. 영군의 얼굴이 바투 다가왔다. 갑자기 클로즈업 된 화면처럼 표정을 읽을 수가 없었다. 원나는 영군의 입술에 자신의 입술을 포갰다. 영군의 입술에서 술맛이 났다. 갑자기 영군의 혀가 입안으로 들어왔다. 정신이 확 들었다. 원나는 있는 힘껏 영군의 어깨를 밀었다. 영군은 저만치 나가떨어졌다.

"어, 어제 그, 복분자랑, 그, 노봉주…… 아니, 그게 아니고, 네가 먼저……."

원나는 영군을 노려봤다. 헛것이 아니었던 것이다. 얼굴이 홧홧 달아올랐다. 다시 기절이라도 하고 싶었다. 원나는 오열이라도 하는 것처럼 바닥에 이마를 대고 엎드렸다.

"내가 그렇게 보고 싶었어? 짐작은 하고 있었지만 이 정도일 줄은 몰랐다?"

뒤로 나자빠지면서 팔꿈치를 바닥에 찍힌 영군이 다른 손으로 팔꿈치를 문지르며 빙글거렸다. 가만, 도깨비처럼 사라졌다 나타나서는 뭐?! 원나는 벌떡 일어나 주먹을 움켜쥐고 영군에게 달려들었다.

"야! 야! 내 이야기 좀 들어봐!"

영군은 원나의 팔목을 잡고 있는 힘껏 소리쳤다.

"너 깨기 전에 돌아오려고 했어."

"뭐?"

"빨리 와서 옥수수 따려고 했다고."

예상치 못한 대답에 원나는 할 말을 잃었다.

"근데?"

"비가 엄청 왔잖아."

영군은 재빨리 덧붙였다.

"길을 잃고 헤매는 바람에 엉뚱한 데서 시간을 다 쏟았어."

"어디 갔다 온 건데."

"누구를 좀 데려왔어."

영군은 의미를 알 수 없는 웃음을 머금고는 원나를 잡아끌었다. 마을 회관 마당에 하얀 차 한 대가 세워져 있었다.

*

영군이 손전등으로 어두운 차 내부를 비췄다. 커다란 아이스하키 헬멧을 쓴 사람들이 몸을 포개고 누워 있었다. 모두 손은 플라스틱 수갑으로, 발은 밧줄로 단단하게 결박되어 있었다. 영군이 손전등을 빙글빙글 돌리자 그들이 서서히 빛을 향해 다가왔다.

"뭐야? 누구야?"

"멤버들, 그러니까, 내 친구들이야."

"그래서."

"응?"

"어디 있던 사람들인데. 어디까지 가서 데리고 온 거냐고."

"멤버들이야."

점점 알 수 없는 소리였다. 영군은 자신이 데려온 사람들이 누구인지를 말하기 위해서 먼저 자기가 누구인지를 말하기 시작했다. 함께 생활한 지 보름이 다 되어서야 시작하는, 늦어도 한참 늦은 자기소개였다.

원나는 입이 떡 벌어졌다. 7년차 아이돌 연습생이라고? 영군이 계약되어 있다는 곳은 연예계에 별 관심이 없는 원나도 알고 있을 정도의 대형 연예 기획사였다. 그날, 온세상이 아수라장이 되던 날은, 영군과 저 차 안에 있는 4명의 남자들이 5인조 보이그룹으로 데뷔를 일주일 앞둔 날이었다고 했다. 바이러스에 관한 뉴스나 사람들의 연락에 신경을 쓰지 못한 것도 당연했다. 7년간의 노력이 빛을 볼 순간이 코앞으로 다가와 있었으니까.

"매니저 형이 절대 밖으로 나오지 말고 기다리라고 했어. 인터넷에는 계속 무서운 이야기들만 올라오는데, 형은 전화 꺼놓고 숙소에서 가만히 기다리라고 했어. 우리는 시키는 대로 얌전히 기다렸어. 그런데 갑자기 형이랑 연락이 안 되는 거야."

처음에는 전화 연결이 되지 않았고, 얼마 안 있어 통화 자체가 불가능해졌다. 그들은 그래도 기다렸다. 뭔가 큰일이 난 것 같긴 했지만 해결될 것이라고 믿었다. 하지만 상황은 계속 나빠졌다. 인터넷도 끊어지고, 전기도 끊어지고…… 그들은 배가 고파 숙소 밖으로 나왔다.

"이미 난리가 났더라고. 처음에는 구청에 있는 대피소 같은 데 있었어. 며칠 뒤에 지원이 끊어지면서 사람들끼리 싸우고, 죽이고…… 결국 우리는 우리대로 살 궁리를 찾기로 했어."

그들은 혹시, 하는 마음으로 먼저 회사로 찾아갔다. 아무도 없었다. 다행히 주차장에 그들이 타던 밴이 있었다. 그들은 다시 사무실로 올라가 짐을 챙겨 나왔다. 영군은 그때까지만 해도 백신이 있다고 믿었다. 그래서 금방 돌아갈 수 있을 것이라고 생각했다. 수년간 함께 생활해온 멤버들은 형제나 다름없었다. 아직 재앙이 현실적으로 와닿지 않아서인지 그들은 액션영화의 주인공이라도 된 것 같은 기분에 도취되었고, 서로에게 "좀비한테 질 수 없다!"며 파이팅을 외치고 격려했다.

"어떻게 준비하고, 어떻게 기다려온 날인데, 이렇게 끝낼 수는 없다고 생각했거든. 그럴 리 없다가 아니라 그래서는 안 된다고 믿고 있었어."

그들은 계속 노래 연습도 하고 안무 동영상을 돌려 보며 모니터를 하기도 했다. 진인사대천명. 당장 할 수 있는 일들에 최선을 다하고, 나머지는 하늘에 맡기자. 그것이 수년간 그들이 버텨온 힘이었다.

"아무도 감염되지 않고 모두 함께 있으니까 그래도 우리는 운이 좋은 편이라는 생각도 했어. 그런데 서울을 빠져나오다 쟤, 민호가 물렸어."

영군은 키가 제일 큰 남자를 가리켰다.

"돌아가면서 먹을 걸 구해왔는데, 구멍가게에 들어갔다가 가게 안쪽에 묶여 있던 좀비한테 물린 거야. 캄캄하고 조용해서 아무도 없다고 생각했나봐. 다른 가족들이 떠나면서 감염된 사람을 그렇게 묶어놓고 간 것 같다면서 주섬주섬 챙겨온 것들을 꺼내는 거야. 그 와중에 과자니 통조림이니 잔뜩 챙겨왔더라고. 발목에 물린 상처를 봤는데도 실감이 나지 않았어. 다 같이 음식도 나눠 먹고 장난도 쳤는데 민호 몸이 점점 뜨거워지는 거야. 그리고, 거짓말처럼 민호가 죽었어. 그때부터 한 번도 겪어보지 못한 패닉이 왔어."

원나는 마리아가 죽어가던 모습을 떠올렸다. 지금껏 가장 힘들었던 때를 꼽으라면 바로 그날이었다. 마리아가 바이러스에 감염되어 죽고, 다시 깨어나기까지 기다리던 시간.

"다 같이 끌어안고 엄청 울었어. 반나절쯤 지나니까 민호가 다시 살아, 났어. 놀랍고 기쁘기도 한데 무섭고…… 진짜 미칠 것 같았어. 내가 넋이 빠져 있는 사이 성호랑 지운이가 민호를 묶었어. 그리고 사무실에서 머리를 보호

해야 된다면서 장난처럼 들고 나온 아이스하키 헬멧을 씌웠어."

울고 힘을 써서인지 그들은 몹시 허기를 느꼈다. 그들은 민호가 챙겨온 음식으로 허기를 채우고, 민호를 맨 뒷좌석에 싣고 다녔다. 그래도 아직 넷이 함께 있었고, 감염자 한 명을 컨트롤하는 것은 물리적으로 큰 문제가 아니었다.

"그런데 민호 때문에 우리끼리 자꾸 싸움이 났어. 데리고 다니는 게 위험했으니까. 분명히 민호는 민호인데 또 민호가 아니잖아……. 세상이 다 미친 것 같았어. 좀비는 좀비대로 무서웠고 사람은 사람대로 끔찍했어. 건장한 남자 좀비들을 몰고 다니면서 생존자 구호 캠프를 위협하고, 구호 물품 같은 걸 약탈해가는 사람들도 있었고, 사람이든 좀비든 무작정 다 때리고 죽이는 사람들도 있었어. 민호가 불쌍하다고, 숨이라도 쉬게 해주고 싶다고 민호 곁에 있던 성호가 두 번째로 감염되었어. 애초에 성호는 민호를 좀비로 대하지 못했어. 계속 말을 걸고, 음식을 권하고……. 그러다 턱을 물렸는데 우리한테 말을 안 했어. 마스크까지 쓰고 있어서 정말 아무도 몰랐어. 잠든 줄 알았는데 죽었다는 걸 알았고 놀라서 얼굴을 젖혀보니까 상처가 있더라고. 다니엘과 막내 지운이랑 같이 성호가 깨어나기 전에 헬멧 씌우고 팔, 다리를 묶어서 민호랑 같이 밴 뒷좌석으로 밀어넣었어. 7년 동안 연습생 생활하면서 별의별 일을 다 겪어봤지만 이건 정말 상상조차 해보지 못한 일이었어. 그리고 다니엘……."

영군은 잠시 말을 멈췄다. 그는 감정을 다스리기 위해 애쓰는 듯 경직된 표정으로 입술을 씰룩거렸다. 원나는 가만히 기다렸다. 영군은 어금니를 꽉 깨물고는 다시 말을 이어갔다.

"다니엘은 그 상황을 견디지 못했어. 초등학교 졸업하자마자 미국에서 혼자 여기로 와서 숙소 생활하면서도 의젓하게 견뎠는데 뭐가 한꺼번에 무너진 것 같아. 먹지도 못하고 자지도 못하고……. 애가 눈을 뜬 채로 좀비가 되어가더라고. 차라리 자기도 물려버렸으면 좋겠다고도 했고, 절대 좀비는 되고 싶지 않다면서 어린애처럼 엉엉 울기도 했어. 다니엘은 차라리 민호랑 성호를 버리고 가자고 했고, 막내는 그럴 수 없다고 했어. 어떻게 형들을 버리냐면서……. 나는 한편으로는 다니엘에게 동의했고 또 다른 한편으로는 막내의 말이 맞다고도 생각했어. 아무것도 결정하지 못한 채 너무 배가 고프기만 한 하루, 하루가 흘러갔어. 3일을 굶다 발견한 쇼핑센터에 들어갔을 때, 다니엘이 통조림 따는 칼로 자해를 했어. 각자 세 방향으로 흩어져 물건을 챙기기로 했는데 한참이 지나도 나타나질 않는 거야. 우리가 알아챘을 때는 벌써 피를 많이 흘리고 쓰러져 있었고, 그런 그 애를 좀비 둘이 물어뜯고 있었어. 그날 처음으로 좀비를 죽였어. 야구방망이를 들고 있었는데 정신을 차리고 보니까 머리를 다 깨부숴놨더라고. 지운이는 겁에 질려 울고 있었어. 나는 다니엘을 업고 밴으로 돌아왔어. 상처 난 자리를 티셔츠로 지혈하는데 민호랑 성호가……."

영군은 숨을 참았다. 어깨가 크게 들썩이더니 그는 결국 소리를 내 울기 시작했다. 원나는 어찌할 바를 몰랐다. 영군은 한 손으로 눈물을 훔치면서 다른 손을 펼쳐 허공을 밀듯 다독였다. 괜찮다는 뜻이었다.

"민호랑 성호가 막내 피 냄새를 맡고 손을 뻗으면서 으르렁거리는 거야. 다니엘은 정신을 잃은 상태였어. 정신없이 지혈을 하고, 온몸을 주무르고, 뭘 어찌해야 될지 모르겠는 상태로 우왕좌왕하고 있는데 호흡과 맥박이 사라졌어. 지운이랑 나는 다니엘을 양쪽에서 끌어안고 잠이 들었어. 이상한 기척을 느끼고 눈을 떴는데 다니엘이 눈을 떴어. 눈동자가 하얗게 떠 있었어. 다행인지 불행인지 죽기 전에 바이러스에 감염된 거야. 놀라서 막내를 불러 깨우면서 다니엘의 가슴을 발로 찼어. 피를 많이 흘리고 다친 상태에서 감염이 되서 그런지 아직 감염된 몸에 적응이 안 된 건지 뭔지 모르겠지만 쉽게 제압이 됐어. 나는 온몸을 달달 떨면서도 헬멧을 찾아 다니엘의 머리에 씌우고 손발을 묶었어. 상황을 다 정리하고 보니 막내도 물려 있었어."

원나는 영군이 처음 자신을 만났을 때 경계했던 것, 마을에서 어른들을 보고 화를 냈던 것이 한꺼번에 모두 이해가 되었다. 고개를 들 수가 없었다. 그와 눈을 마주치는 것조차 미안하게 느껴졌다. 원나는 영군이 그렇게 엄청난 일들을 겪었을 거라고는 상상도 하지 못했다.

"너를 만난 날은 내가 애들을 버리고 도망친 다음 날이야. 막내는 열병에 시달리며 하루를 꼬박 버텼어. 기름도 다 떨어졌고, 나는 어찌할 바를 모르고 있었는데 막내가 두 동짜리 단추 공장을 발견했어. 어차피 자기는 감염됐으니까 괜찮다면서 다른 애들을 한쪽으로 몰아넣었어. 그리고 스스로 헬멧을 쓰고 발을 묶고는 손도 묶어달라고 했어. 그러더니 나보고 가라고 했어. 아니, 내가 간다고 했어. 나는 가야겠다고 했어. 막내는 미안해하지 말라고, 자기가 형들을 지키고 있겠다고 그랬어. 혼자 남아서 어떡하냐면서 막내는 정신을 잃어가면서도 나를 걱정했어. 나는, 막내만큼은 감염된 게 아니기를 바랐어. 공장 옆 동에서 꼬박 기도하면서 기다렸는데 막내도 결국 하얀 눈으로 깨어났어."

영군은 횡설수설하더니 이야기를 훌쩍 건너뛰었다.

"이제 와서 내가 왜 쟤들을 데려왔는지, 이게 정말 잘한 일인지 모르겠어. 난 여전히 좀비가 싫고 무서워."

처음 듣는 말도 아닌데 원나는 새삼 마음이 아팠다. 원나는 들썩이던 영군의 어깨가 차츰 잦아들기를 기다렸다 입을 열었다.

"솔직히, 나도 그래."

원나와 눈이 마주치는 순간 영군이 조금 웃었다. 웃고 있지만 울고 있는 기분이었다. 아닌가. 울고 있는데 웃고 있는 기분인가.

"원나야."

"응?"

"나 쟤들이랑……."

영군은 수줍은 듯 쭈뼛거렸다.

"쟤들이랑 여기서 계속 살아도 되지?"

"응, 대신……."

원나는 입술을 꽉 깨물었다. 그리고 주먹으로 영군의 얼굴을 한 방 날렸다.

"어디 갈 때는 말 좀 하고 가라고!"

*

이야기를 나누는 동안 날이 완전히 밝았다. 원나와 영군은 영군의 멤버들을 펜스로 이동시키기로 했다. 영군은 한 명씩 발을 묶고 있던 밧줄을 풀고 차 안에서 내릴 수 있도록 부축했다. 원나는 페이스 가드에 손을 대고 차양을 만든 뒤 멤버들의 얼굴을 살펴봤다.

"뭐 하는 거야, 위험하게!"

"어떻게 생겼는지 궁금해서."

조각 같은 얼굴에 박힌 잿빛 눈동자는 무섭다기보다 신비로워 보였다. 모두 걷는 것이 어색한 듯 잠시 어기적거렸다. 하지만 금세 펜스 안에 적응해 활발하게 움직이기 시작했다. 비닐하우스에 있던 마을 어른들도 한 명씩 펜스로 이동시켰다. 모처럼 해가 보이는 날이었다. 노인들만 있던 곳에 비록 헬멧을 쓰고 있긴 하나 젊고 잘생긴 청년들이 합류하자 마당 분위기가 한결 밝아졌다.

가장 먼저 감염되었다는 민호는 원나가 옆에 서면 그림자가 생길 만큼 키가 컸다. 원나는 더위를 피한다며 자주 민호의 곁에 가서 섰다.

"다른 때 같았으면 여름에 쟤가 저렇게 그냥 못 있지."

"왜?"

"남몰래 긁어대느라."

영군은 민호가 심각한 다한증에 손발 무좀 환자였다고 험담을 했다. 그러거나 말거나. 원나는 민호의 손을 자신의 목 위에 얹어놓았다.

"괜찮아. 시원하고 좋은데."

영군은 옮으면 어쩌려고 그러느냐며 원나의 목에 얹어진 민호의 손을 끌어내렸다.

"이 오빠는 운동선수야?"

"오빠 아니고, 너보다 두 살이나 어려."

지운은 막내인데도 몸이 가장 좋았다.

"와, 근육이 다 그대로 있어. 어깨 각도가 완전히 직각이야."

원나는 지운의 팔뚝과 가슴을 더듬었다.

"야! 너 그거 지금 성추행이야."

"우어어어어, 나으어어어어."

"이 오빠 지금 말한 거야?"

"그럴 리가 없잖아. 그리고 다니엘 걔도 오빠 아니고 너랑 동갑이거든?"

"내 이름 말한 거 같지 않아? 우리가 동갑이래. 내 이름은 원나야."

영군은 다니엘이 '영어 랩' 담당이었다면서 본래도 한국말을 잘 못했던 애가 갑자기 방언이 터졌을 리 없고, 뭣보다 '좀비'가 말을 할 리 없다며 극구 부인했다.

"근데 쟤한테서 되게 좋은 냄새가 난다."

"마트에서 물릴 때 세제 코너 쪽에 있어서 그래."

"아냐, 뭔가, 달콤한 냄새가 나."

"원나야."

"응?"

"정신 좀 차려."

*

영군과 원나는 드디어 옥수수를 수확했다. 애초에 약속했던 날보다 하루 늦은 수확이었다.

웃자란 옥수숫대 때문에 서로가 어디에 있는지 보이지도 않았지만 어디가 긁히거나 다칠 때마다 외마디 비명을 질러대는 영군의 목소리가 들려와 원나는 피식피식 웃음이 터졌다.

"배고프지?"

원나는 밥 먹을 시간을 아끼고 옥수수 맛도 확인해볼 겸 오전에 먼저 수확한 것을 가마솥에 삶았다.

"탱글탱글하게 잘 여물었네."

그야말로, 감개무량한 옥수수였다.

"옥수수 싸가지고 어디로 가려고 했어?"

"특별한 목적지는 없었다니깐. 그냥 좀비들을 피해서, 사람들 피해서 도망치는 거지."

"사람들을?"

"저 밖은 전쟁터라고 몇 번을 말하냐."

마을 어른들이 집 떠나면 고생이라고 잔소리할 때랑 비슷한 말투였다.

"배고플까봐 못 떠난 거구나."

"아니라고는 못하겠어. 내가 뭘, 어디까지 먹을 수 있는지를 계속 갱신하게 돼."

"뭐까지 먹어봤는데?"

"……사람 빼고 다."

영군의 얼굴이 굳었다. 그는 다 뜯어먹은 옥수수 심지를 밭에 던지고는 다시 옥수수 밭 안으로 들어갔다. 원나가 마을 밖의 일에 대해서 물을 때마다 영군의 얼굴에선 표정이 사라졌다. 두 사람은 열매를 다 수확한 빈 옥수숫대를 묶어 한쪽에 쌓아놓고, 사발이에 옥수수 자루를 싣고 하우스 집으로 돌아왔다. 생각보다 소출이 좋아 사발이가 다섯 번이나 왔다 갔다 해야 했다. 마을 회관에 들러 어른들과 영군의 친구들을 다시 비닐하우스로 이동시킨 뒤 돌아오자 날이 완전히 어두워져 있었다. 두 사람은 급하게 밥만 지어 점심에 먹다 남은 옥수수를 털어넣고 부추, 고추, 간장, 참기름으로 양념장을 만들어 채소와 함께 비벼 먹었다.

"빨리 씻고 자자. 며칠 쉬었더니 텃밭이 잡초 밭이 됐어. 내일부터 또 일해야지."

"그래. 넌 진짜, 전생에 우주를 구한 거지. 남친이 요리 잘해, 노래 잘해, 그런데 농사일까지 잘해……."

"뭐? 남친?"

영군이 어, 하는 표정으로 원나를 쳐다봤다. 원나는 뭐, 하는 표정을 되돌려줬다.

"애 좀 봐. 뽀뽀까지 해놓고 어디서 얼렁뚱땅 넘어가려고!"

원나는 주섬주섬 빈 그릇을 챙겨 벌떡 일어났다.

"저 옥수수 자루들이나 좀 처마 아래로 들여놔. 비 오면 어쩔 거야."

영군은 마당 한쪽에 쌓아놓은 옥수수 자루로 시선을 옮겼다.

"비 맞으면 안 되지. 저게 어떤 옥수수인데. 우리 하던 이야기는 옥수수 가져다놓고 마저 하자."

"설거지는 내가 할게."

"아냐, 그냥 둬. 내가 할게. 야. 그런데 너 할 말 없으면 동문서답하고 그런 거 상당히 나쁜 버릇이야."

"내일 비 올 거 같지 않아?"

"비 안 와. 그리고……."

영군은 느슨해진 손수건을 다시 묶는 원나의 손을 잡았다.

"이거 하지 마."

"……."

"땀띠라고 무시하면 안 돼. 하지 마. 괜찮아."

영군은 잠시 뜸을 들이더니 "예쁘다니까" 하고 덧붙였다.

"그런 말을 얼굴색 하나 안 바꾸고 하냐."

"얼굴색 바꾸면서 하는 게 더 이상하지 않냐."

하긴. 원나는 더 대꾸할 말을 찾지 못하고 손수건을 만지작거렸다.

"아침엔 그냥 아까 삶아놓은 옥수수 먹자."

"……응."

영군이 슬리퍼를 신고 밖으로 나갔다. 땀띠라고 무시하면 안 돼. 하지 마. 괜찮아. 미라가 늘 원나에게 하던 잔소리였다. 원나는 그런 미라에게 한 번 도 "응" 하고 순순히 대답해준 적이 없다는 것을 깨달았다.

"미안해. 그리고 고마워, 엄마."

원나는 빈 그릇을 차곡차곡 포개 쟁반에 담으며 소리내서 말했다. 언젠가 다시 미라의 잔소리를 들을 수 있기를 바라면서.

*

　하늘이 무너질 것처럼 밤낮을 가리지 않고 큰 비가 내렸다. 본격적인 장마철이었다. 해가 들지 않아 태양광을 사용할 수 없었다. 원나와 영군은 철종의 집에서 나와 마을 회관과 하우스 집을 번갈아 드나들었다. 마을에 경유로 쓸 수 있는 비상 자가발전기가 있다는 소리에 영군은 마을 회관에 아직 쓸 만한 차가 있는지 물었다.

　"차는 왜?"

　"기름 가져오려고."

　"어디서?"

　읍내에 하나뿐인 주유소에는 더 이상 기름이 없었다. 마을에 남아 있던 얼마 안 되는 기름은 영군이 멤버들을 데려오는 데 다 써버렸다. 이제 주차장이나 도로에 버려진 차들을 뒤지는 수밖에 없었다. 설사 기름이 남아 있는 차를 발견한다고 해도 앞이 보이지도 않을 만큼 쏟아지는 빗속에서는 기름을 뽑는 게 쉽지 않을 거였다.

　"내가 왜 애들 데려오는 데 이틀이나 걸렸겠어?"

　"길 잃은 거 아니었어? 비와서 길 잃었다며."

　"응, 길을 잃었어. 그리고 엄청난 걸 발견했지."

　영군은 의미심장하게 웃었다. 원나와 영군은 철종의 소나타를 몰고 마을 밖으로 나갔다. 영군은 읍내로 가는 길과 완전히 반대쪽으로 한 시간을 달리는 동안 대체 뭘 발견했는지 원나에게 말해주지 않았다. 영군은 인적이 드문 길에 차를 세우더니 홀로 풀숲으로 들어갔다.

　영군은 한참 만에 유조차를 몰고 나타났다. 우연히 발견하고 혹시나 하고 문을 열어봤더니 키가 꽂힌 채 버려져 있었다는 것이다.

"기름이냐, 멤버들이냐……."

믿을 수 없는 행운 앞에서, 영군은 마지막까지 끝내 갈등했다고 했다. 그는 혹시라도 '도둑맞을까봐' 유조차를 끌고 풀숲으로 들어갔고, 장대비를 맞으면서 부러진 나뭇가지로 '위장'을 한 뒤 차 키를 뽑아 마을로 돌아왔던 것이다.

원나와 영군은 철종의 오래된 소나타를 길에 버리고 유조차를 몰고 마을로 돌아가기로 했다. 길을 찾지 못하면 어쩌나 긴장했던 탓인지 가는 길 내내 경직되어 있던 영군은 이제 반대로 조증에 사로잡혔다. 기분이 좋기는 원나도 마찬가지였다. 당분간 큰 시름을 던 것이다. 두 사람은 창문을 다 열고 텅 빈 도로를 씽씽 달렸다. 세상 어떤 명차를 타고 달린다고 해도 그보다 더 좋을 수는 없을 것 같았다.

하지만 마을에 다 와서 생각지도 못한 문제가 발생했다. 터널의 높이에 걸려 유조차를 마을 안쪽까지 끌고 갈 수가 없었다. 이번에도 영군은 유조차를 도둑맞을지도 모른다며 유조차를 풀숲에 밀어넣었다. 영군과 원나는 한 시간 넘게 나뭇가지와 덤불로 유조차를 숨기고 힘든 줄도 모르고 마을까지 걸었다. 두 사람은 사발이와 사이펀 튜브를 가지고 다시 유조차를 찾아가 기름 두 통을 받아왔다. 비상 발전기가 돌아가면서 마을에 다시 불이 밝혀졌다. 영군은 뭣보다 냉장고를 다시 돌릴 수 있다는 사실에 안도했다.

비 때문에 농사일을 하지 못하는 사이, 영군은 본격적으로 요리 실력을 발휘했다. 나중에 방송 활동을 할 때 도움이 되지 않을까 배우고 연습했던 것이라고 했다. 영군은 옥수수와 쌀가루를 버무린 옥수수 튀김을 만들어주기도 했고, 찬밥을 반죽해 떡을 뽑아 그럴싸한 떡볶이를 만들어 내놓기도 했다. 버섯과 무, 대파만으로도 담백한 육수를 뽑아 신선한 야채를 데쳐 먹는 샤브샤브는 원나가 가장 좋아하는 요리 중 하나였다.

육식을 못한다는 것이 유일한 불만이었지만 아무리 머리를 굴려도 해소할 길이 없었다. 도축은 창의력보다 담력이 필요한 일이었다. 영군은 영자네 닭을 딱 한 마리만 잡아 양념치킨을 만들어 먹자며 비장한 표정으로 닭을 잡아들고 사라지더니 한참 만에 빈손으로 돌아왔다.

"어차피 노계라 맛도 없을 거야……."

그날 하우스 집 찬상에서 라면 두 개를 발견했다. 영군은 그것이 어쩌면 이 세상에 남은 마지막 라면일지도 모른다며 어떻게 먹어야 할지 진지하게 고민하기 시작했다.

"가장 맛있게 먹어주는 게 이분에 대한 예의야."

영군은 며칠 동안 아주 심각한 얼굴로 계란과 고추, 깻잎, 버섯, 부추 등의 재료를 조합해보며 뭘 얼마만큼 넣고 뭘 빼야 할지 또 추가할 만한 것은 없는지 고민했다. 원나는 마을로 들어오는 터널 속에 원나가 고등학교에 입학할 때 묻어놓은 김칫독이 있다는 사실을 기억해냈다.

"3년이 지났으면 썩은 거 아냐?"

"뭘 모르네. 김치는 3년 묵은 게 제일 맛있어."

"나는 겉절이가 좋은데. 샐러드 같고."

"더 달라고 울지나 마."

원나는 영군과 함께 사발이를 몰고 나갔다. 정확한 위치가 기억이 나지 않았다. 원나는 영군과 함께 손전등으로 터널 가장자리 바닥을 비추며 걸었다. 터널 천장으로 타닥타닥 울리는 빗소리를 들으며 터널 중간까지 걸어갔을 때 길 가장자리에 묻어놓은 장독 뚜껑 세 개가 보였다.

"이쪽부터 세 살, 두 살, 한 살이야. 이걸 먼저 먹으면 돼."

원나는 기와집 할머니들과 함께 김치독을 열 때처럼 "잘 먹겠습니다" 하고 뚜껑을 열었다. 시큼한 냄새가 훅 끼쳤다. 원나는 가져간 통에 김치 두 포기를 담았다.

영군이 라면을 끓이는 동안 원나는 김치를 썰었다. 영군은 마지막에 대파를 썰어넣었을 뿐 다른 부재료를 넣지 않았다. 라면 스프 본연의 맛을 최대한 느끼자는 거였다. 비 내리는 저녁, 영군의 말처럼 어쩌면 생애 마지막일지도 모를 라면은 눈물이 핑 돌 만큼 맛있었다. 원나와 영군은 처마로 비가 쏟아지는 모습을 바라보면서 찬밥을 말아 국물까지 싹싹 핥아 먹었다.

*

"오빠가 재밌는 거 보여줄까?"

며칠째 비가 내리는 우중충한 날이었다. 원나는 계속 햇빛을 못 보고 있는 어른들이 걱정스러워 우비를 입고 비닐하우스를 들락거리고 있었다. 또다시 주섬주섬 우비를 입고 있는 원나의 손을 끌고 영군이 밴으로 갔다. 그는 뒷좌석에서 찌그러진 배낭 몇 개를 끄집어냈다. 배낭 안에서 핸드폰과 작은 상자 모양의 휴대용 프로젝터가 나왔다.

"비닐하우스로 가자."

영군이 프로젝터, 핸드폰, 스피커, 야광봉을 챙겨 들고 앞장섰다.

"으어어어어어."

영군은 비닐하우스 안에 밝혀놓은 조명을 껐다.

"뭐 하는 거야?"

"기다려 봐."

영군은 핸드폰에서 자신과 멤버들이 연습하던 파일을 찾아 주먹만 한 휴대용 프로젝터로 비닐하우스 벽에 동영상을 쐈다. 영군의 멤버들과 마을 어른들이 일제히 동영상이 상영되는 벽 쪽으로 모여들었다.

"으어어어어. 으어어어어어."

영군의 멤버들이 어른들 사이를 밀치며 앞쪽으로 어기적어기적 걸어 나왔다.

"뭔가 알고 반응하는 것 같지 않아?"

"그런 소리 좀 하지 마."

"저 봐. 리듬 타는 것 같잖아."

"아니라니까."

"으어어어어. 어어어어어어어어어어어어어."

"어른들도 맘에 드나봐."

"그런 소리 좀 그만하라니까."

비닐하우스 안에서 잔치라도 벌어진 것처럼 노랫소리와 어른들의 함성 소리가 쩌렁쩌렁 울렸다. 파일이 넘어가면서 영군과 친구들이 번갈아 춤을 추는 영상이 상영되기 시작했다.

"오. 오오."

원나는 감탄을 연발했다. 기예에 가까운 칼군무가 펼쳐지는 동안 영군은 영상이 아니라 헬멧을 쓰고 웅얼거리고 있는 멤버들을 바라보고 있었다.

"연습 끝나면 같이 핸드폰으로 좀비 게임 같은 거 하고 그랬는데, 지들이 저러고 있을 거라고는 상상도 못했을 거야."

달리 영군을 위로할 방법을 찾지 못한 원나는 영군에게 어떻게 캐스팅이 되었는지 물었다.

영군이 중학생 때였다. 편의점에서 허겁지겁 컵라면을 먹고 있는데 낯선 남자가 다가와 영군에게 명함을 내밀었다. 유명한 아이돌들이 소속된 국내 최대 규모의 소속사 로고가 새겨져 있었다. 그는 회사로 오디션을 보러 찾아오라고 했다. 영군은 속이 울렁거려서 라면도 삼각김밥도 다 남기고 나왔다.

다음 날, 영군은 수업이 끝나자마자 기획사로 찾아갔다. 명함을 보여주자 데스크에 앉아 있던 직원이 오디션을 받을 수 있는 방으로 안내해줬다. 영군은 낯선 사람들 앞에서 어설프게 노래를 부르고, 춤을 추고, 카메라 테스트를 받았다.

그리고 거짓말처럼 7년이 흘렀다. 그렇게까지 길어질 것이라고는 생각도 하지 못했다. 알았다면 버틸 수 없었을지도 몰랐다.

영군은 알 수 없는 미래를 희망으로 칠하면서 하루하루를 버텼다. 매주, 매달, 매 분기, 매년, 크고 작은 평가가 있었다. 비슷한 시기에 함께 들어왔던 친구들 중 절반 이상이 버티지 못하고 짐을 쌌다. 영군은 불안하고 갑갑한 순간이 와도 자신이 스타가 될 미래를 의심하지 않으려고 애썼다. 모든 것은 생각하는 대로 된다. 그것은 그의 신념이었고, 기도였으며 삶의 원칙이었다. 서바이벌이라면 지긋지긋했지만 한편으로는 그것이야말로 영군의 삶을 가장 간단하고 정확하게 설명할 수 있는 룰이기도 했다.

"그런데 좀비 때문에 데뷔를 못할 줄이야."

영군은 자조했다.

"다시는 꿈 같은 건 꾸지 않을 거야."

"……."

"이젠 그냥 하루하루를 재밌게 살 거야."

원나는 영군이 왜 그렇게 감염자들을 싫어하는지, 백신이라는 또 다른 꿈을 꾸는 걸 거부하는지 이해할 수 있을 것 같기도 했다.

"원나야, 넌 뭐가 되고 싶었어?"

"나?"

느닷없는 질문에 원나는 말문이 막혔다.

"아, 벌써 된 건가?"

"어?"

"펜싱 선수가 꿈이었던 거 아니야?"

원나는 펜싱복과 마스크에 숨기 위해서 피스트에 올랐던 자신의 모습을 떠올렸다. 꿈 같은 건 없었다. 꿈 같은 걸 가졌으면, 하는 것이 꿈이라면 꿈이었다. 6년 만에 처음으로 펜싱을 좀 진지하게 해볼까, 마음을 먹고 있던 참이었다. 그것도 졸업하면 어쩔 거냐, 엄마를 생각해야지, 같은 철종의 잔소리에 떠밀려서. 불과 얼마 전인데도 까마득하게 느껴졌다. 끈질기게 뭔가를 꿈꾸고, 겨우, 겨우, 꿈꿔왔던 것에 다다랐을 때, 눈앞에서 그것을 잃어버린다는 건 어떤 기분일까. 원나는 짐작조차 할 수가 없었다.

"으어어어어. 으어어어어어어."

영상을 보고 있던 어른들이 손을 뻗어 흔들며 환호했다. 콘서트장에 모여 있는 열혈 관객들처럼 보였다. 다니엘이 기타를 치고 영군이 젬베를 안고 앉아 노래를 부르는 동영상이 나오기 시작했다.

짧은 순간이 지나 다시는 볼 수 없다면
기억에 두고, 두고 늘 간직해야 한다면
네겐 이른 시간 굳이 깨워 미안하지만
결코 없었던 새로운 하늘을 보여줄게.
I said "today will be nice."
I said "today will be nice."

"이 노래는 제목이 뭐야?"

"코로나."

"어디서 들어봤는데."

"레몬 끼워서 파는 맥주 이름인데, 원래는 개기일식 때 태양에 달이 가려지면서 그 둘레가 반지처럼 빛나는 부분을 그렇게 부른대."

원나와 영군은 공연장에 온 것처럼 가만히 앉아 흘러나오는 노래에 귀를 기울였다.

햇빛과 달빛이 서로 만나게 되는 순간
우린 놓았던 두 손을 다시 잡아도 좋아
네겐 이른 시간 굳이 깨워 미안하지만
결코 없었을 새로운 하늘을 열어줄게.

온 바람결이 너무 거칠지도 느슨하지도
순간을 위해 마련된 것처럼

I said "today will be nice."
I said "today will be good."
I said "today will be nice."

"오빠 노래 잘한다?"
"……얼마나 잘하냐?"
"이십 평생 들어온 것 중에, 3등 정도?"
"1등이랑 2등은 누군데?"
"1등은 신애 할머니. 2등은 우리 아빠."
"뭐야."
"진짜 잘하네. 가수해도 되겠어."

"그러게. 그래서 가수……."

영군은 갑자기 말을 멈췄다. 그는 목이 막힌 것처럼 잔기침을 하더니 뭔가에 짓눌린 듯한 목소리로 말을 이었다.

"가수를 하려고 했는데 못했네."

오늘만은 말도 안 되는 바람이 이뤄질지도 몰라.
내겐 소중한 시간 한순간도 눈 감지 마.

원나는 영군을 위로하고 싶었지만 뭐라 위로할 말을 찾을 수가 없었다. 어색한 침묵 속에서 눈이 마주쳤을 때, 원나는 영군을 끌어당겨 안았다. 영군과 원나의 입술이 맞닿았다. 원나는 영군의 목에 팔을 감고 영군을 꽉 끌어안았다. 원나는 미래에 대해서 생각해본 적이 없었다. 오로지 견디고 버텨야 할 절망적인 오늘뿐이었다. 영군에게는 오늘이 없었다. 그에게는 무대에 오를 미래밖에 없었다. 두 사람은 서로의 가슴을 꽉 채우고 있었던 초조함과 절망이 누그러질 때까지 한참 동안 입을 맞췄다.

4부 be alone

am 5:30

내가 사람들에게 고통을 주리니 그들이 눈먼 사람들처럼 걸을 것이라.
이는 그들이 주를 거슬러 죄를 지었음이라.
그들의 피가 티끌처럼 쏟아지고 그들의 살은 분토같이 쏟아지리라.
주의 진노의 날에는 그들의 은이나 금도 그들을 구해내지 못할 것이며,
그 온 땅이 그의 질투의 불로 삼켜지리니,
이는 그가 그 땅에 거하는 그들을 모두 신속히 제거할 것임이라.
(스바냐 1:17-18)

정은 동이 트기 전에 일어났다. 오늘도 변함없이 새벽기도로 하루를 시작했다. 성경 읽기표에 따라 네 구절의 성경을 차례로 읽었다. 매일매일 정해진 분량을 읽어 한 해 동안 성경을 일독하는 것은 그녀가 20년 넘게 지속해온 일이었다. 그녀는 다시 한번 무릎 꿇은 자세를 바로 하고 앉아 기도했다.

야곱은 새벽에 하나님과 씨름 끝에 축복을 받았고, 이스라엘 백성들은 이른 새벽 요단강을 건넜다. 철옹성 같은 여리고가 무너진 것도, 모세가 십계명을 받은 것도, 광야에서 만나가 내린 때도 모두 이른 새벽이었다.

"주여, 저에게 담대한 마음을 주사 주의 이름으로 저들을 처단케 하소서."

그녀는 기도를 마친 뒤 창문을 열어 잿빛으로 밝아오는 하늘을 올려다보았다.

am 7:30

"오늘도 일용할 양식을 허락하신 주님, 감사합니다."

아침 식사 기도는 정찰팀장이 했다. 모두가 조용한 가운데 여기저기에서 아멘, 하는 소리가 노래의 후렴구처럼 들려왔다. 풍족하다고는 할 수 없지만 부족함도 없었다. 재앙이 시작된 이후 한 끼도 굶은 적이 없었다. 식사를 하면서 팀원들은 서로의 일상을 나눴다. 특별한 일은 없었지만 이야기는 끊어지지 않고 도란도란 이어졌다. 어떻게 살아남았는지, 어떤 위험들이 자신들을 피해 지나갔는지를 되짚어보는 것만으로도 분위기는 한껏 성스러워졌다.

살아남았다는 안도감, 선택되었다는 자부심의 이면에는 '어째서 내가? 왜 하필 내가?' 하는 의구심과 두려움이 있었다. 지금 살아남게 된 이유를 확실하게 알아야 다음번에도, 그 다음번에도 계속 살아남을 수 있을 테니까. 그런 의구심과 두려움을 불식시키기 위해 그들은 함께 모여, 서로가 선택된 사람들이라는 것을 확인했다. 신의 선택을 받았다는 확신을 기반으로 각자에게 주어진 사명을 자각하고 어떤 일이 있어도 그것을 감당해내리라 다짐하고, 또 다짐했다.

am 9:00

정은 수첩을 펴고 하루 일정을 체크했다. 미국에서 처음 발견된 바이러스가 전 세계로 퍼지기까지 일주일도 채 걸리지 않았다. 바이러스에 대해 말하는 언론과 미디어 통제에 나섰던 국가는 계엄령을 선포한 뒤 공식적인 행동을 하지 않고 있다. 우후죽순처럼 생겨났던 민간단체들 역시 곧 자취를 감췄다. 위험이 닥치면 사람은 싸우거나 도주한다. 상대가 만만치 않을 경우 대치하는 경우도 있다. 하지만 의외로 대부분은 위험에 복종한다.

말씀의 부름을 받은 종교 지도자들이 뜻을 모았다. 그들은 대한민국을 스무 개의 구획으로 나눠 진(陣)을 조직했다. 각 진에는 공통적으로 유소년부, 청년부, 장년부, 새가족 부서가 있으며 부서원들은 전투팀과 식사팀, 중보기도팀, 정찰팀 중 하나에 반드시 소속되어야 했다. 모든 구성원들은 새벽예배와 저녁예배, 릴레이 금식기도에 참여했다. 그들은 바이러스에 감염된 사람들이 다시 죄의 사함을 받고 새 생명을 얻을 수 있기를, 감염되지 않은 사람들이 무사하기를 기도했고, 정부 관계자들과 백신을 개발하고 있는 사람들을 위해서도 기도했다. 정은 13구역 진장을 맡은 남편을 따라 이동하던 중 좀비들에게 아들과 남편을 차례로 잃었다.

아들 요셉은 이제 만으로 세 살. 결혼하고 5년 만에 어렵게 가진 아이였다. 정은 아이를 위해 좋은 것만 보고, 좋은 것만 듣고, 좋은 것만 먹었다. 요셉은 건강하고 아름답게 태어났다. 모든 것이 신비롭고 경이로웠다. 그녀는 요셉을 세상에서 가장 반짝이는 보석으로 만들고 싶었다. 아이를 낳은 뒤 정은 삶의 고비마다 습관처럼 고개를 들던 불신의 모가지를 완전히 비틀어버릴 수 있었다. 그녀는 더 이상 신의 존재를 의심하지 않았다. 그녀에게 요셉은 신이 존재할 수밖에 없는 이유였다.

정은 요셉을 두고 많은 것을 꿈꿨다. 그것이 그녀를 매사에 활기차고 긍정적이며 생기로운 여자로 만들어줬다. 어떤 남자도, 남편도, 심지어는 그녀가 모태에서부터 알아온 신조차도, 그녀를 그토록 변화시킬 수는 없었다. 요셉의 미래가 곧 정의 미래였고, 요셉의 행복이 곧 정의 행복이었다.

그녀는 그 어떤 위험으로부터도 요셉을 지키기 위해 애써왔다. 누구도 믿지 않았다. 아이의 입에 들어가는 것은 하나부터 열까지 모두 자신의 손으로 만들어 먹였다. 선천적으로 손이 많이 가는 아이였다. 요셉은 미숙아로 태어나 2주가량 인큐베이터에 있었고, 백 일 무렵에는 가벼운 감기가 폐렴으로 번져 열흘 가까이 입원을 하기도 했다. 조그마한 상처에도 가슴이 덜컥덜컥 내려앉았다. 정은 매일 아침 요셉의 체온을 재고, 온몸을 꼼꼼하게 어루만졌다. 요셉을 떠올리던 정은 이를 악물고 끅끅 울음을 삼켰다. 온몸이 찢어지고 내장이 끊어지는 듯 아팠다.

좀비들에게 몸이 산산이 찢겨나갈 때, 아이는 울지도 못했다. 어처구니없이 놀란 표정으로 제 엄마를 바라볼 뿐이었다. 자신에게 닥친 상황을, 죽음을 이해하기에 요셉은 너무 어렸다. 아이를 잡아먹은 것은 교인들이었다. 거침없는 손길로 아이를 잡아뜯고, 뼈 한 점 남기지 않고 전부 씹어 먹어버렸다. 정은 아직도 그들이 쩝쩝거리며 요셉의 살과 뼈를 씹어 삼키던 모습이 생생하게 떠올랐다. 순식간에 벌어진 일이었다. 그녀가 사지를 뒤틀며 악을 쓰고 발광하고 있을 때, 그녀의 남편은 붉어진 눈으로 "주여······!" 하고 낮게 탄식할 뿐이었다. 그녀는 남편의 멱살을 잡은 채 정신을 잃었다.

산 사람들 사이에서 또 다른 전쟁이 벌어졌다. 좀비의 가족들과 좀비에게 가족을 잃은 사람들이 싸우기 시작한 것이다. 정처럼 좀비에게 가족을 잃은 사람들은 좀비들을 죽이려고 했고, 좀비의 가족들은 그들을 지키려고 했다. 아군과 적군의 경계가 분명치 않았다. 좀비들을 향해 격렬하게 분노하던 사람들도 막상 자신의 가족이 좀비가 되면 엄격한 잣대를 들이대지 못했다. '살아 있는 것은 먹는다'는 심플한 논리를 가진 좀비들을 상대하기에 사람들은 너무 복잡했다. 우왕좌왕하는 사이, 점점 더 많은 사람들이 좀비가 되었다.

정부는 백신을 개발 중이라는 말만을 기계적으로 반복하고 있었다.

"죽이지 말 것, 자살하지 말 것, 서로 떨어져 있을 것."

좀비에게 가족을 잃은 사람들에게는 셋 중 어떤 것도 쉽지 않았다.

한바탕 소동이 지나간 뒤, 남은 사람들이 예배당에 모였다. 모두가 제정신이 아니었다. 가족을 잃은 사람도, 아직 가족 모두가 무사한 사람들도 공포와 두려움에 떨고 있었다. 자애롭고 관대한 신만을 알고 있던 사람들이었다. 성경에서 듣기 좋은 귀절만을 찾아 읽으며 헌금을 하고 다과를 나누는 것을 여가 삼아 살아온 사람들이었다.

꽁꽁 닫아건 예배당 밖에선 좀비들이 포효하고 있었다. 그들 중에는 요셉을 잡아먹은 자들도 있었다. 정은 그들의 얼굴을 똑똑히 기억하고 있었다. 그녀는 틈만 나면 그들의 얼굴을 떠올렸다. 한 사람, 한 사람의 얼굴을 분명하게 기억해내며 저주를 퍼부었다. 그녀 역시 그들을 씹어 먹고 싶었다. 한 사람도 남김없이 전부 씹어 먹은 뒤 지옥불로 걸어 들어가고 싶었다. 그런 생각에 몰두하고 있는데 남편의 목소리가 들려왔다. 낮고, 차분하고, 성스러운 목소리였다.

"주여, 저들을 용서하여주소서. 저들은 자신들이 무슨 일을 하는지 알지 못합니다."

누가복음에 있는 말씀이었다. 그녀는 튀어오르듯 강대상으로 뛰어올라가 남편의 목을 졸랐다. 할 수만 있다면 신의 목을 조르고 싶었다. 남편은 반항하지 않았다. 붉어진 눈에서 눈물이 흘러나왔다. 남편은 목에서 터져나오는 통곡을 눌러 삼키고 있었다.

"사모님, 왜 이러세요. 진정하세요."

교인들이 달려나와 그녀를 끌어냈다.

"두세요, 괜찮습니다. 저는 괜찮습니다."

남편이 손등으로 눈물을 훔치며 말했다. 그 말이 또 한 번 정을 자극했다. 어떻게 괜찮을 수가 있단 말인가. 그녀는 남편을 향해 주먹을 날렸다. 아무리 힘껏 움켜쥐어도 손끝에 힘이 빠졌다. 그녀는 손톱을 세워 남편을 꼬집고 할퀴고 좀비처럼 달려들어 그를 물어뜯었다. 무슨 짓을 해도 가슴의 분노와 슬픔이 가라앉지 않았다.

"당신은 위선자야."

정은 쉰 목소리로 소리를 지르며 울었다.

"여보, 요셉이는 하나님 품으로 갔어요."

남편은 표정이 없는 얼굴로 말했다. 그 품이 어떤 것이든 자신의 품만 못하리라고, 정은 생각했다. 아직도 잠투정이 심하고, 엄마가 세상의 전부인 줄 아는 어린아이였다. 누구도, 어떤 이유로도 자신에게서 아들을 앗아갈 수는 없었다. 정은 몸에서 모든 기운이 빠져나간 것만 같았다. 홑껍데기만 남은 기분이었다. 자신은 이리저리 나부끼는데 남편은 성경을 읽고 찬양을 했다. 교인들은 남편을 존경했지만 정은 그런 남편이 징그러웠다.

기뻐하라, 감사하라, 고 말하는 교회에서 슬픔은, 그것도 목사 사모의 절망적인 슬픔은 불경한 것이었다. 정은 남편을 이해해보려고 했다. 그는 이미 오래전부터 감정이 없는 사람이었다. 대형 교회의 부목사로 있다 개척 교회를 담임하게 되면서 그는 자주 웃고 자주 근심했지만 정은 그 웃음과 눈물의 상당 부분이 연기라는 것을 알고 있었다. 그는 위선도 자꾸 연습하다 보면 선이 될 수 있다고 믿는 사람이었다. 이따금 징그럽게 느껴질 때도 있었지만 괜찮았다. 적어도 그는 가장으로서, 요셉의 아버지로서, 자신의 남편으로서 나무랄 데가 없었으니까.

교인들이 사모님, 사모님, 하고 특별 대우를 해주는 것도, 전도사나 교회학교 선생들이 요셉을 특별하게 대해주는 것도 싫지 않았다. 남편은 교인들과 함께 근심했지만 해결책을 주지는 않았다. 사람들이 찾아오는 것을 막지 않았지만 기도합시다, 하고 적당한 선에서 발을 뺄 줄도 알았다. 정은 남편의 우유부단함과 냉정함이 믿음직스러웠다.

하지만 이제 그녀는 남편이 조금만 대범했어도 요셉을 살릴 수 있었을 것이라는 생각을 떨쳐버릴 수가 없었다.

예배당 내부에 비축했던 식량이 바닥나고, 정찰팀을 따라 근교의 대형 교회 예배당으로 이동하던 중 예상치 못한 사고가 발생했다. 남편은 좀비를 죽이려는 교인들을 막아섰다. 하지만 겁에 질린 교인들은 이미 이성을 잃고 무차별적으로 서로를 공격했다. 남편은 계속 바깥으로 밀려났다. 형제님, 자매님, 집사님, 아아, 장로님, 하는 남편의 목소리가 계속 멀어졌다.

총을 든 교인들이 한참 만에 좀비들의 틈바구니에서 남편을 구해왔다. 목과 팔뚝에 온통 잇자국이 가득했다. 느리게 눈을 껌뻑이며 사람들을 바라보던 남편은 반나절을 채 버티지 못하고 죽었다. 이제 좀비로 깨어나게 될 것은 불 보듯 뻔한 일이었다. 모두가 남편을 쳐다보고만 있었다. 좀비들을 모조리 죽이고 말겠다는 일념으로 꼿꼿하게 벼려진 사람들이었지만 차마 자신의 손으로 목사를 쏴 죽일 수는 없었던 것이다.

"우리는."

긴 침묵 끝에 정이 입을 열었다. 모두가 그녀를 바라봤다.

"우리는, 좀 더 냉정해질 필요가 있습니다."

정은 자기도 모르게 앞으로 걸어 나갔다. 가슴속 깊은 곳에서 말들이 토해져나왔다. 그녀는 누군가 해줬으면 하는 말을 자신의 입으로 하기 시작했고, 누구보다 그녀 자신이 그 말에 위로를 받았다. 좀비와 좀비가 아닌 사람의 경계를 분명히 할 필요가 있었다. 만약 남편이 그랬더라면, 요셉은 죽지 않았을지도 몰랐다.

"저들은 끔찍한 죄인입니다."

정은 소리쳤다. 주변이 갑자기 조용해졌다. 알 수 없는 흥분으로 손끝까지 저릿저릿했다. 그녀의 아들은 죄 없이 죽었다. 미처 감염자로 깨어날 틈도 없이, 뼈 한 조각 남기지 못하고 죽어버렸다. 머리로도 가슴으로도 이해할 수 없는 죽음이었다.

"주께서 저들을 심판하셨습니다. 우리는 주님의 군대입니다."

정은 남아 있는 자들이 저들을, 좀비들을 심판해야 한다고 말했다. 뭔가에 홀린 듯, 생각을 거치지도 않은 말들이 입안에서 튀어나와 순식간에 좌중을 압도했다.

"박 목사는, 그런 주님의 뜻을 거역했습니다. 죄인들을 감쌌고, 죄인들을 대변했으며, 죄인들의 편에 섰습니다. 죄인들에게 자신의 아들을……잃고도 주님의 뜻이 무엇인지 알아차리지 못했습니다."

여기저기서 열정적으로 아멘, 하는 소리가 터져나왔다. 사람들은 울고 있었다. 정은 순간, 정수리에 뭔가 뜨거운 것이 떨어지는 것을 느꼈다. 그녀는 전투경찰의 옷을 구해 입고 있는 집사의 손에서 권총을 빼앗아 남편에게 겨누었다. 총을 쏘는 법을 배우기커녕 만져본 적조차 없었다. 평생 이런 것을 만져볼 일이 생길 거라고는 상상조차 해본 적이 없었다. 술렁이던 장내가 조용해졌다. 모두의 관심과 집중이 정에게로 쏠렸다. 정은 좌중의 기운이 자신에게 전달되는 것을 느꼈다. 죽여. 죽여. 죽여서 없애버려.

"으어어어."

뭔가가 깨지듯, 죽은 남편의 입에서 신음 소리가 터져나왔다. 남편이 눈을 뜨는 순간, 정은 신속하게 공이치기를 푼 뒤 방아쇠를 당겼다. 총알은 정확하게 남편의 이마 정중앙에 박혔다. 남편의 회백색 눈동자가 그녀를 보고 있었다. 그녀는 뒤돌아섰다. 집사들이 남편의 시신을 처리했다.

제 손으로 남편을, 죄인을 처단한 일을 계기로 정은 특별 수색팀을 이끌게 됐다. 팀원의 대부분은 좀비에게 가족을 잃고 내적 치유를 받고 있던 사람들이었다. 신에게 원망과 악다구니밖에 남지 않았지만 그 역시 신에게 표출할 수밖에 없는 가련한 사람들이었다. 자신에게 가족을 잃는 고통을 줬지만 그 고통을 위로해줄 수 있는 사람도 신뿐이라고 생각하는 불쌍한 사람들.

그들이 믿고 있는 신 역시 광포한 사람들에게 아들을 잃었다. 그들은 언제나 그 고통을 묵상했지만 그것이 이토록 끔찍한 것일 줄은 상상도 하지 못했다. 고통과 슬픔이 신앙심과 화학반응을 일으켰다. 도덕적 성취감에 고양된 사람들이 자발적으로 뒤를 따랐다. 교회에서 큰 행사를 기획할 때마다 가장 먼저 앞장서던 사람들이었다. 죄인을 용서하고 사랑하라는 율법에 비하면 좀비를 죽이고, 산 사람을 지킨다는 정의 논리는 이해하기도 실천하기도 쉬웠다. 신도들은 일평생 간신히 흉내나 낼 수 있을 뿐 결코 온전해질 수 없으리라는 죄의식에서 벗어날 수 있었다.

네가 본 그 짐승은 전에는 있었지만 지금은 없으며
장차 끝없이 깊은 구렁으로부터 올라와서 멸망으로 들어갈 자라.
또 땅 위에 사는 사람들 가운데 창세 때부터 생명책에 이름이 적혀 있지 않은 사
람들은 그 짐승을 보고 놀랄 것이다.
그것은, 그 짐승이 전에는 있었다가, 지금은 없으나,

장차 다시 나타날 것이기 때문이다.

(요한계시록 17:8)

정은 성경에서 말씀을 찾아낸 뒤 몇 번이고 전율했다. 감염 후, 사망했다가 다시 깨어나는 좀비들을 이보다 더 명확하게 설명할 수는 없을 것이었다. 정의 공동체는 살아남은 사람들을 돌보고 '짐승'들을 제거하는 정화 작업을 해왔다. 그것은 믿음의 실천이었다. 정화가 끝나면 새로운 세상이 나타날 것이었다.

정은 곧바로 감염자, 좀비들을 '사망자'로 칭했다. 그들은 이미 죽은 자였다. 죽은 자들이 걸어 다니는 이 지옥이 끝나는 날, 새로운 세상이 올 것이었다. 정은 선포하듯 큰 소리로 외쳤다.

"기도합시다!"

……가해자에게는, 목숨은 목숨으로, 눈은 눈으로, 이는 이로, 손은 손으로, 발은 발로, 화상은 화상으로, 상처는 상처로, 멍은 멍으로 갚아야 한다.

(출애굽기 21:23-25)

am 11:20

정과 공동체는 지난주, 강원도까지 정화 작업을 마친 뒤 이제 충청도로 들어섰다. 장산시에서 사람의 손을 타지 않은 대형 마트를 발견하는 바람에 물자도 넉넉하게 챙길 수 있었다. 사망자들을 제거하는 과정에서 이탈자와 부상자, 사망자가 발생했지만 새로 모여든 사람들이 더 많았다. 더 편안한 생활을 할 수 있는 공동체도 있을 테지만 사람들은 정서적인 안정과 위안을 필요로 했다. 이것이 신의 심판이라며 괴로워하고 신을 저주하고 증오하던 사람들은 어느 시점을 지나서자 다시 신의 편으로 돌아섰다. 신에게 위로와 구원을, 용서를, 사랑을 갈구하는 사람들이 정의 공동체로 몰려들었다. 정부는 여전히 라디오로 백신이 개발 중이라는 허무맹랑한 메시지만을 보내고 있을 뿐 가시적인 대책이나 보완책을 내놓지 않고 있었다.

여자들과 아이들이 탄 버스가 먼저 상황을 살펴보기 위해 떠난 정찰대를 기다리고 있었다. 정은 아이를 안고 있는 여자들을 보는 것이 괴로웠다. 질투와 슬픔, 그리고 알 수 없는 증오심이 가슴에 들끓었다.

"사모님."

정찰팀을 기다리던 사람들이 식사 준비를 어떻게 해야 할지 물었다.

"여기서 간단히 먹고 이동하지요."

"네, 알겠습니다. 사모님."

사람들은 여전히 그를 목사의 부인으로 부르고 있었다. 목사를 죽인 목사의 부인. 오랜 교인들은 그녀를 "사모"라고 부른 뒤 화들짝 놀란 표정을 지었다가 다시 민망한 표정을 감추기도 했다. 하지만 정은 자신이 저지른 일이 무엇인지를 상기시키는 낙인 같은 이름이 싫지 않았다. 그녀는 사람들에게 심판과 새 세상을 이야기했지만 새로운 세상이 오든 오지 않든 큰 상관이 없었다. 정에게 중요한 것은 이 세상이 끝난다는 것. 이 세상을 끝장낸다는 것이었다. 그다음에 올 것이 천국이든 지옥이든 상관없었다.

정은 두 손을 맞잡고 몸을 흔들며 기도하기 시작했다.

여호와여, 복수하시는 하나님이시여, 복수하시는 하나님이시여,
빛을 비추어주소서.

(시편 94:1)

pm 1:25

점심은 정찰팀이 돌아오기를 기다리며 만들어두었던 주먹밥으로 간단히 해결했다. 정찰팀은 이동해도 좋을 것 같다는 소식을 가지고 돌아왔다. 애초에 지역 인구가 적은 건지, 누군가 다녀간 건지 사망자들도 생존자도 보이지 않지만 지역 상점들은 비교적 온전하다는 희소식이었다. 공동체는 정찰팀의 소형 버스를 따라 이동하기로 했다. 일단 시 중심부에 있는 세 개의 지역 마트에 차례로 들러 필요한 물품을 챙긴 뒤, 사망자들을 제거하면서 이동을 계속하기로 했다. 지도에 몇 군데 병원과 동물 병원이 표시되어 있어 의료팀이 술렁술렁 흥분하기 시작했다. 각종 의약품과 방역 물품은 물론 의료용 라텍스 장갑과 면체 마스크 역시 많이 확보할수록 좋았다.

"사모님, 그리고……."

정찰팀 청년이 아이 하나를 데리고 왔다. 일곱 살쯤 된 남자아이였다. '정화' 현장에, 손발이 묶인 여자 사망자와 함께 있었다고 했다.

"사망자 상태로 봐서 수일 전 사망한 것 같고, 사망자는 아이의 어머니였던 것으로 짐작됩니다. 너무 심하게 울어 데려오기까지 애를 먹었습니다. 충격 때문인지 버스에 탄 뒤로는 말을 하지 않아요. 감염이 의심되어 살펴보았지만 감염의 흔적은 보이지 않습니다."

아이는 청년을 두려워하고 있었다. 정은 아이에게 손을 내밀었다.

"이름이 뭐니?"

아이는 정에게 와서 안겼다. 자신의 허리를 안는 아이의 팔의 촉감에 정은 그 자리에서 쓰러질 것만 같았다.

"두고 가세요."

"예?"

"제가 돌볼게요."

"네, 알겠습니다."

청년은 정에게 고개를 꾸벅 하고 나갔다. 정은 아이에게 주먹밥과 주스를 줬지만 아이는 거의 먹지 못했다. 비상용 비스킷도 하나 내줬지만 조금 갉아 먹더니 손에 쥔 채 잠이 들었다. 아이는 많이 야위어 있었고 혈색도 좋지 않았다.

서울에서 경기도, 충청도를 거쳐 내려오면서 사람들은 점차 안정을 찾아갔다. 화려하게 구획된 도시일수록 황량하게 허물어졌다. 파손된 건물 잔해와 차량들은 그 자체가 위협적이기도 했지만 미관상으로도 좋지 않았다. 시골의 녹음은 아름다웠다. 인간의 손을 타지 않은 자연은 순식간에 무서울 정도로 아름답게 우거졌다.

종교 집단을 비롯한 민간단체, 군경합동단체, 단순한 생존자 모임 등 많은 사람들이 무리지어 움직이고 있었다. 방어는 하되 먼저 공격하지는 않는다는 것이 정의 공동체가 가진 원칙이었다. 하지만 언제나 전투태세를 갖추고 있어야 했다. 가진 것을 모두 빼앗으려는 무장강도들도 있었고, 좀비와 인간을 가리지 않는 무차별적인 폭격 자체가 목적인 사이코패스들도 있었기 때문이다.

정은 출발하기 전, 모두와 함께 그들의 행동 강령과도 같은 말씀을 찾아 큰 소리로 강독했다.

내가 보니, 보라,
창백한 말 한 마리가 있는데 그 위에 탄 자의 이름은 사망이요,
지옥이 그 뒤를 따르니
그들에게 칼과 굶주림과 사망과 땅의 짐승들로

땅의 사분의 일을 죽일 권세가 주어졌더라.

(요한계시록 6:8)

pm 2:20

정은 버스 유리창에 기댄 채 잠이 들었다. 그녀는 이따금 꿈속에서 좀비
가 된 남편을 만났다. 칼과 굶주림과 사망과 땅의 짐승으로 깨어난 남편은
아브라함의 하나님에 대해서 이야기했다.

"여보, 하나님은 아브라함에게 네 아들 네 사랑하는 독자, 하나뿐인 아들
을 번제로 드리라고 하셨습니다."

그는 죽어서도 말씀 뒤로 도망치려 하고 있었다. 진짜 얼굴을 숨기고, 진
짜 감정은 억누른 채, 그 뒤에 숨어 멀끔한 얼굴로, 안정된 목소리로 그녀
를 가르치려들었다.

"헛소리하지 마."

남편의 잿빛 눈동자를 향해 그녀는 망설임 없이 방아쇠를 당겼다.

"탕."

남편의 머리에서 차가운 피가 튀었다. 그가 단 한 번만이라도 크게 울어줬
더라면. 꿈속에서 또 한 번 남편을 살해한 뒤 그녀는 생각했다.

'그랬다면, 뭔가가 달라졌을까.'

쓸데없는 생각이었다. 정은 생생하게 떠오르는 사나운 기억에 대고 다시
한번 "물러가라!"하고 선포했다.

불쾌한 꿈의 잔상에 고개를 저으며 몸을 돌리던 정은 옆 좌석에 아이가
앉아 있는 것을 발견했다. 아이는 고개를 반대편으로 돌린 채 자고 있었다.
정은 손을 뻗어 아이가 자신의 몸 쪽으로 기대게 했다. 팔뚝으로 아이가 내
뿜는 뜨거운 숨이 느껴졌다. 정은 아이의 머리를 쓰다듬었다. 그녀는 좀비

들에게 아들을 잃었고, 아이는 엄마를 잃었다. 정은 어쩌면 신이 뒤늦게 그녀를 위로하려는 건지도 모른다고 생각했다.

"사모님, 도착했습니다."

현장에 남아 있던 정찰팀원이 버스로 올라왔다. 그는 땀을 뻘뻘 흘리며 사망자들이 공공기관의 광장이나 학교 운동장 같은 곳에 무더기로 모여 있다고 했다.

"모여 있을 때 사망했을 수도 있고, 감염 사실을 알고 모여든 것일 수도 있지만 둘 다 아닌 것 같습니다."

"그럼요?"

"누군가 사망자들을 한곳으로 모아놓고 있는 것 같습니다."

"다른 사람들이 남아 있을지도 모른다는 건가요?"

"사람인지, 뭔지……. 아무튼 처리가 끝날 때까지는 여기 계시는 게 좋겠습니다."

정은 정찰팀과 전투팀이 먼저 사망자들을 처리하는 동안 다른 팀원들은 버스에서 대기하도록 지시했다.

"소형차 한 대만 구할 수 있을까요?"

그녀는 총을 든 남자들이 사이에서 겁에 질려 있는 아이를 데리고 주변을 한번 둘러보기로 했다. 정은 아이에게 이 재앙과 무관하게 아름답게 우거진 자연을 보여주고 싶었다.

"위험합니다."

"괜찮아요."

전투팀장이 조심해야 한다면서 권총과 함께 차 키를 내줬다.

pm 3:55

정은 가방에 챙겨온 쿠키를 아이에게 꺼내줬다. 식사팀에서 직접 구운 아몬드 쿠키였다. 아이는 잠깐 망설이는 표정을 짓더니 쿠키를 받아 들고 조금씩 녹여 먹었다. 여전히 묻는 말에 대답은 하지 않았지만 버스에 있을 때보다 표정도 밝아지고, 발 장난을 하거나 대시보드를 열어보는 등 아이다운 모습을 보이기도 했다.

"이름이 뭐니?"

정은 다시 한번 물었다. 아이는 대답을 하지 않고 대시보드를 뒤졌다. 휴대용 티슈와 보험 서류들 사이에 일회용 카메라가 들어 있었다. 아이는 카메라를 꺼내 뷰파인더에 눈을 대고 창밖을 바라봤다.

"요셉아······."

아이의 뒤통수에 대고 정은 아들의 이름을 불러봤다.

"악!"

산속에서 고라니 한 마리가 튀어나와 도로를 가로질러 사라졌다. 정은 브레이크를 밟으며 한 팔로 아이의 몸을 가로막았다. 차가 일그러진 사분원 모양의 스키드 마크를 그리고는 멈췄다.

"주여······."

차가 서는 순간, 정은 안도의 한숨을 내쉬며 외쳤다. 정도 아이도 다친 데는 없었다. 정은 안전벨트를 풀고 놀라서 울먹이는 아이를 달랬다.

"어서 돌아가자."

하지만 시동이 켜지지 않았다. 낭패였다. 차를 고쳐본 적도 없었고, 도움을 요청할 방법도 없었다. 아이를 데리고 걸을 수 있을까. 가는 길에 좀비들을 만나면······. 정은 고개를 가로저었다. 어쩌면 이렇게 대책 없이 나올 수 있었는지 한심스러울 지경이었다. 그녀는 새삼 기도라도 하고 싶은 심정으로 창문을 열고 하늘을 올려다봤다. 구름 한 점 없이 맑은 날이었다. 아이가 앞니로 쿠키를 갉아 먹는 소리 외에는 아무런 소리도 들리지 않았다. 좀비들의 비명 소리도, 사람들의 수군거림도, 기도하는 소리도, 고통 속에 울부짖는 소리도 없었다.

"주여, 우리를 불쌍히 보소서……"

정은 자기도 모르게 노래를 흥얼거렸다. 교회 행사 때 여신도들과 함께 불렀던 찬송가였다.

"주여, 우리를 불쌍히 보소서. 할렐루야, 하알렐루우야……"

아이는 고개를 돌리더니 정을 바라봤다. 한가롭고 천진한 표정이었다.

"아가."

정은 아이를 향해 웃어 보였다.

"걱정하지 마."

아이는 씩 웃더니 손에 쥐고 있던 카메라를 들고 뷰파인더로 정을 바라봤다.

"찰칵!"

요란한 소리와 함께 플래시가 터졌다.

"찰칵!"

어둠 속에서 불빛이 번쩍했다.

"으어어어, 으어어어어."

원나를 둘러싸고 있던 감염자들이 불빛에 반응을 하며 멈칫했다.

"찰칵!"

또 한 번 불빛이 터졌다. 원나는 울음을 삼켰다. 거의 바닥에 누운 자세로 원나의 발목을 잡고 있던 감염자가 빛을 향해 몸을 일으켰다.

"두 시 방향!"

영군이었다.

"그쪽이 출구라고!"

영군의 목소리가 틀림없었다.

"어? 어!"

원나는 정신을 꽉 부여잡고 일어섰다. 찰칵, 찰칵, 터지는 것은 영군이 들고 다니던 커다란 카메라 플래시였다. 원나는 어둠 속을 더듬어 허둥지둥 몸을 일으켰다. 깨진 손전등이 신발에 밟혔다. 두 발이 고무가 된 것처럼 흐물거렸다. 사방이 어두워 달리는 방향이 두 시인지, 세 시인지 알 수가 없었다. 달리는 내내 팔을 앞으로 뻗고 허공을 더듬었다. 손바닥이 벽을 탁, 치는 순간 등 뒤에서 또 한 번 찰칵, 플래시가 터지면서 시야가 밝아졌다. 짚고 있는 것은 맨벽이었다. 오른쪽으로 1미터쯤 떨어진 곳에 손잡이가 붙어 있었다. 문을 열고 밖으로 나오자 어느새 빠져나온 영군이 원나의 손을 확 잡아챘다.

"뭐야, 어디로 나왔어?"

"시끄러."

"으어어어, 어어어어어."

감염자들이 문 쪽으로 다가왔다. 영군은 쾅 소리가 날 정도로 문을 세게 닫았다. 복도에도 빛이 없어 어두웠다. 영군이 중간중간 플래시를 터트리며 원나를 공장 밖으로 인도했다.

"너 지금 죽을 뻔했어. 알고는 있는 거야?"

밖으로 나오자마자, 영군은 버럭 소리를 질렀다. 원나는 갑자기 쏟아진 빛에 눈을 찡그렸다.

"……."

원나도 처음 당한 일이었다. 무사히 빠져나왔다는 것을 깨닫고도 놀란 마음이 진정이 되지 않았다.

*

원나는 아침밥을 먹다 문득 면사무소 근처에 눈여겨봐뒀던 지프 차를 기억해냈다. 유조차를 가져오면서 버리고 온 철종의 소나타를 아쉬워 하고 있던 때였다. 영군과 원나는 사발이를 몰고 지프를 찾으러 나갔다. 지프 차는 여전히 차 키가 꽂힌 채 그 자리에 있었다. 남은 기름이 없었지만 그들에게는 풀숲에 숨겨둔 '기름 탱크'가 있었다. 원나와 영군은 새 차 시승식을 핑계로 무작정 달리기 시작했다.

뻥 뚫린 도로를 따라 한 시간 정도 달렸을 때, 원나가 지역 대학 연구소에서 세운 LED 식물 공장을 발견했다. 채소를 밀폐된 공장 안에서 햇빛 대신 LED 불빛을 비춰 키우는 곳이었다. 밭에서 키우는 것보다 생장속도가 빠르고 날씨의 영향을 받지 않아 안정적인 농업을 할 수 있다는 내용의 안내문이 공장 입구에 붙어 있었다.

원나는 마을에서 쓸 수 있는 LED 전구를 구할 수 있지 않을까 기대하며 내키지 않아 하는 영군을 설득해 공장 안으로 들어섰다. 어두운 공장 내부엔 빠져나오지 못한 채 감염된 사람들이 가득했다.

"위험해. 좀비들 없는 데만 잠깐 둘러보고 나가자."

대충 내부를 훑어본 영군이 말했다. 하지만 원나는 어두운 공장 안에 갇혀 빛 한 점 보지 못하는 감염자들을 밖으로 꺼내주고 싶었다. 말해봐야 영군이 화를 낼 게 뻔했다. 영군은 여전히 원나가 감염자들을 빛을 볼 수 있는 곳으로 옮기고 가끔씩 그들의 상태를 체크하는 것을 미친 짓이라고 생각하고 있었다. 위험한데다 무엇보다 무의미한 일이라는 것이었다.

영군이 한눈을 판 사이 원나는 몰래 공장 안으로 들어갔다. 안에 있는 사람들을 밖으로 나오게만 해줄 생각이었다. 하지만 문을 열고 들어가자마자 개폐식 문이 자동으로 닫혔다. 원나는 놀라서 뒷걸음질 치다 바닥에 쓰러져 있는 트레이에 걸려 넘어졌고 설상가상으로 들고 있던 손전등이 깨지면서 대책 없이 어둠 속에 갇히고 말았다. 영군이 찾으러 오지 않았다면 꼼짝없이……. 더 이상 생각하기도 싫었다.

"유별나게 굴지 마. 너도 나랑 다를 바 없어."

원나를 보조석에 밀어넣은 영군은 거칠게 차를 몰기 시작했다.

"뭐?"

"너도 마을 밖 사람들과 마을 사람들을 다르게 대하고 마을에서는 다른 사람들과 엄마를 또 다르게 대하잖아. 엄마, 마을 사람들, 그 외 사람들, 그렇게 선을 그어놓고 관리하고 있는 거 아냐?"

"……."

"그걸 좀 줄이자는데 왜 못 알아듣는 척하냔 말이야!"

이 부분에 있어서는 도무지 의견이 좁혀지지 않았다.

"쓸 데 없는 동정심이야. 이런다고 아무도 알아주지 않아."

"누가 알아달라고 그러는 게 아니야."

영군은 원나가 지나치게 낙관적이라고 말했다.

'내가?!'

원나는 살다 보니 '사다코'가 낙관적이라는 이야기를 듣는 날도 있다고 생각했다.

"늘 말하지만, 마을에 있는 사람들한테만 집중하자고."

영군이 애써 화를 가라앉히고 차분하게 말했다.

"마을에서는 농사를 지을 수 있으니까 잘 먹고, 잘 쉴 수 있어. 하지만 누누이 말했지만 이게 다가 아니야."

"……."

"세상은 망했어. 마을도 예외는 아니야. 이런 생활이 얼마나 갈 것 같아? 1년? 2년? 언젠가는 태양광 판도 고장날 거고, 기름도 떨어질 거야. 아니, 그때까지 기다릴 필요도 없어. 그 전에 다른 생존자들한테 습격을 받을지도 몰라. 이제 곧 겨울이 올 거고, 사람들은 점점 더 굶주릴 테니까. 너 굶주린 사람들이 얼마나 난폭해질 수 있는지 알아? 그러니까."

영군의 목소리가 점점 높아지다가 빽, 하고 갈라졌다. 그는 가슴을 크게 들썩이며 또 한 번 감정을 추슬렀다.

"좀비들한테 신경 끄고 좀 더 멀리 나가서 기름을 찾아보는 게 낫지 않겠어? 주변에 아직 남아 있는 물류창고나 공장이라도 찾아서 물자를 한 개라도 더 확보하는 것이 훨씬 더 낫다는 생각은 안 해? 굶주린 사람들이 여기까지 습격해오면 그땐 어떡하나, 그런 고민을 하는 게 낫지 않겠어?"

"그래, 오늘 일은 내가 잘못했어. 그러니까 일단 진정해."

하지만 원나는 감염자들이 정처 없이 돌아다니다 떨어지는 입간판에 맞아 다치거나 폭우에 쓸려가 웅덩이에 처박힌 채 버둥거리는 모습을 마냥 지켜만 볼 수가 없었다.

"넌 비겁해."

"……."

"이 상황을 모르는 척하는 거야. 감당할 자신이 없으니까."

영군은 원나가 그저 과거의 기억에 사로잡혀 감염자들을 돌보고 있을 뿐이라고 말했다.

"그게 완전히 무의미하다고는 못하겠어. 나도 애들을 데려왔으니까. 하지만 저 좀비들한테 우리는 더 이상 가족도 친구도 아니야. 마스크만 벗기면 당장이라도 우리를 잡아먹겠다고 달려들 거라고. 우리는 펜싱 슈트 없이는 가까이도 못 가. 이게 현실이야."

영군의 말 한마디, 한마디가 날카롭게 원나의 가슴을 후벼팠다. 그는 뭐라도 들이받을 것처럼 점점 더 속도를 높였다.

"속도 좀 줄여."

원나는 안전벨트를 움켜잡았다. 영군은 원나의 말을 무시하고, 오히려 더 빨리 달렸다.

"속도 좀 줄이라니까! 어, 저, 저기……."

"저기, 뭐!"

"저거, 사람들 아니야? 악! 멈춰! 멈추라고!"

*

"원나야, 괜찮아?"

영군이 원나를 보고 물었다.

"응, 오빠는?"

"나도 괜찮은 것 같아."

브레이크를 밟으며 다급히 핸들을 꺾어 차가 반 바퀴 정도 돌아서 멈췄다. 차를 보고 뛰어오던 아이를 아이 엄마가 끌어안는 순간, 영군은 핸들을 쥔 채 눈을 질끈 감았다. 퍽, 하는 소리가 났지만 사람을 친 건지는 확실치 않았다. 너무 순식간에 벌어진 일이었다.

서로의 안전을 확인한 영군과 원나는 튀어오르듯 문을 열고 나갔다. 아이 엄마는 몸을 동그랗게 말고 아이를 꼭 끌어안고 있었다. 아이는 눈을 깜빡이며 두 사람을 바라봤다. 하지만 아이 엄마는 의식이 없었다.

"이런 데서 사람이 튀어나올 거라고 상상도 못했어."

영군은 누구에겐지 모를 말을 중얼거리더니 쓰러져 있는 아이 엄마의 목에 손을 대봤다. 원나는 두려운 마음으로 영군을 쳐다봤다. 영군이 큰 소리로 안도의 한 숨을 내쉬었다.

"그냥 기절한 거야."

굳은 얼굴로 눈만 껌뻑이던 아이가 비로소 울음을 터뜨렸다. 원나는 엄마의 품 안에 안겨 있던 아이를 안아 올렸다. 영군이 아이 엄마를 안아 올렸다. 팔뚝과 종아리, 발등이 아스팔트에 쓸려 피가 맺혀 있었다. 지혈을 할 만큼 계속 피가 흐르는 곳은 없었다. 영군이 아이 엄마를 추켜올리다 어, 하더니 바닥에 내려놨다.

"왜?"

영군은 말없이 손등으로 눈가를 훔치곤 손바닥을 펼쳤다. 피가 흥건했다. 그는 잠시 손바닥에 묻은 피를 내려다보다 재빨리 바지에 훔쳤다. 아이 엄마의 뒤통수에서 피가 흘러내리고 있었다. 원나는 가방에서 수건을 가져다 아이 엄마의 머리를 압박해 묶었다. 영군은 저만치로 걸어가더니 아이 엄마의 신발을 주워다 신겼다. 아이는 어느새 울음을 그치고 누워 있는 엄마의 모습을 바라보고 있었다.

"가자."

영군은 얼빠진 얼굴로 다시 아이 엄마를 안아 올렸다. 아이를 앞좌석에 태우고 원나가 아이 엄마를 안고 뒤에 앉았다. 영군이 시동을 걸었다. 티셔츠 앞섶이 아이 엄마가 흘린 피에 젖어 있었다. 영군의 얼굴로 식은땀이 줄줄 흘러내렸다.

"괜찮아?"

룸미러를 바라보며 영군이 물었다. 아이 엄마가 괜찮냐는 건지 원나가 괜찮냐는 건지 모르겠지만 원나는 일단 "어어" 하고 대답했다.

"여긴 신경 쓰지 말고 오빠 앞을 잘 봐."

"응."

원나는 품에 안긴 아이 엄마의 손목을 잡아 맥이 빠르게 뛰고 있다는 것을 확인하고 또 확인했다. 그래도 여전히 뒷덜미가 서늘했다. 하마터면 사람을 죽일 뻔한 것이다.

"애, 너 이름이 뭐야?"

원나는 아이에게 물었다.

"……."

"누나는 차원나야."

"……."

"응? 이름이 뭐야?"

"말하기 싫은가봐. 내버려둬."

코너를 돌면서 영군이 아이의 가슴 쪽으로 팔을 뻗으며 말했다.

"혹시 엄마 말고 다른 사람들도 있어?"

내버려두라더니, 이번에는 영군이 아이에게 물었다. 아이는 대답을 하지 않았다.

"다른 사람들이라니?"

"행색이 멀쩡해서."

그러고 보니, 아이 엄마도 아이도 좀 야위긴 했지만 깨끗한 옷을 입고 있었다.

"오빠도 처음 봤을 때 멀끔했어."

"짐도 별로 없잖아. 둘이 다닌 게 아냐."

"그러네."

아이는 천으로 된 가방 하나를 안고 있었다. 안에 든 것은 별로 없는지 가방이 홀쭉했다. 영군은 백미러로 아이 엄마와 원나를 바라봤다. 아이 엄마는 여전히 깨어나지 못하고 있었다. 뇌손상이나 내장 파열 같은 게 있다면 마을로 간다고 해도 딱히 할 수 있는 일이 없었다. 심각한 부상이 아니길 바라는 수밖에 없었다.

"괜찮을 거야."

원나는 뒤를 돌아보는 아이에게 말했다.

"엄마 곧 깨어나실 거야."

아이는 감정을 알 수 없는 무표정한 얼굴로 한동안 원나의 얼굴을 바라보더니 다시 앞을 응시했다.

*

원나와 영군은 아이 엄마를 철종의 집 마루로 옮겼다. 원나가 이불을 가져다 아이 엄마가 누울 자리를 펴는 동안 영군은 비상 약상자를 들고 왔다. 피부가 쓸린 곳은 소독하고 연고를 바른 뒤 반창고를 붙였다. 뒤통수가 한 뼘가량 찢어져 있었다. 원나도 영군도 그게 얼마나 심각한 건지 알 수가 없었다. 원나가 진통제와 소염제를 빻아 물에 개어 입안에 흘려넣자 아이 엄마가 밭게 기침을 하며 눈을 떴다.

"정신이 좀 드세요?"

아이 엄마의 충혈된 눈에서 눈물이 주루룩 흘러내렸다.

"많이 아프세요?"

아이 엄마가 손을 내저으며 원나와 영군을 번갈아 바라봤다.

"괜찮아요. 약가루가 식도에 달라붙어서……."

"죄송합니다. 그쪽에서 사람이 튀어나올 줄은 몰랐어요."

영군이 아이 엄마에게 물잔을 내밀었다. 아이 엄마는 물을 마신 뒤 뒤통수에 손을 가져갔다.

"좀 찢어진 거 같은데 상처가 얼마나 깊은지 모르겠어요. 일단 소독하고 약을 발랐어요."

"요셉은 어디 있죠?"

이름이 요셉이었구나. 원나가 아이는 방에 있다고 말하자 영군이 아이를 데리고 나왔다. 아이는 양손에 포춘쿠키를 쥐고 있었다.

"너 이름이 요셉이라며? 몇 살이야?"

아이는 엄마가 깨어난 것을 보고도 데면데면했다.

"일곱 살이에요."

아이 엄마가 대신 대답했다. 아이 엄마는 머리카락 끝까지 흘러내린 고무줄을 뽑았다. 헝클어진 머리를 다시 포니테일로 묶자 반듯한 이마가 드러났다. 일곱 살 아이의 엄마라고 하기엔 젊어 보였다.

"여기는 어딘가요?"

아이 엄마는 팔뚝과 종아리, 발목에 붙여놓은 반창고들을 손으로 만져보더니 자세를 바로 하고 앉았다.

"저희 마을이에요. 저희가 차로 모시고 왔고요. 저는 차원나라고 하고요, 이 마을에서 계속 살고 있었어요. 그리고……."

"저는 최영군, 서울에서 왔습니다."

"서울에서요?"

"네."

"여기는 두 분만 계신 건가요? 다른 생존자 분들은……."

"네, 저희 둘이 지내고 있어요."

영군이 아이 엄마의 말을 자르며 대답했다.

"그러셨군요. 힘드셨겠습니다."

"말씀 편하게 하세요."

"저는 이게 편합니다."

아이 엄마는 영군을 형제님, 원나를 자매님, 이라고 부르며 깍듯하게 대했다.

"교회나 성당 같은 데랑 관련된 분이세요?"

원나가 물었다. 신앙은 없었지만 그런 곳에서는 서로를 그렇게 부른다고 알고 있었다.

"네. 저희는 주님을 섬기고 있습니다."

"저희요?"

"아, 저희는 생존자들을 돕고 있어요. 아이랑 바람 쐰다고 나왔다가 차가 고장 나는 바람에……."

아이 엄마는 현기증이 이는지 손바닥으로 이마를 짚더니 괜찮다고 손짓을 해 보였다.

"어쨌든 형제님과 자매님 같은 분들을 만나다니, 주님께서 도우셨습니다."

"생존자들을 돕는다면 구호단체 같은 데 계신 거예요? 백신도 가지고 계세요? 사람들이 많이 모여 있나요? 어디로 가고 계신 거예요? 아니, 어디에서 오셨어요? 다른 데는 어떤가요?"

원나는 정신없이 질문을 쏟아부었다. 난데없는 질문의 폭격에 아이 엄마는 잠시 할 말을 잊은 듯 보였다. 어색한 침묵이 흘렀다. 원나는 등 뒤에서 잠자코 아이 엄마의 대답을 기다리고 있는 영군의 시선을 느낄 수 있었다.

"일종의 구호단체라고 할 수도 있겠네요. 미안하지만 백신은 없어요. 자매님께서 어디서 무슨 이야기를 들었는지 모르겠지만 백신은 어디에도 없습니다."

영군이 한쪽 눈꼬리를 치켜세우고 원나를 툭 쳤다. 내가 뭐랬어, 하는 표정이었다.

"현재까지는 그렇다는 이야기예요. 저희들은 서울에서 시작해서 계속 이동 중이에요. 생존자를 바이러스 감염자와 분리하고 생존자가 본래의 생활로 돌아갈 수 있도록 돕는 것이 우리가 하는 일입니다."

"저도 여기서 비슷한 일을 하고 있었어요. 이동은 하고 있지 않지만……. 할 수만 있다면 저도 그런 일을 하고 싶었어요."

원나는 아이 엄마의 손을 덥석 잡았다. 좀 더 많은 감염자들을 살필 수 있다면 좋겠다는 생각을 할 때가 많았다. 원나는 누군가 자신과 비슷한 생각을 하고 행동하며 움직이고 있다는 것이 놀랍고 반가웠다.

"그럼, 먹을 건 어떡해요?"

"식량 조달을 말씀하시는 건가요?"

"네, 계속 이동 중이라면서요."

마음에 들지 않는 듯 툴툴거리고 있었지만 영군 역시 궁금한 모양이었다.

"넉넉하진 않지만 굶지는 않았어요. 통조림 가공 공장을 가지고 계신 집 사님께서 가지고 계신 물량을 전부 기부하셨고, 뜻을 같이하는 다른 분들 도 계속 돕고 계시고요."

"이동은 어떻게 하죠? 연료라든가……. 무기도 가지고 있어요?"

"이동은 버스와 승합차로 하고 있어요. 연료는 이동하면서 구하고 있구요. 아주 전문적인 수준은 아니지만 무기도 갖추고 있습니다."

"아."

영군과 원나의 눈빛이 마주쳤다. 영군도 같은 생각인지는 모르겠지만 무기를 가지고 이동 중이라는 말을 듣는 순간 원나의 마음 한편엔 경계심이 일었다.

"하지만 우리는 살인은 하지 않아요. 아까도 말했지만 생존자들을 돕는 것이 우리가 하는 일이에요."

원나의 생각을 짐작한 듯, 아이 엄마가 곧바로 덧붙였다.

"인원은 얼마나 돼요? 최종 목적지가 있어요?"

"지금 저와 함께 이동 중인 인원은 20여 명. 최종 목적지는, 글쎄요. 정리 가 될 때까진 계속 이동을 할 생각이라서요."

"……."

"아, 이게 펜싱복인데……. 좀비들한테 접근할 때 안전하거든요."

질문과 답변의 시간이 끝나고 어색한 침묵이 놓이자 영군이 묻지도 않은 말을 주절주절 늘어놓기 시작했다. 원나가 뭐야? 하고 쳐다봤더니 영군이 멋쩍은 듯 웃었다.

"덥진 않으세요? 통풍이 안 될 것 같은데요."

"견딜 만해요."

원나가 대답했다.

"요셉이가 엄마랑 많이 닮았어요."

"그런가요?"

"네."

생김새보다는 분위기가 비슷했다.

"그거 먹을래?"

원나는 요셉이 들고 있는 포춘쿠키를 가리켰다.

"먹어도 돼."

아이는 쿠키를 입안에 넣더니 혀를 내밀어 보였다. 종이까지 모두 삼켜
버린 것이다.

*

"정말 큰일을…… 큰일이네요……."

"네?"

"큰일입니다. 큰일, 큰일을 하셨습니다."

마을 회관 마당에 있는 어른들을 본 아이 엄마는 몇 번이나 말을 더듬어
가며 원나의 손을 꽉 잡았다. 차가운 손이 땀으로 축축했다.

"전 그냥 가족을 지킨 거예요."

원나는 쑥스러웠지만 기분은 좋았다. 낯선 사람에게 이런 칭찬을 받는 게
익숙지 않고 그런 걸 바란 적도 없었지만 그간 해온 일이 틀리지 않았다는

것을 누군가에게 인정받는 것 같았기 때문이다. 영군은 펜싱복을 벗어놓고 차 쪽에서 요셉에게 장난을 걸고 있었다. 감염자들이 모여 있는 모습은 '미성년자 관람불가'라는 영군의 배려였다.

"으어어어어어."

영자가 아이 엄마 쪽을 향해 손을 내저으며 걸어왔다. 원나는 뒷걸음질치는 아이 엄마의 팔을 잡았다.

"괜찮아요. 이빨이 없어요."

원나는 영자의 얼굴을 손수건으로 닦아주며 마스크를 쓰고 있는 사람들과 그렇지 않은 사람들 간의 차이에 대해서 설명했다.

"저기 아이스하키 헬멧 쓰고 있는 애들은 영군 친구들이에요. 덩치가 좀 크죠?"

"그렇군요. 그럼 형제님이 저분들을 데리고 오신 건가요?"

"네, 오빠랑은 밖에서 우연히 만났는데 오빠가 나중에 저 애들을 데려와서 같이 지내고 있어요. 저 오빠가 지금 저렇게 보여도 아이돌 연습생이었대요."

"아."

아이 엄마는 영군과 영군의 멤버들을 번갈아 바라봤다. 데뷔가 코앞일 때 바이러스가 퍼지는 바람에 엄청나게 원통해하고 있다고 하자 그녀는 정말 안됐다고 대답했다.

"아줌마는 어떻게 하고 계신 거예요?"

"네?"

"좀 더 좋은 방법이 있으면 알려주세요. 빛을 좋아하시는 것 같아서 이렇게 낮에는 햇빛을 쬐게 해드리고, 밤에는 비닐하우스 안에 모시고 불을 켜놓아요. 그런데 통 뭘 먹거나 잠을 자지 않아서 사실 너무 불안해요."

어른들과 영군의 멤버들에게서 눈을 떼지 못하고 있던 아이 엄마가 원나를 바라봤다.

"저 물 한 잔만 주시겠어요?"

"내가 갔다 올게."

요셉과 함께 멀찍이 떨어져 있던 영군이 집 쪽으로 달려갔다. 요셉은 차
문을 열어놓고 앉아 비스킷을 먹고 있었다. 원나는 아이 엄마를 마을 회관
안으로 안내했다.

"이게 이 근방 지도인데요. 제가 표시해둔 곳이 감염자들을 모아둔 곳이
에요. 좀 더 멀리 나가보고 싶었는데 마을 일도 바쁘고, 엄두가 나지 않아
서 못했어요."

"네……."

"아줌마 같은 분들이 계셔서 정말 다행이에요."

영군이 커다란 유리병에 얼음과 매실 원액을 부어 들고 왔다.

"이게, 얼음인가요?

"네, 태양광을 써서 아직 전기를 쓸 수 있거든요."

아이 엄마는 얼떨떨한 표정이었다.

"요셉이는?"

영군이 나를 툭 치며 물었다.

"밖에 없어?"

"어, 밖에 없어서 데리고 들어온 줄 알았는데?"

"아냐, 차에 앉아서 과자 먹고 있었는데……."

아이 엄마가 물잔을 내려놓고 밖으로 뛰어나갔다. 원나와 영군도 그 뒤
를 쫓았다.

"요셉아!"

원나가 큰 소리로 부르자 어른들이 멀뚱멀뚱 쳐다봤다. 놀란 표정으로 서

있는 아이 엄마를 뒤로하고 영군과 원나가 마을 회관을 둘러봤다. 혹시나 싶어 뒷간 문까지 열어봤지만 요셉은 보이지 않았다.

"마을이 보기보다 넓어서요, 그래도……."

"좀비들은 여기 있는 게 전부인가요?"

아이 엄마가 사나운 얼굴로 물었다.

"네? 아, 네……."

원나는 아줌마의 시선을 피하고 눈으로 펜스 안을 쭉 살피며 대답했다. 뭐라고 더 말을 하려는데 영군이 원나의 팔을 잡았다.

"아이가 없어졌잖아. 경계하는 게 당연해."

아이 엄마는 마을 사람들의 얼굴을 하나, 하나 노려보고는 마을 회관 밖으로 나가며 다시 요셉의 이름을 부르기 시작했다.

"요셉아! 요셉아!"

"요셉아, 어딨니. 요셉아!"

"요셉아, 대답 좀 해봐!"

영군과 원나도 소리 높여 아이를 불렀다.

"아이, 우리 아이가 말을 못해요."

앞서가던 아이 엄마가 뒤쪽을 돌아보고 서서 말했다.

"아파요. 아, 아파서 마, 말을 못해요."

아이 엄마는 대단히 큰 잘못을 고백이라도 하듯 어쩔 줄 몰라 하고 있었다.

"어쩌지?"

난감했다. 곧 해가 질 것 같았다.

"일단 제가 가서 팀원들을 데려올게요. 그들이 금방 찾아줄 겁니다."

"그래, 사람들이 더 있으면 찾기도 쉬울 거야."

영군이 그렇게 하자면서 아줌마에게 차 키를 건넸다. 아이 엄마는 혹시 자신이 돌아오기 전에 요셉을 찾으면 잘 달래서 데리고 있어달라고 부탁했다.

"네, 걱정 말고 어서 다녀오세요."

"저희가 찾아서 잘 데리고 있을게요."

"꼭 좀, 부탁드리겠습니다. 곧 돌아올 거라고, 놀라지 않게 잘 다독여주세요."

아이 엄마는 고개를 숙여 인사한 뒤 차에 올라탔다.

아이 엄마를 배웅한 뒤, 원나는 하우스 집으로, 영군은 혹시 물을 가지러 간 자신을 따라왔을지도 모른다며 두 사람이 생활하고 있는 철종의 집 쪽으로 달려갔다.

"있어?"

"아니, 너는."

"없어."

원나는 하우스 집과 하우스 안쪽까지 전부 살펴보고 나오다가 영군과 마주쳤다. 두 사람은 같이 기와집에 들렀다가 치복의 집 쪽으로 올라갔다. 치복의 집에도, 영자의 집에도 요셉은 없었다. 마을엔 빈집이 많았다. 오랫동안 사람의 손을 타지 않은 빈집들은 위험했다.

"설마……."

"아냐, 이 근처 어디에 있을 거야."

"응……."

원나는 확신할 수 없었지만 그러기를 바라며 대답했다.

"으어어어어. 으어아아어어어."

펜스에서 어른들의 웅성거림이 들려왔다.

"원나야, 저기!"

요셉이 펜스 쪽에 서 있었다.

"요셉아!"

"너 어딨었어, 걱정했……."

"머리를 쏜다!"

요셉이 돌멩이를 집어 펜스 안으로 던졌다. 성호가 머리에 돌을 맞고 "으어어어" 하고 신음 소리를 내며 주춤주춤 뒤로 물러섰다.

"뭐라는 거야?"

"쟤 말 못한다고 하지 않았어? 아까 아줌마가 분명 아파서 말을 못한다고."

"나은 건가."

하지만 원나는 어쩐지 나쁜 예감이 들었다.

"머리를 쏜다!"

요셉은 다시 돌을 집어 펜스 안에 있는 사람들을 향해 던졌다.

"요셉아, 너 지금 뭐 하는 거야!"

원나는 아이에게 다가갔다.

"요셉 아니야."

요셉은 목이 쉬어 있었다.

"뭐?"

"요셉 아니야."

요셉은 또 한 번 말했다. 영군과 원나는 서로 얼굴을 바라봤다. 뭐지?

"어, 저기, 요셉아. 엄마는 잠깐 나가셨는데 곧 오실 거야."

영군이 요셉의 어깨를 잡고 등을 토닥이며 차분하게 설명했다.

"엄마 아니야."

"응?"

요셉은 영군과 원나를 노려본 뒤 다시 돌을 집어들었다. 머리카락이 땀에 젖어 얼굴에 달라붙어 있었다.

"하지 마. 어른들한테 그럼 못 써."

"어른 아니야."

"뭐, 뭐가 아니야."

요셉도 아니고 엄마도 아니고 어른도 아니고……. 아이는 죄다 아니라는 소리만 해대고 있었다.

"어른 아니야. 좀비야."

"뭐라구?"

"좀비는 머리를 쏜다!"

무표정한 얼굴로 기계적으로 똑같은 소리만 해대는 어린아이의 모습에 원나는 순간적으로 겁을 먹었다. 영군이 요셉을 번쩍 안아 올렸다.

"일단 데리고 집으로 가자."

"어? 어……."

원나는 요셉이 가지고 있던 천가방에 아이가 먹다 떨어뜨린 비스킷 상자를 넣었다. 안에는 수첩과 일회용 카메라, 물병, 손수건 따위가 들어 있었다.

"얘, 열 있어."

한 팔로 아이의 몸을 받치고 다른 팔로 요셉의 목 부분을 감싸안은 영군이 말했다.

"요셉아, 엄마 곧 오실거야."

"요셉 아니야."

요셉은 영군에게 얼굴을 기댄 채 중얼거렸다.

"요셉 아니야? 그럼 누구야?"

영군이 다정하게 물었다.

"찬우야."

"뭐?"

영군이 요셉의 목을 받치고 있던 손을 풀어 요셉과 얼굴을 마주 보고 물었다.

"지금 뭐라고 했어?"

"요셉 아니야. 찬우야."

아이는 눈을 내리깔고 조그맣게 대답했다.

"아, 찬우구나……."

"요셉은 세례명 같은 거 아닐까?"

원나는 영군에게 다가가 속삭였다. 영군이 아, 하고 고개를 끄덕였다.

"그럼 찬우야, 엄마가 잠깐 다른 어른들한테 가셨어. 곧 오실 거야. 여기서 형이랑 누나랑 같이 기다리자. 알았지?"

영군은 아이를 마루에 내려놓았다. 아이는 마루에 비스듬히 엎드렸다. 눈꺼풀이 반쯤 내려와 있었다.

"엄마 아니야."

"응? 엄마 아니야? 그럼 누구야?"

"……사모님이야."

영군과 원나는 또다시 서로의 얼굴을 바라봤다. 무슨 소리인지 하나도 알 수가 없었다. 원나는 아이에게 꿀물을 먹였다. 아이는 꿀물을 허겁지겁 두 컵이나 마시더니 마루에 누웠다. 눈꺼풀이 계속 내려오는데도 필사적으로 참고 있었다.

"졸리면 자도 돼."

아이의 다리에 풀에 긁힌 상처가 몇 군데 있었다. 영군이 아이의 팔과 다리에 연고를 바르고 반창고를 붙이는 사이, 아이는 결국 잠이 들었다.

"그건 뭐야?"

"쟤가 가지고 있던 거."

원나는 가방을 아이 곁에 내려놓았다.

"사모님이라니. 혹시 친엄마가 아닌가?"

"그럴지도 모르지. 일하던 사람 아이를 맡았다거나……."

그렇게 생각하니 아이의 자는 모습이 안쓰럽게 보였다.

"어쨌든 찾아서 다행이다."

"응."

원나는 펜싱복을 벗고 우물에서 물을 길어 세수를 했다. 땀으로 푹 젖은 슈트를 털어 장독대 위에 올려놓았다.

"원나야, 이것 좀 봐."

아이 곁에 앉아 있던 영군이 맨발로 원나가 있는 쪽으로 달려왔다. 그는 가방 안에 들어 있던 수첩을 들고 있었다.

"그거 아줌마 꺼 아냐? 그렇게 봐도 돼?"

"큰일 났어."

"왜?"

"이 아줌마, 수상해."

*

원나와 영군은 다시 펜싱복으로 갈아입은 뒤 허겁지겁 마을 회관으로 달려가 펜스에 있는 사람들을 마을 회관 안으로 이동시켰다. 아직 해가 지기 전이었지만 지체할 수가 없었다. 아이 엄마의 다이어리엔 바이러스가 퍼진 뒤부터 전국을 떠돌아온 일정과 짧은 일기, 메모 같은 것들이 적혀 있었다. 원나와 영군은 그것들을 하나씩 읽으며 아이 엄마가 속한 단체가 감염자들을 사망자로 분류하고 그들을 죽이는 것을 '정화'라고 부르는 정신 나간 살해 집단이라는 것을 알게 되었다.

"걱정하지 마, 엄마."

원나는 미라를 꼭 안았다.

"빨리. 서둘러야 해."

영군은 사발이를 끌고 왔다. 원나는 3단 전기봉과 그물총을 챙기고 잠들어 있는 아이를 안고 짐칸에 태웠다. 아이 엄마가 돌아오기 전에 조치를 취해야 했다.

"어떻게?"

"몰라. 일단은 해봐야지. 그 아줌마, 몇 명이나 같이 다닌다고 했지?"

"아, 모르겠어. 기억 안 나."

"몇 명이든, 어쩔 수 없지. 해보자."

나중에 덧붙인 말은 거의 혼잣말에 가까웠다. 영군의 눈 밑과 뺨이 붉었다. 흥분한 것처럼 보였고, 화가 난 것처럼도 보였다.

"일단 터널을 막자."

영군이 말했다. 어떻게든 터널 안으로 진입하지 못하게 해야 한다는 것이었다. 그는 늘 메고 다니던 힙색을 꺼냈다.

"나한테 수류탄이 하나 있어."

"뭐? 그런 게 어디서 났어?"

"우연히 주웠어. 지금 그게 중요한 게 아니고. 이걸 터널 안에 터뜨려버리자. 그 사람들 겁도 줄 수 있고, 뭣보다 터널이 무너져서 못 들어올 거야."

"터뜨리는 법 알아? 해봤어?"

"응."

"진짜?"

"게임에서 많이 해봤지."

"뭐?"

"어차피 비슷해. 걱정하지 마."

"……."

"안전핀 뽑고 터지는 데까지 5~6초. 터널에 굴려넣고 사발이 타고 잽싸게 이쪽으로 오면 돼."

"터널이 다 터져버리면 어떡해?"

"다 터트려버리자니까?"

"아니, 평지가 되어버릴 수도 있잖아. 그럼 그 사람들이 마을 안으로 들어올 거 아냐."

"……."

영군은 대답을 하지 못했다. 원나 역시 머릿속이 깜깜했다.

"협상을 해보자. 우리 뜻을 제대로 전달하면 돼. 회사랑 문제 있을 때도 이렇게 해결했어. 뭣보다 그 아줌마, 말이 영 안 통할 사람처럼 보이진 않았어."

그랬나? 원나는 아이 엄마의 얼굴조차 가물가물했다.

"뭐라고 할 건데?"

"당신들의 뜻은 존중한다. 솔직히 아주 이해 못할 이야기는 아니잖아. 존중하고 이해한다. 다만 우리는 동의할 수 없다. 그러니까 그냥 가달라……."

"말이 안 통하면 어떡해?"

"아이가 있잖아. 인질극이라도 벌여야지."

"뭐?"

"우리한텐 아이가 있고, 이게 있어."

영군이 다시 수류탄을 꺼내 보였다.

"위협은 될 수 있을 거야. 그냥 가라. 안 가면, 아이를 줄 수 없다. 이걸 터뜨리겠다!"

과연, 효과가 있을까. 하지만 달리 방법이 없었다. 원나도 영군도 말없이 그저 터널을 향해 달렸다.

두 사람은 터널 입구 정중앙에 사발이를 세웠다.

"오빠, 머리 많이 자랐네."

영군의 옆얼굴을 바라보며 원나가 말했다.

"어…… 뭐?"

무심코 대답하던 영군이 고개를 들었다. 그는 잠시 망설이다 대답했다.

"미안해."

"머리 자란 게 왜 미안해."

영군과 눈이 마주치자 원나는 픽 웃었다.

"아니, 아까 차에서 말이야. 내가 말이 심했어. 네가 잘못됐을지도 모른다고 생각하니까 너무 놀라서 말이 세게 나왔어. 미안해."

영군은 다시 한번 진심으로 사과했다.

"놀라도 원나 네가 더 놀랐을 텐데, 정말 미안. 그 아줌마 때문에 알게됐어. 내가 얼마나 끔찍한 곳에서 왔는지, 계속 그런 곳에 있었으면 어떻게됐을지……."

원나는 왜 지금 이런 이야길 하느냐고 묻고 싶었지만 그냥 응, 하고 고개를 끄덕였다. 갑자기 두려움이 파도처럼 밀려왔다. 원나와 영군은 사발이 앞에 선 채, 해가 완전히 넘어가는 모습을 바라봤다.

"내가 맨날 4등만 했거든."

점점 길어지던 그림자가 완전히 어둠 속에 흡수되었을 때, 원나가 입을열었다.

"펜싱 할 때 말이야."

긴장한 탓인지 원나는 시합 전의 기분이 떠올랐다.

"흉터 때문에 시상대 위에 올라가기가 죽기보다 싫은 거야. 그래서 일부러 4등만 했어."

영군이 뭐라 대답해야 할지 모르겠다는 듯 망설이다가 응, 하고는 손을 뻗어 원나의 머리통을 쓰다듬었다.

"그때 박코 아저씨가 나를 막 혼내면서 살다 보면 꼭 이겨야만 하는 때도 생긴다고, 그럴 때는 어떻게 할 거냐고 그랬는데 그게 무슨 소린지 이제 알겠네."

"이기면 되잖아."

"……."

"……."

"응."

짐칸에서 자고 있던 아이가 일어나 와삭와삭 소리를 내며 과자를 먹기 시작했다.

"요셉, 아니, 찬우야, 너 있던 데 사람이 몇이나 있었어?"

"……."

아이는 딱히 찾는 사람도 없었고, 칭얼거리지도 않았지만 처음 만났을 때처럼 입을 꾹 다물고 시선을 맞춰주지도 않았다.

"오빠!"

원나가 영군을 불렀다. 멀리, 아이 엄마에게 내준 지프 차가 보였다. 그리고 그 뒤로 승용차 한 대와 대형 버스 한 대가 연이어 마을 쪽으로 들어오고 있었다. 맨 앞에 서 있는 지프 차의 경광등이 이쪽을 비췄다. 원나는 갑자기 정신이 번쩍 들면서 온몸에 소름이 돋았다.

"멈춰요!"

영군이 소리치자 차들이 멈춰 섰다. 영군은 사발이 좌석 위로 올라갔다. 지프 차에서 아이 엄마가 내렸고, 총을 든 남자들이 버스에서 내려 아이 엄마 등 뒤에 섰다. 눈앞에 펼쳐진 비현실적인 모습에 원나는 다리가 부들부들 떨렸다.

"아이, 찾았어요. 여기서 데리고 가세요."

영군이 큰 소리로 외쳤다.

"형제님."

정이 사람들을 밀치며 앞으로 걸어 나왔다.

"우리는 형제님과 자매님을 도우러 왔습니다."

"우리는 도움, 필요없어요."

이번에는 원나가 소리를 질러 대답했다. 그러지 않으려고 했지만 목소리가 거의 흐느끼듯 떨렸다.

"지금까지 우리끼리 잘 살아왔고, 앞으로도 그럴 거예요. 여기서 마을 어른들을 돌보면서 백신을 기다릴 거예요."

원나가 다시 소리쳤다.

"백신은 없습니다. 사망자들을 제거하고 새로운 세상에서 새롭게 살아가야 합니다. 그게 살아남은 우리들의 소명입니다. 저희들이 형제님, 자매님을 도와드리겠습니다."

정은 차분하게 말을 이었다. 목소리만 들으면 다정하다는 생각이 들 정도였다.

"실제로 정화 작업이 끝난 서울과 경기도 인근은 일상을 회복해가고 있습니다."

원나는 영군의 얼굴을 올려다봤다. 영군이 혹할 만한 이야기라고 생각했기 때문이다. 하지만 밑에서 올려다본 영군의 얼굴은 경직되어 있을 뿐, 표정을 읽을 수가 없었다.

"언제까지 이렇게 살 수 있을 거라고 생각하세요? 이제 본래의 생활로 돌아가야 합니다. 우리가 돕겠습니다."

정의 목소리가 주변을 쩌렁쩌렁 울렸다. 원나는 불안한 마음으로 다시 한

번 영군의 얼굴을 올려다봤다.

"탕! 탕!"

그때, 멀리서 연달아 두 번의 총성이 울렸다. 잘못 들은 건가? 하지만 잠시 사이를 두고 다시 두 번의 총성이 울렸다.

"지금 우리 팀원들이 공설 운동장에서 정화 작업을 하고 있습니다."

"뭐, 뭐라구요?"

정이 있는 쪽으로 다가가는 원나를 영군이 잡아 세웠다. 원나는 순식간에 온몸에서 피가 빠져나가는 기분이었다.

"지금 사람들한테 총을 쏘고 있다는 거예요?"

원나는 자기가 잘못 들었거나 제대로 이해하지 못한 것이었으면 좋겠다고 생각했다.

"사람들이 아니라 사망자들을 제거하는 겁니다."

"안 돼……."

"원나야."

영군이 다시 원나의 어깨를 잡았지만 원나의 발은 뭔가에 홀린 듯 휘청거리며 몇 발짝 더 앞으로 나아갔다.

"그 팀이 돌아오면……."

정이 뭐라고 더 이야기했다. 하지만 원나는 세게 얻어맞은 것처럼 귀가 멍해졌다. 정의 목소리가 들리지 않았다. 머리가 멍해지면서 시야가 흐려졌고 얼굴이 따끔거렸다. 원나는 필사적으로 정신을 다잡았다. 정신을 놓으면 다시 일어서지 못할 것 같았다.

"당신들은 살인자야."

"아뇨, 우리는 살인은 하지 않아요. 그렇기 때문에 지금 당신들에게 총을 쏘지 않는 겁니다."

338

정은 정말 쏠 생각이 없다는 것을 보여주려는 듯 두 손을 들어 보였다.

"마을 안에 있는 사망자들까지 전부 정화 작업을 마치면 이 곳에 사람들이 남아 여러분의 정착을 도울 것입니다."

"여긴 우리 마을이야!"

원나는 주먹을 쥐고 있는 힘껏 소리를 질렀다. 하지만 목소리는 목이 졸리는 것처럼 뚝뚝 끊어졌다. 누가 정착을 돕는단 말인가. 이미 여기에 살고 있는데. 다리에 힘이 빠졌다. 원나는 무릎을 꿇고 앉았다. 뾰족한 돌에 무릎이 찍혔다. 공설 운동장에 있을 사람들의 얼굴이 하나, 둘 떠올랐다. 다시 탕, 탕, 하고 두 번의 총성이 울렸다.

"안 돼……."

끅끅거리는 신음 소리와 함께 원나의 턱 밑으로 눈물이 뚝 뚝 떨어졌다.

"차원나, 일어나!"

영군이 소리쳤다.

"일어나서 이쪽으로 와."

하지만 원나는 무릎을 꿇은 채로 꼼짝도 할 수가 없었다. 아이 엄마와 총을 든 남자들이 조금씩 이쪽을 향해 다가오기 시작했다.

"거기 서!"

영군은 수류탄을 쥔 손을 높이 치켜들었다.

"한 발짝만 더 움직이면 다 같이 죽는 거야."

영군은 목에 핏대가 설 만큼 힘껏 소리쳤다. 반대쪽에서 웅성거리는 소리가 들려왔다.

"그냥 가세요!"

영군은 수류탄을 박살낼 것처럼 꽉 움켜쥐고 허공에 대고 흔들었다.

"여긴 버리고 가서 정화 작업인지 뭔지 하란 말이에요."

"그럴 수 없습니다. 사망자들이 모두 죽어야 이 재앙이 끝납니다. 누가 끝내주기를 기다리지 말고 우리 손으로 끝내야 합니다."

"여긴 필요 없다니까!"

"저도, 저도…… 가족을 잃었습니다."

느닷없는 정의 고백에 뒤쪽에서 주여, 하고 수런거리는 소리가 들려왔다.

"그들은 어서 빨리 무덤으로 들어가야 합니다. 안식을 줘야 합니다. 저렇게 영혼도 없는 채로, 인간이 아닌 채로, 죽어 있는 채로 사육되고 있는 것이 저들에게는 더 치욕적일 겁니다."

이번에는 아멘, 하는 소리가 떼창처럼 울렸다. 원나는 뒷목이 빳빳해지는 느낌이었다.

"그걸 어떻게 알아요? 감염자들이 정확히 어떤 상태인지 아무도 모르는 거잖아요. 아줌마가 신이에요?"

"아뇨, 저는 신이 아닙니다. 다만, 신의 말씀을 듣고 그것에 순종할 뿐입니다. 그것을 위해 우리는 어떤 것도 희생할 준비가 되어 있습니다."

또다시 정의 등 뒤에서 "아멘!" 하는 소리가 커다란 응원의 함성처럼 들려왔다.

"아줌마 아들도 아줌마가 죽였어요?"

"……내 아들은 사망자들이 다 씹어 먹었습니다."

정의 목소리가 평정심을 잃고 사나워졌다. 사발이 짐칸에 앉아 있던 아이가 원나가 있는 곳까지 걸어 나왔다. 아이는 돌연 원나의 머리를 안았다. 아이는 겁을 먹었는지 멀뚱멀뚱 사람들 쪽을 바라보면서 원나를 더 꼭 안았다.

"그래서 복수라도 하고 있는 거예요?"

"그런 게 아닙니다."

정은 잠시 눈을 감고 낮은 목소리로 중얼, 중얼, 기도를 하더니 말을 이었다.

"오랫동안 보살펴온 가족들이고 친구들이니 쉽지 않은 결정일 겁니다. 이해합니다."

"그러니까 그냥 가라구요!"

영군이 소리쳤다. 미친 자들이 틀림없다고, 원나는 생각했다. 슬픔이 저 사람들에게서 맹목적인 광기를 이끌어낸 것이다. 원나의 목을 잡고 있는 아이의 손에 힘이 들어갔다. 아이는 떨고 있었다. 원나는 아이를 꽉 끌어안았다.

"시간이 지나면 이게 옳은 일이었다는 걸 이해하게 될 겁니다. 정화 작업이 끝난 뒤에는 최선을 다해 형제님과 자매님을 돕겠습니다. 농사일도 거들고, 학업을 계속하거나 준비하던 일이 있다면 다시 시작할 수 있도록 여건을 마련해드리겠습니다. 형제님도, 자매님도 혼란한 때에 나름대로 잘 버텨냈습니다. 정말 수고하셨습니다. 고생하셨습니다. 하지만 언제까지 그렇게 사망자들에게 둘러싸여 있을 겁니까? 언제까지 사망자들 뒤치다꺼리를 하면서 허송세월을 보낼 겁니까? 새로운 세상에서, 우리가 해야 할 일들을 해나가야 하지 않겠어요?"

"……"

"생각할 시간을 드리겠습니다. 잘 생각하시고, 합리적인 결론을 내리길 바랍니다."

pm 6:00

"더 보나 마나인 거 같은데요."

운전병이 태구를 보며 말했다. 도시를 반쯤 둘러봤을 때였다.

"그런가."

아무리 시골이라지만 이상할 정도로 조용했다.

"좀비 새끼 한 마리 안 보이잖아요."

바로 그게 흥미로운 점이었다. 어째서 아무도, 아무것도 보이지 않는 것일까. 꿍꿍이를 알 수 없는 능구렁이 같은 도시였다. 태구는 미심쩍은 눈으로 창밖을 바라봤다.

"날도 어두워지는데 어떡하죠? 여기에 짐을 풀까요, 아니면……."

"탕! 탕!"

날카로운 총소리가 운전병의 말을 잘랐다.

"탕! 탕! 탕!"

분명, 총소리였다. 태구의 몸 안에서 아드레날린이 솟구쳤다. 환영의 축포였다. 운전병은 총소리가 들려온 쪽으로 핸들을 꺾었다.

"총소리 따라 이동한다."

태구는 무전기를 들고 뒤따르고 있는 버스와 트럭을 향해 손짓하며 말했다. 사이드미러로 '방위경비대 만세'라고 적힌 깃발이 보였다.

"라저."

버스와 트럭에서 차례차례 무전이 왔다.

태구는 30여 명의 최정예 요원들로 구성된 방위경비대의 '대장'이었다. 그들은 50여 명의 좀비 사냥개들을 끌고 전국을 훑고 있었다. 방위경비대라는 이름은 국가에 계엄령이 선포된 뒤, 태구가 머릿속에 떠오른 단어들을 조합해 만든 것이었다.

세상이 망하는 데 일주일이 채 걸리지 않았다. 남녀노소, 지위고하에 상관없이 모든 인간이 고깃덩어리로 전락했다. 상상조차 할 수 없었던 문제들이 터져나왔지만 동시에 지긋지긋했던 문제들도 일시에 사라졌다. 태구는 전자의 혼란보다 후자의 쾌감이 더 컸다. 그는 군대 후임의 고발로 검찰에 기소되어 불구속 조사를 받고 있었다. 당시 일병이었던 후임을 관물대 하단으로 '영창' 보내고, 샤워장에서 엉덩이를 때리며 추행했기 때문이라고, 검사가 말했다. 태구는 억울했다. 그는 다만 선임 병사로서 훈육이 필요한 후임 병사를 훈육했을 뿐이었다. 게다가 다 지난 일이 아닌가. 제대한 지 석 달이나 지났는데 이제 와서 왜?

변호사는 일단 피해자와 합의하라고 했다. 그는 변호사가 불러주는 대로 이제 상병이 된 후임에게 편지를 썼다. 지난 일을 사과하고 합의를 구걸하는 내용이었다. 편지를 쓰는 내내 태구는 굴욕감을 느꼈다. 하지만 후임은 합의서도, 처벌 불원서도 써주지 않았다.

"곤란하게 됐어요."

변호사가 난감한 얼굴로 말했다. 태구가 고등학교 때 학교 폭력 가해자로 전학을 갔던 일, 입대 전 아르바이트하던 노래방에서 도우미와 시비가 붙었던 일, 헤어진 여자친구가 그를 스토커로 신고했던 일 등이 모두 양형에 불리한 증거가 된다고 했다.

어렸을 때부터 사람들은 태구에게 달라져야 한다고 말했다. 왜 그래야 하지? 태구는 늘 궁금했다. 사회는 태구에게 벌점을 매기고, 징계를 내렸으며, 그를 부당하게 해고하고 고소, 고발했다. 그런 세상이 망했다는 건 이제 그가 더 이상 하고 싶은 일을 참지 않아도 되고, 내키지 않는 일을 위해 무릎을 꿇거나 고개를 숙이지 않아도 된다는 뜻이었다. 질서는 사라졌고, 법은 무의미해졌다. 태구는 그 어느 때보다 자유로웠다.

서울에 바이러스 환자들이 나타나고, 사람들이 물자, 특히 식량을 확보하기 위해 혈안이 되어 있을 때 태구는 침착하게 무기를 확보했다. 겁에 질린 사람들이 마트와 슈퍼에서 악다구니를 쓰는 동안 그는 좀비들을 유인해 경찰서에 몰아넣은 뒤 경찰서를 털었다. 총이 확보되자 나머지 것들은 자연스럽게 따라왔다.

먼저는 그와 뜻을 같이하는, 언제든 기꺼이 그에게 복종할 준비가 되어 있는 사람들이 몰려들었다. 태구와 방위경비대는 다른 민간단체와 달리 대형마트와 백화점이 아닌 군부대를 기점으로 움직였다. 무기와 '병사들'이 모이자 먹을 것과 잠자리는 큰 어려움 없이 확보할 수 있었다. 주인이 없는 물건들은 모두 그들의 차지가 되었다. 주인이 있는 물건이 필요할 땐 주인을 없애버리면 그만이었다.

처음에 사람들은 좀비들을 단순한 바이러스 감염자, 환자로 취급하며 격리, 보호했다. 하지만 사태가 진정되지 않자 곧 위선의 가면을 벗고, 좀비들을 죽이기 시작했다. 더 과감한 발상의 전환이 필요하다고, 태구는 생각했다. 좀비냐 아니냐가 중요한 것이 아니었다. 보다 심플하고 강력한 원칙이 필요했다.

쓸모가 있는가, 그렇지 않은가.

"좀비들을 왜 죽여야 하지? 사료 값도 안 들고, 24시간 부릴 수 있는데다 똥오줌을 치울 필요도 없잖아."

필요하다면 좀비를 살리고 사람을 죽일 수도 있었다. 태구는 특별히 선별된 건장한 좀비들의 목에 쇠사슬을 채웠다. 그리고 그들을 정찰대로 사용하기로 한 결정에 두고두고 만족했다.

pm 6:10

"엄청난데요."

말 그대로, 장관이었다. 공설 운동장 가득 좀비들이 득실거렸다.

"쓸 만한 놈들은 없는 거 같은데?"

듬성듬성 교복을 입은 아이들도 보였지만 대부분은 다리가 여자 팔뚝만큼 가는 노인들이었다.

"저기 있네요, 쓸 만한 놈들."

중년 남자 셋이 십자가 마크가 붙어 있는 SUV 옆에 서 있었다. 세 사람 모두 깨끗한 옷을 입고 있었고, 면도와 이발 역시 주기적으로 해온 듯 멀끔했다. 두 놈은 총을 들고 있었다. 총을 든 두 놈 중 하나는 심한 곱슬이었고, 나머지 하나는 대머리였다. 나머지 하나는 주먹밥 같은 걸 먹다가 태구와 방위경비대를 발견하고는 입안에 든 걸 채 삼키지도 못한 채 이쪽을 바라보고 있었다.

태구는 확성기를 꺼내들었다.

"이봐, 여기서 뭐하는 거야."

"우, 우리는 정화 활동 중입니다."

그들은 좀비 사냥개들을 싣고 다니는 방위경비대 트럭과 무장한 방위경비대원들을 힐끔거리며 대답했다. 셋이 약속이라도 한 듯 단체로 눈을 뒤룩거리며 눈치를 살피는 꼴이 우스꽝스러웠다.

"그게 뭔데."

"사망자들을 제거하고 생존자들의 자립을 돕는 주님의 키퍼……"

"시끄러."

태구는 인상을 찌푸리며 말을 잘랐다. 꼰대들이 하는 말은 뭐든 두 마디 이상 듣고 있기가 힘들었다. 뭣보다 그는 조금도 궁금하지 않았다. 그들이 누구든 지금껏 무엇을 하고 있었든 그건 궁금한 일도, 중요한 일도 아니었다.

"닥치고 총 내려놔."

"우, 우리는……"

"총 내려놓고 손 머리 위로 올려. 야, 주먹밥. 너 그거 어디서 났어."

"어, 어, 허! 이 청년들이! 딱 봐도 우리 아들뻘 될 거 같은데……"

엉거주춤 총을 내려놓던 곱슬머리가 갑자기 울컥한 듯 한마디 내질렀다.

"그래서? 아저씨들이 내 아버지는 아니잖아. 게다가 울 아버지는 저기 있는데?"

태구는 트럭을 가리켰다. 남자들의 얼굴이 새하얗게 질렸다. 금방이라도 쓰러질 것만 같았다.

"왜, 구라치는 거 같애?"

"아, 아닙니다."

대머리가 재빨리 대답했다. 머리통에 송글송글 맺힌 땀방울이 듬성듬성 흘러내렸다.

"아버님들, 시키는 대로만 하면 죽이진 않습니다. 내가 쓸데없이 총 쏘는

346

거 싫어해요. 총알 아깝잖아. 되도록 말로 해결하자고. 딱 한 번만 더 물을 거야. 두 번은 없어. 그러니까 잘 들어."

태구는 남자들이 바닥에 내려놓은 총을 가리켰다.

"이거 다 어디서 났어? 일행들 있지? 어딨는지 빨⋯⋯! 야!"

태구는 주머니에서 접이식 칼을 꺼내 제 목에 찔러넣으려는 주먹밥의 가슴을 발로 찼다. 겁에 질려 몸통이 뻣뻣하게 굳은 주먹밥이 통나무처럼 넘어갔다.

"자, 장로님."

대머리와 곱슬머리가 주먹밥을 일으켜 세웠다.

"장로님? 예수쟁이들이야?"

"우, 우리는 아무것도 마, 말할 수 없다. 이 사탄의 자식아!"

"사탄의 자식이라니, 우리 아버지가 사탄이라는 거야?"

태구는 넘어져 있는 주먹밥의 가슴을 밟았다.

"목숨은 소중한 거야, 장로님. 죽고 싶어도 조금만 참아. 일단 우리 불쌍한 어린 양들을 위해서 가진 거 다 내놔. 자결은 그다음에."

태구는 주먹밥의 가슴팍에 신발을 문댄 뒤 뒤로 물러섰다. 주먹밥이 눈을 치떴다. 태구와 눈이 마주치는 순간, 주먹밥은 갑자기 몸을 날려 저만치 떨어진 칼을 집어들더니 태구를 향해 돌진했다.

"사탄아! 물러가라!"

나이와 체형에 걸맞지 않는 민첩함이었다. 태구는 허리에 차고 있던 권총을 뽑아 칼을 쥐고 있는 주먹밥의 오른손과 양쪽 종아리에 연달아 총알을 박아넣었다. 한 발이 빗맞는 바람에 총알이 총 네 발 사용되었다.

"에이, 썅! 날도 더워 죽겠는데 총 뜨거워졌잖아."

태구는 들고 있던 권총을 집어던졌다.

"저 새끼 매달아."

"네?"

몇 발짝 뒤에 서서 상황을 지켜보고 있던 방위경비대원들이 정확한 의도를 추궁하는 얼굴로 태구를 쳐다봤다.

"십자가에 매달라고. 지가 예수라도 되는 줄 알잖아."

태구는 낄낄거렸다. 방위경비대원들은 신음하고 있는 주먹밥을 질질 끌어다 묶었다. 대머리와 곱슬머리의 안색이 좋지 않았다. 민머리까지 벌겋게 달아오른 대머리는 제 무릎에 희멀건 물을 토했다.

"왜. 저 노인네들 신나게 쏴대더니, 니들이 맞으려니까 무서워?"

"저들은······."

곱슬머리가 뭐라고 하려고 하자 대머리가 팔꿈치로 쿡 찔렀다.

"저들은 뭐."

"······."

"저들은 뭐냐고."

"저, 저들은 노인이 아니라 사, 사, 사망자요."

"그러니까, 저 노인네들은 쓸모없는 좀비니까 죽여야 된다 그거 아니야."

"······."

"이것들 다 죽이고 어디로 가려고 했어. 딴 새끼들은 다 어딨냔 말이야."

대머리와 곱슬머리가 주먹밥의 눈치를 살폈다.

"어딜 쳐다봐. 부러워? 저렇게 되고 싶어?"

"그냥 우릴 죽여요. 우린 아무것도 모릅니다."

곱슬머리가 뭔가를 결심한 듯 비장하게 말했다. 운전병이 태구에게 다시 알맞게 식은 권총을 집어줬다. 태구는 운전병에게 으흥, 하고 윙크를 날렸다. 밤낮 없이 붙어 있다 보니 눈빛만 봐도 손발이 착착 맞았다. 태구는 망설임 없이 총을 뽑아 곱슬머리에게 겨눴다가 생각을 고쳐먹었다.

"저기 던져줘."

빠릿빠릿, 말귀를 알아들은 방위경비대원 두 명이 다가와 곱슬머리를 양팔에 결박해 트럭으로 끌고 갔다.

"총알 아깝잖아."

태구는 궁금해할 대머리에게 일러줬다. 좀비 사냥개들을 끌고 다니는 트럭 안에서 곱슬머리의 비명 소리가 들려왔다. 태구는 트럭을 등지고 있었지만 곱슬머리가 산 채로 사지가 찢겨나가는 모습이 눈에 보이는 듯했다. 대머리는 눈을 감고 두 손으로 귀를 틀어막고 있었다.

"자, 마지막이야. 아저씨. 나머지 어딨어?"

"그, 근처에 마, 마을이……."

"그게 어딘데."

"……."

"진짜 궁금해서 물어보는 건데……."

태구는 대머리의 무릎을 발로 찼다. 대머리가 억, 하는 비명을 삼키며 그를 올려봤다가 급히 눈을 내리깔았다.

"왜 자꾸 두 번씩 묻게 만들어? 근처에 뭐가 있는데? 아무것도 없어?"

"차, 차, 차에 지, 지도가 있습니다."

태구의 눈짓에 방위경비대원 두 명이 SUV로 향했다.

"지, 지도에 표시된 마, 마, 마을에 무, 물자가 있다고 했습니다."

대답이 불충분하다고 생각했는지 얼른 대머리가 덧붙였다.

"그 마, 마을에 노, 노, 농사를 짓고 있는 사람들이 있다고……."

누군가 목을 조르기라도 한 것처럼 짓눌린 목소리였다. 태구는 점점 정신이 또렷해졌다. 겁에 질린 인간만큼 태구를 흥분시키는 것도 없었다.

"가자. 지도를 따라 이동한다."

지프 차 쪽으로 걷던 태구는 트럭 짐칸에서 포효하고 있는 자신의 아버지와 눈이 마주쳤다.

"아, 울 아버지 간만에 포식하셨네."

그는 자신의 아버지 가까이로 다가갔다. 아버지는 태구를 향해 손을 뻗으며 포효했다. SNS와 유튜브에 올라오는 바이러스 감염자 소식들을 전해줬을 때 태구의 아버지는 철저하게 무시했다.

"쥐뿔도 모르는 것들이."

진짜로 저런 일이 벌어지고 있다면 국가에서 가만히 있겠느냐는 것이었다.

"국가가 그렇게 우스운 건지 알아?"

태구의 아버지는 아파트 경비로 일하고 있었다. 그는 서울에 바이러스 감염자가 나타났다는 소식을 듣고도 출근했고, 다섯 시간 뒤, 감염된 채 돌아왔다. 오른쪽 팔을 잡아먹히고 등짝이 너덜너덜해진 채였다. 앞으로 넘어졌는지 앞니가 부러지고 입술은 퉁퉁 부어 있었다. 태구는 아버지를 방에 가둔 뒤 라면 하나를 끓여 먹고 핸드폰으로 게임을 하면서 기다렸다. 정말 인터넷에서 떠드는 대로 변하는지 궁금했다. 그의 아버지는 솜이불을 다 피로 적셔놓고는 반나절 만에 좀비로 깨어났다.

"아버지, 예전에 일하던 염류공장 기억 나?"

태구는 아버지의 입에 비상용으로 준비해둔 재갈을 물리고 목에 쇠로 만들어진 개줄을 채우면서 물었다. 태구가 어렸을 때 아버지가 일하던 공장 근처엔 폐수에 오염된 강이 있었다. 썩은 내가 진동하는 시꺼먼 강물 속에는 머리가 둘 달린 물고기와 정체를 알 수 없는 거대한 젤리 같은 생명체들이 살았다. 태구는 자주 그 강에 가서 놀았다. 물고기들은 물론 풀도 말라 죽었지만 그것들만은 살아남았다. 병신이 되어서, 혐오스럽고 강하게 살아남은 괴물들의 생명력에 태구는 크게 감동했다. 결국 언젠가는 이 세상에도 저 괴물 좀비들만 살아남을 거였다. 잿빛 눈으로, 살아 있는 모든 것을 잡아먹고 으르렁거리면서.

"으어어어억. 크엑. 크엑."

태구를 향해 다가오던 아버지가 감아놓은 쇠사슬에 목이 졸린 채 버둥거리고 있었다. 태구는 작대기를 들어 아버지의 몸통을 뒤로 밀었다.

"쉬어, 아버지."

"매달았습니다. 멀리서도 잘 보일 겁니다."

방위경비대원 하나가 다가와 말했다. 주먹밥은 보기 좋게 십자가에 매달려 트럭 위로 솟아 있었다. 좀비들이 피를 흘리며 매달려 있는 주먹밥을 향해 고개를 들고 두 손을 뻗으며 포효하는 모습이 대단히 인상적이었다.

"여긴 어떻게 정리할까요?"

"쓸 만한 것들 있어?"

"좀 더 살펴볼까요?"

"됐어. 그냥 가."

태구는 빠르게 주변을 둘러보고는 말했다. 더 이상 이곳에서 시간을 낭비하는 것보다 빨리 물자를 가진 예수쟁이들을 찾아내는 것이 나을 터였다.

"대머리는 어떻게 할까요?"

"태워. 그쪽에 가져다줘야지."

"네."

운전병과 태구가 탄 지프 차 뒷좌석에 대머리가 무장한 방위경비대를 양쪽에 끼고 앉았다.

"출발합니다."

"응."

태구는 백미러로 정수리까지 하얗게 질린 대머리를 쳐다보고 히죽 웃으며 대답했다.

pm 7:05

"저 앞에서 오른쪽 길이야."

태구는 지도를 보며 운전병에게 길을 안내했다. 해가 지자 지열이 식으면서 산속에서 시원한 바람이 불어왔다. 태구는 콧노래를 흥얼거렸다. 뒷좌석에서 대머리는 눈물, 콧물을 쏟으며 훌쩍이고 있었다. 태구는 담배에 불을 붙였다. 멀리 길 한편에 승용차 한 대가 놓여 있었다.

"세워봐."

"네?"

"세워보라고."

운전병이 깜빡이를 넣어 뒷차에게 신호를 준 뒤, 차를 세웠다. 태구는 차에서 내려 총을 빼 들고 승용차 가까이로 나가갔다. 차 안에서 안광이 번뜩였다.

"에이, 씨발!"

고양이였다. 고양이 한 마리와 새끼 두 마리가 운전석에 웅크리고 앉아 있었다. 어미 고양이는 태구를 보자 등을 세우고 누런 이빨을 내보이며 아르렁거렸다. 태구는 권총을 꺼내 자신을 놀라게 한 어미와 새끼들을 모두 쏘아 죽였다.

"탕! 탕! 탕!"

기분 좋은 총성이 밤하늘을 가로질렀다.

"탕! 탕! 탕!"

두텁게 내려앉은 어둠 속에서 또다시 총소리가 들려왔다.

"멈춰요!"

원나가 발악하듯 소리쳤다.

"당장 가서 저, 정화 작업인지 뭔지, 멈추란 말이에요!"

영군이 원나의 팔을 잡았다.

"지금 그런 소리까지 하면 안 돼. 이 사람들을 잘 설득해서 여기서 돌려보내기만 해도 된다고."

정이 이쪽으로 두어 발짝 다가왔다. 영군이 다시 수류탄을 치켜들고는 멈추라고 소리쳤다.

"저 마을에 있는 사망자들은 가족처럼 보이지만 더 이상 가족이 아닙니다. 이웃처럼 보이지만 더 이상 이웃도 아닙니다. 고통스럽더라도 현실을 직시하고 진실과 대면해야 합니다. 여러분은 아직 어리고, 그래서 아직 세상을 모릅니다. 어른들의 도움이 필요합니다."

"고통스러워서 현실을 외면하고 있는 게 아니에요!"

원나는 정을 향해 되받아쳤다.

"가족을 죽이고, 이웃을 죽이고, 어떻게 살아요?"

"……."

"그건, 사는 게 아니에요."

"자매님, 제 말을……."

"아줌마 말대로 감염자들은 지금은 이웃도 가족도 아닌지도 몰라요. 먹지도 않고 자지도 않고 말도 못하고 뭣보다, 우리를 알아보지도 못하고 잡아먹으려고 하니까요. 그런데, 아파서 그런 거잖아요. 아줌마 말대로 자기 자신이 아니니까 그러는 거잖아요. 하지만 아줌마는 아프지도 않잖아요. 아줌마는 감염된 것도 아닌데 자기 자신을 잃었잖아요. 아픈 것도 아닌데 사람들을 죽이고 있잖아요. 현실을 직시하고 진실과 대면해야 하는 건 아줌마예요."

"……."

"이래라저래라 하지 마세요. 우리는 정화 작업인지 뭘질 원하지 않는다구요."

영군이 술렁거리는 키퍼들을 향해 소리쳤다.

"이렇게 살다가 같이 좀비가 되든 죽어버리든, 그래서 지옥에 간 뭐든 우리가 선택한 거니까 그냥 가요. 가란 말이에요!"

영군은 다시 한번, 수류탄을 횃불처럼 치켜들었다. 지금 그가 믿을 것이라곤 그것뿐이었다.

"안 그럼 정말 이걸 던지는 수밖에 없어요."

"……."

정은 정찰팀장을 불렀다. 수류탄을 막을 수 있는 방법이 있는지 상의하기 위해서였다. 그때였다.

"빵, 빵, 빵, 빵, 빵, 빠앙-"

요란한 경적 소리가 울렸다. 정은 고개를 돌렸다. 정화팀이 돌아오는 것일까? 하지만 낯선 지프 차였다. 그 뒤로 대형 트럭 한 대와 버스 한 대가 따라붙어 있었다.

"오, 오빠……."

원나는 더듬더듬 영군의 팔꿈치를 잡았다. 정과 키퍼들 쪽에서 웅성거리는 소리와 비명 소리가 들렸다. 놀라기는 그쪽도 마찬가지인 것 같았다.

트럭 지붕 위로 커다란 십자가가 올라와 있었다. 그리고 십자가 위에는 눈에 안대를 쓰고 입에 재갈을 문 남자 하나가 피를 흘리며 매달려 있었다. 십자가 밑으로 감염자들이 그를 향해 포효하는 소리가 점차 가까워졌다. 키퍼들 쪽에서 조명을 쏘자 소형 버스 두 대를 따라온 첫 번째 트럭 전면에 '방위경비대 만세'라고 휘갈겨 쓴 글씨가 보였다. 내내 안장을 밟고 서 있던 영군이 사발이 좌석에 주저앉았다.

"나 저 사람들…… 본 적이 있어."

"누군데? 저 아줌마 쪽 사람들이 아냐?"

"아냐. 아, 아, 아닐 거야."

영군의 눈동자가 불안하게 흔들렸다.

"더 무서운 사람들이야."

"으어어어어, 으어어어어어어."

감염자들의 목소리가 사위를 쩌렁쩌렁 울렸다. 대형 트럭 짐칸에 타고 있는 감염자들은 대부분 군복이나 경찰 유니폼을 입은 성인 남자들이었지만 드물게 여자들도 있었다. 일부러 골라낸 것처럼 모두가 체격이 좋고 젊은 사람들뿐이었다.

"저 사람들…… 방위경비대는 사람이든 좀비든 자기들한테 필요하면 살리고 그렇지 않으면 죽여. 원칙이고 뭐고 없어. 좀비들이 떼로 몰려오거나 다른 생존자 집단과 마주칠 걸 대비해서 저렇게 체격 좋은 좀비들을 데리고 다니는 거야."

어둠 속에서 괴성과 함께 감염자들의 사나운 이빨이 하얗게 빛났다. 감염자들을 저런 식으로 데리고 다닐 생각을 하고, 실제로 그것을 실행하고 있다는 것 자체가 충격적이었다. 어떻게 해야 하는 걸까. 원나는 심장이 머리통에서 뛰는 것 같았다. 더 나빠질 수 없을 만큼 큰일이 벌어졌다고 생각했는데 그보다 더한 사람들이 나타난 것이다.

삑, 하고 듣기 싫은 잡음이 그어지더니 "아, 아" 하고 확성기를 통해 어떤 남자의 목소리가 들려왔다.

"이봐, 거기, 너희들."

태구는 자꾸만 웃음이 났다. 지프 차 한 대, 승용차 한 대, 대형 버스 한 대. 그리고 조금 거리를 두고 사발이 한 대. 정리해야 할 노인과 환자, 어린애들이 몇 보였지만 그래도 이 정도면 괜찮은 소득이었다.

"신속하게 차 밖으로 나와 일렬로 선다."

하지만 사람들은 술렁거리며 십자가에 매달린 주먹밥만을 바라보고 있었다. 태구는 확성기를 집어던진 뒤 허리춤에 차고 있던 권총을 뽑아 주먹밥을 겨눴다. 탕, 하는 소리와 함께 주먹밥의 오른쪽 팔에 총알이 박혔다. 총을 맞은 주먹밥이 찢어질 듯 비명을 질렀다. 그제야 사람들이 일제히 겁에 질린 얼굴로 숨죽여 태구를 바라봤다. 태구는 주먹밥을 겨눴던 총구를 사람들을 향해 겨눴다. 방위경비대원들도 일제히 총을 올렸다.

"시키는 대로 해. 그럼 죽이진 않는다."

방위경비대의 차들이 막무가내로 이쪽으로 밀고 들어오기 시작했다. 정과 키퍼들이 뒤로 밀리면서 점차 원나와 영군과의 거리도 좁혀졌다. 정과 키퍼들은 몹시 당황한 것 같았다. 여자 키퍼들 몇이 십자가의 매달린 남자를 향해 "장로님!" 하고 낮은 목소리로 울부짖었다.

"물자는 드리겠습니다."

정이 확성기를 들고 소리쳤다.

"대신 우리 팀원들을 돌려주십시오."

"아줌마, 협상을 하자는 게 아니야. 우리의 결정을 통보하는 거다."

남자의 목소리가 쩌렁쩌렁 울렸다. 트럭과 버스가 계속 돌진하면서 원나와 영군, 그리고 키퍼들이 터널 안쪽으로 밀렸다. 이제 원나와 영군은 완전히 터널 안으로 들어와 있었다.

"여긴 우리가 막습니다."

정이 사람들을 밀치고 원나와 영군에게 다가와 있었다.

"요셉을, 요셉이를 데리고 도망치십시오."

정은 원나의 손을 잡고 빠르게 말했다.

"왜 대답이 없어. 항복하라니까. 싫어?"

확성기를 든 남자가 "열어!"하고 소리 질렀다. 듣기 싫은 금속음과 함께 트럭 짐칸을 가로막고 있던 철문이 열렸다. 일체형 방호복을 입은 사람들이 감염자들의 목에 연결되어 있는 쇠사슬을 잡아당겼다.

"아, 안 돼."

영군이 힘 빠진 목소리로 중얼거렸다. 목에 쇠사슬이 감긴 감염자들이 바닥으로 떨어졌다. 쇠사슬이 트럭 짐칸 바닥을 긁으며 듣기 싫은 금속성의 소리를 냈다. 방위경비대를 향해 총을 겨누고 있던 키퍼들이 먼저 사격을 시작했다.

총 없이 겁에 질려 우왕좌왕하던 사람들은 방위경비대의 감염자들에게 잡아먹히기 시작했다. 방위경비대 중 방호복을 입고 있는 일부는 감염자들의 목에 연결된 쇠사슬을 당기고 있었고, 일부는 트럭 지붕 위로 올라가 이쪽을 향해 총을 쏘기 시작했다. 절대적으로 방위경비대 쪽이 유리했다.

"어서요!"

정이 총을 뽑아들더니 원나의 몸을 뒤로 밀었다.

"엄마아……."

아이가 갑자기 큰 소리로 울기 시작했다. 원나는 당황해서 아이의 입을 막았다.

"탕."

그때 방위경비대 쪽에서 총알이 날아왔다. 영군이 원나의 팔을 뽑아버릴 것처럼 세게 잡아당겼다. 원나는 옆으로 넘어졌다.

"괘, 괜찮아? 찬우야, 괜찮아? 괜찮지?"

원나는 몸을 일으켰다. 아이는 손으로 귀를 막고 엎드려 있었다.

"엄마아…… 엄마아……."

놀란 아이는 숨을 헐떡이며 더 큰 소리로 울기 시작했다. 방위경비대에서 이쪽을 향해 경광등을 비췄다. 키퍼들이 달려드는 감염자들을 향해 울부짖으며 총을 쏘고 있는 모습이 빛 속에 드러났다. 사람들의 울음과 비명 소리가 터널 천장과 바닥을 때리며 쩌렁쩌렁 울렸다.

"울지 마. 찬우야. 괜찮아."

하지만 아이는 달래려 할수록 점점 더 악을 쓰며 울었다.

"애 좀 어떻게 해봐."

원나가 영군에게 말했다. 그때였다. 아이가 원나의 팔 안에서 벗어나 "엄마!" 하고 큰 소리로 외치며 키퍼들 쪽을 향해 달리기 시작했다. 일체형 방호복을 입고 이쪽으로 밀고 들어오던 방위경비대 사람 하나가 아이를 발견하고 총을 겨눴다.

"안 돼!"

찬우를 향해 있는 총구 탕, 하고 터지는 순간, 원나는 몸을 뻗어 찬우를 낚아채듯 몸으로 안아 뒤로 숨겼다. 날카로운 통증이 원나의 옆구리를 찍어 눌렀다. 헉, 하는 소리와 함께 원나는 찬우를 깔고 넘어졌다. 총알이 박혔다. 옆구리에 총알이 박혔다. 원나는 이상하리만치 분명하게 현실이 인식됐다.

"원나야!"

영군의 목소리가 들렸고, 그것이 신호라도 되는 것처럼 다시 총성이 터졌다.

"탕!"

누군가 총을 쏜 사람의 팔을 맞췄다. 원나를 겨냥했던 총알이 빗나갔다. 정이었다.

"도망가! 도망가, 요셉아!"

정이 쇳소리를 질렀다.

"어서 도망가!"

정이 다시 한번 원나와 영군을 향해 소리 질렀다. 정신없이 총성이 터졌다. 갑자기 시간이 느리게 흐르는 것 같았다. 눈앞의 모든 것이 슬로모션으로 지나갔다. 원나는 고개를 들었다. 놀라서 경직된 채 꼼짝도 하지 못하고 있는 아이의 얼굴이 보였다.

"으어어어어어어어."

감염자들이 괴성을 지르며 동요하는 가운데 "안 돼" "주여" 하고 외치는 여자들의 목소리가 들려왔다.

"아."

원나는 힘겹게 숨을 토해냈다. 허리로 창자가 흘러내리는 것만 같았다. 원나는 버둥거리는 아이의 목을 끌어안은 채, 턱을 바닥에 대고 가쁜 숨을 몰아쉬었다.

총 소리가 연달아 이어졌다.

원나는 고개를 돌려 등 뒤쪽을 바라봤다. 원나는 지옥이 있다면 지금 눈앞에 보이는 풍경과 같을 거라고 생각했다. 고개를 마음대로 가눌 수가 없었다. 원나는 눈동자를 굴려 영군을 찾았다. 감염자들 중 몇이 입가에 피를 잔뜩 묻힌 채 이쪽을 바라보고 있었다. 쾌감도 만족감도 죄의식도 없는 나른한 표정이었다. 감염자들 곁에 총을 든 방위경비대원들이 있었다. 그들은 소리를 지르며 웃고 있었다. 살아 있는 시체는 바로 저 사람들이라고, 원나는 생각했다. 세상은 이미 망했다는 정의 말이 맞는지도 몰랐다.

"원나야, 내 말 잘 들어."

영군이 말했다.

"찬우든 요셉이든 너도 내 말 잘 들어. 이제부터 저 반대편으로 뛰는 거야. 부지런히 달려서 마을로 가. 알았지?"

"오빠는?"

"난 유조차를 터뜨릴 거야."

"뭐?"

"기어서든 달려서든, 저기로 빠져나가는 거야. 할 수 있지?"

영군은 마을 쪽 출구를 가리켰다. 영군 역시 일단 같은 방향으로 빠져나가 터널을 빙 돌아 유조차를 끌고 방위경비대가 밀고 들어오고 있는 입구를 막아버릴 생각이었다. 영군은 원나의 대답을 듣기도 전에 달리기 시작했다. 영군은 뒤엉켜 있는 사람들을 피해 이리저리 방향을 바꿔가며 민첩하게 움직이더니 이내 시야에서 사라졌다. 원나는 뒤를 돌아봤다. 키퍼들의 수가 눈에 띄게 줄고 있었다. 정이 양손에 총을 쥔 채 이따금 원나가 있는 쪽을 돌아보며 어서 가라고 손짓했다.

원나는 아이를 데리고 영군이 빠져나간 터널 안쪽으로, 마을을 향해 걷기 시작했다. 여기저기에서 총소리와 울음소리, 사람들의 신음 소리가 들려와 터널 안은 말 그대로 아비규환이었다.

"유조차다! 유조차야!"

뒤쪽에서 큰 소리로 외치는 소리가 들렸다. 영군이 마침내 유조차를 터널까지 끌고 온 것이다.

"저 새끼 끌어내려!"

총을 들고 터널 안쪽으로 밀고 들어오던 방위경비대가 웅성거리며 유조차 쪽으로 달려갔다. 유조차에 밀려 이제 방위경비대의 차까지 전부 터널 안쪽으로 들어와 있었다.

"유조차가 천장에 끼었습니다!"

"운전석, 저 새끼부터 끌어내려!"

원나는 뒤를 돌아봤다. 악, 하고 영군이 단말마의 비명을 지르는 소리가 들려왔다. 영군은 유조차를 최대한 터널 안쪽까지 몰았다. 차 천장이 우그러졌다. 유조차를 최대한 안쪽으로 단단히 끼워넣는 것이 그의 목적이었다. 차가 더 움직일 수 없을 만큼 터널에 꽉 끼워진 뒤, 영군은 방위경비대에 순순히 끌려나왔다.

"신속하게 정리한다."

확성기에서 방위경비대 남자의 목소리가 들려왔다. 총소리가 몇 배는 더 격렬하게 들려왔다.

요셉은 최선을 다해 원나를 부축하고 있었지만 덩치가 작아 큰 도움이 되지 못했다. 동굴 끝까지 20여 미터가 열 배는 더 길게 느껴졌다.

"억."

아이가 중심을 잃고 넘어지면서 원나도 아이의 몸을 덮치며 쓰러졌다. 총을 맞은 자리의 끔찍한 통증 때문에 원나는 그대로 정신을 잃을 것만 같았다.

"원나야! 차원나!"

사람들 사이를 헤집고 영군이 전력을 다해 달렸다. 원나도 영군의 이름을 부르고 싶었다. 하지만 턱이 움직이지 않았다. 영군은 쓰러진 사람들 틈에서 정신없이 원나를 찾았다. 마침내 원나와 아이를 발견한 영군은 마치 하늘을 날아오르는 것처럼 두 사람에게로 뛰어들었다. 영군은 원나의 뒷통수에 손을 넣어 고개를 일으켜 세우고는 원나를 번쩍 안았다. 그리고 아이를 향해 "뛰어!" 하고 외쳤다.

"펑!"

귀가 멀 것 같은 폭발음과 함께 땅이 흔들렸다. 원나는 본능적으로 질끈 감았던 눈을 떴다. 영군의 등 뒤로 불기둥이 치솟아 있었다. 불길이 번지면서 방위경비대와 키퍼들의 차가 연쇄폭발하기 시작했다.

영군은 다시 원나를 안고 달리기 시작했다. 온몸이 출렁거리면서 뭔가 날카로운 것이 계속 원나의 옆구리를 쑤셔대는 것만 같았다. 원나는 비명을 삼켰다. 영군의 곁에서 아이 역시 달리고 있었다. 또 한 번 펑! 하는 소리와 함께 터널의 시멘트 파편들과 흙더미가 세 사람을 덮쳤다.

'오빠⋯⋯.'

원나는 영군의 품에 안긴 채 정신을 잃었다.

잔잔한 물 위에 떠 있는 것처럼 원나의 몸이 살랑살랑 흔들렸다. 별이 많은 밤이었다. 갑자기 모든 소음이 사라진 듯 조용했다. 벌써 죽은 걸까? 이대로, 다 끝난 걸까? 여긴 어딜까?

"으어어어어어, 으어어어어어어어어어."

그때, 멀리서 어른들의 목소리가 들려왔다. 시야가 일부 밝아지면서 영군의 모습이 점차 선명해졌다. 영군의 얼굴은 시꺼멓게 그을려 있었다. 영군은 원나를 펜스 앞마당에 내려놓았다. 영군의 몸에서 탄내와 피비린내가 진동했다.

터널 쪽에서 아직도 불길이 치솟고 있었다. 어떻게 된 일인지 마을 사람들과 영군의 멤버들이 모두 비닐하우스 밖으로 나와 서 있었다. 거대한 불의 산을 바라보고 있는 그들의 얼굴엔 황홀한 표정이 떠올라 있었다. 모두가 입을 크게 벌리고 침까지 흘리며 웃고 있었다. 웃기고도 슬픈 장면이었다. 하지만 원나는 웃을 수도 울 수도 없었다. 원나는 눈을 느리게 깜빡였다. 자꾸만 졸렸다. 하지만 이대로 잠이 들면 영영 깨어나지 못할 것만 같았다. 원나는 입술 안쪽 살을 깨물며 졸음을 쫓으려 애썼다.

"으어어어어. 으어어어어어. 으어어어어어어어어."

영군이 땅에 얼굴을 대고 끅, 끅, 괴상한 소리를 내며 울고 있었다. 영군의 울음 소리를 듣고 있는 동안 원나는 자신이 곧 죽게 되리라는 것을 깨달았다. 죽고 싶다, 차라리 죽어버리고 싶다, 입버릇처럼 말해왔는데 정작 그렇게 될지도 모른다고 생각하자 몸서리치게 무서웠다.

"어른들……."

마을 어른들을 부탁한다는 말을 하고 싶었는데 간신히 한마디를 할 수 있을 뿐이었다.

"응. 걱정하지 마."

다행히 영군이 알아듣고 고개를 주억거렸다. 영군의 얼굴에서 축축한 눈물이 뚝뚝 떨어졌다.

"아줌마……."

영군이 울어서 바보같이 부어오른 얼굴을 들었다. 영군의 시선 끝에 미라가 서 있었다. 미라가 원나에게 가까이 와 있었다. 미라의 뒤로 철종과 마리아, 영자, 치복, 만주와 점순, 기와집 신애와 순애, 유미, 민호, 성호, 지운, 다니엘이 서 있었다. 원나는 이상하게도 자신을 내려다보고 있는 그들의 얼굴이 하나, 하나 선명하게 보였다. 여기서 다 같이 오래오래 살 수 있을 줄 알았는데. 안 되는 걸까?

"죄송해요……."

영군이 다시 흐느꼈다. 원나는 미라에게, 마을 사람들에게 작별인사를 해야 한다는 것을 깨달았다. 먼저 영군에게 울지 말라고 말하고 싶었지만 입술을 조금 달싹일 수 있을 뿐이었다.

"으어어어어어."

미라가 원나에게 손을 뻗더니 원나의 팔을 움켜잡았다.

'말도 안 돼.'

원나가 생각한 말을 영군이 중얼거렸다.

"으어어어어."

원나의 왼쪽 팔에 돌연, 서늘하고 날카로운 통증이 그어졌다. '아, 아파 엄마.' 그제야 꾹 참고 있던 눈물이 원나의 볼을 타고 흘러내렸다. 너무 무서워서 시시껄렁한 농담이라도 던지고 싶었다. 하지만 이번에도 턱 밑이 꿈틀거리기만 할 뿐 말은 나오지 않았다. 마을 어른들과 영군의 멤버들이 원나와 미라를 에워쌌다.

몸이 뜨거워지면서 원나의 시야가 까맣게 흐려졌다.

다시 깨어났을 때, 원나는 펜스 안에 누워 있었다. 눈을 깜빡이자 껌껌했던 시야가 조금씩 밝아지다가 툭, 하고 뭔가가 끊어지듯 다시 눈앞이 흐려졌다. 동공에 잿빛 필름이 끼워진 것처럼 모든 것이 흐릿한 실루엣으로 보였다. 원나는 몸 안에 있으면서 동시에 몸에서 빠져나와 있는 것 같았다. 자신과 또 다른 자신이 물과 기름처럼 분리된 듯한 느낌이었다. 원나는 멀리, 하늘이 불타고 있다는 것을 알 수 있었다. 노을이었다. 노랗고 붉은 빛이 처음으로 따뜻하게 느껴졌다.

원나는 오래전부터 노을을 끔찍하게 싫어했다. 하늘이 붉게 불타고, 세상이 붉어지면 보이는 모든 것이 그날의 화재를 생각나게 했기 때문이다. 불타버린 집과 자신 대신 불타 죽은 완식. 그리고 그날 이후 달라진 모든 것들을 연상시켰기 때문에. 그런데 지금, 하늘이 깨진 것 같은 핏빛 노을은 완식이 원나에게 보내주는 선물처럼 느껴졌다. 바이러스가 퍼진 뒤에도 하루도 빠짐없이 노을이 졌다. 노을은 어른들을 위로해줬고, 그사이 원나도 쉴 수 있게 해줬다.

'아빠.'

원나는 고개를 약간 위로 향한 뒤 허공에 대고 조용하게 불러봤다.

'거기에 있어? 있다면 도망가지 마. 모른 척하지 말고, 숨지도 마. 아빠, 하늘나라라는 것이 있어? 죽으면 그곳으로 가는 거야? 나는 이제 어떻게 해야 해?'

원나는 도망치고 싶었다. 오랫동안 그래왔던 것처럼. 아무것도 보이지 않고 아무것도 들리지 않는 것처럼 머리칼로 얼굴을 가리고 조용하고 빠르게 스쳐 지나가고 싶었다.

'아빠, 나 정말 무서워.'

지금처럼 무섭고 외로웠던 적은 한 번도 없었던 것 같았다.

그때, 활활 불타는 집 앞에 서 있을 때, 완식은 알았을 것이다. 그랬을 거라는 걸 이제 원나는 알 수 있었다. 어쩌면 죽을지도 모른다는 것. 자신이 목숨을 건다고 해도 원나를 구하는 것이 불가능할지도 모른다는 것. 그 사납고 불길한 예감을 떨쳐버릴 수 없었을 것이다. 그래서 두려웠을 거고, 무서웠을 것이다. 남겨질 미라가 걱정되었을 거고, 왜 자신의 가족에게 이런 일이 벌어진 것일까, 원망스럽기도 했을 것이다.

하지만 그럼에도, 뛰어가지 않을 수 없었을 것이다.

짧은 순간, 많은 생각이 한꺼번에 원나를 덮쳤다. 몸이, 머리가 여러 개로 분열되면서 사고가 확장되다가 완전한 카오스의 세계로 넘어갔다.

이상한 감각이었다.

모든 것이 있는데 아무것도 없는 느낌이었다.

"원나야."

영군이 원나를 불렀다. 그의 눈동자에 원나의 모습이 비춰졌다. 원나는 아주 낯선 풍광을 바라보는 것처럼 영군의 눈에 비친 자신의 모습을 바라보다 정신을 잃었다.

*

'추워.'

주변이 온통 차갑고 딱딱하게 얼어붙은 것 같았다. 원나는 눈을 떴지만 감았을 때와 별로 다르지 않았다. 분명히 처음 와본 곳인데 익숙한 느낌이었다.

"원나야."

'엄마?'

"원나야."

목소리가 조금 더 크게 들렸다.

"엄마, 엄마야?"

원나는 고개를 들고 두리번거렸다. 원나가 있는 쪽으로 서서히 다가오고 있는 사람은 미라가 틀림없었다.

"엄마."

"그래, 원나야."

미라의 얼굴이 또렷해질수록 추위가 가시고, 옆구리의 통증도 조금씩 희미해졌다. 미라가 원나를 일으켰다. 미라의 손은 따뜻하고 말랑말랑했다. 원나는 꿈속에 갇힌 걸지도 모른다고 생각했다.

계속 꿈을 꾸고, 꿈을 꾸고, 또다시 꿈을 꾸고……

"원나, 벌써 오시면 어떡합니까."

"아줌마!"

원나는 정신이 번쩍 들었다. 미라의 곁에 그림자처럼 붙어 서 있는 건 마리아였다.

"그래도 반가우십니다."

"아줌마……."

마리아는 다행히 건강해 보였다.

"수고했다, 원나야."

철종과 다른 마을 어른들도 모두 원나에게 다가왔다.

"너희들……."

그리고 어른들 뒤에는 민호와 성호, 다니엘, 그리고 지운이 서 있었다.

"안녕."

"반가워."

원나는 그들과 오래된 친구들처럼 인사를 나눴다. 원나는 자신이 다른 세상으로, 한 번도 와본 적 없는 곳으로 넘어왔다는 것을 알 수 있었다.

"워어우어어, 자으어어어, 으어어어어?"

저 멀리, 아주 먼 곳에서 영군의 목소리가 들려왔다. 희미하고, 불분명하게. 하지만 자주 들렸다. 영군은 계속 말을 걸어왔다.

"나 이제 밖으로는 절대 안 나갈 거야."

"……."

"싫어. 절대 안 나가. 여기서만 살 거야."

"……."

"원나야, 개구리는 안 돼! 너 파충류는 싫다며! 언제 이렇게 취향이 바뀌었어?!"

"……."

"어제 영자 할머니네 닭들이 죽었어. 나는 이제 평생 치킨은 안 먹을 거야. 정말이야. 할아버지네 집 마당 꽃밭에 묻어줬어. 예쁜 꽃으로 환생할 거야."

"……."

"뒷산에서 염소 한 마리가 내려왔어. 우유를 짤 수 있을까? 암놈인지 수놈 인지 모르겠어. 우유 만들면 찬우한테 피자 만들어주려고. 눈동자가 새까매."

"……."

"봄에 모내기는 어떻게 해? 봄이 문제가 아니고 당장 겨울 날 일도 걱정 이야. 슬슬 나무 좀 해다 놔야겠어. 넌 안 추워? 아침저녁으로는 쌀쌀한데."

"……."

"응, 나 여기 다친 데는 이제 다 아물었어."

"형아, 뭐해?"

멀리 떨어져 영군을 바라보고 있던 찬우가 다가왔다.

"누나랑 이야기하잖아. 누나 알지?"

"누나 아니야."

"뭐가 아니야. 야, 너 이 누나 잊어버리면 안 돼. 누나 여기 이 상처 봐봐. 보이지? 누르지 말고, 아프잖아."

"아픈 거 아니야."

"아파. 그러니까 그렇게 누르지 마. 알았어?"

"……."

"알았어?"

"……."

"알았냐고!"

"……응."

"그래, 그럼 이제 들어가자. 아, 라디오, 라디오 어딨지?"

영군이 마을 회관 서랍장에서 라디오를 꺼냈다. 저녁 6시를 알리는 시보 가 울렸다.

"속보를 기다려주십시오."

"네."

영군이 대답했다.

"백신이 개발 중입니다."

"네, 서둘러 주세요."

"감염자와 떨어져 계십시오."

"싫어요."

"감염자를 죽이는 것은 불법입니다."

"······네."

1분간 속보가 계속 되는 동안, 영군은 바보 같은 문답을 계속했다.

"찬우야, 가자."

"가는 거 아니야."

"아니긴 뭐가 아니야. 원나야, 안녕."

"으어어."

"응, 내일 또 만나."

"으어어어어. 아어어어어."

*

"원나야, 이거 봐봐."

첫눈이 펑펑 쏟아지던 날 밤, 영군이 프로젝터에 디지털카메라를 연결했다.

"우리 처음 만났던 날이야."

백화점 밖에서 원나가 감염자들을 전기 에페로 찍으며 벗어나는 모습이 여러 장 찍혀 있었다.

"너 저 때 진짜 멋있었다."

원나가 화장품 매대에서 선크림을 발라보고 있는 모습, 마네킹의 원피스를 벗겨 갈아입고 있는 모습들이 빠르게 지나갔다.

"저, 저건 찌, 찍으려고 찍은 건 아냐."

멍하니 앉아 닭들과 이야기를 하고 있는 원나의 얼굴이 클로즈업 된 사진도 있었고, 마루에 누워 침을 흘리며 낮잠을 자는 모습도 있었다. 애증의 옥수수 밭 사진도 여러 장 있었다. LED 공장에서 찍힌 감염자들의 모습과 겁에 질린 원나의 모습은 우습고도 공포스러웠다. 함께 보낸 한 달 남짓한 시간이 한순간 같기도 했고, 아주 오랜 시간 같기도 했다.

"……."

붉어진 얼굴로 발밑을 노려보고 있는 영군의 곁으로 찬우가 다가왔다.

"형아, 울어?"

"아니."

영군은 얼른 손등으로 얼굴을 훔쳤다.

"울긴, 누가."

"우는 거 아니야?"

"응, 우는 거 아니야. 찬우야, 너 위험하니까 여기 들어오지 말라고 했잖아. 저리 가 있어."

"위험한 거 아니야."

찬우가 원나에게 달려가 원나의 허리를 끌어안았다.

"그래, 네 말이 맞다."

영군이 찬우의 머리를 쓰다듬었다.

"위험한 거, 아니야."

'다 어딜 간 거지?'

원나는 이상한 곳을 걷고 있었다. 처음 보는 곳이었고, 혼자였다. 땅은 푹신푹신했고, 앞이 잘 보이지 않았다. 계속 같은 곳을 맴돌고 있는 건지 무한히 넓은 광야를 헤매고 있는 건지 알 수가 없었다.

걷는 동안, 벚꽃이 내리고 매미가 울고, 낙엽이 떨어졌다. 하얀 눈밭을 걷고 있을 때, 눈밭이 다시 벚꽃으로 변했고, 벚꽃이 떨어진 자리에서 매미가 울기 시작했다. 있는 힘껏 울다 죽은 매미의 몸 위로 새빨간 낙엽이 떨어졌다.

그리고 다시 하얀 눈이 펑펑 쏟아졌고, 세 번째 벚꽃이 피었다.

"원나야."

걷는 동안, 원나를 부르는 목소리들이 있었다.

"원나야……."

원나는 목소리가 들려오는 쪽을 향해 천천히 걸었다. 미라는 쉼 없이 원나의 이름을 부르며 말을 걸어왔다.

"왜 깨어나지 못하는 거죠? 뭐가 잘못된 건 아니에요?"

두런두런, 철종의 목소리가 들려올 때도 있었다. 기와집 할머니들이 술을 다 먹어버렸다고 혼내다가 빨리 와서 일을 도우라고 윽박을 지르기도 했다. 원나는 마리아의 목소리가 들리지 않아 혹시 주변에 함께 있는 건 아닌지 계속 두리번거렸다.

"원나야."

영군의 목소리가 들리면 원나는 수줍어졌다. 어딘가로 숨고 싶었고, 그러면서도 그의 얼굴을 보고 싶었다. 그와 함께 농사를 짓고, 밥을 먹고, 달을 보고, 이야기를 나누던 기억들이 맥락 없이 서로 이어 붙었다. 폐허가 된 읍내에서 감염자들을 격리하는 문제로 고래고래 소리를 지르며 싸우던 기억도, 아무런 말도 없이 텅 빈 도로를 달리던 기억도, 모두 애틋했다. 비가 오면 열에 들뜬 영군의 얼굴이 떠올랐고, 노을이 질 때는 노래를 부르던 목소리가 들려오는 듯했다.

고개 하나를 넘어가자 사람들의 목소리가 돌멩이처럼 날아왔다. 스치고 지나가는 것도 있었지만 가까스로 잡을 수 있는 것도 있었다. 주먹만 하게 뭉쳐진 목소리들은 시간이 지나면 원나의 손 안에서 녹아 사라졌다. 뭐든 하나를 쥘 수 있으면, 그것을 쥐고 있는 동안에는 마음이 편안했다.

*

의식이 표면 위로 올라왔을 때, 날카로운 고통이 원나의 온몸을 찍어 눌렀다. 원나는 다시 정신을 잃었다. 그리고 꿈도 없는 긴 잠에 빠져들었다. 따뜻하고, 평화로웠다. 깨어나고 싶지 않을 만큼. 하지만 시간이 지나자 눈이 떠졌다. 눈꺼풀이 꽃봉오리처럼 톡, 하고 벌어졌다. 허리께에 통증이 잡혀 만져보니 붕대가 감겨 있었다.

"원나야!"

"어, 엄마?"

"그래, 원나야. 엄마야."

정말 미라였다. 미라의 손이 원나의 뺨을 꽉 감쌌다. 엄마다. 진짜다. 환상도 꿈도 상상도 아닌 진짜 엄마. 건강하고, 따뜻한 손의 촉감이 원나에게 그렇게 말하고 있었다. 미라와 원나는 서로가 마주 보고 있다는 사실이 믿기지 않아 큰 소리로 울었다.

다음 날, 마리아가 휠체어를 타고 원나를 보러왔다. 아직 입원 치료가 필요한 상황이라고 했다.

"원나, 괜찮습니다. 원나 때문에 살았습니다. 걱정했습니다."

마리아의 얼굴을 보자 또다시 울컥, 눈물이 쏟아졌다. 마리아는 어떤 부분은 기억하고, 어떤 부분은 기억하지 못했다. 원나가 기억하지 못하는 부분에 대해서 마리아가 말해주기도 했다.

3년 만에 정부 지원팀을 이끌고 마을로 들어온 것은 의료 사회복지사 엄 선생이었다. 영군은 비감염자들이 모여 있는 곳에서 생활할 수 있다는 지원팀의 요청을 거절하고 마을에 남았다. 그는 지원팀에게 마을 사람들과 멤버들, 그리고 원나의 상태에 대해서 자세하게 설명했고, 터널 복구 공사를 요청했다.

별다른 외상 없이 감염된 치복과 영자, 만주, 점순, 신애, 순애, 그리고 유미와 민호, 성호, 지운이 1차로 백신을 투여받았다. 그리고 가벼운 외상이 있는 철종이 백신을 맞고 일어나 치료를 받았다. 식물인간 상태였던 미라와 중상이 있는 마리아, 다니엘, 원나는 일단 종합병원으로 후송된 뒤 백신을 투여하기로 했다. 철종과 영군이 보호자로 병원까지 동행했다.

마리아는 백신 투여와 함께 외상 치료와 뼈 접합 수술을 받았다. 원나는 허리에 박힌 총알을 제거하는 수술을 먼저 받았고, 수술이 잘됐다는 확인이 된 뒤에야 백신을 투여할 수 있었다. 바이러스에 감염되기 전 식물인간이었던 미라의 경우 백신을 투여하는 문제로 의사들 간에 약간의 의견 차가 있었지만 백신을 투여하는 쪽으로 의견이 좁혀졌다.

우려했던 것이 무색할 정도로 미라는 백신을 맞자 곧바로 깨어났다. 감염되어 있는 동안 햇빛을 보고 관절을 움직여준 것이 어떤 영향을 미쳤는지 병원에서 연구를 진행한다고 했다. 마리아가 전신마취에서 깨어나 재활훈련을 받는 동안에도 원나는 깨어나지 못했다. 총알 제거 수술은 성공적이었다. 병원에서는 원나가 의식을 회복하지 못하는 이유를 찾지 못했다. 미라와 마을 사람들, 그리고 영군은 원나가 깨어날 때까지 곁을 지켰다.

　강력한 각성제를 개발하고 있던 미국의 대형 제약회사에서 이 재앙이 시작되었다. 그들은 다국적 기업의 투자를 받아, 먹지도 않고 자지도 않고 일할 수 있는 자양강장제를 개발하고 있었고, 거의 성공에 다다른 듯 보였다. 임상실험에 동원되었던 노숙자들이 바이러스에 감염된 채 연구소를 탈출했고, 공항을 통해 전 세계가 바이러스 영향권 아래 포섭되는 데 일주일이 채 걸리지 않았다.

　불행 중 다행으로 연구의 목적과 내용에 반대하던 연구원들이 재앙을 예견, 백신을 개발하고 있었다. 그들은 폐쇄된 연구소에서 연구에 매진했다. 그들이 임상실험을 통해 전 세계에 보급할 만한 물량을 확보하는 데 꼬박 3년이 필요했다.

　백신을 맞고 깨어난 사람들이 다시 회복되어 일상생활을 하기까지는 시간이 필요했다. 정부는 단계적으로 백신을 투약했다. 창고나 지하 벙커, 하수도 같은 곳에 숨어 있던 사람들이 뒤늦게 소식을 듣고 쏟아져 나왔다. 감염된 채 무너진 건물 안에 갇혔다가 구조된 사람도 있었고 어떤 이유에서인지 다른 나라에서 발견된 사람들도 있었다. 전 세계 인구의 절반이 이 바이러스로 인해 사망했다. 놀랍게도 사망자 중 70퍼센트 이상이 바이러스에 감염되지 않은 사람들 간의 살인으로 사망했다. 바이러스로 인해 망가진 주요 기반 시설을 복구하는 데 얼마나 많은 시간이 소요될지는 계산이 불가능했다.

계속 연락이 되지 않아 걱정을 끼쳤던 지형은 갑자기 마을에 나타났다.

"무서워 죽는 줄 알았어."

지형은 까맣게 그을린 얼굴로 마리아와 마을 사람들의 품에 안겼다.

"죽으면 안 됩니다."

"안 죽었으니까 이렇게 왔지."

"앞으로도 죽으면 안 됩니다."

"알았어. 엄마도 죽으면 안 돼."

마리아의 가족들 중 여동생이 실종 상태라는 소식에 마리아가 많이 울었다. 일주일 정도 집에 머물던 지형은 시작한 공부는 마치는 것이 좋겠다며 다시 짐을 꾸려 필리핀으로 떠났다. 철종과 마리아는 3일 정도 반대하다가 결국 지형의 뜻에 따르기로 결정했다.

유미의 부모인 만주와 점순의 아들과 며느리는 생사가 확인되지 않았다. 만주와 점순은 크게 상심했다. 유미가 하우스 집에 남아 그런 만주와 점순을 위로했다. 이제 열 살이 되어, 몰라보게 의젓해진 찬우 역시 마을에 남았다. 생존자들 중 고모와 외삼촌이 있었으나 찬우를 데려다 키울 형편이 되지 못해 철종과 마리아가 입양할 방법을 찾고 있었다. 아직 어리지만 영군이 잘 훈련을 시켜놓은 덕에 원나가 마을에서 해야 될 일이 조금 줄었다.

원나가 깨어난 뒤, 서울로 돌아간 영군은 먼저 솔로로 데뷔할 기회를 얻었다. 3년 동안 마을에서 지내면서 틈틈이 만든 노래들을 먼저 발표하기로 했다. 민호과 성호, 지운, 다니엘은 백신을 맞고 깨어났으나 아직 '재정비' 시간이 필요하다고 했다.

"하긴 오빠가 보이그룹 하기엔 이제 나이를 너무 먹었지."

"뭐?"

"그렇잖아."

"아오, 이걸 진짜."

"다들 잘 지내지?"

"애들이 가끔 네 안부를 물어."

"정말?"

"어, 진짜로 기억하고 있는 건진 모르겠지만."

*

4다코.

시상식이 있을 때마다 원나는 자조적으로 손바닥에 써보곤 했다. 원나는 4위가 자신에게는 우승이나 마찬가지라고 생각하곤 했지만 그래도 가끔 궁금했다. 정말로 결선을 치른다면 어떻게 될까. 금메달을 딸 수 있을까? 금메달을 목에 걸기까지는 여러 가지 변수가 작용한다고들 했다. 실력, 체력, 컨디션, 운……. 원나는 그런 것들과 정면으로 겨뤄본 적이 한 번도 없었다.

한 달여간 준비하고 나간 지난번 대회에서 원나는 또다시 4위를 기록했다. 훈련을 너무 오래 쉰 탓에 몸이 많이 굳은데다 대진 운도 좋지 않았다.

"너 진짜 제대로 한 거 맞냐?"

시합이 끝나고 내려오는 원나에게 철종이 물었다. 억울했다. 이번엔 진짜, 진짠데. 철종과 미라와 상의한 끝에 원나는 펜싱을 계속하기로 했다. 실업팀에 들어가거나 특기생으로 대학에 입학하기 위해선 남은 시간 동안 부지런히 메달을 따야 했다.

연습을 마치고 나면, 원나는 야간자율학습을 마치고 나오는 친구들과 함께 떡볶이를 먹거나 수다를 떨었다. 원나가 공설 운동장에 모아놓은 감염자들은 대부분 무사했다. 방위경비대가 총알과 시간을 아껴야 한다며 키퍼들의 '정화 작업'을 방해한 덕분이었다.

병원에 누워 있는 동안 머리가 많이 자라 원나는 손수건 대신 고무줄을 늘 주머니에 넣고 다녔다. 숱이 많아 툭하면 고무줄이 끊어졌다. 목에서 팔뚝, 등으로 이어지는 흉터를 손으로 쭉 훑다 보면 허리에 새로 생긴 총상에 다다랐다. 그리고 그곳에 손을 올려놓고 있으면 많은 기억들이 지나갔다. 하나같이 아프고 소중했다.

*

드디어 기다리던 시합 날. 체육관 앞에서 보건소 직원들이 손 세정제를 나눠주고 있었다. 마스크를 한 사람들도 많이 보였다. 원나는 먼저 도착해 몸을 풀고 있는 선수들 쪽으로 가 합류했다. 남자부 경기가 다 끝나야 여자부 경기가 시작됐다. 이제 정말 남은 경기가 별로 없었다. 어떻게 해서든 메달을 따야 했다. 원나는 간절한 마음으로 에페를 품에 안고 기도했다. 제발, 최선을 다할 수 있게 해달라고. 이번에는 꼭, 시상대에 오르고 싶다고.

'아빠, 도와줘.'

옆에 앉아 있던 도청 소속팀 주미가 원나의 옆구리를 쿡 찔렀다. 피자 배달부가 어리둥절한 표정으로 장내를 두리번거리고 있었다.

"너 찾아왔대."

영군이 원나 앞으로 피자를 열 판이나 보내왔다. 원나는 선수들과 함께 피자를 나눠 먹으며 눈으로 관중석을 훑었다. 다시 포춘쿠키 사업을 시작한 미라는 이번에도 바빠서 오지 못했다. 원나의 호주머니에서 핸드폰이 진동했다.

"여보세요?"

"큰일 났습니다. 원나, 어디 계십니까?"

마리아였다.

"아줌마, 저 오늘 시합이잖아요."

"아, 그렇습니까. 깜빡 까먹었습니다. 빨리 이기고 마을로 오십시오. 지금 작은어머님 댁 염소가 없어지셨습니다."

닭들이 죽었다는 소식에 한동안 우울해하던 영자는 산에서 내려온 염소를 키우기 시작했다. 목에 끈을 달아줘도 불쌍하다며 자꾸 풀어놓는 바람에 원나가 일주일에 한 번 이상은 호출을 받고 뛰어가야 했다.

"야! 고사미!"

누군가 원나의 어깨를 툭 쳤다. 김재연 선수였다.

"안녕하세요."

원나는 활짝 웃었다. 눈물이 핑 돌 만큼 반가웠다. 두 사람은 잠시 서로의 얼굴을 보고 서 있었다. 하고 싶은 말은 많은데 무슨 말부터 해야 할지 알 수가 없었다. 원나는 먼저 손을 내밀었다.

"제 이름이요, 고사미가 아니고 차원나예요."

"잘해. 결승에서 보자."

김재연 선수가 원나의 손을 꽉 잡았다.

"원나야, 준비해라."

철종이 원나에게 손짓했다.

"네."

원나는 장비를 점검한 뒤 피스트 위로 올라갔다. 긴장 때문인지 총상을 입었던 자리에서 찌릿한 통증이 느껴졌다. 사람들 말처럼 어쩌면, 다시 그 재앙이 올지도 몰랐다. 뭔가를 대비할 수 있을까? 정부는 국민 모두에게 Z 바이러스 대비 생존 키트를 보급했다. 교회나 성당, 절마다 신도들이 넘쳐났다.

공포가 밀려올 때마다 기도를 하는 게 도움이 될지도 모르겠다. 하지만 그보다 더 중요한 것은 지금, 서로의 얼굴을 좀 더 자세히 바라보는 것. 서로의 목소리에 조금 더 귀를 기울이는 것. 그리고 누군가 이름을 부른다면 힘껏 대답하는 것. 그 사소한 기적을 매일같이 누리는 것이라고, 원나는 생각했다.

"앙 가르드."

원나는 이제 자신이 도망쳐온 문 앞으로 가 답을 찾을 때까지 집요하게 물어볼 생각이었다. 자신이 누구인지, 무엇을 할 수 있는지, 무엇을 해야만 하는 것인지.

"프렛."

이번 경기의 상대는 원나보다 키가 큰 왼손잡이. 지난번 대회에서 준우승을 한 선수로 김재연 선수와 함께 이번 대회의 강력한 우승 후보들 중 하나였다.

"알레!"

원나는 상대를 똑바로 쳐다보며 에페를 움켜잡았다. ∎

400쪽에 가까운 글을 써놓고 또 무슨 할 말이 있을까 싶어 생략하고 싶었지만 첫 책이니만큼 기록을 위해 남겨두기로 한다.

이 소설은 2012년 가을, 색다른 좀비소설을 써보자는 기획에서 시작되었다. 2013년 봄부터 도시가 아닌 농촌 오지가 배경인 좀비물, 아포칼립스 세계관 속에서 성장하는 펜싱 소녀 원나의 캐릭터가 만들어졌다. 3개월 정도 펜싱을 배웠고, 비슷한 기간만큼 도서관에서 농사에 관해 공부했다.

쓰다가 힘들면 내팽개치고 다른 글을 쓰기도 했지만 그래도 자꾸 돌아와졌다. 안암과 압구정을 오가며 초고를 썼고 교정고는 일산에서 마무리했다. 분량을 줄여보려 했으나 필요한 이야기들이었다. 내내 마음에 들지 않았던 제목은 백다흠 편집자가 새로 지어줬다.

이름을 빌려준 친구 원나와 함께했던 대학 연극 동아리에서는 연극이 시작되기 전, 배우와 스태프가 모두 모여 구호를 외쳤다.

나가자, 싸우자, 이기자, 최소한도 비기자, 지더라도 개기자.

글을 쓸 때도 꽤 유용한 구호였다. 오래오래 쓰고 싶다. 원고를 읽고 푸념을 들어준 친구들과 은행나무 편집자들에게 감사드린다.

2017년 겨울
김보현

『(현대)펜싱교본』 │ 현대레저연구회 │ 태을 │ 2010

『펜싱 아카데미』 │ 김학찬 │ 펜립 │ 2013

『아이러브 펜싱』 │ 이인환 │ 레인보우북스 │ 2009

『귀농, 아름다운 삶을 찾아서』 │ 전국귀농운동본부 │ 두레 │ 1999

『귀농인 22인의 삶과 농촌사회적응』 │ 이정화 │ 전남대학교 출판부 │ 1994

『귀농일기: 마음의 밭 갈아놓고』 │ 유창섭 │ 詩魂 │ 2006)

『아궁이 불에 감자를 구워먹다: 전희식의 귀농일기』 │ 전희식 │ 역사넷 │ 2003

『농사짓는 변호사 경주에 살다』 │ 신평 │ 신원 │ 1998

『(도시농부 올빼미의)텃밭 가이드』 │ 유다경 │ 시골생활 │ 2013

『자연을 꿈꾸는 뒷간』 │ 이동범 │ 들녘 │ 2000

『흙을 알아야 농사가 산다: 쉽게 풀어본 흙의 과학』 │ 이완주 │ 들녘 │ 2002

『이장이 된 교수, 전원일기를 쓰다』 │ 강수돌 │ 지성사 │ 2010

『홍천 강변에서 주경야독 20년- 역사지리학자 최영준의 농사일기』 │ 최영준 │ 한길사 │ 2010

누군가 이름을 부른다면

1판 1쇄 발행 2017년 12월 7일
1판 6쇄 발행 2024년 10월 11일

지은이 · 김보현
펴낸이 · 주연선

총괄이사 · 이진희
편집 · 백다흠 심하은 강건모 이경란 최민유 윤이든 양석한
디자인 · 김서영 이지선 권예진
마케팅 · 장병수 최수현 김다은 이한솔
관리 · 김두만 유효정 신민영

(주)은행나무
04035 서울특별시 마포구 양화로11길 54
전화 · 02)3143-0651~3 | 팩스 · 02)3143-0654
신고번호 · 제 1997-000168호(1997. 12. 12)
www.ehbook.co.kr
ehbook@ehbook.co.kr

ISBN 979-11-962147-7-7   03810